Wolf Serno

ZEITEN DES LICHTS

Die Begegnung am Meer

Historischer Roman

rütten & loening

MIX
Papier | Fördert gute Waldnutzung
FSC® C083411

ISBN 978-3-352-00960-0

Rütten & Loening ist eine Marke
der Aufbau Verlage GmbH & Co. KG

1. Auflage 2024

www.aufbau-verlage.de
10969 Berlin, Prinzenstraße 85

Satz Greiner & Reichel, Köln
Druck und Binden CPI books GmbH, Leck, Germany

Printed in Germany

Komm herauf, lauf dir die Schuhe voll Sand,
gib dich mit diesem abgehärteten, genügsamen,
geprüften Menschenschlag ab, der aus dem Sande
selber emporgewachsen erscheint ...
Höre dem Grollen des Meeres zu, trinke die Luft
in langen, stärkenden Zügen – und du wirst dich
von einer Bürde befreit fühlen ...
Denn Skagen ist das Unerklärliche, das Erstaunliche.

Holger Drachmann
(Aus dem Werk »Lars Kruse«, 1879)

Wie immer meinem Rudel gewidmet:
Micky, Olli und Magda

Und unvergessen:
Fiedler, Buschmann, Sumo und Eddi,
die schon auf der anderen Seite
der Straße gehen

VORBEMERKUNG

Auch wenn das dänische Alphabet dem deutschen sehr ähnelt, so sprechen sich doch manche Namen anders aus. Damit Sie, liebe Leserin und lieber Leser, von Anfang an nicht stolpern und die Namen im folgenden Roman richtig lesen, hier die wichtigsten Beispiele:

Der Name Degn spricht sich wie »Dain« aus. Locher wie »Locker«, Magnus wie »Maunus«, Lasse wie »Lässe«, Drachmann wie »Drackmann«.

Meine Frau und ich haben vorletztes Jahr im Rahmen des alljährlich stattfindenden *Vendsyssel Festivals* einen Vortrag über Bach'sche Fugen gehört. Der dänische Experte sprach immerzu von Johann Sebastian »Back«. Ein wenig ungewohnt für unsere Ohren, aber nicht ohne Charme.

Anders als in Deutschland duzt man sich in Dänemark und nennt sich beim Vornamen – auch wenn man sein Gegenüber nicht kennt. Das trägt vermutlich dazu bei, dass bei unseren nördlichen Nachbarn die Standesunterschiede und der Standesdünkel keine so große Rolle spielen.

Mitglieder der Königsfamilie und andere hohe Persönlichkeiten bilden jedoch eine Ausnahme. Sie werden gesiezt.

PROLOG

Wie eine dunkle Wand schob sich der Nebel vom Meer heran, kroch über den Strand und schien sämtliche Häuser an der Küste zu verschlingen. Millionen winziger Wassertröpfchen machten alles in Minutenschnelle unsichtbar, doch Ebba fürchtete sich nicht. Sie wusste, es war nur Seenebel, der ihr an diesem Abend begegnete, nichts anderes als warme Luft, die auf die kalte Nordsee traf.

Vorsichtig ging Ebba weiter. Sie sah kaum noch die Hand vor Augen. Zum Glück kannte sie jede Ecke und jeden Winkel in Alt-Skagen, ihr konnte nichts passieren. Rechts tauchte schemenhaft die Schmiede von Henning Jensen auf, danach das Gebäude von Simonsens Netzmacherei, mehr erahnbar als sichtbar. Dafür war der intensive Geruch nach Dorsch, Schellfisch und Schollen fast allgegenwärtig. Er kam von den vielen Gestellen im Freien, an denen aufgereiht der *tørfisk* hing.

Nun waren es nur noch wenige Schritte bis nach Hause. Ebba atmete auf. Ein bisschen unheimlich war ihr schon in diesem windstillen, lautlosen Dunst gewesen. Nicht einmal das immerwährende Rauschen des Meeres war zu hören.

Oder doch? Nein, das Geräusch klang anders. Nicht gleichmäßig, eher abgehackt. Es hörte sich an wie Schritte. Schritte hinter ihr. Unwillkürlich ging Ebba schneller. Wer konnte das sein? Anna? Anna wohnte mit ihrem Mann Mikkel in Skagen, im Markvej 2, wo beide ein schönes Haus gemietet hatten und gern Freunde begrüßten. So wie Ebba heute Abend.

Ebba konnte sich nicht erinnern, etwas bei Anna vergessen zu haben.

Nein, Anna war es nicht. Anna war eine junge Künstlerin, vierundzwanzig Jahre alt, fünf Jahre älter als Ebba, und schlank. Diese Schritte jedoch klangen schwer. Und sie kamen schnell näher. Ebba begann zu laufen – und stolperte über einen herumstehenden Eimer.

Als sie sich aufrichten wollte, packte eine Hand sie von hinten und stieß sie in eine Hausecke. Ebba wollte schreien, aber die Hand presste sich auf ihren Mund. Ein Knie schob sich zwischen ihre Beine, zwängte sie auseinander. Eine zweite Hand zerrte an ihrer Leibwäsche, riss sie herunter. Wer war das? Wer konnte im friedlichen Alt-Skagen so brutal sein, eine Frau vergewaltigen zu wollen?

Ebba rang nach Luft, wehrte sich, wand sich, versuchte, den Unbekannten zu treten, doch der Mann war zu stark. Er drängte sein Becken gegen sie, schnaufte gierig, wollte in sie eindringen, schnaufte wieder und lockerte für einen kurzen Moment die Hand, die ihr den Mund verschloss. Ohne zu überlegen, biss Ebba zu. Sie biss zu mit der ganzen Angst, Wut und Verzweiflung, die sie verspürte – und der Biss war tief. Der Unbekannte stöhnte auf.

»Ist da wer?«, fragte jemand mit schwerer Zunge. »Hast du das auch gehört, Rasmus?«

»Nee, hast wohl 'n Floh im Ohr.«

»Quatsch, ich bin doch nicht besoffen ...«

Der Unbekannte erstarrte. Eine endlose Sekunde zögerte er.

Dann verschwand er wie eine Spukgestalt im Nebel. Ebba zitterte am ganzen Körper. Sie wollte um Hilfe rufen, denn sie kannte Rasmus und Sven, zwei junge Fischer, die wahrscheinlich ein paar Schnäpse zu viel gekippt hatten. Doch sie besann sich anders. Die Burschen sollten sie nicht so sehen – zerzaust und halb entkleidet. Sie würden nur auf falsche Gedanken kommen.

Und eigentlich war ja nichts passiert.

Ebba drückte sich in die Hausecke und ließ die Fischer vorübergehen. Als ihr Herzschlag sich halbwegs beruhigt hatte, richtete sie ihre Kleider und schlich vorsichtig weiter, immer in der Erwartung, der Unbekannte könne zurückkommen. Aber nichts geschah. Ohne Zwischenfälle gelangte sie zum Haus ihres Vaters. Sie stieß ein Dankgebet aus und eilte hinauf in ihre Kammer.

Später im Bett fand sie keine Ruhe. Die Bilder in ihrem Kopf drehten sich wie ein Karussell. Was sollte sie tun? Zur Polizeistation gehen? Mit Vater reden? Sich Anna anvertrauen? Erst gegen Morgen kam sie zu einem Entschluss. Sie wollte die Sache zunächst auf sich beruhen lassen. Der Gedanke, über die Tat sprechen zu müssen und zum Mittelpunkt des Tratsches in der kleinen Stadt zu werden, war einfach zu unangenehm.

Nein, sie würde nichts unternehmen, aber sehr vorsichtig sein. Und Augen und Ohren offen halten. Denn der Biss in die Hand würde eine Narbe hinterlassen, und das gierige Schnaufen des Unbekannten würde sie unter tausend Geräuschen wiedererkennen.

KAPITEL 1

Doktor Knud Brodersson liebte die Nächte, in denen der Regen aufs Dach prasselte, der Wind um die Ecken heulte und die Nordsee zu einem brüllenden Ungeheuer wurde. Egal, wie das Wetter war, er fühlte sich stets geborgen in seinem Haus. Das Gebäude war alt, aber stark im Gebälk, und es würde auch diesem Unwetter trotzen.

Zwölf dunkle Schläge der Standuhr ließen Brodersson von seinem Schreibtisch aufblicken. Es war Mitternacht. Spät, doch nicht zu spät, um sich noch einige Zeit seinen Forschungen zu widmen. Viele seiner ärztlichen Kollegen arbeiteten in den letzten Jahren daran, die Rätsel der Bakterien zu lösen, wie Robert Koch, der die Milzbrandsporen nachgewiesen und vor zwei Jahren das *Mycobacterium tuberculosis* entdeckt hatte. Brodersson hingegen war fasziniert von jenem geheimnisvollen Saft, der im Körper kreiste und so viele erstaunliche Eigenschaften besaß: dem Blut.

In den vergangenen Stunden hatte er sich mit einem wichtigen Bestandteil, den roten Blutkörperchen, beschäftigt, um sie wissenschaftlich beschreiben zu können. Ähnliches hatte der Holländer Jan Swammerdam schon vor über zweihundert Jahren getan, aber die Entwicklung des Mikroskops hatte seitdem große Fortschritte gemacht, und Brodersson nahm zu Recht an, dass es bei den roten Blutkörperchen, den sogenannten Erythrozyten, noch vieles zu entdecken gab.

Er hatte die Erythrozyten eines Hundes mit jenen eines anderen Hundes verglichen, denn sein Ziel war die erfolgreiche Durchführung einer Bluttransfusion. Sie sollte zunächst bei Säugetieren, anschließend von Mensch zu Mensch vorgenommen werden. Doch bis dahin war es noch ein langer Weg.

Brodersson schob das Zeiss-Mikroskop beiseite und zog die Kladde mit den Aufzeichnungen seiner Untersuchungen heran. *Freitag, 21. März …* wollte er eintragen, als sein Blick wiederum zur Standuhr ging. Sie zeigte zehn nach zwölf. Der neue Tag war da. Der Sturm hatte mittlerweile Orkanstärke erreicht. Brodersson kümmerte das nicht. Er setzte die Feder abermals an und schrieb mit seiner akkuraten Schrift: *Samstag, 22. März 1884.*

Dann fuhr er fort:

Blutuntersuchung eines achtjährigen Mischlingshundes (Canis lupus familiaris) mit besonderem Augenmerk auf die Erythrozyten.

Form: *Die Erythrozyten, auch rote Blutkörperchen, stellen sich als scheibenförmige, zu beiden Seiten konkave Zellen dar, deren rote Farbe von dem Hämoglobin herrührt (nach Hoppe-Seyler), welches einen hohen Eisenanteil besitzt.*

Anzahl: *Ihr Auftreten im Blute ist unter allen Zellen weitaus am häufigsten und dürfte in die Milliarden gehen.*

Maße: *…*

Brodersson hielt jäh inne. Faustschläge donnerten gegen seine Haustür. Sie waren so laut, dass sie sogar das Dröhnen des Orkans übertönten. Er eilte auf den Flur und öffnete. Ein Schwall Wasser traf ihn wie ein Sturzbach. Vor ihm stand ein alter Fischer, triefend nass, eine flackernde Laterne in der Hand.

»Bist du das, Jonas?«

»Jo, Knud! Schiff in Seenot, du musst kommen!«

Brodersson unterdrückte einen Fluch, warf sich das Ölzeug über und ergriff seine Arzttasche. Für einen kurzen Moment war er versucht, Atlas, seinen siebenjährigen Wallach, aus *Hæstorp's Stallung* gegenüber zu holen, aber dafür blieb keine Zeit. Wenn es um Tod und Leben ging, zählte jede Minute. »Dann los!«

Gemeinsam stemmten sie sich gegen die Naturgewalten, kämpften sich Schritt für Schritt den Højensvej entlang bis hinunter zum Strand, wo sich die Rettungsstation befand. Es herrschte Flut. Haushohe Brecher rollten auf die Station zu und kamen ihr gefährlich nahe. Die See kochte, Gischt flog ihnen ins Gesicht, machte sie fast blind. Brodersson zog Jonas in den Windschatten, wo er sich halbwegs verständlich machen konnte. »Wo sind die Rettungsmänner?«, rief er.

»Noch draußen.«

Brodersson spähte ins Dunkel und erkannte ein paar schwache Lichter in der Ferne. Das musste das havarierte Schiff sein. Wahrscheinlich war es auf eine der Sandbänke vor Alt-Skagen gelaufen. Es war nicht das erste Schiff, das dieses Schicksal ereilte, die Folgen waren fast immer gleich: Früher oder später würde der Mahlstrom den Rumpf zerbrechen und ein Wrack zurücklassen.

Doch was war mit der Besatzung?

Brodersson entdeckte ein weiteres Licht. Es tanzte auf den Wellen wie ein Jo-Jo-Spiel. Nur dass dies kein Spiel war, sondern bitterer Ernst, denn vermutlich handelte es sich um die Retter mit ihrem Boot. »Ich glaube, da sind sie!«

Der Alte nickte. Er hatte das Kunststück fertiggebracht, sich bei dem Wetter eine Pfeife anzuzünden, und schirmte die Glut mit der hohlen Hand ab. »Dauert nicht mehr lang, Knud, der Westwind treibt sie an Land.«

»Meinst du, sie hatten Erfolg?«

»Das weiß nur Gott.«

Aber es sollte noch mehr als eine halbe Stunde vergehen, bis sich der Bug des Rettungsbootes in den Ufersand bohrte. Brodersson war mittlerweile steif vor Kälte. Er bewunderte die Retter, die der tobenden See nur ihren Mut und ihre Muskelkraft entgegensetzen konnten, um unter Lebensgefahr hinauszurudern und die Schiffbrüchigen zu bergen. Nun waren sie zurück und zogen das Boot höher an Land. Sie trugen wasserdichtes Ölzeug, Korkwesten und hohe Lederstiefel. Und sie waren völlig erschöpft.

»Habt ihr jemanden retten können?«, rief Brodersson.

Thorvald Lundholm, der Vormann, zuckte mit den Achseln. Er war Fischer wie die anderen Männer, breitschultrig und bärenstark. »Sechs Geborgene sind's, Knud, musst selber sehen, ob noch Leben in ihnen steckt.«

»Gut, schafft sie in die Werkstatt der Station.«

»Geht klar.«

Wenig später starrte Brodersson auf sechs Männer, die vor ihm am Boden lagen, und kam sich so hilflos vor, als hätte ihm jemand Handfesseln angelegt. »Tot ... tot ... tot«, stellte er grimmig fest. »Arme Kerle, abgesoffen wie die Ratten! Da nützt alle ärztliche Kunst nichts mehr.« Er fragte sich in diesem Augenblick, wozu er das lange Studium der Medizin auf sich genommen hatte, die vielen Vorlesungen gehört und bis in die Nächte hinein lateinische Namen von Knochen, Muskeln, Adern gepaukt hatte, wenn das alles nicht zu mehr nütze war, als den Tod dieser Männer festzustellen. Jeder andere wäre dazu in der Lage gewesen.

»Alle tot? Haben wir befürchtet«, brummte Thorvald. »Aber ihr Knochenflicker habt ja manchmal so eure Tricks, um jemanden wieder lebendig zu kriegen.«

»Diesmal nicht.« Brodersson nahm Thorvald den »Knochenflicker« nicht übel, denn er war ehrlich genug, sich einzugestehen, dass er in seiner Praxis selten mehr zu tun hatte, als Brüche zu schienen, Wunden zu nähen oder ein Fieber zu senken. Das hätte er auch als Arzt im Skagener Krankenhaus tun können, doch er war lieber sein eigener Herr. Und die Alt-Skagener Fischer kamen gern zu ihm. Nicht nur, weil er im Højensvej wohnte und sein Haus näher lag als das Hospital in der Stadt, sondern auch, weil die Fischer ihn schätzten. Was ganz auf Gegenseitigkeit beruhte.

»Schafft die Toten weg«, befahl er. »Die Kollegen in Skagen haben einen Kühlraum. Und sagt ihnen, sie sollen, wenn möglich, die Personalien feststellen und die Totenscheine ausfüllen.«

»Machen wir«, sagte Thorvald. »Aber erst rudern wir noch mal raus.«

»Was? Meint ihr etwa, ihr könntet noch jemanden lebend rausfischen?«

»Das weiß man nie. Der Dampfer da draußen ist nicht der kleinste. Ich glaube, es ist die *Nordstern.* Die fährt regelmäßig von Hamborg nach Kristiania in Norwegen und zurück. Hat über zwanzig Mann Besatzung und Passagiere dazu. Da sind bestimmt noch mehr arme Teufel in Seenot.«

»Viel Glück.« Brodersson überlegte, ob er mit Jonas auf die Rückkehr der Retter warten sollte, doch das würde sicher Stunden dauern. »Ich gehe erst mal nach Hause. Wenn meine Hilfe nötig ist, wisst ihr ja, wo ihr mich findet. *Vi ses.*«

»*I orden,* Knud.«

Am Sonntagvormittag gegen elf verließ Brodersson die *Skagen Kirke* und machte sich zu Fuß auf den Heimweg. Normalerweise war er kein großer Kirchgänger, nicht zuletzt, weil die Krankheiten seiner Patienten keine Rücksicht auf den Wochentag nahmen. Doch diesmal lag der Fall anders. Pastor Lund hatte einen Trauergottesdienst für die Toten der *Nordstern* abgehalten, und Brodersson hatte sich verpflichtet gefühlt, daran teilzunehmen. Zumal die Zahl der Toten auf dreizehn angewachsen war. Thorvald, der Vormann der Retter, hatte von über zwanzig Besatzungsmitgliedern und weiteren Passagieren gesprochen. Das bedeutete, nicht wenige Menschen galten noch als vermisst. Entweder hatten sie im Rumpf der *Nordstern* ihr nasses Grab gefunden, oder sie würden im Laufe der nächsten Tage an Land gespült. Brodersson seufzte. Er war neunundvierzig Jahre alt, aber noch immer schmerzte ihn jeder Patient, bei dem seine Hilfe zu spät kam.

Wenigstens war das Wetter an diesem Tag schön. Die Sonne lachte und schickte ihre ersten wärmenden Strahlen herab. Kaum zu glauben, dass keine zwei Tage zuvor ein Orkan über die Spitze Nordjütlands hinweggefegt war. Doch wer Alt-Skagen und Skagen liebte, der lebte im Einklang mit der Natur und genoss es, dass hier oben kein Tag dem anderen glich. Die weite See, die reine Luft und der hohe Himmel erschufen immer wieder neue Farben, und das Licht, in dem sie erstrahlten, zog viele Kunstmaler an. Auch Brodersson hatte sich eine Zeit lang mit der Malerei versucht, am Ende aber eingesehen, dass es ihm an Begabung fehlte. Immerhin gehörte er einem illustren Kreis von Malern an, darunter Krøyer, Ancher und Locher, der sich regelmäßig in *Brøndums Hotel* traf, um bei kräftiger Kost und sehr viel Wein über Kunst, Kultur und Gott und die Welt zu diskutieren.

Unterdessen war er vom Frederikshavnvej kommend in den Højensvej eingebogen. Gleich würde er zu Hause sein. Er fragte sich, ob seine Tochter Ebba schon mit dem Postwagen aus Hjørring zurück war, wo sie ein paar Tage bei einer entfernten Tante verbracht hatte. Wenn ja, würde ein leckeres Mittagessen auf ihn warten, denn sie war eine gute Köchin, obwohl ihr das Feddi, seine verstorbene Frau, nie hatte beibringen können. Sie war viel zu früh von ihm gegangen.

Unwillkürlich beschleunigte Brodersson seine Schritte. Und hielt dann unvermittelt inne. Vor seiner Haustür stand eine Transportkarre, die ihm bekannt vorkam. Sie gehörte zur Ausstattung der Rettungsstation. Sollte vielleicht doch noch jemand von der *Nordstern …?* Brodersson riss die Haustür auf und stürzte in seinen Behandlungsraum. Jonas, der alte Fischer, stand da, an seiner Seite Ebba, und daneben, auf einer Pritsche lag ein schwer verletzter Mann.

»Ich fürchte, er stirbt«, sagte Ebba.

KAPITEL 2

Das Erste, was Degn Brøndum durch die Tür kommen sah, war ein Kanarienvogel. Der kleine Sänger saß in einem Bauer und wurde von einem Arm gehalten, dessen Besitzer mit einem entschlossenen Schritt den Speisesaal betrat. »*God dag*«, sagte er mit vergnügter Stimme und setzte das Bauer mit dem Vogel auf der Anrichte ab. »Das ist Campanini.«

Degn, der Wirt von *Brøndums Hotel*, schaute überrascht. »Welch seltsamer Gast! Und wer bist du?«

»Theodor Manholte. Kunstmaler, frisch eingetroffen von der *Königlichen Berliner Akademie der Künste.* Meine Freunde nennen mich Theo.«

»Schön. Ich nehme an, Theo, du willst zu Mittag essen. Außer dem Pieper hast du ja kein Gepäck.« Degn öffnete mit gekonnten Griffen zwei Flaschen Lübecker Rotspon. Der dunkle Rote gehörte zu den Lieblingsgetränken der Skagener Künstler.

»Mein Gepäck steht draußen.«

Degn runzelte die Stirn. »Das heißt, du willst ein Zimmer?«

»Ja, aber essen würde ich auch gern was.«

Degn nahm ein Tablett, stellte die Flaschen darauf und brachte es zu einem Tisch, an dem vier Männer saßen. Sie redeten lebhaft miteinander, aßen tüchtig und tranken reichlich. Eine Batterie leerer Flaschen zeugte davon. Als Degn zurückkam, sagte er zu Theo: »Du hast Hunger, du hast Gepäck, und du willst ein Zimmer. Hast du auch Kronen?«

Theo grinste entwaffnend. »Offen gestanden, nicht viele. Bei mir herrscht gerade ziemliche Ebbe. Aber ich könnte dir ein Bild von mir geben. Sozusagen als Anzahlung.«

»Soso.« Degn schürzte die Lippen unter dem dichten Gestrüpp seines Bartes. Er war ein leidenschaftlicher Bewunderer der Skagener Kunst, und es war schon öfter vorgekommen, dass er ein Bild als Bezahlung annahm, wenn die Maler nicht gut bei Kasse waren. Sollte er das auch diesmal tun? Zumindest war dieser Theo nicht unsympathisch. Etwas forsch im Auftritt vielleicht, jedoch mit netten, offenen Gesichtszügen. »Hast du das Bild dabei?«

Theo hob bedauernd die Hände. »Es ist noch nicht ganz fertig. Das ist auch der Grund, warum Campanini und ich nach Skagen gekommen sind. Ich verspreche mir großartige Ergebnisse durch das einzigartige Licht hier.«

Degn zögerte. Das Hotel, das er vor ein paar Jahren von seinen Eltern übernommen hatte, lief zwar gut, aber es war kein Selbstläufer. Zu verschenken gab es nichts. Andererseits kam es auf ein Essen mehr oder weniger nicht an. Oder?

Campanini war es, der die Situation klärte, indem er plötzlich zu singen begann – fröhlich, munter und überaus laut. *»Krrürüürrü … rororuru … doudoudou … krrürüürrü!«* Alle Köpfe wandten sich ihm zu.

Einer der vier Männer, ein blonder Mann Mitte dreißig, kam herüber und rief: *»Fantastisk!* Dass aus einem so kleinen gelben Ball so ein Lärm kommen kann! Und das bei geschlossenem Schnabel. Wie heißt er denn?«

»Campanini«, antwortete Theo.

Der Künstler lächelte. »Nach dem italienischen Tenor?«

»Genau.«

»Und wie heißt du?«

»Ich bin Theo.«

»Und ich bin Michael Ancher, aber alle sagen Mikkel zu mir. Hat Campanini häufig solche Anfälle?«

Theo grinste schief. »Nur wenn er Hunger hat.«

»Aha.« Mikkel strich sich über seinen Schnäuzer. »Könnte es vielleicht sein, dass du es bist, der Hunger hat?«

»Ich würde lügen, wenn ich Nein sagte.«

»Dann komm.« Mikkel zog Theo mitsamt Campanini an den Künstlertisch und stellte ihn vor. Ein Stuhl wurde herbeigeschafft, Degn brachte einen Teller und einen Löffel, und Mikkel schöpfte aus der großen Terrine eine Kelle Fischsuppe. *»God appetit!«*

»Danke.« Theo begann ohne Umschweife zu essen. Die vielen Blicke, die ihn dabei beobachteten, schien er nicht zu bemerken. »Sehr lecker, die Suppe.«

Sein Nebenmann zur Rechten schob ihm ein Glas Wein hin. Er hieß Oscar Björck und war Mitte zwanzig, also in Theos Alter. »Der Fisch will schwimmen«, sagte er. *»Skål!«*

»Skål!« Theo trank mit großen Schlucken, setzte das Glas ab und aß weiter.

»Bist du Deutscher?«

»Ja«, antwortete Theo mit vollem Mund. Der Seehecht in der Suppe schmeckte köstlich. »Hört man das?«

»Ziemlich.« Björck nahm noch Wein. »Aber mach dir nichts draus. Ich komme aus Schweden, und das hört man auch.«

Theo nahm sich ein Stück Brot aus dem Korb. »Die Mutter meiner Mutter war Dänin. Ich musste sie *bedstemor* nennen. Immer wenn sie uns in Berlin besuchte, bestand sie darauf, dass ich dänisch mit ihr sprach.«

Ein anderer Teilnehmer der Runde tupfte sich mit einer Serviette den Mund ab. Er trug eine Schiebermütze und meinte: »Ich bin Christian. Christian Krohg, komme aus Norwegen. Vorhin habe ich mitgekriegt, dass du in Berlin studiert hast. Das habe ich auch. Allerdings ein paar Semester vor dir. Bist ja noch ein junger Hüpfer!«

Heiterkeit am Tisch.

Theo lachte mit. »Ich werde mit jedem Tag älter.«

Ein schwerer Mann, der Theo gegenübersaß, zündete sich eine Zigarre an. Dicke Qualmwolken waberten über den Tisch. Der Mann hieß Carl Locher, hatte einen breiten Schädel, einen Walrossbart und einen grimmigen Blick. Er beugte sich hinunter und hob das Tischtuch an. Eine Bulldogge kam hervor, die ihrem Herrn wie aus dem Gesicht geschnitten schien. Locher tätschelte sie und gab ihr ein Stück Fisch von seinem Teller. »Das ist meine Schöne. Sie heißt Venus.«

Björck neben Theo meinte: »Manche fragen sich, ob Carl wie Venus aussieht oder ob Venus wie Carl aussieht. Wir werden die Antwort wohl nie erfahren.«

Abermals Heiterkeit am Tisch.

Locher grunzte gutmütig und paffte weiter. Venus gähnte und verkroch sich wieder unter dem Tisch. Über dem Tisch stand mittlerweile eine dicke Rauchwolke. »Du warst ja auf der Kunstschule in Berlin«, sagte Locher zu Theo, »beherrschst du auch die Technik, einen Dunst wie diesen auf die Leinwand zu bringen?«

»*Krrürüürrü … rororuru …!*«, meldete sich Campanini. Sein Trillern klang irgendwie nach Protest.

»Was hat er denn?«, fragte Locher.

»Was wohl«, meinte Krohg. »Der Pieper erstickt gleich an deinem Qualm. Ich bringe ihn aus der Schusslinie.« Er stand auf und trug Campanini zur gegenüberliegenden Fensterbank. »Ich lüfte mal.«

»Lieber nicht«, warnte Theo. »Campanini ist ein Harzer Roller und sehr empfindlich. Seine Stimme würde in der Zugluft leiden.«

Krohg und die anderen lachten.

»Nein, wirklich! Er ist sehr sensibel. Früher war er Bergmann.«

»Was?«

»Er hat unter Tage gesungen, zusammen mit anderen seiner Art. Wenn einer von ihnen tot umfiel, wussten die Kumpel, dass Gas im Schacht war. Ich habe Campanini gerettet, indem ich ihn einem Steiger abkaufte. Das war letztes Jahr im Harz, in Sankt Andreasberg, wo ich mich in der Landschaftsmalerei geübt habe.«

»Landschaftsmalerei?« Krohg sprach das Wort aus, als hätte er Salz im Mund. »Hast du dich dabei nicht zu Tode gelangweilt?«

Theo zögerte. »Ehrlich gesagt, nein. Ich mag Bilder, die Harmonie und Idylle ausstrahlen. Eines meiner Lieblingsbilder heißt *Männer aus Skagen, an einem Sommerabend bei gutem Wetter.* Es ist von Martinus Rørbye.«

Locher produzierte einen Rauchring. »Rørbye war ein Meister des Goldenen Zeitalters, aber heutzutage malen die wenigsten noch so wie er. Harmonie und Idylle sind weltfremd. Wir Skagener Maler wollen lebensecht sein, atmosphärisch dicht, den Betrachter packen. Und wir wollen zeigen, wie die Dinge sind: ob es heimkehrende Fischer sind, die ihr Boot in der Brandung an Land ziehen, ob es eine Magd ist, die in der Küche Kräuter aufhängt, ein alter Mann, der an einem Stock schnitzt, oder eben ein voller Esstisch, über dem Rauchschwaden hängen. Kannst du so etwas nun malen oder nicht?«

Theo rang sich ein Grinsen ab. »Für einen Esstisch ohne Qualm würde es wohl reichen.«

»Den siehst du bereits da drüben«, sagte Mikkel und wies auf die große holzvertäfelte Wand. Daran hing ein hochformatiges

Gemälde mit dem Titel *Künstler beim Mittagessen in Brøndums Hotel.* Es zeigte genau jenen Tisch, an dem Theo saß, mit Mikkel Ancher, Oscar Björck, Christian Krohg und noch ein paar anderen in geselliger Runde. Ihre Gesichter waren klar und deutlich erkennbar.

Theo staunte über die kräftigen, natürlichen Farben, die ungewöhnliche Perspektive, das meisterhaft gesetzte Licht. »Wer hat das gemalt?«, fragte er.

»Krøyer, im letzten Jahr«, antwortete Krohg. »Wenn du weiter nach oben siehst, erkennst du ein Bild darüber. Es hat ein kreisrundes Format und zeigt ... na, wen wohl?«

»Degn!«, rief Theo. »Er ist fantastisch getroffen.«

»So ist es«, bekräftigte Locher. »Wie aus dem Leben.«

Degn winkte ab. Er stand nicht gern im Mittelpunkt. »Nun lasst mal gut sein. Jedenfalls ist es Krøyers Absicht, noch dieses Jahr außer meiner Wenigkeit weitere Porträts von euch zu malen und daneben aufzuhängen. Es soll eine Galerie werden.«

»Jawohl«, bestätigte Björck. »Als Zeichen dafür, dass dies unser Speisesaal ist.«

»Wo ist Krøyer überhaupt?«, fragte Theo. »Ich muss gestehen, ich bin auch seinetwegen nach Skagen gekommen.«

Locher drückte seine Zigarre aus. »Krøyer reist viel in der Weltgeschichte herum, genau wie wir alle. Momentan wohnt er in Kopenhagen.«

Krohg fügte hinzu: »Er wird im Mai oder Juni wieder nach Skagen kommen. Genau weiß man das bei ihm nie.«

Björck ergänzte: »Er führt ein unstetes Leben. Anders als Mikkel, der hier in Skagen festgemacht hat und mit Anna glücklich verheiratet ist. Stimmt's, Mikkel?«

Bevor Ancher antworten konnte, öffnete sich die Tür ein zweites Mal, und eine junge Mutter schob ihren Kinderwagen in den Speisesaal. Sie war groß und schlank, ihr Mittelscheitel wirkte streng, konnte aber den freundlichen, weltoffenen Blick nicht mindern.

»Da ist sie ja«, brummte Locher. »*Hej,* Anna!«

»*Hej,* ihr Pinselakrobaten«, antwortete sie und musste sich gleichzeitig Venus' Zudringlichkeiten erwehren. Die große Bulldogdame umkreiste den Kinderwagen. »Ich glaube, sie riecht, dass Helga eine neue Windel braucht.«

»Anna, mein Liebes!« Mikkel küsste sie. »Hast du etwa auf mich gewartet?«

Anna lachte. »Nein, ich habe gemalt, während du mit den Freunden zu Mittag gegessen hast. Aber nun ist es Zeit, nach Hause zu kommen.«

»Gewiss.« Mikkel nahm die kleine Helga aus dem Kinderwagen und hob sie hoch. »Na, mein Spatz, hast du Papa auch vermisst?«

Helga begann zu weinen.

Mikkel blickte erschrocken und begann, Grimassen zu schneiden, um sein Töchterchen aufzuheitern. Vergeblich.

Daraufhin versuchten es die anderen, sie standen wie eine Traube um das Kind herum und gestikulierten. »*Hej, lille Helga!*«

»*Se her!*«

Björck steckte den Daumen in den Mund und tat so, als sauge er daran. »*Tommelfinger suger!*«

Mikkel versuchte es mit einem dänischen Kinderlied: »*Drømte mig en drøm i nat ...!*«

Helga plärrte weiter.

»Wartet mal, ich habe eine Idee.« Theo holte Campanini vom Fensterbrett und hielt ihn Helga vor die Nase. Zum Glück begann der Vogel in diesem Moment zu singen. Helgas Gesicht glättete sich. Sie begann zu strahlen, stieß fröhlich-glucksende Laute aus und versuchte mit ihren Patschhändchen, nach Campanini zu greifen.

»Wer ist das denn?«, fragte Anna.

»Das ist Campanini«, erklärte Theo.

»Der Piepmatz scheint eine beruhigende Wirkung auf unsere Kleine auszuüben. Vielleicht solltet ihr beide uns mal besuchen?«

»Gern.« Theo freute sich.

»Nun müssen wir aber los. Mikkel, kommst du?«

»Natürlich, mein Liebes.« Mikkel lächelte und blickte augenzwinkernd zu den Freunden. »Wie könnte ich etwas ablehnen, wenn die Chefin es befiehlt …?«

Augenblicke später waren alle drei verschwunden.

»Tja«, meinte Locher. »Ich gehe dann mal rauf in mein Zimmer.«

»Ich auch«, sagten Björck und Krohg fast gleichzeitig. »*Vi ses*, Theo.«

»*Vi ses*«, antwortete Theo und blickte auf den verwaisten Tisch. Er stellte Campaninis Bauer zwischen die leeren Flaschen und hielt plötzlich erschrocken inne.

»Was hast du?«, fragte Degn.

»Ich habe ganz vergessen, dass mein Gepäck noch draußen steht.«

»Das tut es nicht. Es befindet sich bereits oben in deiner Kammer.«

»Äh, wie?«

Degn lächelte unter seinem Bartgestrüpp. »Mir ist eingefallen, dass die Saison vor der Tür steht und ich einen Kellner gut brauchen könnte.«

»Aber, Degn, ich …«

»Du bist ab sofort eingestellt.«

»Degn, ich bin kein …«

»Du kannst schon mal den Tisch abräumen und neu eindecken.«

KAPITEL 3

Ich war heute Vormittag angeln, 'ne halbe Meile südlich von der Rettungsstation. Weißt ja, an der Stelle beißen sie am besten. Da hab ich ihn gefunden«, sagte Jonas.

»Aha.« Brodersson hielt zwei Finger an die Halsschlagader des Schwerverletzten. Der Puls war schwach, aber spürbar. »Er ist nur bewusstlos«, stellte er erleichtert fest.

»Auf 'ner kaputten Holzkiste lag er. Alles voller rostiger Nägel. Hab ihn die ganze Strecke bis zur Station über der Schulter geschleppt. Da lief reichlich Wasser aus ihm raus.«

»Und er ist kein einziges Mal zu sich gekommen?«

»Nee. Auch nicht, als ich ihn später auf der Karre hatte. Nur manchmal hat er gestöhnt, mehr nicht. Ich schätze, er war Schiffsheizer auf der *Nordstern*. Guck dir seine Sachen an. Alles voller Ruß und Schiet, und die Fingernägel sind schwarz.«

»Ja, sieht ganz so aus.« Brodersson betrachtete den Mann näher. Sein Gesicht war bleich, bartlos, mit überraschend markanten Zügen, die nicht zu einem Schiffsheizer passen wollten. An der Schläfe rechts saß eine bedrohlich große Beule. Sie mochte der Grund für eine Gehirnerschütterung und die daraus folgende Ohnmacht sein. »Ebba, mein Mädchen«, sagte Brodersson zu seiner Tochter, während er das Stethoskop hervorholte, »breite ein paar Wolldecken über seine Beine, er ist völlig unterkühlt.«

»Soll ich ihm vorher die Hose ausziehen, *far?*«

»Natürlich. Genier dich nur nicht.« Brodersson öffnete die Jacke des Verletzten, um den Brustkorb abzuhören, doch dazu kam es nicht, denn aus einer tiefen Risswunde im linken Oberarm sickerte Blut. Der Jackenärmel aus schwerem Köperstoff hatte es bisher aufgesogen und so die Verletzung verborgen. Brodersson unterdrückte einen Fluch. »Gebe Gott, dass die *Arteria brachialis* unversehrt ist«, murmelte er und atmete auf, als er Sekunden später sah, dass die Ader nicht getroffen war.

»*Far,* ich krieg den Gürtel nicht auf!«, rief Ebba.

»Lass dir von Jonas helfen.«

Brodersson reinigte die Verletzung mit Alkohol und griff zu Nadel und Catgut. Während er mit wenigen Stichen die Wunde schloss, fragte er sich, wie viel Blut sein Patient wohl verloren hatte. Er hoffte, dass es nicht zu viel war, und musste an seine Forschungen zur Bluttransfusion denken. Wenn er auf dem Gebiet doch nur schon weiter wäre!

In der Zwischenzeit hatte Ebba mit Jonas' Unterstützung den breiten Ledergürtel gelöst und zerrte nun an den Enden der Hosenbeine. »Es geht nicht, der Stoff ist so klamm!«

»Warte«, brummte der Alte. »Das haben wir gleich.« Mit einem kräftigen Ruck zog er das Beinkleid über die Füße. Der Verletzte stöhnte auf. Seine Augenlider flatterten.

»Ich glaube, er wird wach!«, rief Brodersson erleichtert. Er schlug dem Mann mit der flachen Hand ein paar Mal gegen die Wange. »*Hej,* willkommen in Alt-Skagen. Kannst du mich erkennen?«

Ein schwaches Nicken war die Antwort.

»Du bist in Sicherheit. Hast du starke Schmerzen?«

Wieder ein Nicken.

»Ebba, gib unserem Patienten ein Quantum Laudanum in etwas Wasser.«

»Mach ich, *far.*«

Ebba holte die Arznei und flößte sie dem Mann vorsichtig ein. »Wie heißt du?«

»Arndt.«

»Deine Schmerzen werden gleich nachlassen, Arndt.«

»Da... Danke.«

Brodersson sagte: »Du hast vermutlich das, was wir Ärzte eine *Commotio cerebri* nennen, eine Gehirnerschütterung. Du warst die ganze Zeit ohnmächtig, doch nun bist du wach, und alles wird gut.«

»Danke, Herr Doktor.«

»Kommst du aus Deutschland?«

»Ja, Herr Doktor.«

»Das dachte ich mir. Du kannst Knud zu mir sagen. In Dänemark nennen wir uns beim Vornamen. Wir sind nicht so förmlich wie bei euch im Reich.«

»Danke.«

»Ich lege dir jetzt eine Kompresse am Oberarm an und untersuche dich auf weitere Verletzungen.«

Arndt nickte und schloss erschöpft die Augen. Das kurze Gespräch hatte ihn sehr angestrengt.

Brodersson erkannte weitere Blessuren. Arndts rechter Ringfinger war gebrochen und sein linker Fuß stark angeschwollen. Womöglich ein weiterer Bruch, vielleicht auch nur eine Verstauchung. In jedem Fall der Grund, warum Arndt beim Ausziehen der Hose so aufgestöhnt hatte. Daneben wies sein Körper zahlreiche Schürf- und Quetschwunden auf. »Ebba, sei so gut und hole frisches Brunnenwasser, damit wir den Finger kühlen können, während ich mich um den Fuß kümmere.«

»Ja, *far.*«

»Jonas, wenn du schon deinen Knösel anmachst, blas den Qualm in eine andere Richtung. Und zieh den Strumpf ganz vorsichtig von dem lädierten Fuß. Ja, so ist es recht. Arndt, hörst du mich?«

»Ja …?«

»Versuche, die Zehen zu bewegen.«

Arndt gehorchte.

»Gut, sehr gut, Junge.« Brodersson ergriff mit einer Hand die Ferse und bewegte mit der anderen den Mittelfuß vorsichtig in jede Richtung.

Arndt stöhnte vor Schmerz, trotz des Laudanums.

»Wir haben Glück. Es ist nur eine Verstauchung. Ich werde dir einen Stützverband anlegen. Jonas, gib mir mal einen der gewickelten Leinenstreifen aus dem Schapp.«

»So was hier?«

»Ja, danke.« Geschickt legte Brodersson den Verband an und lagerte den Fuß hoch. Dann wandte er sich an Ebba, die den gebrochenen Finger mit einem ausgewrungenen kalten Lappen kühlte. »Danke, mein Mädchen.«

Ebba machte Platz für ihren Vater.

Brodersson setzte sich auf einen Schemel neben Arndt und sagte: »Ein Glied von deinem Ringfinger ist gebrochen. Du erinnerst dich wahrscheinlich nicht, wie das passiert ist, aber es ist auch nicht wichtig. Bei einem gebrochenen Finger gilt die alte Regel: Einer hilft dem anderen. Das heißt, wir werden den verletzten Ringfinger mit einem Verbandstreifen fest an seinem Nebenmann, dem Mittelfinger, fixieren. Ich werde sehr vorsichtig sein. So, ein Mal herum, zwei Mal, drei Mal … Gleich haben wir's. Ein Knoten, nicht zu fest, gibt dem Verband abschließenden Halt. Nun kann die Fraktur in Ruhe zusammenwachsen. In vier bis sechs Wochen wird die Sache ausgestanden sein.«

»Danke ... Knud. *Mange tak.*«

»Ebba wird dir noch ein Sedativ geben, damit du gut schläfst. Ich werde die Zeit nutzen und die kleineren Kratzer versorgen. Morgen kannst du uns, wenn du willst, deine Geschichte erzählen.«

Kurze Zeit später war Arndt eingeschlafen. Jonas hatte das Haus verlassen, und Ebba fragte ihren Vater: »Sollen wir Arndt morgen ins Krankenhaus schaffen lassen?«

Brodersson kratzte sich am Kopf. »Eigentlich ja. Aber er ist sehr schwach. Und ich habe Sorge, dass die tiefe Risswunde eine Blutvergiftung verursachen könnte. Es ist besser, wenn er erst mal hierbleibt. Könntest du ihn für ein paar Tage pflegen?«

Ebba zögerte kurz. »Ich glaube schon, *far.*«

Brodersson schaute seine Tochter an. Sie war mittlerweile neunzehn und ließ ihn zuweilen daran denken, wie schnell die Zeit verging. Er erinnerte sich noch genau an den Tag ihrer Geburt. Sie war mit einem goldblonden Flaum auf dem Kopf und tiefblauen Augen auf die Welt gekommen, und Feddi hatte sie in ihren Armen gewiegt und gesagt: »Sie ist ein kleines Wikingermädchen.« Daran hatte sich nichts geändert, auch wenn Ebba keineswegs wild oder draufgängerisch war, sondern eher von zurückhaltendem, freundlichem Wesen. Doch wenn sie mit blitzenden Zähnen lachte, ging für Brodersson jedes Mal die Sonne auf. »Wenn du ihn pflegst, könntest du dich nicht mehr so oft mit Anna treffen. Wäre das schlimm?«

»Nein, nein!« Fast hätte Ebba gesagt, es sei ihr nur recht, in nächster Zeit im Haus zu bleiben. Sie blickte hinüber zu dem schlafenden Arndt. »Ich mache es gern.«

Zwei Tage waren vergangen. Brodersson hatte Arndt strenge Bettruhe verordnet. Der Kranke lag in der ehemaligen Knechtstube, einem spartanisch eingerichteten Raum, dessen eines Fenster nach Osten wies. Es war ein wolkiger Vormittag, nur manchmal zerteilte eine frische Brise den Himmel und sorgte für ein paar Sonnenstrahlen. Vor dem Fenster zeigten die Holundersträucher erstes Grün. »Wie fühlst du dich?« Ebba löste behutsam den Verband an Arndts Oberarm.

»Es geht.« Arndt hustete.

»Die Wunde sieht gut aus. Was meinst du, *far?*«

Brodersson, der seine Tochter beobachtete, nickte. »Gott sei Dank, ja.« Er dachte an die Kiste mit den rostigen Nägeln, auf der Arndt an Land getrieben worden war. Dennoch sah es nicht nach einer Blutvergiftung aus. Auch die anderen Verletzungen schienen gut zu verheilen. Nur der Husten machte ihm Sorgen. Er legte die Hand an die Stirn seines Patienten. Sie war heiß. »Seit wann hast du den Husten?«

»Ich weiß nicht ...«

Ebba antwortete: »Gestern am späten Abend fing's an. Ich werde einen neuen Verband anlegen und Fieber messen.«

Brodersson wartete, bis Ebba fertig war. Das Thermometer zeigte 38,9 Grad. »Viel zu hoch«, murmelte er. »Notiere den Wert, Ebba.«

»Ja, *far.*«

Anschließend setzte er das Stethoskop auf dem Brustkorb des Kranken an. »Atme tief ein und aus. Ein ... und aus ... und wieder ein ...« Während Arndt die Anweisungen befolgte, ließ Brodersson den Schalltrichter des Gerätes hin und her wandern. Was er hörte, gefiel ihm nicht. »Ich fürchte, du kriegst eine Lungenentzündung. Kein Wunder, nachdem du stundenlang der Kälte im Meer ausgesetzt warst. Wir müssen Maßnahmen ergreifen.«

Arndt hustete.

»Was können wir tun?« Ebbas Stimme klang entschlossen. Sie hatte gestern mit Arndt ein paar Worte gewechselt, aber nichts über die schrecklichen Geschehnisse in der Orkannacht erfahren. Wahrscheinlich war er noch zu schwach für ein Gespräch gewesen.

»Oh, wir können einiges tun«, antwortete Brodersson, wobei er sich zuversichtlicher gab, als er war, denn gegen eine Pneumonie halfen nur altbekannte Hausmittel. Mal wirkten sie – und häufig auch nicht. Das Wichtigste war seiner Meinung nach der Wille des Patienten zur Genesung. Bei Arndt jedoch hatte er seine Zweifel. Der junge Mann wirkte fast so, als hätte er mit dem Leben abgeschlossen. »Zunächst einmal muss das Fieber runter. Und gegen den Husten müssen wir auch etwas unternehmen. Mach Arndt lauwarme Wadenwickel. Sie sollen alle halbe Stunde erneuert werden. Ich werde ihm zusätzlich ein Salicylat verabreichen. Und er muss schwitzen. Gib ihm die dicke Decke mit den Gänsedaunen. Gegen den Husten soll er Honig in heißem Wasser bekommen. Er muss viel trinken und das Fieber ausschwitzen.«

»Ja, ist gut, *far*.«

»Wäre doch gelacht, wenn wir die Lungenentzündung nicht in den Griff bekämen.«

Trotz aller Bemühungen hatte sich das Fieber am Abend dieses Tages verstärkt. 39,6 Grad zeigte die Skala des Thermometers an. Arndt glühte. Er hustete viel. Ebba versuchte, ihn abzulenken. Sie redete öfter mit ihm, sprach über Skagen und seine Menschen, die Fischer und ihre Arbeit und die Maler, die in *Brøndums Hotel* ein und aus gingen, während sie regelmäßig die Wadenwickel wechselte.

Arndt ließ alles schweigend über sich ergehen, nur einmal flüsterte er: »Du … bist ein Engel.«

Darauf fiel Ebba nichts ein. Aber es berührte sie stark.

Gegen sieben kam Brodersson dazu und legte Arndt die Hand auf die Stirn. »Abends ist das Fieber immer etwas höher«, sagte er. Es sollte beruhigend klingen, doch Ebba kannte ihren Vater. Sie wusste, dass er sich Sorgen machte. »Ich werde noch etwas Salicylatpulver in einem Glas Wasser auflösen«, sagte er.

Ebba nahm den fiebersenkenden Trank entgegen, hob Arndts Kopf an und flößte ihm die Arznei ein. Er verschluckte sich und hustete qualvoll. »Tut mir leid«, krächzte er, als der Anfall vorüber war.

»Meine Schuld«, flüsterte sie. »Komm, trink den letzten Schluck.«

Nachdem Arndt fertig war, nahm Brodersson seine Tochter beiseite und sprach leise auf sie ein. »Du hast ihm den ganzen Tag die Waden gewickelt und zu trinken gegeben. Du hast ihn gefüttert und ihm immer wieder die Stirn gekühlt. Ich fürchte, das Ganze wird auf die Dauer zu viel für dich. Es ist wohl besser, wenn wir ihn ins Krankenhaus schaffen lassen. Was hältst du davon?«

»Nichts.«

»Nichts?« Mit dieser Antwort hatte Brodersson nicht gerechnet. »Aber du hast doch selbst schon daran gedacht?«

»Im Krankenhaus gibt es nur drei Schwestern. Die müssen sich mindestens um zwei Dutzend Patienten kümmern. Arndt hätte dort nicht die Pflege, die er bei uns hat. Er bleibt hier.«

Brodersson zögerte. »Meinst du wirklich …?«

»Ja, *far,* das meine ich.«

Am Tag darauf kletterte Arndts Fieber auf 41,1 Grad. Ebba verstärkte nochmals ihre Bemühungen. Sie sorgte dafür, dass Arndt trotz seiner Schwäche mit Kamille inhalierte, um die entzündete Lunge zu besänftigen, und gab ihm darüber hinaus Natron, um einer Magenreizung durch das häufig verabreichte Salicylat vorzubeugen. Brodersson machte in der Zeit Krankenbesuche, doch wann immer er konnte, unterstützte er Ebba. Gegen Abend, als das Fieber abermals stieg, sagte er zu ihr: »Es ist der reine Hohn: Alle anderen Verletzungen verheilen gut, nur die vermaledeite Pneumonie bringt Arndt an den Rand des Todes. Wir können nur hoffen, dass die Temperatur nicht weit über zweiundvierzig Grad steigt, denn sonst …« Er sprach den Satz nicht zu Ende, doch Ebba wusste auch so, was er meinte.

In der Nacht wich Ebba nicht von Arndts Seite. Sie machte ihm Wickel, kühlte die Stirn, flößte ihm heißes Wasser mit Honig ein, reinigte immer wieder die Schüssel mit seiner Notdurft, notierte die Höhe des Fiebers. Sie kam sich vor wie ein Automat. Mehrmals drohte der Schlaf sie zu übermannen, aber sie dachte: Wenn ich einschlafe, stirbt er. So kämpfte sie weiter. Am Morgen, als die Hähne in der Nachbarschaft krähten, maß sie erneut Fieber. 42,1 Grad!

Ebba biss die Zähne zusammen. Fand ein paar aufmunternde Worte für Arndt, doch sie war nicht sicher, ob er sie überhaupt verstand. Gegen Mittag versuchte sie, ihm ein paar Löffel Hühnersuppe einzuflößen, denn irgendjemand hatte ihr gesagt, nichts helfe besser gegen zu hohe Körpertemperaturen. Arndt jedoch dämmerte weiter mit trüben Augen vor sich hin und begann sogar zu fantasieren. Es war, wie es schien, zusammenhangloses Zeug, was er redete, nur zwei Wörter kamen immer wieder vor: »Blut« und »Kampf«. Ebba konnte nichts damit anfangen, und sie fragte auch nicht. Sie hätte ohnehin keine Antwort bekommen.

So ging der Tag dahin.

Am Abend lag die Temperatur bei 42,2 Grad. Ebba hätte heulen mögen. Sie war am Ende ihrer Kräfte. Das Fieber kam ihr vor wie ein Feuer, das man nicht austreten konnte. Sollten alle ihre Bemühungen umsonst gewesen sein?

»Da bin ich.« Brodersson kehrte von einem Patienten zurück, stellte den Arztkoffer ab und untersuchte Arndt. Dann nahm er Ebba mit in seinen Behandlungsraum, wo sie ungehört reden konnten. »Arndt ist zäh«, begann er mit sorgenvoller Miene. »Ich fürchte aber, wir müssen mit dem Schlimmsten rechnen. In der kommenden Nacht wird es sich entscheiden. Überlebt er sie, wird er gesund, wenn nicht, werden wir ihn verlieren.«

Ebba kämpfte mit den Tränen. »Ja, *far.* Aber solange er noch atmet, gebe ich nicht auf.«

Brodersson lächelte schmerzlich. »Ich wünschte, deine Mutter könnte dich so sehen. Sie wäre stolz auf dich.«

Gegen zehn Uhr nahm Ebba eine Laterne und trat hinaus in die Nacht. Es kostete sie große Überwindung, das zu tun, doch es gab keine andere Möglichkeit. Sie lenkte ihre Schritte zur *Skagen Kirke,* die ungefähr eine Dreiviertelstunde Weges entfernt lag. Unbehelligt kam sie dort an und öffnete knarrend die schwere Holztür. Sie schlüpfte hinein. Drinnen war es stockdunkel. Ebba wanderte mit der Laterne durch die Bankreihen nach vorn und entzündete eine Kerze. Sie stellte das Licht auf den Altar. Dann faltete sie die Hände. Ihr Blick ging hinauf zu dem Kruzifix mit der Dornenkrone. »Lieber Herr Jesus«, sagte sie leise. »Bitte hilf, dass er am Leben bleibt.«

KAPITEL 4

Im Großen und Ganzen war Degn zufrieden mit Theos Arbeit. Deshalb sagte er an diesem Samstagmorgen zu ihm: »Du kommst gut an bei meinen Gästen, auch wenn ich glaube, dass dieser Umstand mehr Campaninis Gesang zu verdanken ist als deinem schnoddrigen Mundwerk. Immerhin: Mach ein paar Stunden frei und genieße den Tag. Am Nachmittag will ich dich hier wieder sehen.«

»Danke, Degn.« Theo war überrascht. Mit Freizeit hatte er nicht gerechnet.

»*Vi ses.*« Degn verschwand in Richtung Küche.

Stattdessen erschien Locher auf der Bildfläche. Er war in Begleitung von Venus und trug eine Staffelei über der Schulter. »Ich will rüber nach Alt-Skagen und das Wrack malen. Das Licht ist heute gut dafür«, brummte er. »Kannst mitkommen, wenn du willst. Bist ja auch Maler, oder?«

»Bin ich.« Theo überlegte. »Ich müsste nur noch schnell Campanini seine Körnchen und etwas Wasser geben. Und meine Staffelei holen.«

»Ich warte.«

Wenig später waren die drei unterwegs. Locher links, Theo

rechts, Venus in der Mitte. Auf halbem Wege, an der Kreuzung zum Højensvej, begegneten sie einem Händler, der seine Waren auf einem Wagen ausgebreitet hatte. Um ihn herum standen mehrere Frauen, die seine Angebote prüften.

»Das ist der Prediger«, erklärte Locher. »Er verkauft hauptsächlich Posamenten, also jede Menge Zeug, mit dem die Weibsleute sich und ihre Umgebung schmücken. Meiner Meinung nach völlig überflüssig, wenn man von den Malerartikeln, die er für uns Künstler bereithält, einmal absieht.«

In diesem Moment richtete der Prediger sich zu voller Größe auf. Um den Hals hatte er sich bunte Schnüre geschlungen, schmückende Geflechte für mancherlei Zweck, die er nacheinander in die Höhe hielt. »Seht her, ihr guten Frauen! Kordeln, Litzen, Quasten jeglicher Art! Knöpfe, Fransen, Spitzen! Meisterleistungen der Galanterieware, die in jeder von euch die Verführerin wecken sollen. Werdet wieder zu Eva, kehrt heim ins Paradies zu euren Männern – aber nicht mit einem schnöden Apfel, sondern mit einem meiner unwiderstehlichen Glanzstücke!«

Die Frauen kicherten und scharten sich dichter um den stattlichen Mann.

Mit großer Geste streifte er sich ein Paar weiße Handschuhe über, steckte sich mehrere buntschillernde Ringe auf die Finger und präsentierte sie stolz. »Ringe!«, rief er. »Symbole der Liebe und der Treue, geheimnisvolle, runde Objekte, die keinen Anfang und kein Ende haben, Garanten der Unendlichkeit, der unendlichen Liebe, der ewigen Treue! Oh, ihr guten Frauen, macht euch für eure Männer schön, tut ein gottgefälliges Werk, denn wie heißt es schon in der Heiligen Schrift: Die Frau sei des Mannes Zier! Erwerbt eine dieser prachtvollen Raritäten ...«

»Da hörst du, warum der Mann Prediger genannt wird«, sagte Locher. »Der verhökert dem Teufel noch das Weihwasser. Alle drei, vier Wochen kommt er nach Skagen und versucht, seinen Krimskrams loszuwerden.«

Theo lachte. »Der liebe Gott als Verkaufsmasche, keine schlechte Idee!«

Sie gingen weiter, den Højensvej hinunter, und Theo fragte: »Wieso heißt dieser Weg eigentlich Højensvej?«

Locher stutzte. »Weißt du das wirklich nicht?«

»Sonst würde ich nicht fragen.«

»Die Alt-Skagener nennen ihren Ort seit jeher Højens.«

»Aha. Mir soll's recht sein.«

Die drei setzten sich wieder in Bewegung. Venus ging voran. Plötzlich begann sie zu knurren. Die Katze von Henning Jensen saß auf dem Zaun vor seiner Schmiede und machte einen Buckel.

Locher beruhigte Venus und erklärte: »Sie mag keine Katzen. Magst du Katzen?«

»Ich? Gott bewahre!« Theo gab sich entrüstet. »Campaninis Feinde sind auch meine Feinde!«

Locher grunzte zufrieden. »Da rechts ist Simonsens Netzmacherei. Ich habe den Alten letztes Jahr gemalt, knorriger Mann, arthritische Hände, aber beim Netzflicken immer noch der Geschickteste. *Hej, Lars, hvordan går det?*«

»*Det går godt!*«

Locher winkte, sie zogen weiter. Vor ihnen wehten ein paar große Betttücher auf der Leine. Ebba hatte sie aufgehängt und sicherte sie mit hölzernen Klammern.

»*God morgen, Ebba!*«

»*God morgen.*« Ebba sah blass und übernächtigt aus.

»Wie geht's dem Schiffbrüchigen?« Es hatte sich herumgesprochen, dass Brodersson einen Seemann der *Nordstern* behandelte.

»Er lebt.« Über Ebbas Gesicht huschte ein Lächeln.

»Das hört man gern. Grüße Knud von mir.«

»Mach ich.«

Während sie dem Strand zustrebten, sagte Theo: »Sie ist bildhübsch, wenn sie lächelt.«

Locher brummte: »Sie lächelt selten. In letzter Zeit hat sie sich kaum sehen lassen. Sehr zum Leidwesen der jungen Fischer im Ort. Manch einer würde sie wohl vom Fleck weg heiraten, aber Ebba scheint kein Interesse an ihnen zu haben. Knud hat mal in der Künstlerrunde erzählt, sie habe in Kopenhagen als Krankenschwester gearbeitet und sei zurückgekommen, um ihm den Haushalt zu führen. Wer weiß, vielleicht hatte sie ja eine unglückliche Liebe in der Hauptstadt. Da vorn ist übrigens schon die Rettungsstation. Wir wenden uns nach links. Immer am Strand entlang.«

Nach mehreren hundert Schritten machte Locher zwischen zwei Dünen halt. »Hier ist ein windstilles Plätzchen. Da malt es sich ungestört.« Er baute seine Staffelei auf und rammte den Stiel eines aufgespannten gelben Schirms in den Sand. »Mein Parasol«, erklärte er. »Das gute Stück stammt noch aus meiner Pariser Zeit, als ich bei Léon Bonnat studierte. Ein perfekter Sonnenschutz für meine Venus. Sie hat doch so empfindliche Haut.«

Als hätte sie die Worte ihres Herrn verstanden, kroch die Bulldogge prompt unter den schützenden Schirm.

»So ist es brav.« Während Locher einen Klappstuhl entfaltete und seine Segeltuchtasche mit den Malutensilien öffnete, wanderte sein Blick hinaus aufs Meer. Die *Nordstern* lag wie ein gestrandeter Wal in der Ferne. Sie war in der Mitte zerbrochen, Bug und Heck ragten hilflos aus dem Wasser. »Welch schönes Motiv!«

Theo kniff die Augen zusammen und betrachtete das Wrack. »Warum willst du ausgerechnet ein zerstörtes Schiff malen? Es könnte doch auch ein vorüberfahrender Dampfer sein?«, fragte er.

Locher sah ihn abschätzend an. »So etwas kann nur einer fragen, der kein Marinemaler ist. Ein fahrendes Schiff ist langweilig. Es dampft von A nach B und erzählt keine Geschichte. Ganz anders ein Wrack. Es birgt ein Schicksal. Es kündet von der Gefahr, der es ausgesetzt war, von dem Ringen der Matrosen ums Überleben, von Sturm, Kampf, letzten Gebeten. Ein Wrack ist ein zerstörter Organismus, umgeben von heiler Natur. Ein Gegensatz zwischen Tod und Leben. Jedes gute Bild zeigt einen Gegensatz, ob farblich, inhaltlich, perspektivisch. Oder es stellt eine Frage wie in dem preisgekrönten Bild von Mikkel Ancher. Vielleicht kennst du es. Es heißt *Wird er es schaffen, die Landspitze zu umrunden?* und zeigt mehrere Fischer, die aufs Meer schauen und darauf hoffen, dass ihr Kollege mit seinem Boot den gefährlichen Punkt umschiffen kann.«

»Ich glaube, ich kenne es. Es ist recht berühmt, weil König Christian es vor ein paar Jahren für seine Kunstsammlung erworben hat.« Theo schickte sich an, seine Staffelei neben dem Parasol und der darunter dösenden Venus aufzustellen, wurde von Locher allerdings unterbrochen.

»Nichts gegen dich, aber rück mir nicht so dicht auf die Pelle. Das stört mich.«

»Kein Problem.« Theo lächelte mühsam.

»Wenn ich arbeite, dulde ich nur Venus in meiner Nähe. Sie sagt nichts und fragt nichts, versteh das bitte.«

»Schon gut.« Theo klappte sein Gestell wieder zusammen und verschwand hinter der nächsten Düne.

Locher atmete auf. Die Sonne hatte ihren höchsten Punkt erreicht, die Sicht war gut, die Konturen des Wracks hoben sich scharf von seiner Umgebung ab. Er begann, das Grünblau des Meeres auf seiner Palette anzumischen, und hielt plötzlich inne. Ein Schiff näherte sich dem Wrack. Locher holte ein Fernglas hervor und sah hindurch. Es war eines der Boote von der Rettungsstation. Vier Ruderer saßen darin. Er erkannte Thorvald, den Vormann. Dazu Rasmus und Sven. Und Gorm, der noch bei seiner alten Mutter lebte. Was wollten die Männer bei dem Wrack? Dann fiel es Locher ein. Sie wollten Verwertbares bergen. Die Innereien eines Wracks waren wie Strandgut. Wer es fand, konnte es behalten, sofern der Eigentümer keinen Anspruch darauf erhob. Doch wer fragte schon danach.

Locher beobachtete, wie die Fischer am Heck die Bordwand emporkletterten, über die Reling stiegen und im Brückenaufbau verschwanden. Vielleicht hatten sie es auf das Steuerrad, die Schiffsglocke oder ein paar Rettungsringe abgesehen. Derlei Gegenstände waren dekorativ und mitunter gut zu verkaufen.

Er wollte sich gerade wieder seiner Malerei zuwenden, als die Männer plötzlich abermals auftauchten. Sie hatten keinerlei lohnende Funde dabei, sondern einen leblosen Körper, dessen Kopf blutüberströmt war. Vorsichtig seilten sie den Mann ab und verstauten ihn in ihrem Boot. Thorvald gab das Zeichen zum Aufbruch. Sie ruderten zurück.

Lochers Neugier war geweckt. Was war da passiert? Die Frage ließ ihm keine Ruhe. Mit dem Malen würde es heute nichts mehr werden. Er packte seine Utensilien zusammen und gab Venus einen aufmunternden Klaps. »Komm, meine Schöne, wir brechen auf.«

Unterwegs trafen sie auf Theo, der im Gras gelegen hatte und hastig ein Tuch über seine Leinwand warf, als er die beiden erblickte. »Wo wollt ihr hin?«, fragte er.

»Hast du das nicht mitgekriegt?«, brummte Locher. »Man hat soeben einen Toten vom Wrack geborgen. Komm mit zur Rettungsstation.«

»Der Mann ist an einem Stich in den Hals gestorben«, erklärte Thorvald zwanzig Minuten später. Er deutete auf die tiefe, hässliche Wunde. »Die Waffe haben wir auch gefunden. Hier, diesen Bootshaken.«

Locher wurde bleich. »Dann ist er nicht ein Opfer des Schiffsunglücks?«

»Nein«, sagte Thorvald knapp.

Theo besah sich den blutigen Haken und den gut gekleideten Mann, bei dem es sich offensichtlich um einen Passagier handelte. »Er ist ermordet worden!«, stellte er schaudernd fest.

Thorvald nickte. »Der Mörder muss mit an Bord gewesen sein. Die Frage ist nur, ob er zu den Ertrunkenen oder zu den Vermissten gehört.«

Locher dachte nach. »Oder aber«, sagte er, »der Mörder ist weder ertrunken noch vermisst.«

KAPITEL 5

Ebba konnte sich nicht erinnern, jemals so froh an einem Morgen gewesen zu sein. Als sie nach langer Nacht gegen sieben aus einem kurzen Erschöpfungsschlaf erwachte, hatte ihr erster Blick Arndt gegolten. Und Arndt hatte ihren Blick erwidert – aus müden, aber klaren Augen. Der fiebrige Glanz war weitgehend gewichen. Ein gutes Zeichen!

Sie hatte ihm zu trinken gegeben und etwas Suppe, und die ganze Zeit hatte ihr Herz gejubelt. Etwas später war *far* dazugekommen. Er hatte ihren Eindruck bestätigt und gesagt: »Ich glaube, du hast ihn über den Berg gebracht. Wenn du nicht gewesen wärst ...« Sie hatten einander umarmt, und Ebba waren die Tränen gekommen.

Jetzt war es zehn. Arndt schlief. Es war ein guter, ruhiger Schlaf. Ebba hätte sich hinlegen und ebenfalls etwas Kraft schöpfen können, doch sie war viel zu aufgeregt. Sie lenkte sich ab durch Putzen und Wäscheaufhängen. Tätigkeiten, die nicht zu ihren Lieblingsbeschäftigungen gehörten, aber heute war alles anders.

Während sie die Betttücher über die Leine warf, dachte sie daran, wie praktisch es wäre, einen großen Garten zu besitzen, ein schönes Stück grüner Fläche wie hinter *Brøndums Hotel*, auf dem sich die Wäsche einzeln zum Trocknen ausbreiten ließ. Nichts war für frisches Bettzeug besser als die Rasenbleiche.

»*God morgen*, Ebba!«

Sie blickte auf und erkannte Carl Locher. Er war also auch in diesem Jahr wieder in *Brøndums Hotel* abgestiegen. In seiner Begleitung befand sich Venus, die bedrohlich aussehende Bulldogge. Ebba mochte beide, denn sie hatten einen gutmütigen Kern. Den jungen Mann daneben kannte sie nicht. Er war groß und schlaksig und hatte einen spitzbübischen Ausdruck im Gesicht. Wahrscheinlich ein Maler wie Locher, denn er trug eine Staffelei. »*God morgen.*«

Locher fragte, wie es dem Schiffbrüchigen gehe. Ebba zögerte kurz. Eigentlich war sie nicht abergläubisch, doch wenn sie jetzt laut aussprach, dass Arndt es überstanden hatte, würde sie womöglich bitter enttäuscht. Aber dann wischte sie den Gedanken beiseite. »Er lebt.«

Locher zeigte sich zufrieden und zog weiter.

Ebba nahm den großen Wäschekorb und ging wieder ins Haus. Sie wollte nach Arndt sehen und Fieber messen.

Am Nachmittag war Arndts Temperatur auf 38,2 Grad gesunken. Auch der Husten hatte etwas nachgelassen. Ebba machte ihm heißen Fliederbeersaft mit Honig und flößte ihm Schluck für Schluck den heilenden Trank ein. »Die Orkannacht muss wie ein Albtraum für dich gewesen sein«, sagte sie voller Mitgefühl. »Magst du darüber sprechen?«

Arndt sah sie an. »Noch etwas Saft … bitte.«

Ebba erfüllte seinen Wunsch. »Ich verstehe, du kannst noch nicht darüber reden. Es bewegt dich zu sehr. Werde erst mal gesund, das ist das Wichtigste. Danach sehen wir weiter.«

Fürsorglich bettete sie seinen Kopf zurück auf das Kissen.

Später hörte Ebba Geräusche vor dem Haus. Sie dachte, es sei *far*, der von einem Krankenbesuch zurückkam, doch es war Gorm, der Fischer, der sich die Stiefel abtrat. »Hast du mal 'n Moment Zeit?«

Am liebsten hätte Ebba Nein gesagt. Sie wusste, dass Gorm seit einiger Zeit um sie warb. Er tat es überwiegend schweigsam und unbeholfen, denn seine Stärke war nicht das Wort. Das lag daran, dass er ein eher schlichtes Gemüt hatte. Ein Künstlertreff mit gemeinsamem Singen und Lachen in *Brøndums Hotel*, ein unterhaltsamer Zirkusbesuch am Hafen, ein vergnüglicher Abend bei Anna und Mikkel Ancher – all das war mit Gorm unvorstellbar. Ansonsten ließ sich nicht viel gegen ihn sagen. Er machte seine Arbeit und kümmerte sich um das Haus, in dem er mit seiner betagten Mutter lebte. Der Gedanke jedoch, ihn zu heiraten, war für Ebba fern jeglicher Überlegung. Die Schwierigkeit war nur, dass Gorm ihre ablehnende Haltung nicht zu bemerken schien. Nun, vielleicht bot sich heute die Gelegenheit, die Sache ein für alle Mal aus der Welt zu schaffen. »Komm rein, aber zieh die Stiefel aus.«

Gorm folgte Ebba in die Küche und setzte sich an den Tisch. »Ich wollte dich besuchen.«

Das hatte Ebba sich fast gedacht. Sie unterdrückte eine entsprechende Bemerkung, denn sie wollte nicht unhöflich sein. »Was gibt es Neues?«

Gorm suchte nach Worten. Da er sich damit schwertat, holte er eine Blechdose hervor, nahm ein Stück Kautabak heraus und steckte es in den Mund. Die meisten Fischer rauchten Pfeife, aber Gorm war eine Ausnahme. Kauend sagte er schließlich: »Ein Toter. Da war noch ein Toter auf dem Schiff.«

»Meinst du das Wrack der *Nordstern?*«

»Ja.«

»Ja und?«

»Er wurde ermordet, sagt Thorvald.«

»Ermordet?« Ebba erschrak. »Erzähl mir die ganze Geschichte!« Sie stand auf und goss Gorm einen Aquavit ein.

»*Tak.*« Er schob den Kautabak in die Backentasche und trank. Und schwieg.

»Nun erzähl schon.«

Mit vielen Unterbrechungen berichtete Gorm von den Ereignissen des Morgens. »Am Schluss hat Thorvald den Toten ins Krankenhaus schaffen lassen. Und zur Polizeistation wollte er auch noch.«

Ebba stand auf und schenkte sich selbst ein Glas Aquavit ein. Für gewöhnlich trank sie keinen Alkohol, aber nach dieser Neuigkeit brauchte sie eine Stärkung. Konnte es sein, dass Arndt etwas von dem Mord wusste? Vielleicht sogar darin verwickelt war? Nein, undenkbar. Er hatte in jener Schreckensnacht anderes zu tun gehabt, als jemandem nach dem Leben zu trachten. Er hatte um sein eigenes Leben kämpfen müssen, hatte sich in der schäumenden See an eine alte Kiste geklammert und war wie durch ein Wunder an Land gespült worden. »*Skål.*« Sie kippte den scharfen Schnaps hinunter. »Willst du noch einen?«

Gorm hielt ihr sein Glas hin. »*Tak og Skål!*« Danach griff er in seine Jacke und hielt plötzlich eine Rose in seiner derben Faust. Der Himmel mochte wissen, wo er sie zu dieser Jahreszeit aufgetrieben hatte. »Für dich«, brummte er.

»Oh.« Ebba nahm die Blume widerstrebend entgegen. Sie konnte das Geschenk schlecht ablehnen, obwohl sie drauf und dran war, es zu tun. »Das sollst du doch nicht.«

»Pass auf, da sind Dornen dran.«

»Stimmt.« Fast hätte Ebba sich gestochen. Ihr Blick fiel auf Gorms Handballen. Eine Kompresse deckte ihn ab. »Hast dich selbst wohl schon verletzt?«

»Wie …? Ach ja.«

Ebba füllte eine Vase mit Wasser und stellte die Rose hinein. »Ich muss mit dir reden, Gorm.« Sie hielt inne. Es war nicht leicht, die richtigen Worte zu finden. »Weißt du, ich habe Augen im Kopf. Ich sehe, dass du mich gern… Ich meine, dass du dich um mich bemühst und mich gern… Also, ich will ehrlich zu dir sein. Ich möchte noch nicht heiraten, verstehst du?« Nun war es heraus. Was würde Gorm dazu sagen?

Gorm schwieg.

Er schwieg lange. »Tja«, sagte er schließlich. »Ich geh dann mal wieder.«

»Bitte, nimm es nicht persönlich. *Vi ses.*« Ebba beobachtete, wie er sich mit seinen starken Händen die Stiefel über die Strümpfe zog. Angesichts der Kompresse am Handballen kam ihr ein Gedanke, der sie innerlich erstarren ließ. Nein!, dachte sie. Das kann nicht sein. So etwas würde Gorm niemals tun.

Am Abend klopfte es an der Haustür. Ebba ging und öffnete, weil *far* über seinen Forschungen saß.

Draußen stand ein kleiner Mann, der sich die Dienstmütze unter den Arm geklemmt hatte, wodurch seine starken Brauen und die leuchtende Glatze sofort ins Auge fielen. »*God aften*«, sagte John Lauritzen. Er hatte den Rang eines Kommissars und war Leiter der Polizeistation. Unter ihm arbeiteten zwei Assistenten, die im friedlichen Skagen ein geruhsames Berufsleben führten. Heute dagegen schien ein Kapitalverbrechen geschehen zu sein, und Lauritzen hatte Sorge, dass seine Männer mit den Nachforschungen überfordert sein können. Deshalb hatte er die Sache selbst in die Hand genommen. »Hast du ein paar Minuten übrig, Ebba?«

»Natürlich, John.«

Lauritzen nahm am Küchentisch Platz, dort, wo ein paar

Stunden zuvor Gorm gesessen hatte. »Du kannst dir sicher schon denken, warum ich gekommen bin«, begann er.

»Geht es um den Toten vom Wrack?«

»So ist es.«

»Willst du einen Tee?«

»Gern, danke.«

Ebba goss Lauritzen eine Tasse ein und stellte Zucker bereit.

»Keinen Zucker, danke. Wirklich nett von dir. Glaube mir, ich wäre jetzt auch lieber zu Hause, aber der Fall duldet keinen Aufschub.« Lauritzen trank mit spitzen Lippen. »Es ist schon spät, deshalb will ich nicht lange um den heißen Brei herumreden. Fest steht, dass der Tote ermordet wurde. Fest steht ferner, dass die Tatwaffe der Bootshaken ist, der von Thorvald und den anderen Fischern sichergestellt wurde. Die Spitze des Hakens passt genau in die Halswunde des Opfers. Fest steht drittens, dass der bisher einzige Überlebende in diesem Haus behandelt wird. Er könnte etwas über den Tathergang wissen. Deshalb möchte ich ihn sprechen.«

»Das leuchtet mir ein«, sagte Ebba. »Aber es wird nicht möglich sein.«

»Wie bitte?« Die Antwort überraschte den kleinen Kommissar.

»Arndt hat eine schwere Lungenentzündung. Er ist nicht vernehmungsfähig. *Far* kann dir das gern bestätigen. Er ist in seinem Arbeitszimmer und erforscht die Beschaffenheit des Blutes.«

»Soso.« Lauritzen versuchte, seine Enttäuschung zu verbergen. Er stellte die Teetasse ab und holte einen kleinen, runden Gegenstand hervor. »Ich war mit meinen Männern heute persönlich auf dem Schiff und habe den Tatort auf der Brücke untersucht. Dabei haben wir diesen Knopf gefunden. Es liegt mir fern, euren Patienten zu verdächtigen, dennoch würde mich interessieren, ob das Beweisstück an einem seiner Kleidungsstücke fehlt. Sei so gut und hole sie mir.«

»Selbstverständlich.« Ebbas Herz schlug wie wild. Sie wusste, dass der oberste Knopf an Arndts Jacke fehlte, hatte sich darüber aber noch keine Gedanken gemacht. Äußerlich ruhig sagte sie: »Bin gleich wieder da.«

»Danke, Ebba, ich warte.«

»Hier.« Ebba übergab Arndts Beinkleid.

»Aha.« Lauritzen untersuchte den Hosenschlitz mit den Knöpfen. »Die sehen anders aus. Und seine Jacke? Er hatte doch sicher eine Jacke an?«

»Das stimmt. Ich habe sie gewaschen und ihm angezogen, weil sie gut wärmt. Und ich habe ihn mit mehreren Wolldecken zugedeckt, auch mit der dicken Daunendecke. Alles, was dazu beiträgt, dass er schwitzt, ist wichtig. Das Fieber muss runter, sonst stirbt er.«

»Hm.« Lauritzen nickte. »Und damit fiele er als Zeuge aus. Richtig, richtig. Nun, ich würde mir die Jacke trotzdem gerne ansehen.«

»Natürlich. Aber ich möchte Arndt jetzt nicht stören. Er schläft gerade tief. Wäre es dir recht, wenn ich dir die Jacke morgen persönlich vorbeibrächte?«

Lauritzen überlegte kurz und stand auf. »Ja, warum nicht? Es ist ja auch schon bald sieben. Höchste Zeit für ein anständiges *aftensmad.* Also, *vi ses.*«

»*Vi ses,* John.«

»Und grüß deinen Vater.«

»Mach ich.«

Erst als Lauritzen weg war, merkte Ebba, wie weich ihr die Knie geworden waren. Sie trank einen Aquavit – schon den zweiten an diesem Tag – und ging in die Knechtstube, wo sie Arndts Jacke vom Haken nahm. Sie sah sich die verbliebenen fünf Knöpfe an. Sie waren aus Holz und hatten vier Löcher. Und sie glichen dem von Lauritzen gefundenen Knopf aufs Haar. Kein Zweifel, Arndt hatte mit dem Mord zu tun. Doch genauso zweifelsfrei war, dass ihn keine Schuld traf. Da war Ebba ganz sicher.

Was konnte sie tun?

Sie nahm die Jacke mit in die Küche, holte ihren Nähkasten hervor und griff nach Schere, Nadel und Faden. Danach schnitt sie die fünf alten Holzknöpfe ab, entfernte die Fadenreste und nähte sechs andere Knöpfe an. Zum Glück passten sie gut zum Gesamtbild der Jacke.

Während sie die alten Knöpfe ins Feuer warf, dachte sie: Es ist vielleicht nicht richtig, was ich mache, aber der Zweck heiligt die Mittel.

KAPITEL 6

Einige Tage waren ins Land gegangen. An diesem Vormittag betrat Theo den Speisesaal von *Brøndums Hotel* und begann, Tischtücher aufzuziehen und Bestecke auszulegen. Bis eben hatte er die Gästezimmer aufgeklart, gleich würde das Mittagessen gereicht. Zeit für große Pausen blieb nicht, denn Degn hielt ihn gehörig auf Trab. Trotzdem machte ihm die Arbeit Spaß. Die Künstler, die im Hotel aus und ein gingen, verstanden zu feiern, legten nicht jedes Wort auf die Goldwaage und spendierten der Bedienung gern mal ein Gläschen. Dass Theo bei alledem kaum künstlerisch tätig sein konnte, störte ihn kaum. Er wusste, dass er nicht mit dem Pinsel in der Hand geboren war.

Zufrieden summend, wanderte er mit einem Tablett durch den Saal und verteilte Bier- und Weingläser auf den Tischen. Die Tür ging auf, der erste Gast trat ein. Er war uniformiert und von kleinem Wuchs, hatte buschige Brauen und eine Glatze.

Theo kannte ihn nicht. »*God dag*«, sagte er. »Ich heiße Theo. Kann ich dir den Mantel abnehmen?«

»Ich bin Lauritzen. Kommissar John Lauritzen. Leiter der Polizeistation.«

»Freut mich, John.« Theo hängte Johns Mantel an die Garderobe. »Wie du siehst, hast du noch freie Auswahl. Setz dich hin, wo du willst. Brauchst du die Speisekarte?«

»Nein. Ich möchte gebratene Scholle mit Speck und Kartoffeln.«

»Ein schönes Carlsberg dazu?«

»Dagegen spricht nichts.«

»Kommt sofort. Niemand soll sagen, dass die hiesige Polizei verhungern muss.«

Lauritzen verzog keine Miene und setzte sich an einen Fenstertisch.

Er machte noch dasselbe Gesicht, als Theo ihm wenig später das Bier und die Mahlzeit brachte. *»Velbekomme!«*

»Tak.«

Als Lauritzen aufgegessen hatte, wischte er sich den Mund ab und holte einen Knopf aus der Tasche. Er legte den Knopf auf die Serviette und fragte sehr dienstlich: »Wie lange arbeitest du schon hier, Theo?«

»Wie lange? Na, zwei Wochen ungefähr.«

»Geht es ein bisschen genauer?«

Theo kratzte sich am Kopf. »Seit dem Sonntag nach der Orkannacht. Warum?«

»Weil dir in der Zwischenzeit sicher eine Menge Gäste begegnet sind. Trug einer von ihnen vielleicht eine Jacke, an der ein solcher Knopf fehlte?«

»Nein, tut mir leid.«

»Sieh genau hin.«

»Nein, wirklich nicht.« Theo zuckte bedauernd mit den Schultern. »Was hat es denn mit dem Knopf auf sich?«

»Nichts weiter.« Lauritzen seufzte innerlich. Arndts Jacke war von ihm sorgfältig geprüft worden, nachdem Ebba sie ihm gebracht hatte, doch ganz offensichtlich hatte an ihr kein Knopf gefehlt. Daraufhin war sein Hauptverdacht wie ein Kartenhaus zusammengefallen. Er hatte anschließend Thorvald, Rasmus, Sven und Gorm zu Hause aufgesucht und auch ihre Kleidung inspiziert – ebenso erfolglos. Genau genommen hatte er schon zu jenem Zeitpunkt mit der Stange im Nebel gestochert, denn die Fischer kamen als Mörder nicht in Betracht, da sie in der Orkannacht nicht an Bord gewesen waren. Dass er heute diesem Theo den Knopf zeigte, entbehrte ebenfalls jeglicher Logik, doch der Zufall ging manchmal die verrücktesten Wege. Oder sollte am Ende einer der Vermissten der Täter sein? Das immerhin war möglich und halbwegs beruhigend. Es würde ihm im Zweifelsfall erlauben, die Akte *Mordfall Nordstern* mit Anstand zuzuklappen. Aber noch wollte er nicht aufgeben …

»Kann ich sonst noch was für dich tun?«, fragte Theo.

»Nein, danke. Die Rechnung, bitte.«

»Sofort.«

Lauritzen zahlte, ließ sich in den Mantel helfen und verschwand.

Gegen drei verließen die letzten Mittagsgäste den Speisesaal. Die Tische wurden abgeräumt, in der Küche herrschte Hochbetrieb, um Geschirr, Besteck und Gläser für den Abend vorzubereiten. Es war die »Saure-Gurken-Zeit«, wie Degn sie nannte, weil in ihr der Umsatz zum Erliegen kam. Theo hingegen liebte die Zeit, weil sie ihm zwei freie Stunden bescherte, zwei von insgesamt sechzehn, die er auf den Beinen war – ausgenommen sonntags, dann war sein Arbeitstag noch länger. Weil am Nachmittag viele Familien kamen, um Kaffee zu trinken und *wienerbrød*, den typischen dänischen Kuchen, zu genießen. Zum Glück war heute Montag, die Osterwoche hatte begonnen, und Theo wollte sich mal wieder frischen Seewind um die Nase wehen lassen.

Gerade war er im Begriff, sich zum Nordstrand aufzumachen, als Degn ihn zurückrief. »Warte mal, gehst du zum Strand?«

»Ja, wieso?«, fragte Theo, nichts Gutes ahnend.

»Nimm den Einkaufskorb mit. Thorvald und seine Männer holen heute die Netze ein. Dann kannst du gleich frischen Fisch für den Abend mitbringen. Dreißig schöne Schollen sollen es sein.«

»Hör mal, Degn, das gehört nicht zu meinen Auf…«

»Schon gut, normalerweise erledigt das der alte Rupert aus dem Søndervej, aber der ist gestürzt, hat den Arm in der Schlinge. Es macht dir doch nichts aus, oder?«

»Äh, nein, Degn. Aber es wird mich einen Teil meiner freien Zeit kosten.«

»Nun, das stimmt.« Degn nahm den letzten Zug aus seiner Zigarre, warf den Stummel auf die Straße und zerrieb die Glut unter seiner Hacke. »Kannst dafür demnächst mal etwas länger Pause machen. *I orden?*«

»In Ordnung.«

»Und grüße Anna von mir, wenn du sie siehst. Sag ihr, ich vermisse sie.«

»Du vermisst sie? Entschuldige, äh, ich dachte, sie wäre mit Mikkel verheiratet?«

Degn grinste breit unter dem Gestrüpp seines Bartes. »Das ist sie. Aber sie ist auch zufällig meine Schwester. Wusstest du das nicht?«

»Nee. Ich wusste, dass du fünf Geschwister hast, aber dass Anna dazugehört, ist mir neu.«

»Tja, man lernt eben nie aus. Und nun schwirr ab. Du müsstest Anna mit Mikkel am Strand sehen. Bei diesem Licht malt er gern.«

Theo schnappte sich den Korb und ging zum Strand. Dort standen schon ein paar Fischer am Spülsaum. Thorvald war unter ihnen. Theo hatte ihn ein oder zwei Mal am Tresen in *Brøndums Hotel* gesehen. »*Hej*, Thorvald!«, rief er. »Degn hat gesagt, ich soll frischen Fisch mitbringen, aber ich sehe hier weder Netze noch zappelnde Flossen.«

Thorvald sagte: »Ich auch nicht.«

Die anderen Fischer lachten.

Eine junge Frau neben ihm sagte: »Da musst du wohl noch etwas warten. Die Fische kommen erst raus, wenn die Sonne tiefer steht.«

Theo verstand nicht, was sie meinte. Was in erster Linie daran lag, dass ihr Lächeln so verwirrend war. »Wer bist du?«

»Hille, Thorvalds Schwester.«

»Nun, ich heiße ...«

»... Theo, ich weiß. Du arbeitest für Degn, nicht wahr?«

»Stimmt. Aber eigentlich bin ich Maler.« Er deutete aufs Meer hinaus, denn über seine Tätigkeit als Maler mochte er nicht reden. »Wo bleiben denn die Boote?«

»Wie du siehst, liegen alle am Strand.«

»Ach so, natürlich ...« Theo merkte, dass er vom Skagener Fischfang keine Ahnung hatte, deshalb wechselte er rasch das Thema. »Weißt du vielleicht, wo ich Anna Ancher finde? Ich hörte, sie soll hier irgendwo sein.«

Wieder lächelte Hille. »Geh ein paar Schritte nach Norden, dort wirst du sie finden.«

»Danke.« Theo zögerte. Dann fasste er sich ein Herz. »Hast du Lust, mich zu begleiten?«

»Nee, das geht nicht. Hier wird gleich jede Hand gebraucht.«

»Ach so, schade.«

Theo fand Anna ein paar Dünen weiter. Sie saß neben einem großen Sanddornbusch und schaukelte den Kinderwagen mit der kleinen Helga darin. Helga krähte fröhlich, als sie Theo sah.

»*Hej*«, rief er. »Wie geht's, junges Fräulein?«

»Es geht ihr gut«, antwortete Anna.

»Das freut mich! Ich soll dir von Degn ausrichten, dass er dich vermisst.«

»Tut er das?« Anna hob Helga aus dem Kinderwagen und wiegte sie in den Armen. »Ich bin Degns Lieblingsschwester, aber ich glaube, er vermisst mich hauptsächlich in der Küche, wo ich früher häufig ausgeholfen habe. Jetzt bin ich Mutter, Hausfrau und Malerin. Da fehlt mir die Zeit, um auch noch im Hotel zu arbeiten.«

»Ich verstehe. Wo ist Mikkel eigentlich? Degn sagte, er sei am Strand.«

»Ist er auch. Ein bisschen weiter in Richtung Greenen. Er macht Skizzen von Dünenwart Uphusen und seinem Jagdhund. Das wollte er schon im letzten Jahr.«

»Was ist denn ein Dünenwart?« Theo strich Helga über die Pausbäckchen, was sie mit einem glucksenden Kichern quittierte.

»Man merkt, du bist nicht von hier! Uphusen kontrolliert regelmäßig den Strand auf seine Beschaffenheit. Wenn es notwendig ist, lässt er Dünengras oder Strandhafer neu anpflanzen, besonders nach einem Orkan wie neulich.«

Helga hatte mittlerweile zu zappeln begonnen. Sie streckte die Ärmchen nach Theos Einkaufskorb aus.

»Ich glaube, sie denkt, du hast Campanini da drin«, sagte Anna.

Theo lächelte schief. »Nee, der Korb ist leer. Degn wollte, dass ich Schollen vom Strand mitbringe. Aber ich habe weit und breit keine gesehen, und alle Boote sind an Land. Das begreife, wer will.«

Anna lachte, legte Klein-Helga wieder in den Kinderwagen und stopfte die Zudecke an den Seiten fest. »Die Sache ist ganz einfach. In Skagen wird häufig vom Strand aus gefischt. Erst werden die Netze mit den Booten im Meer ausgelegt. Später werden sie an langen Leinen von Land aus eingeholt.«

»Ach so.« Theo kam sich reichlich dumm vor.

»Von Neujahr bis Ostern benutzen wir Schollennetze, danach werden Dorsch und Schellfisch mit dem Haken herausgeholt. Von Mittsommer bis August geht es auf Makrelen, danach auf Rochen, Flunder und Wittling.«

»Aha.« Dazu fiel Theo nicht viel ein. »Tja, dann schaue ich mal, wie weit Thorvald mit seinen Männern ist. Danke für die Auskunft. *Vi ses.*«

»*Vi ses.* Und vergiss nicht, Mikkel und mich mal zu besuchen – zusammen mit Campanini.«

»Mach ich.«

Als Theo zu Thorvald und den anderen Männern zurückkam, traute er seinen Augen nicht. Am Strand zitterte und zappelte ein glitzernder Berg aus Schollenleibern. Die Fische waren mit langen Netzleinen an Land gezogen worden und warteten nun darauf, gerecht verteilt zu werden. »Würdest du mir dreißig für Degn mitgeben?«, rief Theo.

Thorvald stapfte in hohen Stiefeln durch den Fischberg heran. »Geht klar. Stell den Korb da ab.«

Während Thorvald die platten Meeresbewohner in den Korb hineinzählte, fiel Theos Blick auf Hille, die in der Nähe stand und eine Kiepe füllte. Eine Idee keimte in ihm auf. »Gib mir lieber einunddreißig von den Viechern.«

»Wie du willst.«

»Danke, Thorvald. Ich nehme an, das Geld kriegst du später von Degn?«

»So ist es.«

»Na dann, *vi ses.*« Theo ging hinüber zu Hille und nahm auf dem Weg die einunddreißigste Scholle aus dem Korb. Mit der

Spitze seines Taschenmessers ritzte er drei Löcher in die Haut des Plattfisches und legte ihn wieder zurück. »Gehst du nach Hause?«, fragte er Hille.

Hille schulterte die Kiepe. »Ja, es wird Zeit, dass ich das Abendessen vorbereite. Wenn Thorvald nachher kommt, wartet er nicht gern am Tisch. Wie alle Männer.«

»Ich würde gern auf dich warten.«

Hille lachte, doch sie sagte nichts.

»Hat Thorvald keine Frau, die ihm das Essen macht?«

»Katrine, meine Mutter, ist seit zwei Jahren tot, und Ulrik ist erst acht. Ich kümmere mich um ihn und Thorvald, weil es sonst keiner tut.« Hille setzte sich mit der schweren Kiepe in Bewegung.

Theo folgte ihr. »Wir könnten ein paar Schritte gemeinsam gehen. Du willst doch zurück nach Alt-Skagen?«

Hille antwortete nicht, aber Theo nahm ihr Schweigen als Zustimmung. »Ich habe übrigens ein Geschenk für dich.«

»Ein Geschenk?« Sie blieb stehen.

Er nahm mit großer Geste die einunddreißigste Scholle aus seinem Korb.

Hille blickte ungläubig. »Davon habe ich die ganze Kiepe voll. Du willst mich wohl auf den Arm nehmen?«

Theo grinste. »Sehr gern, wenn du darauf bestehst! Aber dies ist eine ganz besondere Scholle. Sie wurde von Neptun persönlich für dich erlegt.«

»*Er du skør?*«

Theo tat beleidigt. »Wie kommst du darauf, ich sei verrückt?« Er drehte die Scholle um, so dass die weiße Unterseite mit den drei Einstichlöchern sichtbar wurde. »Hier, das sind die Spuren seines Dreizacks!«

Hille stutzte. Dann lachte sie. »Ich glaube, du spinnst tatsächlich ein bisschen.«

Theo legte die Scholle in Hilles Kiepe. »Was hältst du davon, wenn du sie für uns beide zubereiten würdest?«

»Du hast vielleicht Ideen.« Hille schüttelte den Kopf und ging weiter. »Kommt nicht infrage.«

»Bitte!«

»Tut mir leid. Und wenn du Neptun persönlich wärst.«

KAPITEL 7

Venus döste am Karfreitag wie immer unter dem großen Tisch im Speisesaal von *Brøndums Hotel,* während über ihr Locher mit seinen Freunden herzhaft speiste. Die Stimmung war lebhaft bis ausgelassen, obwohl die Christenwelt an diesem Tag der Kreuzigung Jesu gedachte. Immerhin war Fleisch tabu, doch Degn und seine Küchenmannschaft hatten dafür gesorgt, dass nur das Feinste vom Fisch serviert wurde. Es gab wahlweise pochierten Dorsch mit Zitronen-Dill-Rahmsoße und Kartoffeln, einen kräftigen Nudelauflauf mit Linsen und Seehecht-Klößchen, Frikadellen vom Lachs mit Meerrettich und gebratenen Kürbisscheiben oder aber die traditionelle Brøndum-Fischsuppe in der großen Terrine. Aus ebendieser nahm Locher ein schönes Stück Aal und hielt es unter den Tisch. Gleich darauf waren schmatzende Geräusche zu vernehmen.

»Der Aal ist fett, du könntest Venus noch ein Schnäpschen reichen, zur besseren Verdauung«, scherzte Björck.

»Das trink ich lieber selbst«, brummte Locher. »*Skål.*«

»*Skål*«, erwiderten Björck, Krohg und Fritz Stoltenberg, ein deutscher Marinemaler und Fotograf. Mikkel Ancher fehlte an diesem Tag. Er war mit seiner Familie im Markvej geblieben.

Die Runde trank und seufzte vor Behagen.

Krohg rückte die Schiebermütze in den Nacken und meinte: »Der Tisch gleicht einem Schlachtfeld, aber man sieht, dass es geschmeckt hat. Vielleicht sollte ich ihn so malen. Es wäre der pure Naturalismus, vermischt mit einem Schuss Vandalismus. Viel besser als die langweiligen Stillleben mit Blumen-Arrangements vor schwarzem Hintergrund.«

»Es kommt darauf an, was man unter Stillleben versteht«, wandte Björck grinsend ein. »Ich selbst habe letzte Woche eines fertiggestellt.«

»Soll das ein Witz sein?« Fritz runzelte die Stirn. »Soviel ich weiß, hast du das Bild *Das Boot wird ins Wasser geschoben* genannt. Es zeigt Fischer, die sich unter Aufbietung aller Kräfte gegen den Bug stemmen. Nennst du das etwa ›still‹?«

»Ja, das tue ich.«

Fritz lachte verächtlich.

»Ich gebe zu, der Vorgang ist sehr lebendig. Andererseits habe ich einen ganz bestimmten Moment festgehalten, sozusagen eine eingefrorene Sekunde gemalt. Insofern ist es auch ein Stillleben.«

»Das ist Wortklauberei.«

»Du selbst machst etwas ganz Ähnliches, wenn du mit deiner Plattenkamera ein Fest fotografierst.«

Locher mischte sich ein. »Ein Fest und ein Blumen-Arrangement sind nicht dasselbe. Nimm Thorvald und seine Männer: Die sind heute bei der Rettungsstation und bessern ein leckgeschlagenes Boot aus, weil's trotz des Feiertags sein muss. Glaub mir, Björck, das ist kein Stillleben, sondern harte Arbeit.«

Björck lächelte entwaffnend. »Sicher, sicher. Ich wollte euch nur beweisen, dass es für jede Meinung eine Gegenmeinung gibt. Welche ist richtig, welche ist falsch? Die Beliebigkeit der Argumente, wenn ihr so wollt. Das gilt besonders in der Kunst.«

Locher machte eine abwehrende Geste. »Nun lass es gut sein.

Wir sollten noch einen trinken und dann ein Nachmittagsschläfchen halten. He, Theo, bring jedem von uns noch einen *Kleinen Schwarzen.*«

Theo, der den Rest der Unterhaltung mit angehört hatte, fragte: »Ein *Kleiner Schwarzer,* was soll das sein?«

Björck hob den Zeigefinger und dozierte: »Es gibt keinen besseren Schlummertrunk. Du legst eine Münze auf den Boden einer Tasse und gibst gerade so viel Kaffee dazu, bis sie verschwunden ist.«

»Ja und?«

»Danach füllst du mit Aquavit auf, so lange, bis sie wieder sichtbar wird.«

»Brrr!« Theo schüttelte sich. »Und so was trinkt ihr?«

»Wir sind hier in Nordjütland und nicht bei dir in Berlin, wo man helles Bier mit Waldmeister oder Himbeersirup verfärbt«, belehrte ihn Locher.

»Außerdem«, sagte Krohg, »fordert das Seeklima stärkere Getränke. Zum Beispiel die *Grüne Fee,* eine Verführerin, die ich in Paris kennengelernt habe. Sie heißt Absinth und besteht aus Wermut, Fenchel, Anis und weiteren Kräutern. In ihr stecken sechzig Prozent Alkohol, mindestens. Nichts für schwache Mägen, sag ich dir. Um in ihren Genuss zu kommen, braucht man mehr als ein Glas, auch einen Löffel mit Löchern, ein Stück Zucker und kaltes Wasser. Der Löffel kommt quer über das Glas, dann legt man den Zucker auf die Löcher des Löffels und gießt langsam das Wasser darüber, bis der Zucker geschmolzen ist. Dadurch wird die Fee verlängert. Sie nimmt eine milchige Farbe an und gewinnt an Süße. Aber nun bring uns die *Kleinen Schwarzen.*«

»*I orden.*« Theo verschwand und brachte kurz darauf das Gewünschte. »*Skål* und angenehme Ruhe.«

Nachdem die Künstler getrunken hatten und auf ihre Zimmer

gegangen waren – Locher und Venus vorneweg –, begann Theo, den Tisch abzuräumen. Seine Gedanken kreisten dabei weniger um die Kunst als vielmehr um Thorvald. Was hatte Locher gesagt? Der Vormann befand sich mit seinen Männern in der Rettungsstation und reparierte ein Bootsleck. Das bedeutete, er war nicht zu Hause und würde so bald auch nicht wiederkommen.

Als Theo mit seinen Gedanken so weit gediehen war, kam ihm eine Idee. »Degn«, sagte er zu seinem Chef, »wie du siehst, waren die Künstler meine letzten Mittagsgäste. Ich hätte gern den Rest des Tages frei.«

»Bist du von allen guten Geistern verlassen?« Degn blickte entrüstet. »Heute Abend kommt Bäcker Saxild mit Familie. Geschlossene Gesellschaft. Wer soll die bedienen?«

Theo ließ nicht locker. »Degn, bitte! Ich hab neulich auch die Schollen in meiner Freizeit besorgt.«

»Das stimmt allerdings.« Degn zögerte. »Na, meinetwegen. Agnes wird für dich einspringen.« Agnes war die Älteste der sechs Brøndum-Geschwister und unverheiratet. Ebenso wie Hulda und Marie Sophie, die aus demselben Grund nie das Haus verlassen hatten und sämtliche Arbeiten in der Küche erledigten. Darüber hinaus gab es einen Bruder, der aber als Steuermann zur See fuhr.

»Danke, Degn.« Theo beendete seine Tätigkeit und sprang hinauf in seine Kammer.

Er hatte es plötzlich sehr eilig.

Hille stand am Küchentisch, vor sich ein Dutzend Heringe, aus denen sie Filets herausschnitt. Wenn Thorvald später heimkam, würde er sehr hungrig sein. Er liebte es nicht, lange auf sein Essen zu warten, deshalb bereitete sie alles vor, um den Fisch nur noch in die Pfanne werfen zu müssen, wenn es so weit war. »Ulrik, du kannst schon mal die Filets mehlieren«, sagte sie zu ihrem kleinen Bruder.

»Muss das sein?« Ulrik bequemte sich von seinem Stuhl herunter. Er hatte an einem Stück Buchenholz geschnitzt, aus dem der Griff für eine Messerklinge entstehen sollte.

»Ja, das muss sein.« Hille wandte sich den Kräuterbüscheln zu, die über der alten Holzbank hingen. Thorvald mochte es, wenn der Duft von fein gehacktem Rosmarin zu der zerlassenen Butter kam. Während sie den Rosmarin mit dem Wiegemesser zerkleinerte, beobachtete sie, wie Ulrik die Filets in Mehl wälzte. Er tat es lustlos, der Griff für die Messerklinge war viel wichtiger.

Plötzlich hörte sie ein Rütteln an der Tür, begleitet von einem tiefen Brummen, das sich wie Sturmgebraus anhörte. War Thorvald schon zurück? Seltsam, warum kam er nicht herein? »Das Essen ist gleich fertig, musst dich noch einen Augenblick gedulden!«, rief sie über die Schulter.

»Ich seh mal nach«, sagte Ulrik, froh über die Unterbrechung. Er öffnete die Tür – und prallte zurück. Vor ihm stand ein riesiger, wild aussehender Kerl. Er trug ein über und über mit Algen behängtes grünes Gewand, einen Rauschebart und eine Krone auf dem Kopf. In der Hand hielt er eine Forke mit einer aufgespießten Scholle.

»W... Wer bist du?«, stammelte Ulrik.

»Ich bin Neptun, Herr über alle Sieben Meere!«, dröhnte es aus dem Rauschebart heraus. »Und wer bist du?«

»Äh ... Ulrik.«

»Nun, ein steifer Nordost hat mich hierhergetragen, um Hille zu bitten, mir diese Scholle zu braten.«

Hille hatte Theo sofort erkannt. Sie musste sich beherrschen, um nicht laut aufzulachen. Der schlaksige Kerl war wirklich verrückt, in diesem Aufzug nach Alt-Skagen zu kommen. Doch irgendwie imponierte er ihr auch. »Komm rein, Neptun«, sagte sie kurz entschlossen. »Und lege deine Algen ab. Du kannst mit uns zu Abend essen, sobald Thorvald zurück ist.«

Theo gehorchte und gab Ulrik seine Kleider zum Aufhängen. Nur die Forke mit der Scholle ließ er nicht los. Er hielt sie Hille unter die Nase und sagte: »Die wolltest du mir braten, wenn ich Neptun wäre.«

Nun musste Hille wirklich lachen. »Im Gegenteil, ich sagte, es käme nicht infrage, und wenn du Neptun persönlich wärst.«

»Wir wollen die Worte nicht auf die Goldwaage legen.« Theo setzte sich an den Küchentisch.

»Das ist Thorvalds Platz.«

»Ach so.« Theo rückte einen Stuhl weiter. »Wann kommt er denn nach Hause?«

»Das weiß man bei ihm nie so genau. Vielleicht in fünf Minuten, vielleicht in einer Stunde.«

Theo blickte hinüber zu Ulrik, der lustlos die Filets in Mehl wälzte. »Vielleicht sollte dein Bruder losgehen und ihn holen? Dann kannst du besser abschätzen, wann er zurück ist.«

»O ja!« Ohne Hilles Antwort abzuwarten, sprang Ulrik zur Tür und war Augenblicke später verschwunden – ganz so, wie Theo es erhofft hatte.

»Er hasst Küchenarbeit«, erklärte Hille.

»Ich könnte für ihn einspringen.«

»Würdest du das tun? Du müsstest allerdings deinen Dreizack zur Seite legen.«

»Nur wenn du mir die Scholle brätst.«

»Das ist Erpressung.« Hille blickte streng, obwohl sie es nicht so meinte. »Na gut, hier ist ein Messer, filetiere sie, dann sehen wir weiter.«

»Das kann ich nicht. Würdest du es mir zeigen?« Theo blickte Hille in die Augen. »Bitte.«

Sie senkte die Lider. »Gut, pass auf.«

Während Hille das Messer ansetzte, trat Theo dicht neben sie und legte wie zufällig seine Hand auf ihre Hüfte. Würde sie es zulassen?

»Du musst das Messer immer waagerecht halten«, sagte sie.

»Ich verstehe.« Theo hörte kaum hin. Hille hatte ihn nicht abgewiesen!

»Und dann ziehst du es mit einer gleitenden Bewegung durch.«

»Das mache ich.« Theo nahm ihr das Messer aus der Hand und drehte sie zu sich. Dann küsste er sie. »So ungefähr?«

»Ja«, flüsterte sie.

KAPITEL 8

Am darauffolgenden Tag konnte Arndt zum ersten Mal aufstehen. Er war noch sehr wackelig auf den Beinen, deshalb stützte Ebba ihn. »Es sind nur fünfzehn Schritte von der Knechtstube bis zur Küche«, sagte sie. »Die schaffst du bestimmt.«

»Ja«, keuchte Arndt, während er mühsam einen Fuß vor den anderen setzte. »Ich bin schon ganz aus der Puste.«

»Wir machen eine Pause. Lehn dich an mich.« Ebba hielt inne und blickte ihn an. Die Lungenentzündung hatte ihn ausgezehrt. Die dicke Beule an der Schläfe war nahezu verschwunden. Die tiefe Wunde im Oberarm und der Ringfinger verheilten gut und bereiteten kaum noch Schmerzen. Gleiches galt für den verstauchten Fuß. Heute Morgen hatte er sich im Bett rasiert, das Gesicht voller Schaum, Grimassen vor dem kleinen Spiegel schneidend, den sie ihm hinhielt. Sie hatte lachen müssen, doch als er fertig war, hatte sie ein neuer, gut aussehender Mann angeschaut.

»Komm, wir gehen weiter.«

»Versuchen wir's.« Arndt lächelte tapfer.

»Ich helfe dir.«

»Das war harte Arbeit«, sagte er wenig später, nachdem er sich auf einen Küchenstuhl hatte fallen lassen.

»Du hast durchgehalten.«

»Dank deiner Hilfe.«

»Nicht der Rede wert.«

»Du hast mir das Leben gerettet. Du bist mein Engel.«

»Ach, Unsinn.« Um ihre Verlegenheit zu verbergen, holte Ebba eine Kerze vom Küchenbord und stellte sie auf Armeslänge vor Arndt hin. Sie entzündete das Licht und sagte: »Versuch mal, die Flamme auszublasen.«

Arndt holte Luft und blies. Aber mehr als ein schwacher Hauch kam nicht über seine Lippen. Die Flamme bewegte sich kaum.

»Das üben wir jetzt jeden Tag«, entschied Ebba. »So lange, bis deine Lungen wieder stark genug sind, das Kerzenlicht zu löschen.«

»Jawohl, Frau Oberschwester.« Arndt grinste schwach und blickte durch den Flur zur Haustür, weil sie sich in diesem Moment knarrend öffnete.

Der alte Jonas stand auf der Schwelle und klopfte seine Pfeife an der Hacke aus. »Wollte doch mal sehen, wie es dem Mann geht, den ich meilenweit auf meiner Schulter geschleppt habe«, sagte er zur Begrüßung. »Kann ich reinkommen?«

»Bist ja schon drin«, meinte Ebba. »Zieh die Stiefel aus.«

»Es geht mir gut«, sagte Arndt.

»Wirklich?« Jonas ging auf Strümpfen zum Küchentisch und setzte sich neben Arndt. »Man sagt, du hättest eine schlimme Lungenentzündung?«

»Ich bin geheilt.«

»Tatsächlich? Na, jedenfalls bist du gut rasiert.«

Arndt ging nicht auf den Scherz ein. »Ich denke, ich bin dem Tod gerade noch mal von der Schippe gesprungen. Ein zweites

Mal wird mir das nicht gelingen.« Er blickte Ebba an. »Trotz der liebevollsten Pflege, die man sich denken kann.«

Ebba errötete. Schnell fragte sie Jonas: »Willst du was trinken?«

»Ein Schnäpschen wäre nicht falsch.«

Ebba schenkte Jonas einen Aquavit ein, und der Alte kippte ihn genüsslich hinunter. »Mir scheint«, sagte er zu Arndt, »du bist doch noch nicht gesund, sonst hättest du auch einen gewollt.«

Ebba blickte ihn tadelnd an. »Du bist unverbesserlich.« Um das Thema zu wechseln, fragte sie: »Warum trägst du den Verband um die Hand? Wenn du zu meinem Vater willst, der ist in *Brøndums Hotel*. Bäcker Saxild hatte da gestern Abend eine Familienfeier. Die dauerte wohl etwas länger. Ein Verwandter ist heute früh mit dem Kopf gegen die Anrichte im Speisesaal geschlagen. Er war wohl sehr betrunken.«

»Ja, ja, mit Alkohol muss man umgehen können.« Der Alte schob Ebba das leere Glas hin. »Wo wir gerade davon sprechen: Auf einem Bein steht man nicht.«

Ebba schenkte ihm nochmals ein. »Ich werde mir die Hand ansehen. Was ist denn passiert?«

»Gestern war's. Da haben wir in der Rettungsstation das Dreißig-Fuß-Boot repariert. Ein paar Planken waren geborsten. Ich hab neue zurechtgehobelt. Und mir den Splitter eingefangen. Hab nur die Hälfte rausgekriegt.«

»Warte.« Ebba holte ein kleines Tablett, auf dem sich ein paar Pinzetten, ein Skalpell, ein Fläschchen mit Jodtinktur und andere Utensilien befanden. »Du hättest gestern schon herkommen müssen.«

Jonas murmelte etwas Unverständliches.

Ebba löste den Verband und betrachtete die Wunde. Es stimmte: Der Rest des Splitters saß im Handballen. Ziemlich tief sogar. »Ich kann mir vorstellen, dass du den nicht rausbekommen hast«, sagte sie.

»Wollte ihn mit 'ner Nadel rauspulen.«

»Das hättest du lassen sollen. Ich muss einen Schnitt machen, um an den Übeltäter zu gelangen. Anders geht's nicht.«

»Nur immer zu.«

»Stütze den Arm auf den Ellenbogen und halte die Hand ins Licht, damit ich besser sehen kann.« Ebba nahm das Skalpell und schnitt neben dem Splitterrest ein.

Jonas zuckte, aber er sagte nichts.

Die Wunde fing an, stark zu bluten. Der Splitterrest war nicht mehr erkennbar.

Unerwartet half Arndt. Geschickt tupfte er das Blut mit einem Wattebausch ab.

»Danke.« Ebba ergriff die gebogene Pinzette, und schon beim ersten Versuch gelang es ihr, den Splitterrest herauszuziehen. »Der hätte dir viel Ärger bereiten können.«

»Hab ich mir schon gedacht. Bin deshalb ja auch gekommen.« Jonas schielte zu der Flasche mit dem Aquavit.

Ebba nahm ein Zündholz, brach den Kopf ab und umwickelte es mit einem Gazestreifen. Dann tauchte sie es in das Fläschchen mit der Jodtinktur und wischte die Wunde mit der violetten Flüssigkeit aus. »Es dürfte ziemlich brennen«, sagte sie, »aber was sein muss, muss sein, damit sich nichts entzündet.«

»Ich merk' nichts«, brummte der Alte. Doch sein Gesichtsausdruck sagte etwas anderes.

Während Ebba einen neuen Verband anlegte, entdeckte sie an der Hand eine weitere Verletzung, die schon älter sein musste, denn die Haut war verheilt. Eine ältere Verletzung? Sie merkte, wie sie zu zittern begann. Mach dich nicht verrückt!, beschwor sie sich. Es ist bestimmt nicht das, was du denkst. Der alte Jonas kommt für den Überfall auf mich nicht infrage. Genauso wenig wie Gorm. Unvorstellbar!

»Was hast du auf einmal?«, fragte Arndt mit besorgter Miene.

»Nichts«, murmelte Ebba. »Gar nichts.«

Wie mancher ältere Mensch verfügte auch Jonas über ausgeprägtes Sitzfleisch. Die Beine bequem unter dem Küchentisch ausgestreckt, sprach er über sein Dasein als Witwer, sein Leben im Seemannsheim, wo man versauere, seine zwei Söhne, die ihn nie besuchten, das Wetter, die Preise und über vielerlei mehr, und es gelang ihm dabei, noch einen dritten Schnaps zu ergattern. Er brach erst auf, als Ebba ihm verbot, seine Pfeife anzuzünden, weil der Qualm noch Gift für Arndts Lunge war.

Nachdem der Alte das Haus verlassen hatte, atmete Ebba auf. Sie ordnete ein paar frisch geschnittene Weidenkätzchen in der alten Royal Copenhagener Vase und hängte ein Dutzend bunte Ostereier daran. Die Eier hatte sie vor vielen Jahren zusammen mit Feddi, ihrer *mor*, bemalt. Sie stellte die Vase vorsichtig auf die Fensterbank und sagte: »Ich muss etwas mit dir besprechen, Arndt. Ich wollte es schon in den letzten Tagen tun, aber ich hatte Angst, es würde dich zu sehr belasten.«

Arndt blickte erstaunt. »Wovon redest du?«

Ebba zögerte. Sie hatte hin und her überlegt, wie sie beginnen sollte, doch ihr war nichts Rechtes eingefallen. Schließlich sagte sie: »Vielleicht hast du es nicht bemerkt, dass eines deiner Kleidungsstücke fehlt, weil du ein paar alte Sachen von *far* aufträgst, aber …«

»Wie ich höre, spricht man von mir!«, rief eine gut gelaunte Stimme dazwischen. Sie gehörte Brodersson. Er stand im Flur zur Küche, stellte die Füße nacheinander in den Stiefelknecht und entledigte sich aufatmend seines schweren Schuhwerks. »Wahrscheinlich habt ihr euch schon Sorgen gemacht, wo ich bleibe. Ich sage euch, wer einmal in *Brøndums Hotel* ist, der kommt so schnell nicht wieder hinaus.« Er gab Ebba einen Kuss und begrüßte Arndt. »Ich sehe, du machst Fortschritte.« Dann setzte er sich an den Küchentisch. »Was gibt's denn zu futtern, mein Mädchen?«

»Ich hab einen Eintopf aus Pastinaken, Schwarzwurzeln, Kartoffeln und Speck vorbereitet.«

»Immer her damit!« Brodersson rieb sich die Hände. Er hatte Hunger.

Ebba füllte drei tiefe Teller mit dem Eintopf und setzte sich zu den beiden Männern. »*God appetit.*«

»*God appetit.*«

Brodersson war als Erster fertig. Das Bier, das Ebba ihm anbot, lehnte er ab. »Danke, nein, ich musste schon reichlich in *Brøndums Hotel* trinken. Die Saxild'sche Sippe zerfloss förmlich vor Dankbarkeit, weil ich eines ihrer Mitglieder verarztet habe. Eine aufgeschlagene Stirn, die ich nähen musste. Das Ganze sah schlimmer aus, als es war, und dauerte keine zwanzig Minuten. Dafür wurde ich zehn Mal so lange mit Beschlag belegt. Ich musste mir die ganze Familiengeschichte von A bis Z anhören, wer mit wem und wie verwandt ist, wer wo wohnt, wer wohin ausgewandert ist und so weiter. Und während der ganzen Zeit wurde mir Bier und Schnaps angeboten. Nein, nein, gib mir lieber noch einen Schlag Suppe. Sie ist sehr gut.«

Ebba tat noch einmal von dem Eintopf auf.

Brodersson aß schweigend seinen Teller leer, legte seufzend den Löffel beiseite und lehnte sich zurück. »Ah, das tat gut! Du bist wirklich eine begabte Köchin, mein Mädchen. Was gibt's denn morgen am Ostersonntag?«

»Eine Lammkeule, wie du sie dir gewünscht hast. Ich werde sie nachher marinieren und morgen mit Knoblauch spicken, bevor sie in den Ofen kommt. Dazu soll es Speckbohnen und Kartoffeln geben.«

»Mir läuft schon jetzt das Wasser im Mund zusammen! Lammkeule! Das scheint mir die richtige Mahlzeit zu sein, um Christi Auferstehung zu feiern.« Brodersson blickte Arndt an. »Und deine auch, mein Junge.«

Arndt lächelte höflich.

»Allerdings denke ich, dass der dazugehörige Rotwein zu früh für dich käme. Du solltest noch keinen Alkohol trinken.«

»Danach ist mir auch nicht, Knud.«

»Umso besser. Wie steht's mit deinem Befinden heute? Hast du es allein bis hier in Küche geschafft?«

»Ganz allein nicht, Knud. Ebba hat mich gestützt.«

Ebba winkte ab. »Nur ein bisschen. Siehst du die Kerze da, *far?* Arndt und ich wollen so lange das Gehen üben, bis er wieder genug Luft hat, sie ausblasen zu können.«

Brodersson wollte etwas erwidern, aber jemand klopfte energisch an die Haustür.

Es war Lauritzen, der mit förmlicher Miene *God dag* wünschte.

»Was führt dich her, John?«, fragte Brodersson. Er mochte Lauritzen nicht besonders, weil dieser sich immer so wichtig nahm.

»Diese Jacke.« Lauritzen hielt das Kleidungsstück wie eine Trophäe hoch. »Ich bringe sie hiermit zurück.« Er blickte Arndt prüfend an. »Es ist doch deine Jacke?«

»Ja, sieht ganz so aus«, antwortete Arndt. »Allerdings ...«

»Allerdings«, fiel Ebba ihm ins Wort, »wurde sie gewaschen und an einigen Stellen geflickt. Aber das habe ich dir ja schon erzählt, John.«

Brodersson sagte: »Natürlich ist das Arndts Jacke. Was soll die Fragerei, John?«

Lauritzen streckte sich. »Ich spreche zu dir als Kommissar und

Leiter der hiesigen Polizeistation. Wie du weißt, ist ein Toter im Wrack der *Nordstern* aufgefunden worden. Zweifellos ein Mord. Am Tatort fand ich einen Knopf, vermutlich vom Täter. Arndt ist mit an Sicherheit grenzender Wahrscheinlichkeit der einzige Überlebende des Schiffsunglücks und deshalb im Rahmen meiner Ermittlungen wichtig. Ich habe seine Jacke eingehend untersucht, doch es fehlt kein Knopf an ihr.«

»Na bitte«, sagte Brodersson, der sich die Jacke nie genau angesehen hatte. Sie war für ihn nichts anderes gewesen als ein Stück Stoff, das ihm den Zugang zu Arndts Verletzungen erschwerte.

Lauritzens Miene nahm einen listigen Ausdruck an. »Meiner Frau jedoch ist etwas aufgefallen. Sie behauptet, der Faden, mit dem die Knöpfe angenäht seien, wirke sehr neu.«

Daraufhin hätte Ebba sich fast verplappert. Sie wollte sagen, dass sie absichtlich einen gebrauchten Faden verwendet habe, merkte aber im letzten Moment, dass Lauritzen ihr eine Falle gestellt hatte. Sie blickte hinüber zu Arndt. Er war sehr blass. Blasser noch als sonst.

»Zeig mal.« Brodersson ließ sich die Jacke geben und untersuchte die Knöpfe. »Ich verstehe ja nichts von der Näherei, aber für mich sieht der Faden nicht neu aus. Vielleicht leidet deine Frau unter Presbyopie?«

»Was meinst du damit?«

»Altersweitsichtigkeit. Ich weiß, das Wort klingt nicht sehr charmant, aber in Frederikshavn gibt es einen sehr guten Augenarzt, Ragnar Nielsen. Der könnte deiner Frau helfen, die Dinge im Nahbereich wieder richtig zu sehen. Vielleicht sollte sie ihn mal aufsuchen.«

Lauritzen blickte verärgert. Vielleicht, weil seine Frau noch recht jung war, vielleicht auch, weil sein Vorstoß ins Leere gegangen war. Aber noch hatte er sein Pulver nicht verschossen.

Er holte ein Blatt Papier hervor. »Dies ist die Passagierliste der *Nordstern*. Die Reederei in Hamburg hat sie mir auf meine Bitte hin zugeschickt. Die Liste sagt aus, dass alle Passagiere – männliche wie auch weibliche – entweder zwischen siebzehn und einunddreißig Jahre alt waren oder zwischen neunundfünfzig und dreiundsiebzig. Es gibt nur eine Ausnahme: Ein gewisser Carl-Heinrich Dissendorf, Kaufmann aus Altona, der am zehnten November 1840 geboren wurde, mithin zum Zeitpunkt seines Todes dreiundvierzig Jahre alt war. Dies erscheint auf den ersten Blick nicht so wichtig, gewinnt aber an Bedeutung, wenn man das Erscheinungsbild der Leiche kennt. Der Mann war in feines Tuch gekleidet und dem Äußeren nach zwischen vierzig und fünfzig Jahre alt. Somit muss der Ermordete Carl-Heinrich Dissendorf sein, auch wenn der letzte Beweis, seine Personalpapiere, nicht aufgefunden wurde.«

»Ja und?«, fragte Brodersson.

Lauritzen wies mit dem Zeigefinger auf Arndt. »Ich frage dich: Kanntest du Dissendorf, oder hattest du irgendwelchen Kontakt zu dem Toten?«

»Ich ... Ich war nur Besatzungsmitglied.« Arndts Stimme klang belegt.

»Nun, gut. Kanntest du einen, der Kontakt zu Dissendorf gehabt hat oder gehabt haben könnte?«

»Bitte ...« Arndts Oberkörper schwankte.

»Hatte Dissendorf Streit mit jemandem an Bord? Und wenn ja, wer könnte das gewesen sein?«

»Ich war nur Heizer ... nur Heizer.« Arndt schwankte stärker, verdrehte die Augen und fiel mit dem Kopf auf die Tischplatte.

»Das reicht!« Broderssons Stimme klang scharf. Er prüfte Arndts Puls. »Mein Patient ist nicht vernehmungsfähig, er gehört wieder ins Bett. Außerdem, denke ich, ist alles gesagt. Oder?«

»Natürlich«, versicherte Lauritzen schnell. »Aber in meiner Eigenschaft als Kommissar und Leiter der Polizeistation musste ich diese Fragen stellen.«

»Sicher, sicher. Ich wünsche dir ein schönes Osterfest, John.«

»Danke.« Lauritzen begriff, dass seine Anwesenheit nicht mehr erwünscht war, und ging.

KAPITEL 9

Du hast es zum ersten Mal geschafft, die Kerze auszublasen!«, rief Ebba am Freitag nach Ostern. Ein großes Gefühl der Dankbarkeit durchströmte sie. Nicht nur, weil alles dafürsprach, dass Arndt nach den vielen bangen Nächten wieder ganz gesund werden würde, sondern auch, weil sie sich keine Sorgen mehr machen musste, ihn mit ihren Fragen zu überanstrengen. Sie hatte schon einmal einen Anlauf genommen, um die Hintergründe für den Mord auf der *Nordstern* zu erfahren, und war danach froh gewesen, dass ihr Vater den Versuch durch sein Erscheinen verhindert hatte.

»Das Auspusten hat aber erst beim dritten Mal geklappt«, wehrte Arndt ab. Er schien es selbst noch nicht ganz glauben zu können.

»Egal, du hast es geschafft! Ich hatte schon Angst, dir würde es nie gelingen.« Ebba stellte die Kerze zurück ins Küchenregal und setzte sich Arndt gegenüber.

Er blickte ihr in die Augen. »Ich möchte nicht, dass du Angst hast. Ich möchte, dass du niemals wieder Angst hast, die Kerze könnte nicht ausgehen. Und deshalb habe ich ein Geschenk für dich.«

»Ein Geschenk für mich?« Ebba war überrascht. »Was ist es denn?«

Arndt lächelte und zog langsam einen Gegenstand aus der Hosentasche. Er war länglich und in Papier eingeschlagen. »Pack aus.«

Sie entfernte das Papier und hielt den Atem an. Der Gegenstand war aus Messing und glänzte wie Gold. »Ein Kerzenlöscher!«, rief sie. »Oh, ist der schön, danke!« Spontan beugte sie sich vor und küsste Arndt auf den Mund. Im selben Augenblick merkte sie, dass sie zu weit gegangen war. »Äh, wo hast du den denn her?« fragte sie.

»Das verrate ich dir nur, wenn du mir einen zweiten Kuss gibst.«

Ebba musste lachen. »Das ist Erpressung.«

»Ich weiß.«

Sie stand auf, ging um den Küchentisch herum und küsste Arndt noch einmal. Von ihrem eigenen Mut überrascht, wollte sie sich schnell abwenden, doch er zog sie auf seinen Schoß und küsste sie wieder, lang und leidenschaftlich. Lieber Gott!, dachte sie. Was mache ich hier? Arndt ist doch mein Patient ...

Nach einer kleinen Ewigkeit ließ er sie frei und sagte: »Jannik, der Enkel vom alten Rupert aus dem Søndervej, hat mir den Kerzenlöscher besorgt, bei einem Händler, der ›Prediger‹ genannt wird.« Dann erzählte er die Geschichte in allen Einzelheiten, doch Ebba konnte kaum zuhören.

Sie war viel zu glücklich.

Als Brodersson eine Viertelstunde später nach Hause kam, um das Mittagessen einzunehmen, fuhren Ebba und Arndt hastig wie ertappte Sünder auseinander. Sie hatten sich die ganze Zeit geküsst und liebkost und zärtliche Worte geflüstert, und Ebba hatte über alledem vergessen, den Klippfisch mit der Senfsoße vorzubereiten.

»Was gibt es denn Schönes?« Brodersson blickte erwartungsvoll. Sollte er etwas von der innigen Umarmung bemerkt haben? Jedenfalls sah man es ihm nicht an.

»Ich habe ganz vergessen, den Klippfisch zu wässern, *far!*«, rief Ebba verlegen.

»Halb so schlimm. Stell etwas *rugbrød,* Käse und Schinken bereit. Und einen Krug Bier, um alles hinunterzuspülen.« Er wandte sich an Arndt. »Ich denke, das Bier schmeckt dir schon wieder, oder?«

»Ja, Knud, danke.«

Ebba eilte hin und her, um die Speisen aufzutischen. »Was hast du denn erlebt, *far?*«

Brodersson nahm Platz und schenkte sich und Arndt ein Glas Bier ein. »Tja«, sagte er. »Na, erst mal *Skål.*«

»*Skål*«, sagte Arndt.

»Auf dich, mein Mädchen«, fuhr Brodersson fort. »Um deine Frage zu beantworten: Ich habe mit Atlas ein paar Krankenbesuche gemacht. Zuletzt war ich bei Zacharias Mikkelsen, du weißt doch, dem Stadttrommler, der immer die neuesten Nachrichten an den Straßenecken vorliest.«

»Was gibt's denn Neues?«, fragte Arndt.

»Heute ist der achtzehnte April, der zwanzigste Jahrestag der Schlacht bei den Düppeler Schanzen zwischen uns und den Preußen und Österreichern. Die Honoratioren wollen sich bei der Gedenkstätte versammeln und an die Toten erinnern. Gut, dass wir heute in friedlichen Zeiten leben.«

»Da hast du recht.« Arndt lächelte. »Ich bin dir im Übrigen sehr dankbar.«

»Warum?«

»Weil du mir nicht übelnimmst, dass ich Deutscher bin.«

»Ich bin in erster Linie Mensch und Arzt. Ich hätte dich auch behandelt, wenn du ein Mörder wärst.«

Auf Arndts Gesicht fiel ein Schatten. »Wirklich?«

»Aber sicher.« Brodersson nickte, um seine Worte zu unterstreichen. Dann räumte er ein: »Nun ja, vielleicht nicht ganz so gern. Doch als Arzt habe ich einen Eid geschworen, jedermann zu helfen, egal, ob gut, böse, arm, reich, jung oder alt. Auch Zacharias Mikkelsen. Er hat eine Sehnenscheidenentzündung am rechten Handgelenk, vermutlich von seiner Trommelei. Ich habe ihm Schonung verschrieben und eine schmerzlindernde Salbe. Und ihm eine Manschette angepasst. In ein paar Tagen will ich wieder nach ihm sehen.«

»Das Essen ist bereit!«, rief Ebba. »*God appetit*, ihr zwei.«

»*God appetit.*«

Sie aßen, und als sie fertig waren, stand Brodersson auf und sagte: »Das war lecker. Ich werde mich jetzt noch ein wenig meinen Forschungen widmen.« Er hielt inne, grinste unmerklich und fügte beim Hinausgehen hinzu: »Ihr zwei werdet euch sicher auch ohne mich nicht langweilen.«

Im schwachen Licht einer kleinen Petroleumlampe wirkte die Knechtstube an diesem Abend vertraut und *hyggelig*. Ebba und Arndt lagen eng umschlungen in seinem Krankenbett, und Arndt flüsterte: »Ich hoffe, dein Vater steht nicht plötzlich in der Tür.«

»Der kommt nicht.« Ebba kuschelte sich in seine Armbeuge. »Wenn *far* das Blut erforscht, vergisst er alles um sich herum. Wir können also in Ruhe reden.«

Arndt küsste sie. »Ich möchte aber jetzt nicht reden.«

Ebba wurde ernst. »Wir müssen es, mein Liebster. Es geht um deine Jacke. Als der alte Jonas dich halbtot herbrachte, wies sie nur fünf Knöpfe auf. Einer fehlte. Es war genau der, den

Lauritzen auf der Brücke der *Nordstern* gefunden hat. Seine Annahme, dass der Knopf nicht von selbst abgefallen sein konnte, lag nahe. Bitte, sag mir: Hast du den Kaufmann Dissendorf auf der Brücke der *Nordstern* getötet?«

Arndt schwieg.

Ebbas Stimme wurde drängender. »Liebster, ich bin auf deiner Seite, komme, was da wolle. Warum hätte ich sonst die sechs neuen Knöpfe an deine Jacke nähen sollen, um den Verdacht von dir abzulenken?«

»Du warst das?«

»Ja, ich war's. Lauritzen hatte dich die ganze Zeit schon auf dem Kieker. Er war wie eine Spinne, die nur darauf wartete, dass du ihm ins Netz gehen würdest. Aber sein einziges Beweisstück, deine Jacke, hatte in dem Moment seinen Wert verloren, als er sah, dass die Knöpfe vollständig waren.«

Arndt atmete tief durch.

»Thorvald, der Vormann der Retter, suchte mit seinen Männern nach Verwertbarem auf der *Nordstern* und fand dabei den toten Dissendorf. In seiner Nähe lag ein Bootshaken. Die Spitze des Hakens passte genau in die Halswunde, an der Dissendorf starb. Ich denke, es gab einen Kampf zwischen dir und ihm. Wenn es so war, musst du dir keine Sorgen machen, denn mit dem Bootshaken hätte auch jeder andere zustoßen können. Er ist kein Beweis gegen dich.«

»Du bist sehr scharfsinnig.«

»Ich habe nur eins und eins zusammengezählt.«

»Ich bin so froh, dass du zu mir hältst.« Arndt drückte Ebba so fest an sich, dass ihr ganz kribbelig wurde. »Ich habe noch nie einen Menschen kennengelernt, der mich so bedingungslos unterstützt. Doch ich kann nicht über die Sache reden.«

Ebba ließ nicht locker, sie wollte die Wahrheit wissen. »Bitte, vertrau mir«, sagte sie. »Ich habe dich wochenlang gepflegt, Tag und Nacht, und in dieser Zeit haben wir uns ineinander verliebt. Wenn ich ehrlich bin, mochte ich dich vom ersten Augenblick an. Ich habe gegen dein Fieber gekämpft, deine Verletzungen gepflegt und gemeinsam mit dir die Lungenentzündung besiegt. Ich habe ein Recht darauf zu erfahren, was passiert ist. Meinst du nicht?«

»Ja, ja ... natürlich.« Arndt kämpfte mit sich. Schließlich murmelte er so leise, dass sie es kaum hören konnte: »Es war kein Mord, es war Notwehr.«

»Erzähl mir alles. Lass dir Zeit. Ich werde kein Sterbenswörtchen weitersagen.«

Arndt blickte starr an die Decke. Es war, als würde er dort noch einmal all die schrecklichen Geschehnisse sehen, die ihn so quälten. »Es ist Sturm«, murmelte er. »Das Schiff rollt und stampft wie wild. Ich stehe unten bei den Kesseln. Kann mich kaum auf den Beinen halten. Halbdunkel. Plötzlich packt eine Riesenfaust das Schiff. Ein gewaltiger Ruck. Dann das Wasser. Eiskalt. Es dringt durch die Bordwand. Steigt mir in Sekunden bis an die Hüfte. Raus, nur raus! Ich kämpfe mich nach oben, hinauf auf die Brücke, den höchsten Punkt. Schemenhafte Gestalten. Offene Münder. Gebrüllte Kommandos. An Steuerbord Männer und Passagiere. Sie wollen ins Beiboot. Eine See wischt sie über Bord. Da, ein Rettungsring, *MS Nordstern* steht darauf. Hilfe in höchster Not! Von hinten eine Hand. Sie packt mich. Dissendorf. Er grinst höhnisch. Hat einen Bootshaken in der Hand. Stößt nach mir. Will den Rettungsring. Der Ring, er ist meine Überlebensgarantie! Ich kämpfe. Wehre mit dem Ring die Stöße ab. Reiße den Bootshaken an mich. Eine Woge. Turmhoch. Sie hebt das Schiff. Ich taumele. Der Bootshaken dringt in Dissendorfs Hals. Er schwankt. Blut, überall Blut. Die Woge donnert herab. Begräbt alles unter sich. Ich lande in der kochenden See. Ich schreie. Ich bete. *Vater unser!* Ich verliere die Besinnung ...«

Arndt hielt inne. Schweißtropfen standen auf seiner Stirn.

Ebba hatte seine Hand ergriffen. »Ruhig, mein Liebster, sei ganz ruhig. Es ist vorbei. Alles ist gut.«

»Ja, es scheint überstanden«, seufzte Arndt mit schwacher Stimme. Er schaute noch immer an die Decke. Die schrecklichen Bilder dort hatten sich verflüchtigt. Sein Atem beruhigte sich.

Ebba hielt weiter seine Hand. Nach einer Weile sagte sie: »Die Schreckensnacht hat dich im Fieberwahn verfolgt – immer wieder. Aber jetzt, wo du darüber gesprochen hast, wird es vielleicht besser werden.«

»Ja, vielleicht. Danke.« Arndt lächelte matt.

»Die tiefe Verletzung an deinem Oberarm: War das Dissendorf mit dem Bootshaken?«

»Ja, er war's.«

»Du hast ihm die Waffe abgenommen und ihn im Stolpern tödlich verletzt. Es war Notwehr. Vielleicht solltest du Lauritzen einfach erzählen, wie sich alles zutrug. Dann ist die Sache vom Tisch.«

»Nein!«

Arndts Reaktion war so heftig, dass Ebba erschrak. »Verzeih, es war nur eine Idee, aber was spräche denn dagegen?«

»Lauritzen müsste einen Bericht für die hiesigen Behörden schreiben und den Tathergang auch Dissendorfs Familie zugänglich machen. Ich möchte auf keinen Fall, dass mein Name mit seinem Tod in Verbindung gebracht wird.«

Ebba überlegte. »Das verstehe ich. Es würde wohl weitere Untersuchungen und Befragungen nach sich ziehen. Dinge, denen du in deinem Zustand noch nicht gewachsen bist. Was ich nicht verstehe: Es klang so, als habe Dissendorf dich töten wollen. Nur wegen des Rettungsrings? Kanntest du ihn vielleicht doch? Hasste er dich aus irgendeinem Grund?«

Arndt drehte den Kopf zur Seite. »Verzeih, mein Engel, aber darüber kann ich nicht reden.«

KAPITEL 10

Es war ein fröhliches Gartenfest, das Anna und Mikkel Ancher am Sonntag, dem vierten Mai, gaben. Anlass war ihr Einzug in das Haus am Markvej 2, der im Frühjahr stattgefunden hatte – zu einer Zeit, als es draußen noch zu ungemütlich für eine Feier war.

Dafür strahlte die Sonne an diesem Tag umso mehr. Es herrschte kaum Wind, was für Skagen ungewöhnlich war, und die milden Temperaturen ließen schon den Sommer erahnen. Der Garten war wild und schön und bestand zum größten Teil aus einer Wiese, auf der Gänseblümchen, Küchenschellen und Löwenzahn blühten. Inmitten dieser Idylle hatte Anna mehrere Bänke aufgestellt und zwei lange Tische aneinandergerückt, die sie mit Leinenlaken abdeckte und mit zahlreichen Gläsern, Bierkrügen, Weinflaschen, Schüsseln und Tellern versah. Für das leibliche Wohl waren mehrere Brote und selbst gemachtes Griebenschmalz vorgesehen. Die deftige Kost war seinerzeit sehr beliebt und wurde *nådebrød*, Gnadenbrot, genannt.

Der Beginn des Festes war offen. Wer kam, war da und durfte sich bedienen. Wobei die Gäste sich hauptsächlich aus den Künstlern der Kolonie zusammensetzten. Als Erster trudelte Locher mit Venus ein. Statt seiner Staffelei hatte er diesmal nur den Parasol dabei, den er neben den Rhododendronbüschen in den Boden rammte, dort, wo schon Klein-Helga in ihrem Kinderwagen lag. Venus grunzte, gähnte und legte sich unter dem Schirm dazu.

Locher war hauptsächlich gekommen, weil er sich mit Fritz Stoltenberg über die Kunst der Marinemalerei unterhalten wollte. Stoltenberg wiederum war erschienen, weil das Licht an diesem späten Vormittag hervorragend war und er mit seiner Plattenkamera ein paar fotografische Aufnahmen machen wollte. Die Aufnahmen hatte er Krøyer versprochen, der schon seit Längerem plante, ein Gartenfest zu malen, und die Lichtbilder als Anregung verwenden wollte.

Krøyer war vor wenigen Tagen aus Kopenhagen eingetroffen und hatte in *Brøndums Hotel* Quartier genommen. Er war eine der schillerndsten Persönlichkeiten unter den Skagenmalern, hochbegabt, weit gereist und vielfach dekoriert. Dazu trinkfest und keiner Feier abgeneigt. In seiner Begleitung waren Krohg, Björck und Holger Drachmann, ein bekannter dänischer Maler und Dichter. Dazu – und das war eine Überraschung – Theo mit Campanini und Hille. Theo hatte die freie Zeit Krøyer zu verdanken, der für ihn bei Degn ein gutes Wort eingelegt hatte. »Der Junge muss auch mal raus«, hatte Krøyer gesagt, »der ist ja schon ganz blass um die Nase«, und Degn hatte nachgegeben.

Sie alle wurden von Anna und Mikkel Ancher willkommen geheißen und an die Tische gebeten. Eine Sitzordnung gab es nicht. Jeder setzte sich, wo Platz war.

Theo und Hille jedoch gingen zuerst zum Rhododendronbusch, wo Klein-Helga im Kinderwagen lag. Theo zeigte ihr Campanini. Ein fröhliches Krähen war die Antwort. »Ich stelle Campanini auf diesen Baumstumpf«, sagte Theo zu dem Kind, »dann kannst du ihn immer sehen.« Er versorgte seinen gelben

Sänger mit ein paar frischen Körnchen und bedachte dabei auch die in den umliegenden Sträuchern lebenden Spatzen. Alsbald mischten sich der Gesang Campaninis mit dem Tschilpen der Spatzen, dem glucksenden Lachen Helgas und dem Schnarchen der Bulldogdame.

Deutlich lauter ging es an den zusammengestellten Tischen zu, wo die ersten Gläser bereits geleert waren. »Komm, wir gehen rüber zu den anderen«, sagte Hille und hakte sich bei Theo unter.

Anna umarmte Theo und Hille und sagte zu Theo: »Schön, dass du gekommen bist. Außer Campanini hast du ja noch jemanden mitgebracht. Du bist doch Hille, Thorvalds Tochter, nicht wahr?«

»Ja«, antwortete Hille strahlend, »bin ich.« Thorvald, der Vormann der Retter, war der einzige Fischer, der auch privat mit den Künstlern verkehrte, den alten Jonas ausgenommen.

»Wir haben uns beim Schollenbraten kennengelernt«, sagte Theo grinsend.

»Beim Schollenbraten?« Anna lachte. »Das musst du mir näher erklären.« Doch dazu kam es nicht, denn Brodersson näherte sich, in der linken Hand ein Schmalzbrot, in der rechten Hand ein Schnapsglas. »Ich bin allein mit Atlas hier«, sagte er, »und ich soll dich schön von Ebba grüßen. Es tut ihr leid, dass sie nicht mitkommen konnte, aber sie wollte Arndt, unseren Patienten, nicht allein lassen.«

Krøyer, der mit Mikkel, Krohg und Björck bei einem Glas Rotspon saß und sich lebhaft über die Intuition als Quelle aller Kreativität austauschte, hielt inne und winkte Brodersson heran. »*Hej*, Knud, komm, setz dich zu uns. Ich hörte, du hättest diesen Arndt nach der *Nordstern*-Tragödie dem Tode entrissen und wieder aufgepäppelt, und jetzt wäre er des Mordes an einem Passagier verdächtig?«

»Unsinn.« Brodersson nahm Platz. »Wer erzählt denn so etwas?«

»Lauritzen. Ich traf ihn gestern im Speisesaal vom Hotel. Behauptet hat er es nicht, aber er machte ein paar Andeutungen. Vielleicht wollte er auch nur ein bisschen angeben. Er war da nämlich nicht mit seiner Frau, sondern mit der Tochter von Goldschmied Uggerholt, die bekanntlich nicht zu den Hässlichsten gehört.«

»Lauritzen, dieser Wichtigtuer!« Brodersson kippte den Schnaps hinunter und knallte das Glas auf den Tisch. »Der kann froh sein, dass er nicht hier ist. Ich würde ihm sonst die Flötentöne beibringen. Ich weiß ganz genau, dass Arndt nichts mit dem Mord zu tun hat.«

Krohg meinte: »Reg dich nicht auf, Knud. Wir alle kennen Lauritzen.«

Björck nickte. »Stimmt. Aber kennt ihr auch Jannik, den Enkel vom alten Rupert? Den hab ich gestern zu Kaufmann Christensen im Sankt Laurentii Vej geschickt. Er sollte mir ein Päckchen Tabak besorgen. Und wisst ihr, was mir der Junge erzählt hat? Er hätte neulich einen Kerzenlöscher für Arndt gekauft. Beim Prediger, dem Krimskrams-Höker. Warum, wusste er nicht, auf jeden Fall meinte er, Arndt sei schon wieder ganz obenauf.«

»Na und? Was willst du damit sagen?«, knurrte Brodersson, noch immer verärgert.

»Nichts.« Björck blickte scheinheilig. »Aber vielleicht war es Ebba ganz recht, Arndt nicht allein lassen zu können?«

Krohg sagte augenzwinkernd: »Womöglich bahnt sich da was an?«

»Ihr redet wie alte Klatschtanten. Da ist nichts«, sagte Brodersson bestimmt. Doch sicher war er seiner Sache nicht.

»Darf ich eure Kaffeesatzlesereien mal kurz unterbrechen?«, fragte Stoltenberg. Er hatte die ganze Zeit mit Locher über die

Marinemalerei im Allgemeinen und über die auflösende Wirkung des Lichts auf die Farbe im Besonderen gesprochen – und sich darüber fast mit ihm zerstritten. Nun war es ihm gelungen, sich von Locher loszueisen. »Von Westen ziehen Schönwetterwolken auf«, sagte er zu Krøyer. »Das bedeutet Schatten. Wenn ich ein paar Aufnahmen vom Fest machen soll, sollte es jetzt sein.«

»Nur zu!«, rief Krøyer. »Alle Mann an die Tische! Gläser in die Hand! Wir singen ein Lied, und Fritz macht die Aufnahmen. Immer, wenn er draufdrücken will, ruft er ›Stopp!‹, und wir halten einen Augenblick still. Sonst verwackelt alles.«

Und während Stoltenberg seine Kamera aufbaute, stimmte Krøyer an:

»Haps, haps, haps
Nu skal vi ha' snaps
Når det løber ned til midten
Kriller det i duppeditten
Haps, haps, haps
Nu skal vi ha' snaps …«

»Das hab ich nicht verstanden«, sagte Theo leise zu Hille. »Dazu reicht mein Dänisch noch nicht.«

Hille schmiegte sich an ihn. »Es ist lustiges Dänisch und bedeutet so viel wie: Wenn der Schnaps zur Mitte runterläuft, kitzelt es im Dingsbums.«

»Dingsbums?« Theo griente.

Mittlerweile sang jeder in der frohen Runde den Text mit:

»… Nu skal vi ha' snaps
Når det løber ned til midten
Kriller det i duppeditten
Haps, haps, haps …«

»*Far!*« ... »*Far!*« ... »*Far!*« Es war Ebba, die mit wehenden Haaren heraneilte. Atemlos blieb sie vor ihrem Vater stehen. »*Far*, Arndt ist umgefallen!«

»Umgefallen?« Brodersson ahnte nichts Gutes. »Wann war das?«

»Vor einer halben Stunde. Ich bin die ganze Strecke hierhergelaufen, so schnell ich konnte.«

»War er bei Bewusstsein, als du losliefst?«

»Ja, er sagte, ihm sei taumelig und er könne mich schlecht hören, da sei so ein lautes Singen im Ohr.«

»Wir müssen sofort nach Hause, es ist keine Zeit zu verlieren.« Brodersson winkte Anna und Mikkel zu. »Entschuldigt den jähen Aufbruch!« Hastig erklärte er die Situation.

Mikkel rief: »Braucht ihr Pferd und Wagen? Nachbar Gedebjerg könnte aushelfen.«

»Nicht nötig, *tusind tak*. Ich bin mit Atlas hier. Er ist stark. Er wird uns beide nach Hause tragen.«

Nach einer Viertelstunde, die Brodersson und Ebba wie eine Ewigkeit vorkam, erreichten sie den Højensvej. Einar, der Bursche von *Hæstorp's Stallung*, nahm Atlas in seine Obhut, und Brodersson eilte hinüber zu seinem Haus, Ebba dicht hinter sich.

Arndt lag in der Knechtstube und starrte sie mit leerem Blick an.

Ebba stürzte zu ihm. »Oh, Liebster, Gott sei Dank, du lebst! Ich hatte schon solche Sorge um dich!«

Brodersson dachte grimmig: Also doch, sie hat etwas mit ihm! Ich bin immer der Letzte, der so etwas mitkriegt. Aber der Gedanke blitzte nur kurz auf, denn jetzt war er nicht als Vater, sondern als Arzt gefragt. »Hol ein Glas Wasser, mein Mädchen, aber rasch!«

Er setzte sich ans Bett und fragte ruhig: »Was ist passiert, Junge?«

»Ich weiß nicht«, sagte Arndt matt. »Ebba und ich waren im Vorgarten. Sie wollte das schöne Wetter ausnutzen und die Fenster reinigen. Ich sollte neues Wischwasser holen. Als ich den Eimer hochheben wollte, wurde mir plötzlich schwindelig. Ich fiel zu Boden, war kurz ohnmächtig. Ebba half mir auf. Dann wurde mir übel, und ich hatte plötzlich dieses Singen im Ohr.«

»In welchem Ohr?«

»Im linken.«

»Ist der Ton auch jetzt noch da?«

»Ja, aber vielleicht nicht mehr so stark.«

»Du verstehst also schlecht, was wir sagen?«

»Ja, so ist es.«

»Nur auf dem linken Ohr?«

»Ja, schon.«

»Hm«, sagte Brodersson.

»Trink das.« Ebba war mit dem Wasser zurück.

Arndt trank.

Brodersson holte seinen Arztkoffer, nahm das Stethoskop heraus und horchte Arndt ab. Er maß die Temperatur, schaute in die Pupillen, in den Mund, in die Ohren, prüfte den Kniesehnenreflex nach Wilhelm Heinrich Erb und unternahm mancherlei mehr. Direkt finden konnte er nichts. »Ruh dich erst einmal aus und mach dir keine Gedanken. Ebba wird dir eine leichte Mahlzeit bringen.«

»Danke, ich habe keinen Hunger.«

»Dann trink noch ein Glas Wasser.«

»Ich hole es«, sagte Ebba.

Während Ebba fort war, fasste Brodersson einen Entschluss. »Ich werde mich ein wenig belesen«, sagte er zu Arndt. »Dein

Fall ist nicht so leicht zu diagnostizieren. Wie gesagt, mach dir vorerst keine Sorgen. Morgen früh sehen wir weiter.«

Am anderen Morgen sah Brodersson übernächtigt aus. Er hatte viele Stunden über seinen medizinischen Büchern gesessen, und was er herausgefunden hatte, war beunruhigend – vorausgesetzt, seine Diagnose stimmte. Er ging in die Küche, wo er Arndt zusammen mit Ebba antraf. Beide machten besorgte Gesichter, denn Arndt war immer noch schwindelig zumute, und das Singen im linken Ohr hatte auch nicht aufgehört.

Brodersson setzte sich zu ihnen und nahm von Ebba einen Becher heißen Kaffee entgegen. »Danke, mein Mädchen.« Er trank einen kleinen Schluck, um Zeit zu gewinnen. Was er zu sagen hatte, konnte schwerwiegende Folgen haben, aber es musste heraus. »Ich will nicht lange drum herumreden«, sagte er zu Arndt. »Ich denke, du hast ein Akustikusneurinom.«

Ebba erschauerte. »Das klingt schrecklich.«

Arndt starrte ihn an.

Brodersson fuhr fort: »Deine Symptome sprechen dafür. Es handelt sich um einen Tumor, der im Schädelinneren heranwächst und den *Nervus staticus,* also den Hör- und Gleichgewichtsnerv, immer weiter einengt, bis die genannten Beschwerden zutage treten. Ich möchte betonen, dass es sich um einen gutartigen Tumor handelt, der keine Tochtergeschwülste bildet.«

Danach herrschte Schweigen.

Ebba war es, die sich als Erste nach dieser bestürzenden Eröffnung fing. »Kann man den Tumor entfernen, *far?*«, fragte sie tapfer.

»Er ist leider inoperabel.«

»Ich werde sterben«, sagte Arndt ruhig.

»Aber, aber.« Brodersson legte seine Hand auf Arndts Arm.

»So schnell stirbt es sich nicht. Niemand kann genau sagen, wie sich ein Akustikusneurinom entwickelt. Die Forschung steht da erst am Anfang. Vielleicht wächst es nur geringfügig weiter, vielleicht gar nicht, vielleicht bildet es sich sogar zurück.«

»Und wenn es weiter wuchert?«

»Daran wollen wir nicht denken. Ich bin nur ein ganz gewöhnlicher Arzt, kein Spezialist, womöglich stimmt meine Diagnose nicht.«

»Ich werde sterben. Diesmal werde ich sterben.«

»Das glaube ich nicht«, widersprach Ebba. »Du hast das Schiffsunglück nicht überlebt und die Lungenentzündung nicht überstanden, nur um jetzt vor diesem Tumor zu kapitulieren. Ich habe mehrere Jahre im *Rigshospital* in Kopenhagen gearbeitet. Du solltest in die Hauptstadt fahren und dich dort untersuchen lassen. Wenn du willst, begleite ich dich. Ich bin immer an deiner Seite, das weißt du. Die Ärzte im Hospital sind sehr erfahren. Vielleicht kommen sie zu einer anderen Erkenntnis.«

»Ganz meine Meinung«, sagte Brodersson.

Arndt schüttelte den Kopf. In seinem Blick lag Hoffnungslosigkeit. »Wie viel Zeit bleibt mir noch, Knud?«

»Das vermag niemand zu sagen, Junge. Doch eins ist gewiss: Es gibt in der Medizin nichts, was es nicht gibt. Vertraue auf Gott. Und fahre so rasch wie möglich nach Kopenhagen.«

Arndt stand auf. »Ich danke dir für deine Offenheit, Knud. Und ich danke auch dir, Ebba, du warst mein Engel. Deine Fürsorge hat mir das Leben gerettet. Doch wozu? Wenn es euch recht ist, mache ich jetzt einen Spaziergang am Strand. Ich muss allein sein und meine Gedanken ordnen.«

»Das war doch selbstverständlich«, sagte Brodersson.

»Ich warte auf dich«, sagte Ebba.

Erst spät in der Nacht kam Arndt zurück. Ebba hörte, wie er leise die Haustür öffnete und in die Knechtstube schlich. Sie hatte die ganze Zeit vor Sorgen kein Auge zugetan. Sie stand auf und schlich hinüber zu seinem Raum. Er war abgeschlossen. Sie klopfte. Nichts rührte sich. Ebba erkannte, dass Arndt nicht bereit war, mit ihr zu reden. Es fühlte sich an wie ein Schlag ins Gesicht. Warum reagierte er so? Sie hatte doch immer getan, was sie konnte? »Arndt!«, rief sie leise. »Lass uns reden. Alles ist nur halb so schlimm. Gemeinsam schaffen wir es. Bitte, mach auf.«

Doch Arndt öffnete nicht.

»Bitte …!«

Es dauerte lange, bis Ebba begriff, dass sie unerwünscht war. Und das nach allem, was sie zusammen durchlitten hatten! Vor Tränen fast blind tastete sie sich zurück in ihre Kammer und weinte sich in den Schlaf.

Es war schon acht, als Brodersson am nächsten Morgen an Ebbas Tür klopfte. »Bist du wach?«

»Ja, *far,* ich habe mich gerade angekleidet. Komm rein.«

Brodersson betrat die Kammer und sah seiner Tochter ins Gesicht. Sie sah verweint aus. »Du liebst ihn, nicht wahr?«, sagte er. Es war mehr eine Feststellung als eine Frage.

»Ja, *far.*«

Brodersson seufzte. »Du suchst dir immer die Falschen aus. Damals im *Rigshospital* war es ähnlich. Der junge Arzt …«

»Bitte, ich will nicht darüber sprechen!«

»Schon gut. Aber es ist eine große Ungerechtigkeit, dass ausgerechnet du immer Pech in der Liebe hast. Ich wünschte, Arndt hätte eine bessere Prognose. Wo ist er überhaupt? Hast du ihn gestern Abend noch gesehen?«

»Nein, *far.*« Ebba mochte nicht darüber reden, wie sehr Arndt sie verletzt hatte.

»Dann lass uns in die Küche gehen. Ich schüre das Feuer, und du kochst uns zum Frühstück Kaffee und ein paar Eier. Arndt wird gewiss später dazukommen. Vielleicht hat er sich mittlerweile ein wenig gefangen.«

Als beide wenig später die Küche betraten, fanden sie zu ihrer Überraschung auf dem Tisch eine goldene Kurantmünze im Wert von zwanzig Mark. Ein Zettel lag dabei, darauf stand nur ein Wort: *Danke.*

Ebba wurde leichenblass. »Arndt ist fort«, murmelte sie. »Das Geld muss von ihm sein.«

»Ja, vermutlich ist es die Bezahlung für unsere ärztlichen Dienste.« Brodersson hielt die Münze ins Licht. »Sie scheint echt zu sein.«

»Ich will das Geld nicht! Dafür habe ich ihn nicht gepflegt.«

»Gewiss nicht. Die Frage ist: Woher hatte er so viel Geld?«

»Das weiß ich nicht.«

»Wahrscheinlich hatte er die Münze in seinem Gürtel aufbewahrt. Es ist deutsches Geld, natürlich, er ist ja Deutscher. Er hat es uns selbst gesagt beim ersten Mal. Weißt du, was ich glaube: Er ist in Wahrheit gar kein Heizer. Aber was ist er dann?«

»Das ist mir egal!« Ebbas Augen füllten sich schon wieder mit Tränen. »Er ist fort, und ich will ihn nie wieder sehen!«

KAPITEL 11

In alten Zeiten war das *Vippefyr* ein Feuerkorb, der mit einer Wippe nach oben gezogen wurde, um den Seeleuten nachts die Orientierung zu erleichtern. Es stand auf einem Hügel im Nordosten Skagens, keine zweihundert Schritte vom Strand entfernt, und hatte zur Sommersonnenwende des Jahres 1884 schon lange ausgedient. Doch den Hügel gab es noch immer. Auf ihm wurde am Tage vor dem vierundzwanzigsten Juni, dem Geburtstag des heiligen Johannes, ein mächtiger Holzhaufen aufgetürmt, auf dessen Spitze eine Hexenfigur saß, mit deren Verbrennung die bösen Geiser verjagt werden sollten. Schon am Morgen kam ein Strom von Menschen mit Holzresten, Latten, Balken, Kisten und anderem, um den großen Haufen noch größer zu machen, denn je länger das Feuer brannte, desto länger konnte man dabeistehen, singen, lachen, essen und trinken. *Sankt Hans Aften* würde auch diesmal wieder schön werden!

Einer, der ebenfalls zum großen Holzstoß strebte, war der Prediger mit seinem Wagen voller Krimskrams. Ihm jedoch ging es weniger um die Vergrößerung des Haufens als vielmehr um den Verkauf seiner Posamenten. Einen besseren Platz, um seine Ware feilzubieten, gab es an diesem Tag nicht.

Mit volltönender Stimme sprach er zu den Vorübergehenden, schilderte seine Kordeln, Litzen, Quasten, Knöpfe, Fransen, Spitzen und so weiter in den schönsten Farben und stutzte jäh, als plötzlich vor ihm ein Kunde stand, mit dem er zuallerletzt gerechnet hätte.

Es war Lauritzen.

»Du hast eine große Auswahl an Tand, das muss man dir lassen«, sagte Lauritzen.

»Worauf willst du hinaus?«, fragte der Prediger. Seine Erfahrungen mit der Polizei waren nicht die besten.

Statt einer Antwort wanderte Lauritzens Blick prüfend über die ausgestellte Ware.

Der Prediger wurde unruhig. Nicht alles, was er feilhielt, stammte aus ehrlicher Quelle. »Übrigens, ich habe da etwas, speziell für dich«, sagte er mit Unschuldsmiene und holte umständlich einen silbernen Seestern hervor, in dessen Mitte ein violetter Amethyst blitzte. »Was hältst du von dieser entzückenden Brosche?«

»Sehr schön.« Lauritzen zeigte wenig Interesse.

»Ein wunderbares Geschenk! Deine Frau würde sich bestimmt sehr freuen.«

Bei dem Gedanken an Gunda verdüsterte sich Lauritzens Miene. Sie hatte von seinem Stelldichein mit Goldschmied Uggerholts Tochter in *Brøndums Hotel* erfahren und ihm die Hölle heißgemacht. Vielleicht würde das Geschenk den Haussegen wieder halbwegs geraderücken. »Ja, mag sein.«

»Sag ich doch!« Mit taschenspielerischer Geschicklichkeit ließ der Prediger den Seestern in Lauritzens Tasche gleiten.

»Wie viel kriegst du für die Brosche?«

»Für was?«

»Für die Brosche, die du mir eben in die Tasche gesteckt hast.«

»Höhö!« Der Prediger lachte ölig. »Ich weiß gar nicht, wovon du sprichst.«

Langsam verstand Lauritzen. Der Seestern war ein Bestechungsversuch. Verständlich aus Sicht des Predigers, denn die Polizei konnte ihm einigen Ärger bereiten – zum Beispiel, indem sie ihn von diesem lohnenden Verkaufsplatz verwies. Nun ja, am besten würde es sein, die Sache einfach zu übergehen. Lauritzen wechselte das Thema. »Du hast viele verschiedene Knöpfe in deinem Angebot. Ich vermute, du kennst dich mit ihrer Fertigung und Herkunft gut aus?«

»Ja, wieso?«

Lauritzen zeigte den Knopf, den er auf der Brücke der *Nordstern* gefunden hatte. »Was sagt dir dieser?«

Der Prediger studierte den Knopf von allen Seiten. »Nichts Besonderes«, lautete sein Urteil. »Aus Holz, mit vier Löchern. Stammt wahrscheinlich von einer Arbeitsjacke.«

»Verkaufst du diese Sorte?«

»Nein, tu ich nicht.«

Das hatte Lauritzen sich fast gedacht. »Ist es ein deutscher Knopf?«

Der stattliche Mann zuckte mit den Schultern. »Woran sollte ich das erkennen? An den Löchern?« Er lachte freudlos.

Lauritzen konnte nicht mitlachen. Doch dann hellte sich seine Miene plötzlich auf. Er hatte unter den Posamenten genau die Art Knöpfe entdeckt, die er von der Jacke des Überlebenden der *Nordstern* kannte, jenes Burschen, den er von vornherein des Mordes an dem Kaufmann Dissendorf verdächtigt hatte. Oder war alles nur ein Zufall? Viel wahrscheinlicher schien, dass Ebba sechs dieser Knöpfe neu angenäht hatte, um zu vertuschen, dass einer von den alten Knöpfen abgerissen war. So wie der von der Brücke des verunglückten Schiffes. Die entscheidende Frage: Hatte Ebba die Knöpfe beim Prediger erworben?

Lauritzens Augen wurden eng. Das Jagdfieber packte ihn.

»Was ist?«, fragte der Prediger.

»Die Knöpfe da ...« Lauritzen deutete mit dem Finger auf sie. »... hast du von denen welche an Broderssons Tochter verkauft?«

Irgendetwas in Lauritzens Ton ließ den Prediger aufhorchen. Er tat, als überlege er. »Ich weiß nicht. Worum geht's denn?«

»Es geht um Mord«, antwortete Lauritzen wichtig. »Du hast sicher von der Havarie der *Nordstern* vor Alt-Skagen gehört. Viele Tote, viele Vermisste. In der letzten Woche sind noch mal fünf weitere Leichen auf der Höhe von Grenen an Land gespült worden. Sie waren nicht mehr zu identifizieren. Schreckliches Unglück. Nun, jedenfalls wurde in der Orkannacht ein Passagier ermordet, und ich bin dem Täter auf der Spur.«

Als er das Stichwort Mord hörte, schrillten bei dem Prediger die Alarmglocken. Er übte seinen Broterwerb häufig am Rande der Legalität aus und hatte allein schon deshalb kein Interesse, ins Visier der Polizei zu geraten. Vorsicht war die Mutter der Porzellankiste! Und je weniger man wusste, desto weniger wurde man behelligt. Im Übrigen konnte er sich gut an Ebba erinnern, aber das ging diesen kleinen Gernegroß nichts an. Er kratzte sich am Hinterkopf. »Broderssons Tochter?«

»Ja, Ebba heißt sie. Du müsstest sie kennen.«

»Ebba, ach ja! So eine Blonde, stimmt's?«

»Und?« Lauritzen konnte seine Ungeduld kaum verbergen. »War sie bei dir? Sie muss bei dir solche Knöpfe gekauft haben!«

»Hören Sie, Herr Kommissar«, sagte der Prediger auf einmal sehr förmlich. »Es kann sein, dass sie bei mir war. Es ist aber auch möglich, dass sie die Knöpfe woanders gekauft hat. Es sind Allerweltsknöpfe, die man überall kriegt. In jedem Fall erinnere ich mich nicht. Genauso wenig, wie ich mich daran erinnere, dass ich Ihnen vorhin etwas zugesteckt habe.«

Lauritzen zuckte innerlich zusammen. Erst jetzt wurde ihm

bewusst, dass die Bestechung des Predigers nicht beim Versuch geblieben war. Er hatte den Seestern angenommen! Das hieß: Er war erpressbar geworden! Sollte der Posamentenhöker sich in Zukunft etwas zuschulden kommen lassen, wären ihm, Lauritzen, als Polizist die Hände gebunden. Doch so weit war es noch nicht. Er beschloss, den letzten Satz des Predigers überhört zu haben. »Du bleibst also dabei, dass Ebba keine von diesen Knöpfen bei dir gekauft hat?«

»Ich bleibe dabei, dass ich mich nicht daran erinnere, Herr Kommissar.«

»Ganz sicher?«

»Ganz sicher.«

Lauritzen stieß eine Verwünschung aus und ging.

Ungefähr zur selben Stunde klopfte Brodersson an die Tür zur Kammer seiner Tochter und trat ein: »Ich will dich nicht stören, mein Mädchen«, sagte er, »aber bei aller Liebe, so geht es nicht weiter. Seit Arndt spurlos verschwunden ist, ziehst du dich immer mehr zurück. Du isst nicht, du trinkst nicht, du lachst nicht. Und nachts weinst du dich in den Schlaf. Dich so zu sehen tut mir in der Seele weh.«

»Mir geht's gut, *far.*«

»Schön wär's. Ich habe doch Augen im Kopf.«

Ebba schwieg.

»Was machst du da eigentlich?«

»Nichts Besonderes, *far.*«

»Nichts Besonderes?« Brodersson blickte auf den Tisch, an dem Ebba saß. Eine seltsame Bastelei lag darauf, sie war flach wie ein Buch, etwa zwei Fuß breit und einen Fuß lang und an der Oberfläche wellig. »Was ist das?«

»Es soll *Et Stykke Højensstrand* heißen, wenn es fertig ist.«

»Ein Stück Strand von hier?« Brodersson runzelte die Stirn.

»Ich mag nicht einkaufen. Ich mag nicht ausgehen. Ich kann keinen Schritt machen, ohne dass mich jemand auf … auf Arndt anspricht. Da hab ich mir gedacht, ich hole mir ein Stück von unserem Strand nach Hause.«

Brodersson musste lächeln. »Du bist schon eine bemerkenswerte junge Frau.«

Ebba begann zu weinen.

Brodersson setzte sich neben sie und nahm sie in den Arm. Er wiegte sie wie früher, als sie ein kleines Mädchen war und getröstet werden musste, weil sie sich die Knie aufgeschürft hatte. »Alles wird wieder gut«, murmelte er. »Die Zeit heilt viele Wunden, und eines Tages wird ein anderer kommen, und du wirst Arndt vergessen.«

Ebba schniefte. »Ich will nicht schwach sein.«

»Du bist nicht schwach. Du hast nur ein bisschen Liebeskummer, das ist alles.«

»Ich habe Pappmaschee hergestellt aus alten Zeitungen.«

»Wie? Oh, das ist schön.« Brodersson konnte mit der Erklärung nichts anfangen, aber das war jetzt egal.

»Man reißt die Zeitungen in Fetzen, weicht sie ein und gibt einen Kleber dazu. Dann bildet sich eine Masse, die sich leicht bearbeiten lässt. Wenn sie trocken und hart ist, will ich eine dünne Schicht Leim darauf verteilen, dann eine Schicht Sand darüberstreuen, nochmals eine Schicht Leim geben, wieder Sand darüberstreuen, insgesamt vier oder fünf Mal, bis ein richtiges Stück Strand entstanden ist. Ich werde Dünengras hineinstecken, Herzmuscheln dazulegen. Vielleicht auch einen kleinen Taschenkrebs und eine Rochenkapsel. Oder einen schwarzen Käfer. Dazwischen soll eine Spur vom Strandläufer zu erkennen sein.«

Brodersson staunte. »Ich wusste gar nicht, dass ich eine so fantasievolle Tochter habe.«

»Ich würde stattdessen gern malen, *far,* und dabei alles vergessen. Aber ich kann's nicht.«

»Das geht mir genauso.« Brodersson musste an die von Krøyer im letzten Jahr mitgegründete »Abendakademie« denken, für die Anna Ancher feierlich als »Patronin« auserkoren worden war. Jedermann war willkommen, natürlich auch er. Man wollte im Gartenhaus von *Brøndums Hotel* gemeinsam Zeichenkurse durchführen, doch schon nach wenigen Wochen löste sich das Vorhaben in Wohlgefallen auf. Die Maler in der Künstlerkolonie waren allesamt Individualisten und Freigeister, sangen, tranken und tanzten lieber, feierten Feste, zu denen man normal gekleidet oder kostümiert erschien, und ließen sich bei alledem nicht in zeitliche Zwänge pressen. Brodersson war das nur recht gewesen, denn schon nach wenigen Versuchen hatte er feststellen müssen, dass ihm jegliche Begabung zum Zeichnen fehlte, geschweige denn zum Malen. Immerhin gehörte er seit jener Zeit fest zum Kreis der Künstler.

»Wann wird das Pappmaschee denn durchgehärtet sein?«, fragte er.

»Oh, das dauert noch.«

»Dann sage ich dir was.« Brodersson ergriff Ebbas Hand. Er war zu einem Entschluss gekommen. »Ich habe heute Vormittag Anna nach dem Besuch eines Patienten getroffen. Sie fragte nach dir. Und sie meinte, es sei höchste Zeit, dass ihr euch mal wieder seht. Ich will, dass du Atlas nimmst und hinüber nach Skagen reitest und sie besuchst. Redet ein bisschen miteinander, trinkt einen Tee, tauscht Neuigkeiten aus, ihr versteht euch doch so gut.«

»Ich weiß nicht, *far* …«

»Nur zu! Wenn ihr Lust habt, geht ihr später noch an den Strand zum Mittsommerfeuer. An *Sankt Hans Aften* geht es immer fröhlich zu. Das wird dich auf andere Gedanken bringen.

Morgen kannst du dann weiter an deinem Stück Strand basteln.«

»Wenn du meinst.«

»Das meine ich. Tu's mir zuliebe.«

»Und was ist mit dir?«

Brodersson schüttelte den Kopf. »Ich bleibe hier. Ich will ein Experiment vorbereiten. Die erste Bluttransfusion zwischen zwei Hunden in Dänemark. Das Einzige, was mir dazu noch fehlt, sind die Vierbeiner. Immerhin, einen habe ich schon in Aussicht. Thorvald, der Vormann, hat mir von einem Streuner erzählt. Ein noch junges, starkes Tier, dem die Fischer ab und zu einen Hering zuwerfen. Lammfromm. Sie rufen ihn ›Bark‹, weil er manchmal kräftig bellt.«

»Werden beide Hunde den Versuch überleben?« Ebba blickte zweifelnd.

»Sie haben eine gute Chance.« Brodersson bemerkte zufrieden, dass es ihm gelungen war, Ebba auf andere Gedanken zu bringen. Zumindest vorübergehend. »Das Blut des Hundes ist nicht so kompliziert aufgebaut wie das des Menschen. Deshalb erhoffe ich mir auch weniger Komplikationen. Ich bin also guter Dinge. So, und nun machst du Schluss hier, ziehst dir was Hübsches an und reitest zu Anna. Atlas steht drüben in *Hæstorp's Stallung*. Er wartet schon auf dich.«

»Ist gut, *far*.« Ebba stand auf und küsste ihren Vater. »Du hast wie immer recht. Ich reite.«

Brodersson blickte ihr aufatmend nach und dachte: Die Abwechslung wird ihr guttun. Und Arndt wird bald vergessen sein.

KAPITEL 12

Ich bin in den letzten Tagen endlich wieder öfter zum Malen gekommen«, sagte Anna zu Ebba. Sie standen im Gartenhaus von *Brøndums Hotel,* das auch nach Annas und Mikkels Umzug von beiden als Atelier genutzt wurde. Es war ein lichter Raum, der zusätzlich durch das große Fenster im Giebel des Hauses erhellt wurde. Der hohe, runde Eisenofen in der Ecke neben der Tür besaß eine Kaffeeklappe und strahlte Gemütlichkeit aus. Die Vorhänge waren blau, die Wände weiß, was man jedoch kaum sah unter all den halb fertigen und fertigen Bildern, den zahlreichen Skizzen und Entwürfen, die daran hingen. Das Bemerkenswerte an Annas Motiven war, dass es sich nicht um die oft gesehene Freilichtmalerei handelte, sondern um schlichte Szenen aus dem Alltag.

Anna nahm eines der Bilder von der Wand und stellte es auf die leere Staffelei. Es zeigte eine betagte Bäuerin mit schwarzer Kappe und rostroter Strickjacke, die sich über einen Kessel beugte und ein totes Federvieh in den Händen hielt. »Ich habe es *Alte Lene, eine Gans rupfend* genannt«, erklärte Anna. »Im letzten Jahr habe ich es fertiggestellt und will es Lene zum Geburtstag schenken. Es soll eine Überraschung werden.«

»Ihr Gesicht strahlt Gleichmut und Gelassenheit aus«, sagte Ebba nachdenklich. »Ein ganzes Leben spiegelt sich darin. Es ist schön.«

Anna lächelte. »Ich freue mich, dass es dir gefällt. In den vergangenen Monaten habe ich eine Reihe ähnlicher Bilder gemalt. Sieh mal.«

Sie holte weitere Werke hervor. Es waren Motive wie *Eine blinde Frau in ihrer Stube* oder *Nähendes Fischermädchen* oder *Mädchen in der Küche*.

Ebba nahm sich Zeit und studierte die Bilder ganz genau. Sie war beeindruckt von der stillen Kraft und der dichten Atmosphäre, die jedes der Gemälde ausstrahlte. »Ich glaube«, sagte sie, »ich sehe deine Bilder heute mit anderen Augen. Noch nie habe ich mir genügend Zeit genommen, sie näher zu betrachten. Vielleicht, weil ich selbst nicht malen kann.«

Anna lachte. »Unsinn. Malen ist zu einem nicht geringen Teil auch Übungssache. Talent ist wichtig, aber nicht alles. Ich habe, wie du weißt, mehrere Jahre Unterricht in der privaten Zeichenschule von Vilhelm Kyhns genommen. Farbenlehre, Techniken, Perspektiven und das alles. Jeden Winter war ich in Kopenhagen, und jeden Sommer habe ich mich hier in Skagen weitergebildet. Christian Krohg, der Norweger mit der Schiebermütze, hat mich inspiriert, meine Bilder nicht naturalistisch zu malen, sondern moderner, impressionistischer. Und Mikkel, meinem lieben Mann, habe ich auch viele Anregungen zu verdanken. Und Krøyer und manchem anderen ebenfalls. Du siehst, jedes Bild besteht aus Handwerk, Erfahrung und Inspiration. Es hat viele Väter, und allzu viel Ehrfurcht vor dem Künstler ist fehl am Platze.«

»Sei nicht so bescheiden. In jedem Fall sind deine Bilder wunderschön.« Ebba überlegte, ob sie von ihren Bemühungen erzählen sollte, aus Pappmaschee ein Stück Nordseestrand zu gestalten, aber sie ließ es. Ihr war nicht danach zumute.

Anna stellte die Bilder zurück an ihren Platz. »Ich habe übrigens meine Liebe zu Pastellfarben wiederentdeckt. Seit ich die alte Stine Bollerhus damit gemalt habe, sind einige Jahre vergangen. Die Farben lassen sich auf dem Papier fantastisch miteinander mischen, ohne Pinsel, einfach mit den Fingern, und die Übergänge zwischen den Farbnuancen sind so zart. Ich habe mir vorgenommen, Helga, meinen kleinen Schatz, in Pastell zu malen, friedlich in der Wiege schlafend, mit einer Puppe im Arm. Alles in zarten Rosa- und Grautönen gehalten. Vielleicht fange ich gleich morgen damit an.«

»Wo ist die Kleine überhaupt?«, fragte Ebba.

»Sie ist drüben im Hotel. Hedvig, meine *mor*, passt auf sie auf. Komm, wir sagen beiden guten Tag.«

Sie gingen hinüber und wurden schon beim Eintreten von Helga fröhlich begrüßt. Die Kleine machte ihre ersten Gehversuche. Ihre Großmutter hielt sie an den Händen und gab ihr Halt, während sie sich mit watschelnden Schritten vorwärtsbewegte. »Sie ist ein bisschen früher dran mit dem Laufen als du damals, Anna«, sagte Hedvig Brøndum. Sie war eine zierliche Frau Ende fünfzig mit einem kleinen Höcker auf der Nase, den sie an ihre Tochter vererbt hatte. 1847 hatte sie Erik Brøndum das Ja-Wort gegeben, Jahre später mit ihm das Hotel gegründet und neben der vielen Arbeit noch sechs Kinder großgezogen. Anna war die jüngste Tochter und hatte eigentlich ein paar Tage später als am achtzehnten August 1859 zur Welt kommen sollen, doch einen Tag vor diesem Datum traf Hans Christian Andersen überraschend als Gast im Hause *Brøndum* ein, und die hochschwangere Hedvig war so besorgt um das Wohlbefinden von Dänemarks berühmtestem Märchendichter, dass sie sich überanstrengte und mit Geburtswehen ins Bett musste. Seitdem glaubte Hedvig, dass Anna ihr künstlerisches Talent Christian Andersen zu verdanken habe und darüber hinaus etwas ganz Besonderes sei.

Das zeigte sich ihrer Meinung nach auch darin, dass Anna die einzige ihrer Töchter war, die geheiratet hatte, und Helga demzufolge ihre einzige Enkelin. Umso liebevoller kümmerte sie sich um die Kleine. »Ich habe sie gewindelt und gefüttert«, sagte sie. »Es gab Haferbrei mit einem Löffel von der guten eingemachten Erdbeermarmelade.«

»Oh, das hört sich aber lecker an«, sagte Anna, nahm ihre Kleine auf den Arm und gab ihr einen schmatzenden Kuss.

»Sie hat auch ein Bäuerchen gemacht«, verkündete Hedvig stolz.

»Dann ist ja alles in schönster Ordnung. Danke, *mor.* Ich übernehme wieder unser kleines Mädchen.«

»Gehst du nicht zum Mittsommerfeuer? Mikkel ist schon vor einer Stunde los, er will die Flammen und die Menschen nach Sonnenuntergang malen.« Man sah Hedvig an, dass sie sich ungern von ihrer Enkelin trennen wollte.

»Macht es dir wirklich nichts aus, noch ein bisschen auf unsere Kleine aufzupassen?«

»Sie ist mein Ein und Alles. Lass sie mir noch ein bisschen. Ich bringe sie später zu Bett.«

Anna lachte. »Dann werde ich wohl oder übel an den Strand gehen müssen. Du kommst doch mit, Ebba?«

»Ja«, sagte Ebba, die an ihren Vater denken musste, der ihr genau dazu geraten hatte. Wahrscheinlich saß er jetzt schon wieder am Schreibtisch und starrte in sein Mikroskop. »Ja, gern. Ich will vorher nur rasch noch einmal nach Atlas sehen.«

Atlas stand angepflockt am Zaun und ließ es sich gutgehen. Irgendjemand hatte ihm einen Futtersack umgehängt, dessen Inhalt ihm offensichtlich schmeckte. Ein paar Pferdeäpfel auf der Straße waren der Beweis dafür.

Beruhigt machte Ebba sich mit Anna auf den Weg zu dem Hügel am Ostseestrand. Während ihre Freundin munter drauflosplauderte, von geplanten Motiven und Ausstellungen schwärmte, wurde Ebba immer einsilbiger. Das Glück, das in Annas Haus herrschte, hatte ihr den Kummer, unter dem sie litt, nur umso deutlicher gemacht.

»Da vorn sehe ich schon den großen Holzhaufen mit der Hexenfigur an der Spitze!«, rief Anna. »Er wird bestimmt jeden Moment angezündet.«

»Ja«, sagte Ebba.

»Und die Musik erklingt bereits. Es wird sehr *hyggelig,* da bin ich sicher!«

»Ja«, sagte Ebba.

»Hör mal, hast du was?«, fragte Anna.

»Nein, nein.«

»Du bist mit den Gedanken ganz woanders, stimmt's?«

»Vielleicht.«

Anna blieb stehen und sah Ebba in die Augen. »Wenn du so guckst wie jetzt, belastet dich irgendetwas. Ich vermute, es hat mit Arndt, dem Seemann, zu tun. Wie geht es ihm? Ich weiß nur, dass du unser Gartenfest so schnell verlassen hast, weil er in eurem Haus umgefallen war. Manche munkeln auch, er wäre dann Knall und Fall fortgegangen. Bist du deshalb so traurig? Komm, erzähl mir alles, ich bin deine beste Freundin, reden tut immer gut.«

Ebba kämpfte mit sich. Sie hatte sich fest vorgenommen, nie wieder über Arndt zu sprechen.

»Wenn es dir zu schwerfällt, sag einfach nichts. Ich dachte nur ...«

»Er ist tot! Bestimmt ist er schon tot!«, stieß Ebba hervor.

Anna erschrak. »Wie kommst du darauf?«

»Vater sagt, er hat ein Akustikusneurinom!«

»Ein was?«

»Einen Tumor. Hinterm Ohr.«

Nachdem die schreckliche Diagnose ausgesprochen war, kamen die Wörter wie ein Sturzbach über Ebbas Lippen. Sie schilderte die ganzen Hintergründe und endete: »Am nächsten Morgen war er fort. Er wollte nichts mehr von mir wissen.«

»Das ist ja furchtbar! Du Arme, du tust mir so leid!«

Ebba begann zu weinen.

Anna nahm sie in die Arme, und überlegte, wie sie die Freundin am besten von ihrem Kummer ablenken konnte. Da kam ihr der Zufall zu Hilfe, denn eine kräftige Stimme schallte herüber: »Ihr guten Frauen von Skagen! Lasst euch verkünden, dies ist die letzte Gelegenheit, meisterlich gefertigte Posamenten zu erwerben! Kordeln, Litzen, Quasten jeglicher Art! Knöpfe, Fransen, Spitzen! Nützliches, Hilfreiches, Ergötzliches! In jedem Stück steckt das Feuer der Freude und Erfüllung, das Feuer des Guten gegen das Böse, denn wie heißt es in der Heiligen Schrift im Brief an die Hebräer: *Unser Gott ist ein verzehrendes Feuer, um die Schlacken in uns Christen zu verzehren, so wie Gold geläutert und im Feuer gereinigt wird.* Darum tretet näher, ihr Töchter Evas, greift zu, bevor ich meinen Laden schließe!«

»Der Prediger ist also auch gekommen«, stellte Anna fest. »Der lässt wirklich keinen Anlass aus, um seinen Krimskrams zu verhökern. Aber warte mal, dabei fällt mir ein, dass meine Pastellkreide von Lefranc & Bourgeoix fast alle ist. Wir könnten mal gucken, ob der Prediger auch Malereizubehör anbietet. Das wäre so ziemlich das Einzige, was zu kaufen sich lohnt. Komm!«

Sie dirigierte Ebba hinüber zum Verkaufswagen, wo schon einige Frauen standen, die dem Aufruf gefolgt waren, denn der große Holzhaufen brannte noch nicht, und es bestand keine Gefahr, etwas zu versäumen. Als Anna und Ebba an der Reihe waren, stutzte der große Mann und streifte rasch seine weißen Handschuhe über. »Du bist Anna«, dröhnte er und schaute danach Ebba unverwandt an. »Dir habe ich mal, wenn ich nicht irre, ein paar Knöpfe verkauft.« Er beugte sich vertraulich vor. »Aber daran kann ich mich kaum erinnern, wenn du verstehst, was ich meine.«

Ebba erschauerte innerlich. Der große Mann war ihr unheimlich. Und seine unausgesprochene Drohung machte ihr Angst. »Ich kann mich auch nicht daran erinnern«, sagte sie und versuchte, ihrer Stimme einen festen Klang zu geben.

»Nun, dann haben wir etwas gemeinsam, mein schönes Kind.«

»Ich bin nicht dein schönes Kind.«

»Verzeih mir.« Der Prediger lächelte schief. »Was kann ich für dich tun?«

»Nichts.«

»Für mich kannst du etwas tun«, sagte Anna. »Du kannst mir Pastellkreide verkaufen, wenn du welche hast.«

»Aber natürlich! Wie könnte ich eine so berühmte Malerin wie dich enttäuschen.« Der Prediger kramte im Wust seiner Waren und holte eine Schachtel mit zwölf farbigen Pastellstiften hervor. »Hier, nimm.«

Anna begutachtete die Stifte, hielt sie für geeignet und zahlte. Zu Ebba sagte sie: »Kommst du mit zu Mikkel? Er muss ganz in der Nähe seine Staffelei aufgebaut haben.«

Ja, wollte Ebba sagen, doch in diesem Augenblick trat Gorm an ihre Seite. »*God aften,* Ebba«, wünschte er mit seiner düsteren Stimme. »Ich hab dich lange nicht gesehen.«

»*God aften.*« Unwillkürlich wanderte Ebbas Blick zu Gorms Handballen. Soweit sie sich erinnerte, war der Ballen beim letzten Mal mit einer Kompresse bedeckt, und sie hatte zunächst vermutet, Gorm habe sich an der mitgebrachten Rose verletzt. Doch dann war ihr der Schreck in die Glieder gefahren, als ihr der Gedanke kam, Gorm könne es gewesen sein, gegen den sie sich in jener verhängnisvollen Nebelnacht mit einem Biss in die Hand erwehren musste …

»Ich möchte dir was schenken«, sagte Gorm und schob den Kautabak in seinem Mund von einer Seite auf die andere.

»Ach, bitte, das ist nicht nötig.«

»Doch.« Gorm winkte dem Prediger zu. »Zeig uns mal was.«

Umständlich holte der Posamentenhöker nacheinander bunte Kordeln, Litzen und Quasten hervor und präsentierte sie mit blumigen Worten.

Gorm nickte bei jedem Vorschlag, konnte sich aber nicht entscheiden.

Unterdessen war der große Holzhaufen entzündet worden. Anna sagte zu Ebba: »Ich gehe schon mal vor und schaue nach Mikkel. Wir sehen uns nachher.«

Ebba wäre am liebsten mitgegangen, aber sie wollte nicht unhöflich sein.

Der Prediger zeigte weitere Stücke. Gorm konnte sich immer noch nicht entscheiden.

Schließlich schnaufte der Krämer ärgerlich: »Wenn das noch länger dauert, mache ich den Laden dicht.«

Ebba hörte es und fühlte sich sehr unwohl in ihrer Haut. Die Situation war ihr peinlich, ja, irgendwie auch nicht geheuer. »Ich möchte gehen. Du brauchst mir wirklich nichts zu schenken«, sagte sie zu Gorm.

»Doch«, brummte er. »Hier.« Er hatte sich entschieden und hielt zwei Ellen weißer Spitze in der Hand. Die Hand wies keinerlei Bissnarben auf. Ebba war froh darüber. Sie hatte also recht gehabt. Gorm kam für die Vergewaltigung nicht infrage. Aber wer dann? »Danke, Gorm.«

Währenddessen war der Prediger schon dabei, seine Waren einzupacken. »Die Spitze ist aus reiner Seide«, sagte er abschließend zu Ebba. »Wie geschaffen als Rüschenkragen für dein zartes Hälschen.«

Ebba ignorierte die plumpe Schmeichelei. Sie würdigte den

Prediger keines weiteren Blickes und ging zum Feuer. Gorm begleitete sie schweigend.

Die Flammen züngelten mittlerweile schon mannshoch, sie knisterten, fauchten und verbreiteten den würzigen Geruch von brennendem Holz. Der Widerschein des Feuers erhellte die Gesichter der umstehenden Menschen. Es waren viele Skagener und Alt-Skagener, die den Weg auf den Hügel gefunden hatten, Groß und Klein, Alt und Jung. Alle wollten Mittsommer feiern.

Drei Musikanten unterhielten die Menge. Ein Trio, das sich aus einer Ziehharmonika, einer Geige und einer Blockflöte zusammensetzte. Die Männer waren bekannt und beliebt, denn sie spielten seit Langem auf Dorffesten und Jahrmärkten. Leise erklang das nächste Stück. Es war das Mitsommerlied *Vi elsker vort land*, für das Holger Drachmann, der Mitbegründer der Skagener Künstlerkolonie, den Text verfasst hatte. *Wir lieben unser Land* war eine Huldigung an den Sommer und an Dänemark. Keine andere Weise weckte stärker das Gefühl für die Heimat und für die Verbundenheit seiner Menschen.

Vi elsker vort land,
men ved midsommer mest,
når hver sky over marken velsignelsen sender,
når af blomster er flest,
og når kvæget i spand
giver rigeligst gave til flittige hænder …

Der romantische Text, der von den Segen spendenden Wolken über den Feldern handelt, von den Blumen, die zur Mittsommerzeit am zahlreichsten sind, von dem Vieh, das im Geschirr läuft und von den reichlichen Gaben für fleißige Hände – das alles ließ Friede und Trost in Ebbas Herz einziehen, während sie leise mitsang.

Und so wie sie sangen im Umkreis die vielen bekannten, vertrauten Gesichter. Da waren Simonsen, der Netzmacher, der in unmittelbarer Nachbarschaft wohnte, Einar, der junge Bursche von *Hæstorp's Stallung*, der sich um Atlas kümmerte, Henning Jensen, der Schmied, der seine Katze im Arm hielt, Locher daneben, doch mit gebührendem Abstand, weil Venus ihn wie stets begleitete, Anna und Mikkel, die sich dazugesellt hatten, Björck, Krohg mit seiner Schiebermütze, Uggerholt, der Goldschmied, mit Frau und seiner schönen Tochter, Saxild, der Bäcker, mit Teilen seiner Großfamilie, der alte Rupert aus dem Søndervej, Zacharias Mikkelsen, der Stadttrommler, dessen Sehnenscheidenentzündung abgeklungen war, Pastor Lund von der *Skagen Kirke*, der Ebba getauft und konfirmiert hatte, heute Abend jedoch in Zivil und deshalb irgendwie fremd wirkend, Agnes und Marie Sophie, die beiden Ältesten der Brøndum-Schwestern, denen Degn offenbar freigegeben hatte – anders als Theo, der arbeiten musste –, Hille und ihr kleiner Bruder Ulrik, Thorvald, der Vormann, Rasmus und Sven, seine Fischerkameraden, und viele, viele mehr.

Als der letzte Ton verklungen war, hatte das Feuer die Hexenfigur aus Stroh und alten Kleidern erreicht. Unter den Rufen und Pfiffen der Menge brannte sie minutenlang lichterloh, und mit ihrem Verschwinden wichen für dieses Jahr sämtliche bösen Geister. Getränke wurden herumgereicht, die ersten Paare schickten sich an, das Tanzbein zu schwingen.

Ebba hatte die ganze Zeit die zwei Ellen weißer Spitze in der Hand gehalten. Das Geschenk von Gorm. Sie blickte zur Seite und sah ihn nicht. Dafür stand Jonas da. Wie immer inmitten von Tabakqualm. »Ich habe Gorm weggeschickt«, sagte der alte Fischer und nahm die Pfeife aus dem Mund, um lauter sprechen zu können, denn die Musikanten hatten gerade *Der var Roser i Dale* angestimmt. »Schöner Abend, nicht?«

»Ja«, sagte Ebba.

»Wie geht's Knud? Ich hab ihn noch nicht gesehen.«

»*Far* geht's gut. Er sitzt wie immer am Schreibtisch und starrt in sein Mikroskop.«

»Und wie geht's dir?«

»Auch gut. Warum fragst du?«

»Tja.« Jonas steckte die Pfeife wieder in den Mund und paffte ein paar Wolken in die Abendluft. Offenbar suchte er nach den richtigen Worten. »Ich war heute Morgen angeln.«

»Ja und?«

»Du weißt ja, ungefähr 'ne halbe Meile südlich von der Rettungsstation. Aber irgendwie wollten sie nicht beißen.«

»Aha.«

»Tja. Und da bin ich weiter die Tannis Bucht runter, in Richtung Kandestederne, vielleicht zwei Meilen. Wollte es dort versuchen.«

Ebba blickte Jonas an. Der Alte wirkte ungewohnt ernst. »Warum erzählst du mir das alles, Jonas?«

»An der Stelle stehen Dünen in zweiter Reihe. Und zwischen der ersten und der zweiten Reihe steht 'ne Strandhütte. Ziemlich versteckt. Man muss zwei Mal hingucken, sonst übersieht man sie. Dann kam von der anderen Seite ein Mann, der sich dauernd umsah und auf zwei Fingern pfiff. Dann schüttelte er den Kopf und ging in die Hütte.«

»Ja? Und?« Ebbas Herz begann wie wild zu schlagen.

»Ich denke, ich sage es erst mal nur dir.«

»War es …?«

»Ja, es war Arndt.«

KAPITEL 13

Einen solchen Zwiespalt der Gefühle hatte Ebba noch nie erlebt. Einerseits zog es sie mit jeder Faser ihres Herzens zu der Strandhütte, um zu sehen, ob Arndt tatsächlich darin hauste, andererseits hatte sie ihren Stolz. Arndt war fortgegangen, ohne sich von ihr verabschiedet zu haben. Das konnte nur bedeuten, dass ihm nichts mehr an ihr lag. Sie würde sich in keinem Fall aufdrängen.

Das Einzige, was ihre Stimmung in diesen Tagen aufhellte, war ein stattlicher Rüde, der auf den Namen »Bark« hörte. *Far* hatte ihn von Thorvald für seine Experimente bekommen. Der junge Mischlingshund war lammfromm und wich Ebba nicht von der Seite. Nur nachts verschwand er manchmal spurlos, um dann am nächsten Morgen wieder neben Ebbas Bett zu liegen, als sei nichts geschehen. Die ersten Male hatte sie sich große Sorgen um ihn gemacht und ihn überall in der Nachbarschaft gesucht, doch allmählich hatte sie sich an sein seltsames Verhalten gewöhnt. Bark war und blieb ein Streuner.

Dann kam der Abend, an dem Bark keine Gelegenheit haben würde, spurlos zu verschwinden, denn Brodersson war der Zufall zu Hilfe gekommen, um die geplante Bluttransfusion von Hund zu Hund durchführen zu können. Der Broholmer von Bierbrauer Møller aus dem Kappelborgvej war unter die Hufe eines Pferdes geraten und hatte schwere Verletzungen davongetragen. Seine verbliebene Lebenszeit war nur noch eine Frage von Stunden. Ebba hatte sich bemüht, das Leiden des großen doggenartigen Tieres zu lindern, doch der Hund hatte jegliche Nahrung verweigert, nicht einmal trinken wollte er mehr, so dass sie nicht in der Lage gewesen war, ihm einen Fingerhut Laudanum zu verabreichen. Sie konnte ihn nur sanft streicheln, in der Hoffnung, er würde diesen letzten Gruß spüren.

Brodersson beabsichtigte, dem Broholmer fünf Unzen Blut abzunehmen, was ihm ein sanftes Entschlafen ermöglichen würde. Diese Menge wollte er Bark zuführen, nachdem er ihn vorher zur Ader gelassen hatte. Als wissenschaftlichen Zeugen des Experiments hatte er den leitenden Arzt des örtlichen Krankenhauses, Doktor Magnus Satorius, eingeladen.

Punkt sieben Uhr erschien Satorius in Broderssons Behandlungsraum. Er war ein kleiner, dicklicher Mann, dessen rote Nase den Weinliebhaber erkennen ließ. »*God aften,* lieber Kollege, wie ich sehe, ist der erste Patient schon halbtot«, sagte er scherzend.

Brodersson war zu nervös, um auf den lockeren Ton eingehen zu können. Er erklärte kurz die Ursache für den Zustand des Broholmers und fuhr fort: »Wichtig für den Erfolg des Versuchs wird ausschließlich die Reaktion des Blutempfängers sein, also dieses prächtigen Rüden hier.« Er wies auf Bark, der entspannt auf einer Bank lag, als ginge ihn das Ganze nichts an.

»Gewiss«, versicherte Satorius. »Ich drücke die Daumen.«

»Ebba, meine Tochter, kennst du ja. Sie wird den Ablauf protokollieren und mir, sofern nötig, zur Hand gehen.«

Satorius nickte Ebba zu.

»*God aften.*« Ebba stand hinter einem Pult, auf dem Stift und Papier lagen. Sie war sehr blass.

Brodersson nahm ein Schermesser zur Hand und sagte zu Satorius: »Der englische Arzt James Blundell ist dir sicher ein Begriff. Er führte 1818 im *Guy's Hospital* zu London die erste bedeutende Bluttransfusion an einem unheilbar erkrankten Patienten durch. Das Blut dafür entnahm er einem der zufällig anwesenden Beobachter und leitete es über die *Vena cephalica* in den Körper des Kranken. Der Mann starb nach sechsundfünfzig Stunden. Nun ja, zurück zu meinem Experiment. Ich kenne mich im Venennetz des Hundes nicht besonders gut aus, aber ich denke, ich werde eine entsprechende Stelle im Vorderlauf finden. Da Bark kein Blut verloren hat, werde ich ihm zunächst etwa fünf Unzen abnehmen.«

»Falls er sich das gefallen lässt«, meinte Satorius skeptisch.

»So wie ich ihn kenne, wird er das.« Brodersson legte eine Staubinde am oberen Teil des rechten Vorderlaufs an, entfernte zwei Finger breit darunter mit dem Schermesser ein Stück Fell und öffnete die hervortretende Vene mit einem Skalpell. Er hatte zuvor überlegt, ob er dazu lieber einen Schnäpper nehmen sollte wie in der Humanmedizin üblich, sich jedoch dagegen entschieden, um Bark nicht durch das ruckartige Zuschlagen der Schnäpperklinge zu erschrecken.

Ein feiner Blutstrahl floss in die bereitgestellte Schüssel. Bark ließ alles mit großer Gelassenheit über sich ergehen. Nur beim Einritzen der Vene hatte er leicht gezuckt.

Satorius staunte. »Hast du dem Tier etwa Äther verabreicht?«

»Nein, Bark kann so schnell nichts erschüttern«, antwortete Brodersson.

Mit Ebbas Hilfe hob er den sterbenden Broholmer auf den Tisch über der Bank und wiederholte die Prozedur mit dem Skalpell an dessen Vorderlauf. Als das Blut hervorquoll, leitete er es über einen gummierten Hanfschlauch in eine zweite Schüssel, bis die Füllmenge der der ersten Schüssel entsprach. Auf einer

Waage überzeugte er sich von der Übereinstimmung. »Hältst du alles im Protokoll fest?«, fragte er Ebba.

»Ja, *far.*«

»Gut.« Brodersson leitete nun das Blut des Broholmers in Barks geöffnete Vene, wobei er sich beeilte, denn er wusste, dass erkaltetes Blut zur Verklumpung der roten Blutkörperchen neigte. Als der Vorgang abgeschlossen war, sagte er: »Bitte, notiere die Uhrzeit, mein Mädchen.«

Er bekam keine Antwort.

Ebba stand neben dem Broholmer und streichelte ihn in einem fort. »Er ist eben eingeschlafen, *far.* Sein Leiden hat ein Ende.« Ihre Lippen zitterten, so sehr versuchte sie, die Tränen zurückzuhalten.

»Die arme Kreatur«, sagte Satorius.

Brodersson schwieg. Er wollte Ebba trösten, indem er ihr sagte, dass der Broholmer ohnehin gestorben wäre und dass der Hund durch den Versuch noch etwas für die Wissenschaft getan hatte, doch er spürte, dass seine Worte vergebens sein würden.

»Wird wenigstens Bark überleben?«, fragte Ebba leise. Sie hatte sich wieder gefasst.

»Ich denke, es besteht kein wesentlicher Unterschied zwischen dem Blut beider Hunde.« Brodersson tätschelte Barks Kopf und schloss die offene Stelle im Vorderlauf mit einer Kompresse.

»Soviel ich weiß«, warf Satorius ein, »behauptete der Deutsche Oscar Hasse, er habe eine Lammblutübertragung am Menschen erfolgreich abgeschlossen. Das war vor etwa zehn Jahren.«

»Scharlatanerie«, entgegnete Brodersson. »Das ist mittlerweile wissenschaftlich erwiesen. Die Blutzusammensetzung von Schaf und Mensch ist viel zu unterschiedlich, als dass ein Überleben möglich wäre. Leonard Landois ist übrigens derselben Meinung. Er rät dringend von der Verwendung tierischen Blutes, von sogenannten Xeno-Transfusionen, ab. Ich will dir etwas sagen, Satorius: Die Blutübertragung von Mensch zu Mensch ist noch weitgehend Niemandsland, es gibt noch viel zu viele Unbekannte in diesem roten Saft, der unablässig in unserem Körper kreist, und deshalb wird mein nächstes Experiment ein ganz besonderes sein. Rate mal, was ich vorhabe.«

Satorius zuckte mit den Schultern. »Keine Ahnung.«

»Ich werde die nächste Transfusion an Zwillingen vornehmen, die sich aufs Haar gleichen. In der Hoffnung, dass auch ihr Blut haargenau das gleiche ist. Sollte das Experiment erfolgreich sein, wird es mir hoffentlich zu neuen Erkenntnissen über die Eigenschaften der Blutkörperchen verhelfen.«

»Alles, was recht ist.« Satorius staunte. »Du hast Großes vor. Darauf sollte ein Gläschen Wein stehen, oder?«

»Einverstanden«, sagte Brodersson.

In der Nacht darauf lief Bark nicht fort. Er lag neben Ebbas Bett, zitterte und hechelte. Offensichtlich fühlte er sich nicht wohl. Später versuchte er, zu ihr in die Federn zu springen, doch es gelang ihm nicht. Da half Ebba ihm. Normalerweise hätte sie das nicht getan, aber sie dachte, dass ihre Körperwärme ihm guttun würde.

In den nächsten Stunden kraulte sie ihn immer wieder, redete sanft auf ihn ein, erzählte Dinge, die ihr gerade einfielen, hoffte, dass der Klang ihrer Stimme einschläfernd auf ihn wirkte, bis sie schließlich selbst so müde war, dass sie gegen Morgen in einen unruhigen Schlummer fiel.

Als sie aufwachte, genügte ihr ein einziger Blick, um zu erkennen, dass es Bark nicht besser ging. Sie strich durch sein stumpf gewordenes schwarzes Fell und rief nach ihrem Vater.

Brodersson untersuchte Bark, so gut er konnte. Er wusste, dass William Harvey 1628 den Blutkreislauf von Mensch und Tier entdeckt hatte, wusste, dass ein Hund genauso über Organe wie Herz, Lunge und Leber verfügte, doch in Barks Fall half ihm das wenig. »Ich nehme an, sein Körper wehrt sich gegen das fremde Blut. Uns bleibt nichts anderes übrig, als abzuwarten.«

»Ja, *far*«, sagte Ebba mutlos.

»Er ist jung und stark. Vertraue ihm. Ich würde Bark gerne weiter beobachten, aber ich muss jetzt los, ein paar Krankenbesuche machen.«

»Ja, *far.*« Ebba holte brunnenfrisches Wasser und stellte es in einer Schale vor Bark ab. Zu ihrer Erleichterung schlabberte er davon. War das ein gutes Zeichen? »Du musst auch etwas fressen«, sagte sie zu ihm. »Ich werde etwas Leckeres für dich besorgen, aber bis dahin bleibst du schön in meiner Kammer.« Sie streichelte ihn zum Abschied, ging hinaus und machte hinter sich die Tür zu.

Ihr Weg führte sie hinüber nach Skagen in den Østre Strandvej. Dort wohnte Bonatzki, der ärmste Mann der Stadt. Er stammte aus Böhmen, wo er das Schuhmacherhandwerk erlernt hatte. Niemand wusste, welches Schicksal ihn an die Nordspitze Jütlands verschlagen hatte und warum er geblieben war. Er lebte in den Tag hinein und ließ sein Haus verfallen. Das Einzige, wobei man ihn beobachten konnte, war das Füttern seiner neun Hühner.

Das tat er auch an diesem Morgen. Er saß auf einem Fass, umringt von seinen gackernden Lieblingen, und blickte Ebba argwöhnisch entgegen.

»*God morgen,* Bonatzki«, wünschte sie.

»Was willst du?«

»Würdest du mir eines deiner Hühner verkaufen?«

»Nein.« Bonatzki sprang vom Fass herab und strebte zurück in sein verwahrlostes Haus.

»Warte! Es kann ruhig schon älter sein.«

»Es sind echte Dänische Landhühner. Sie waren schon vom Aussterben bedroht.«

»Ach? Das wusste ich gar nicht.« Ebba gab sich interessiert. »Dann sind sie wohl etwas ganz Besonderes?«

»Das sind sie.« Bonatzki taute etwas auf. »Es wurden schon häufig andere Sorten eingekreuzt, aber meine sind reinrassig.«

»Ich würde gut für eines bezahlen. Und wenn ich mir dein Dach anschaue, könnte der Preis etwas zur Reparatur beisteuern.«

In Bonatzkis Gesicht arbeitete es. Er war geizig und anspruchslos, doch in den letzten Tagen hatte es wiederholt in sein Haus geregnet, und der Gedanke, darin wieder im Trockenen zu sitzen, gefiel ihm durchaus.

Ebba hakte nach. »Da am Zaun, die braune Henne«, sagte sie, »die humpelt, weil ihr an einem Bein der Fuß fehlt. Die würde mir genügen.«

»Und warum willst du ausgerechnet mir ein Huhn abkaufen?« Das Eis war bei Bonatzki noch nicht gebrochen.

»Weil ich heute eines brauche und weil heute kein Markttag ist. Ich würde dir das Dreifache des normalen Preises zahlen.«

»Bar auf die Hand?«

»Bar auf die Hand.«

Das gab den Ausschlag. Bonatzki nahm das Geld entgegen und sagte: »Du darfst die Henne jetzt mitnehmen.«

»Würdest du sie für mich einfangen und schlachten?«

»Sonst noch was?«, knurrte Bonatzki.

Ebba setzte ihr strahlendstes Lächeln auf.

Eine halbe Stunde später trat sie den Rückweg nach Alt-Skagen an. Mit einem küchenfertigen Huhn im Korb.

Das Feuer im Herd war fast ausgegangen, als Ebba wieder nach Hause kam. Bark lebte noch. Er lag in ihrer Kammer und schlug ein paar Mal mit dem Schwanz auf die Dielen. Ein kleines Zeichen der Freude über ihre Rückkehr? Ebba glaubte daran. »Ich mache dir jetzt etwas Leckeres. Es wird so gut riechen, dass du nicht widerstehen kannst«, sagte sie.

Sie fachte das Feuer an und stellte einen Topf mit Wasser auf den Herd. Anschließend gab sie Bonatzkis Huhn in den Topf. Gleichzeitig setzte sie Reis auf. Es würde eine Weile dauern, bis beides gar war.

In der Zwischenzeit beschäftigte sie sich mit der üblichen Hausarbeit und ließ ihre Gedanken schweifen. Jonas kam ihr in den Sinn. Was hatte der Alte gesagt? Der Mann von der Strandhütte, also Arndt, habe sich dauernd umgesehen und auf zwei Fingern gepfiffen? Das konnte doch nur bedeuten, dass er …? Natürlich! Er hatte Ausschau nach einem Hund gehalten! Nach Bark etwa? Möglich war es, denn Bark streunte jede Nacht irgendwo herum. Welch verrückter Gedanke: Tagsüber war Bark bei ihr und nachts bei Arndt! Konnte das sein?

Mit zitternden Fingern begann sie, das Fleisch des gekochten Huhns von den Knochen zu pulen. Dann nahm sie den Reis vom Herd, mischte beides und füllte einen Napf damit. Würde Bark endlich fressen?

Kurze Zeit später wusste sie es.

Er schlang die Mahlzeit in Sekundenschnelle herunter.

KAPITEL 14

Ebba wartete noch drei Tage, bis sie sicher war, dass Bark die Strecke bis zur Strandhütte durchhalten würde. Bevor sie aufbrach, ging sie in die Knechtstube, um sich dort umzusehen. Sie hatte Arndts Krankenzimmer seit seinem Verschwinden kein einziges Mal betreten, weil sie alles, was an seinen Aufenthalt erinnerte, vergessen wollte. Und ihn selbst am allermeisten.

Hatte sie ihn vergessen? Sie schob die Frage beiseite und untersuchte den kargen Raum. Offenbar hatte Arndt klar Schiff gemacht, bevor er ging. Nichts erinnerte mehr an ihn. Nichts? Da neben der Tür hing noch seine Jacke! Angesichts des schäbigen Kleidungsstücks kamen ihr die Bilder der letzten Monate wieder vor Augen. Die vielen Stunden ihres Hoffens und Bangens um sein Leben, die Bilder ihrer erblühenden Liebe, der versteckten Zärtlichkeiten, des unbeschreiblichen Glücks. Und dann das letzte Bild aus jener Nacht, als Arndt ihren Stolz bis ins Mark verletzt hatte. Dieser Schuft! Am liebsten hätte sie die Jacke ins Feuer geworfen, doch sie wusste, sie würde es nicht fertigbringen.

Das Wetter an diesem Tag war frisch, von Westen blies ein kräftiger Wind, der immer wieder Wolken vor die Sonne trieb.

Ebba zog sich ein Cape über und schlang einen wollenen Schal um den Kopf, um die Ohren zu schützen. »Komm, Bark!«, rief sie, aus der Tür tretend. »Wir machen einen Ausflug.«

Bark lief schwanzwedelnd herbei und blickte zu ihr auf, als wolle er nach dem Ziel fragen. Sie gingen den Højensvej hinunter zum Strand und hielten sich dann links, immer am Ufersaum entlang. Nach einer halben Meile entdeckten sie einen einsamen Angler, der auf einer Holzkiste saß. Es war Jonas.

»*Hej!*«, rief Ebba zur Begrüßung. »Weht der Wind von Westen, beißt der Fisch am besten.«

»Heute nicht. Er ziert sich ein bisschen.« Jonas paffte ein paar dicke Qualmwolken in die frische Seeluft. »Aber Geduld ist eine hohe Tugend, wie jeder Petrijünger weiß, und …« Weiter kam er nicht, denn Bark sprang freudig bellend an ihm hoch und leckte ihn ab, wodurch ihm fast die Pfeife aus dem Mund fiel.

»Kennt ihr euch?«, fragte Ebba amüsiert.

»Alle Fischer kennen Bark«, antwortete der Alte, nachdem er sein Gleichgewicht wiedergefunden hatte. »Sie werfen ihm öfter was zu fressen vor.«

»Aha«, sagte Ebba. »Gibt es jemanden, dem Bark gehört?«

»Er gehört niemandem. Er sucht sich seine Menschen aus.«

»Ich will dann mal weiter. Komm, Bark.«

Der Alte nahm die Pfeife aus dem Mund und grinste, wobei eine große Zahnlücke sichtbar wurde. »Sollen wir wetten, dass ich weiß, wo du hinwillst?«

»Ich wette nie«, entgegnete Ebba. »*Vi ses.*«

Genau wie das Wetter sah auch der Strand in der Tannisbucht an jedem Tag des Jahres anders aus. Ebba liebte es, die kleinen Wunder der Natur immer wieder neu zu entdecken, denn neben Algen und Tang, Schnecken und Quallen, den Panzern der

Krabbe, den Eikapseln des Rochens und vielerlei mehr gab es Zeiten, in denen das Ufer von Seesternen, Schwebfliegen oder Marienkäfern wimmelte. Die Augen fest auf den Boden gerichtet, stellte sie fest, dass an diesem Tag zahlreiche Entenmuscheln an Land gespült worden waren. Sie nahm eine auf und studierte sie aus der Nähe. Es handelte sich um ein seltsames Tier – keine Muschel, sondern einen Krebs mit Stiel –, und ihr kam der Gedanke, dieses eigenartige Geschöpf für ihr nächstes Kunstwerk aus Pappmaschee zu verwenden.

Sie zog Schuhe und Strümpfe aus, packte beides in ihre Umhängetasche und ging barfuß weiter. Es war angenehm, den Sand unter den Füßen knirschen zu hören und zu spüren, wie das Wasser ihre Zehen umspülte. Nach ein oder zwei Meilen hielt sie inne. Bark, der bisher kreuz und quer um sie herumgestromert war, stürmte plötzlich davon, eine lang gezogene, hohe Düne hinauf, und verschwand.

Ebba schlenderte weiter. Sie dachte, Bark würde schon wiederkommen, doch als er nach ein paar Minuten nicht zurück war, beschloss sie, ihm nachzugehen. »Bark! Bark, wo bist du?«

Plötzlich kam er herangesaust, wedelte mit dem Schwanz, lief ein paar Schritte davon, schaute sich nach ihr um und bellte. Ganz offensichtlich wollte er, dass Ebba ihm folgte. »Warte, ich komme ja schon.« Sie zog Strümpfe und Schuhe wieder an und ging ihm hinterher. Kurz darauf war er abermals verschwunden, aber diesmal hatte sie sich die Richtung gemerkt. Sie erklomm die hohe Düne und erblickte vor sich eine Senke und dahinter eine weitere, nicht ganz so hohe Düne. Die Senke war dicht bewachsen mit hohem Holunder und Sanddornsträuchern, und dazwischen befand sich – erst auf den zweiten Blick erkennbar – eine zusammengezimmerte Hütte.

Vor dieser Hütte stand Arndt.

Er hatte Holz gehackt, musste sich nun jedoch der stürmischen Begrüßung von Bark erwehren. Es stimmt also!, dachte Ebba. Bark gehört zu Arndt. Für einen Augenblick empfand sie so etwas wie Enttäuschung, doch das Gefühl wurde überlagert von einer jähen Unsicherheit. Er sollte bloß nicht glauben, dass sie ihm hinterherlief!

Und doch hatte sie die Begegnung mit ihm gesucht. Nun, da sie ihn gefunden hatte, wusste sie nicht, was sie ihm sagen sollte. Dass er sich wie ein Mistkerl benommen hatte? Dass er sie so tief verletzt hatte wie niemand zuvor in ihrem Leben?

Sie schritt langsam auf ihn zu und bemühte sich, ihm nicht ins Gesicht zu sehen. »Du hast deine Jacke vergessen«, sagte sie tonlos, nahm das Kleidungsstück aus ihrer Tasche, warf es vor ihm in den Sand, drehte sich um und ging.

»Halt!«

Ebba ging weiter.

»Halt, so warte doch!« Eine Hand ergriff sie am Oberarm, hielt sie fest. »Ebba, bitte, bleib!«

Sie schaute ihn an. »Warum sollte ich?«

Er machte eine hilflose Geste. »Ich weiß, was ich dir angetan habe. Ich hatte keine andere Wahl.«

»Wie bitte?«

»Ich hatte keine andere Wahl. Ich wollte nicht, dass du mich sterben siehst.«

»Aber du lebst doch!«

Arndt zuckte mit den Schultern. »Ja, ich lebe. Bitte, glaub mir, ich verstehe es selbst nicht. Jeden Morgen, wenn ich aufwache, wundere ich mich darüber.«

Sie sah ihn an. Er trug bei dem windigen Wetter nur eine lange geflickte Hose, war braun gebrannt, wirkte kräftig und muskulös. »Für einen Todgeweihten siehst du ziemlich gesund aus.«

Arndt bückte sich und hob seine Jacke auf. »Ich kann verstehen, dass du meine Worte bezweifelst. Ich an deiner Stelle würde es auch. Gib mir die Möglichkeit, dir alles bei einer kräftigen Suppe zu erklären.«

»Bei einer kräftigen Suppe? Wo willst du die denn hernehmen?«

Arndt lächelte leicht. »Warte es ab. Ich lade dich in meine Hütte ein.« Er ging vor, und Ebba blieb nichts anderes übrig, als ihm zu folgen.

Sie betrat die behelfsmäßige Behausung und ließ ihren Blick schweifen. Der Raum war nur etwa drei Schritte breit und sechs Schritte lang. Ein Fenster gab es nicht. Das Licht fiel am Tage durch die offene Eingangstür hinein, nachts sorgte eine Schiffslaterne für Helligkeit. Sie stand in der Mitte der Hütte auf einer Fischkiste. Rechts daneben befand sich ein schmales Lager mit Matratze und ein paar Decken, im Hintergrund stand ein Siedlerherd mit einem Abzugsrohr, das den Rauch durch die Decke nach außen leitete. Unter der Decke hingen zwei Angelruten. Ein Regal an der Seite enthielt Gläser, Flaschen und Küchenzubehör. In einer Ecke lagerten Säcke mit Erbsen und Linsen. Der auffälligste Gegenstand jedoch war ein bordeauxrot gepolsterter Sessel. Er wirkte wie ein Fremdkörper aus ferner Zivilisation.

»Nimm Platz«, sagte Arndt.

Ebba setzte sich widerstrebend.

Arndt nahm einen Teller aus dem Regal und ging zum Siedlerherd, auf dem ein großer Topf stand. Er füllte den Teller mit Suppe. »Selbst gemacht«, erklärte er. »Salzfleisch aus der Dose, Regenwasser und heimische Kräuter. Ich koche immer für ein paar Tage im Voraus, das macht weniger Arbeit. Und ich lasse das Feuer im Herd nach dem Kochen immer ausgehen. Es ist in dieser Jahreszeit auch so warm genug. Leider gilt das wohl für die Suppe nicht mehr.« Er stellte den Teller auf die Fischkiste und legte einen Löffel dazu. »Probier trotzdem mal, guten Appetit.«

Ebba zögerte. Dann kostete sie. Die Suppe schmeckte versalzen, doch sie war zu höflich, um das zu sagen. Stattdessen fragte sie: »Woher hast du nur die ganze Einrichtung?«

Bevor Arndt antworten konnte, machte Bark sich bemerkbar. Er bellte und sprang auf das schmale Lager, als wäre es die selbstverständlichste Sache von der Welt. Arndt setzte sich zu ihm und erklärte: »Fast alles, was du hier siehst, stammt vom Wrack der *Nordstern*. Ich habe die Sachen über Wochen Stück für Stück bei Niedrigwasser an Land geschleppt, meistens nachts, auch die Notrationen mit den Konservendosen, den Herd und den Sessel.«

Ebba ließ die Hände über den samtenen Polsterstoff gleiten. Er hatte durch das Seewasser kaum gelitten, wies nur ein paar Salzränder an den Armlehnen auf. »Warum hast du den Sitz überhaupt hergeholt? Er nimmt sehr viel Platz weg.«

»Das war aus einer Laune heraus«, erklärte Arndt. »Du hast übrigens noch nicht aufgegessen. Schmeckt dir die Suppe nicht?«

»Danke, ich habe keinen Hunger. Du sagtest vorhin, du hättest keine andere Wahl gehabt, als mich auszusperren, weil ich dich nicht sterben sehen sollte. Das leuchtet mir nicht ein. Ich habe dich mindestens schon ein Mal fast sterben sehen.«

Daraufhin schwieg Arndt eine ganze Weile. Ebba dachte schon, sie würde keine Antwort erhalten, da begann er leise zu sprechen: »An dem Abend waren die Kopfschmerzen fast unerträglich geworden, das Singen in meinem Ohr schwoll so stark an, dass ich glaubte, mir würde der Schädel platzen. Ich quälte mich aus dem Bett, taumelte zur Tür und schloss mich ein. Niemand sollte mich in dieser jämmerlichen Verfassung sehen. Ich glaube, es war ein Zustand zwischen Diesseits und Jenseits, in dem jeder mit seinem Schöpfer allein sein will. Ich wartete, ließ mein Leben an mir vorüberziehen. Plötzlich hörte ich deine Stimme durch das Singen in meinem Ohr. Sie kam wie aus weiter Ferne. Ich wollte dir antworten, aber mir versagte die Stimme. Ich wollte mich erheben, doch der Schwindel riss mich von den Beinen. Ich muss ohnmächtig geworden sein, denn als ich erwachte, lag ich auf den Dielenbrettern vor der Tür. Ich weiß nicht, wie lange ich so gelegen habe, aber es ging mir etwas besser, und ich dachte, deine Stimme wäre nur eine Sinnestäuschung gewesen. Auf jeden Fall war ich sicher, dass ich den nächsten Anfall nicht überleben würde.«

Arndt hielt inne und blickte Ebba an.

Ebba schwieg.

»Der größte Beweis einer Liebe ist der Verzicht, sagte ich mir, und beschloss zu gehen. Ich wollte in meiner letzten Stunde auf deine tröstende Anteilnahme verzichten, weil ich sicher war, dass dir mein totes Gesicht ein Leben lang vor Augen stehen würde. Ein Schreckensbild, das ich dir ersparen wollte! Selbst auf die Gefahr hin, dass ich dir sehr wehtun würde. Und dass du mich verachten, ja, vielleicht sogar hassen würdest. Verstehst du mich?«

»Es fällt mir schwer.«

Arndt ging nicht darauf ein. »Ich wollte alles ordentlich zu Ende bringen, räumte auf und legte eine Münze auf den Küchentisch, zum Dank und im Bewusstsein, dass Geld niemals aufwiegen konnte, was du und dein Vater für mich getan hatten. Ich ging zum Strand. Die Tannisbucht lag still vor mir. Der Mond stand silbern am Himmel, das Meer war spiegelglatt. Ich ging weiter und weiter, um einen Ort zu finden, an den ich mich zurückziehen konnte. Da fand ich diesen Verschlag. Ich kroch hinein und fühlte mich geborgen. Der Tod konnte kommen. Doch er kam nicht. Nicht an jenem Tag und auch nicht an den folgenden. Dafür kamen immer wieder Schwindel und Kopfschmerz und das unerträgliche Singen im linken Ohr. Ein sicheres Zeichen, dass die Diagnose deines Vaters richtig war.«

Arndt machte abermals eine Pause, dann fuhr er fort: »Ich habe jeden Tag an dich gedacht. Und ich habe dich schrecklich vermisst. Immer wieder überlegte ich, ob ich ein Lebenszeichen von mir geben sollte. Doch jedes Mal kam wieder ein Anfall dazwischen. Ich bin wohl dazu verdammt, bis zu meinem Tod in diesem Schwebezustand zu leben.«

Ebba schüttelte den Kopf. »So kann es mit dir nicht weitergehen, Arndt! Du hast noch nie darüber gesprochen, aber in Deutschland warten sicher Freunde und Bekannte auf dich. Vielleicht sogar eine Frau und Kinder? Sie alle machen sich gewiss große Sorgen. Wahrscheinlich halten sie dich für tot nach dem Unglück der *Nordstern*. Du musst dich unbedingt bei ihnen melden!«

»Nein, nein.« Arndt wehrte ab. »Meine Verwandtschaft bedeutet mir nichts. Und umgekehrt ist es genauso.«

»Gut, du kannst tun und lassen, was du willst.« Ebba wollte die Sache auf sich beruhen lassen, doch dann besann sie sich anders. Sie musste endlich den Grund für Arndts Geheimniskrämerei um seine Vergangenheit erfahren. War es Verschlossenheit? Steckte ein Verbrechen dahinter? Oder war es nur eine Laune? Was hatte er vorhin gesagt? Den Sessel habe er aus einer Laune heraus von Bord geholt? Dahinter verbarg sich doch mehr! »Warum steht dieses sperrige Ding hier?«, fragte sie. »Ein Schemel oder eine Kiste hätten es doch auch getan?«

Arndt atmete tief durch, zögerte. »Nun«, begann er und verstummte.

»Nun was?«, fragte Ebba. »Meinst du nicht, dass du mir eine Antwort schuldest?«

»Doch, schon. Es ist so, dass der Sessel mich an mein Zuhause erinnert.«

»Erzähl mir davon.«

»Das Möbelstück stand im Salon der *Nordstern*. In dem Haus, wo ich aufgewachsen bin, gibt es mehrere Sessel, die ganz ähnlich aussehen. Ich wollte mir ein Stück Heimat verschaffen.«

»Wo steht dieses Haus, Arndt?«

»Ich habe dieses Haus einmal sehr geliebt. Verzeih, aber darüber kann ich nicht reden.«

Ebba musste sich zusammennehmen, um ruhig zu bleiben. »Genau die Antwort hast du mir schon einmal gegeben, als ich dich fragte, ob Dissendorf dich hasste. Ich konnte mir nicht vorstellen, dass er dich nur wegen eines Rettungsrings auf der Brücke der *Nordstern* töten wollte.«

Arndt begann, Bark zu streicheln. Er mochte nicht weiterreden.

Ebba jedoch war noch nicht fertig.

»Das Thema ist wie ein Stück Seife, das einem aus der Hand gleitet, sobald man dich danach fragt. Hast du dir schon mal überlegt, wie das auf jemanden wirkt, der dich liebt?«

»Bitte, verstehe, es geht nicht, ich will nur in Frieden sterben.«

»Du redest ständig vom Sterben und schweigst wie eine Auster, wenn es um deine Vergangenheit geht.« Ebba war während des Gesprächs immer ärgerlicher geworden. Jetzt blitzten ihre Augen vor Zorn. »Warum vertraust du dich mir nicht an? Ich dachte, wir lieben uns? Du sagst, du wolltest mir den Anblick deines toten Gesichts ersparen. Hast du schon mal davon gehört, dass wahre Liebe über den Tod hinausgeht? Ja, es wäre schwer gewesen, dich so zu sehen, aber noch schwerer war für mich, dass du mich sang- und klanglos verlassen hast. Dein Selbstmitleid und deine Verschlossenheit haben einen großen Teil meiner Liebe zu dir zerstört. Vielleicht sogar alles kaputt gemacht. Ich weiß es nicht. Auf jeden Fall werde ich jetzt gehen. Leb wohl!«

Ebba wandte sich zum Eingang und schritt davon.

Diesmal hielt Arndt sie nicht auf.

KAPITEL 15

Arndt stand vor seiner Hütte und zersägte Planken, die in der Nacht an den Strand gespült worden waren. Die Arbeit ging ihm gut von der Hand. Nur seine Gedanken schweiften immer wieder ab. Er versuchte sich zu konzentrieren, denn das Holz war wichtig. Es war Feuerung für den Herd, auf dem auch heute der Topf mit der Suppe stand. Er war noch halb voll. Von der Suppe hatte Ebba gegessen. Ebba ...

Er wollte nicht an sie denken. Immer, wenn er es tat, zog sich sein Herz vor Kummer zusammen. Er legte den Fuchsschwanz zur Seite und streichelte Bark. Bark bellte. Es klang, als wolle er ihn aufmuntern. Braver Junge! Manchmal leckte er sich die Vorderpfote, dort, wo ein kleines Stück Fell fehlte, aber sonst war er ganz der Alte, seit Ebba ihn zurückgebracht hatte. Ebba ...

Arndt arbeitete weiter. Der Fuchsschwanz fraß sich gleichmäßig in die Planken. Stück für Stück fiel in den Sand. Nach einer Weile wurde ihm warm. Er knöpfte die Jacke auf und zog sie aus. Sechs Knöpfe waren es – nicht fünf. Wenn Ebba sie nicht ausgetauscht hätte, säße er jetzt im Gefängnis, und Lauritzen würde triumphieren. Doch Ebba hatte das verhindert. Ebba ...

Woran er auch dachte, seine Gedanken landeten jedes Mal bei

ihr. Das Gespräch mit ihr hatte ihn aufgewühlt. Er hatte ihr die Wahrheit gesagt. Wort für Wort, nach seinem ehrlichen Empfinden. Und doch war sie so plötzlich gegangen. Hatte ihn sprachlos zurückgelassen. Und nicht nur das, sie hatte ihm Selbstmitleid vorgeworfen. Zu Recht? Konnte man jemandem Wehleidigkeit vorwerfen, der jeden Tag damit rechnen musste, dass es sein letzter sein würde?

Die Grübeleien haben keinen Zweck, sagte er sich und wollte seine Arbeit fortsetzen, doch ein Ruf unterbrach ihn: »Gott zum Gruße, mein Freund!«

Arndt blickte auf und sah Bark bellend auf einen Mann zulaufen. Der Mann blieb notgedrungen stehen. Er bot einen merkwürdigen Anblick, denn er hielt ein Pferd am Zügel, auf dessen Rücken ein Wagenrad festgezurrt war. »Hättest du die Güte, mich von dieser Bestie zu befreien?«, fragte er mit dröhnender Stimme.

Arndt rief Bark zurück und musterte den Ankömmling. Es handelte sich um einen stattlichen Mann mit schon ergrautem Vollbart, der einen roten, mit goldenen Litzen verzierten Umhang trug. »Wer bist du?«

Der Fremde hob die Arme, wie um Arndt zu segnen, breitete die Hände aus, an denen weiße verschmutzte Handschuhe saßen, und rief: »Man nennt mich ›der Prediger‹, und im Namen des Heilands bitte ich dich, mir bei der Reparatur meines Wagenrads zu helfen.«

»Ich will es versuchen.« Mit dem Namen »Prediger« konnte Arndt etwas anfangen. Es musste der Händler sein, bei dem Jannik, der Enkel vom alten Rupert, einen Kerzenlöscher besorgt hatte. Für ihn. Damit er ein Geschenk für Ebba hatte. Ebba, schon wieder Ebba ...

»Der Herr wird dir deine Hilfsbereitschaft lohnen.«

»Ja, mag sein.« Dass der Prediger ein so komischer Kauz war, hatte Jannik allerdings nicht erzählt. »Wie hast du mich gefunden?«

»Nun, nachdem der Eisenring von der Radnabe gesprungen war und meine kostbaren Schätze fast im Graben gelandet wären, machte ich mich auf die Suche nach einem barmherzigen Samariter. Ich irrte lange umher, bis ich endlich Rauch aufsteigen sah, der mich zu dir führte.«

»Aha.« Dass der Prediger den Weg zu ihm gefunden hatte, sah Arndt mit gemischten Gefühlen. Je weniger Leute von seinem Aufenthalt wussten, desto sicherer konnte er sein, unbehelligt zu bleiben. »Ich will versuchen, dir zu helfen, aber ich sage dir gleich, dass ich meine Einsamkeit schätze.«

»Wofür niemand mehr Verständnis hat als ich«, pflichtete der Prediger rasch bei. »Ich musste meinen Wagen in der Nähe von Ålsig unbeaufsichtigt zurücklassen. So bleibt mir nichts anderes übrig, als darauf zu hoffen, dass die Menschen das siebte Gebot einhalten und mich nicht bestehlen, bis ich zurück bin. Wenn es nach mir ginge, hätte ich Frau und Kind, säße zu Hause und erfreute mich meines Daseins. So aber treibt mich mein Broterwerb durch die Lande, rastlos, immer auf Achse, und wenn ein böses Schicksal es will, geht mir ein Wagenrad kaputt. Darf ich näher treten?«

»Ja.« Arndt nahm die zuletzt bearbeitete Planke von den beiden Böcken. »Leg das Wagenrad darauf.«

Der Prediger gehorchte, wobei er Bark nicht aus den Augen ließ. Doch der große Rüde umkreiste ihn schwanzwedelnd. Der Händler schien mittlerweile willkommen zu sein.

Arndt sah sich die Nabe an. Das Rundholz war gesprungen, die Hälften standen etwas auseinander. »Der Eisenring, der die Nabe umschließt, ist bitter notwendig«, überlegte er laut. »Wir müssen ihn wieder aufziehen, aber so einfach ist das nicht.«

»Ich habe es selbst schon probiert, doch leider vergebens.«

»Das glaube ich dir. Wo hast du den Eisenring?«

»Hier.«

»Hm.« Arndt besah sich das Teil, es schien in Ordnung zu sein. »Ich denke, wir legen den Eisenring ins Feuer des Herdes, damit das Metall heiß wird und sich weitet. Danach werden wir das gesprungene Holz mit einer Schraubzwinge zusammendrücken und den Ring wieder auf die Nabe setzen.«

»Hosianna! Meine Gebete sind erhört worden, du bist ein Genie von Gottes Gnaden!«

»Ich will tun, was ich kann.« Arndt hielt inne. »Aber auch du könntest mir einen Gefallen tun.«

»Gern, soweit es meine bescheidenen Kräfte zulassen. Was soll ich machen?«

»Wie ein normaler Mensch reden. Wir sind hier nicht in der Kirche.«

Der Prediger stutzte. Zögerte. Grinste. »Verdammte Scheiße, du hast recht! Du hilfst mir ja auch so. Wenn das Verkaufen meiner Waren doch genauso einfach wäre! Kann ich mich sonst noch erkenntlich zeigen?«

Arndt überlegte. »Ja, indem du niemandem erzählst, wo man mich findet.«

»Abgemacht. Ich bin dir wirklich sehr dankbar.«

»Binde dein Pferd irgendwo an und komm in meine Hütte. Ich werde den Herd auf Höchsttemperatur bringen, damit der Eisenring sich gehörig ausdehnt. Dann sehen wir weiter.«

Eine Stunde später verließ ein hochzufriedener Prediger Arndts Hütte. »Du bist ein geschickter Handwerker«, lobte er. »Ich nehme an, das hast du nicht auf der *Nordstern* gelernt?«

»Woher weißt du, dass ich auf der *Nordstern* war?«

»Man muss kein Hellseher sein, um zu erkennen, dass du

Arndt bist, der Überlebende des Schiffsunglücks. Die Spatzen pfiffen es von den Dächern, nachdem du Broderssons Haus von heute auf morgen verlassen hattest und seitdem verschwunden warst. Außerdem scheint jedes zweite Teil in deiner Hütte von dem Wrack zu stammen. Aber keine Sorge, ich verrate dich nicht. Nochmals vielen Dank.«

»Gern geschehen.«

»Na dann: Gott befohlen, mein Sohn ... äh, verzeih, ich meine: *Vi ses.*«

»*Vi ses.*« Arndt winkte dem Prediger zum Abschied zu.

Er wusste nicht, warum, doch er hatte kein gutes Gefühl dabei.

Ungefähr zur selben Zeit, da der Prediger sich von Arndt bei der Reparatur seines Wagenrads helfen ließ, befand sich Thorvald mit einigen seiner Fischerkameraden in der Rettungsstation. Rasmus, Sven, und Gorm waren dabei, die neuen Rudergabeln in das Dollbord des kleinen Rettungsbootes zu setzen. Auch Ulrik, Thorvalds achtjähriger Sohn, legte mit Hand an. Normalerweise wäre die Arbeit in kurzer Zeit erledigt gewesen, doch wie immer lag der Teufel im Detail. Henning Jensen, der Schmied, hatte die Stifte der Gabeln um einiges zu dick angefertigt, wodurch sie nicht in die vorgesehenen Löcher passten.

»*For Satan!*«, fluchte Thorvald und überlegte, was am besten zu tun sei. Da es viel zu lange dauern würde, bis Henning die Gabeln geändert hatte, blieb nichts anderes übrig, als die Löcher im Dollbord mit der Brustleier aufzubohren. Dazu brauchte es eine geschickte Hand, und der Geschickteste in solchen Dingen war der alte Jonas. Nur dass der durch Abwesenheit glänzte. Weil er wieder mal angelte, statt sich in der Station nützlich zu machen.

»*For Satan!*«, fluchte Thorvald abermals und sagte zu Ulrik:

»Lauf mal den Strand runter zu Jonas, du weißt ja, wo er immer angelt. Sag ihm, er muss uns helfen, aber schnell.«

»Ist gut.« Ulrik sauste davon.

»Wir machen eine kleine Pause, Männer«, sagte Thorvald.

Die Fischer waren einverstanden. Jeder suchte sich ein Plätzchen und machte es sich, soweit es ging, gemütlich. Rasmus und Sven stopften sich eine Pfeife, Gorm nahm ein frisches Stück Kautabak.

Eine Stunde verging. Thorvald wurde unruhig. »Eigentlich müsste der Bengel längst zurück sein«, knurrte er.

Notgedrungen fassten sie sich in Geduld. »Komm, wir setzen uns raus in die Sonne«, schlug Rasmus vor.

»Warum nicht«, sagte Thorvald.

Sie setzten sich auf die Bank vor der Rettungsstation und warteten weiter.

Irgendwann sagte Thorvald: »Wir können hier nicht länger herumhocken. Kann einer gut mit der Brustleier umgehen?«

»Nee«, sagte Rasmus.

»Gut kann ich's nicht«, sagte Sven.

»Bin kein Zimmermann«, brummte Gorm.

Thorvald seufzte. Es blieb also wieder mal an ihm hängen. Er ging in die Station, schnappte sich die Brustleier, ein Gerät, das auch Bohrkurbel genannt wurde, weil sich der Bohrer mittels kurbelnder Bewegung ins Holz fraß, und versuchte, die Löcher im Dollbord zu vergrößern.

Er probierte es mehrere Male, doch es gelang nicht. »Der Bohrer ist stumpf«, knurrte er. »Auch das noch!«

Sven meinte: »*Tømrermester* Bruun im Sankt Laurentii Vej hat bestimmt einen besseren.«

Thorvald stemmte die Fäuste in die Hüften. »Soll das ein Witz sein? Willst du ihn von dem Zimmerer holen? Der sitzt mitten in Skagen, da läufst du eine Dreiviertelstunde hin und eine Dreiviertelstunde zurück. Anderthalb Stunden. Bis dahin haben wir *aftenmad*, und Hille meckert, wenn ich wieder zu spät zum Abendessen komme. Wir machen morgen weiter. Ich habe zuhause sowieso noch Netze zu flicken. Wenn nur der verdammte Junge endlich zurückkäme.« Langsam begann Thorvald, sich Sorgen zu machen.

Doch seine Sorgen waren unbegründet, denn in diesem Augenblick erschien Ulrik wieder auf der Bildfläche, putzmunter, aber allein.

»Du hast dir ja reichlich Zeit gelassen«, blaffte Thorvald, um seine Erleichterung zu überspielen. »Bist du die Strecke drei Mal gelaufen? Wo ist Jonas?«

Ulrik setzte sich auf die Werkzeugkiste, die am Bug des Bootes stand, und guckte wichtig. Er genoss es, Mittelpunkt zu sein. »Jonas war nicht da, als ich gekommen bin. Und der Fischkorb war auch nicht da. Aber seine Angel hat noch im Sand gesteckt. Komisch, hab ich gedacht. Dann hab ich eine Spur entdeckt, ein Paar Stiefel. Das musste die Spur von Jonas sein. Ich bin hinterher, 'ne ganze Strecke. Plötzlich hab ich Bark gesehen. Der hat an einem Robbenskelett geschnuppert und sich darin gewälzt und dagegen gepinkelt. Dann hat er mir die Hand geleckt und ist weggelaufen, immer der Spur von Jonas nach bis zu der Hütte. Zwei Männer waren da drin. Einer war Jonas, der andere war jünger. Jonas hat ›Arndt‹ zu ihm gesagt. Da hab ich mir gedacht, das ist bestimmt der Arndt, den der Doktor gesund gemacht hat nach seinem Schiffbruch.«

»Und weiter?«, fragte Thorvald.

»Jonas hat Arndt Fische gegeben. ›Ich wusste, wo ich dich finden würde‹, hat Jonas zu ihm gesagt. ›Aber auf Dauer kannst du hier nicht bleiben.‹ Dann bin ich rein in die Hütte und hab Jonas ausgerichtet, er soll zur Rettungsstation kommen, und Arndt hat sich erschreckt und gerufen: ›Mittlerweile scheint alle Welt zu wissen, wo ich wohne‹, und Jonas hat gefragt, wer das denn sonst noch weiß. ›Der Prediger‹, hat Arndt geantwortet. ›Und Ebba auch.‹ Und dann hat er auf einmal so ernst geguckt und gesagt, wir müssten ihm hoch und heilig versprechen, sein Versteck nicht zu verraten.«

»Das hast du hiermit ja getan«, stellte Thorvald fest.

Ulrik blickte treuherzig. »Wenn der Prediger das Versteck kennt, kennen das sowieso bald alle.«

»Vielleicht hast du recht. Und wieso ist der Alte nicht mit dir zurückgekommen, um uns zu helfen?«

»Weil er mit Arndt die Fische essen wollte. Es waren Makrelen, Jonas hatte sie im Korb dabei. Sie sollten in einer Pfanne gebraten werden. Ich sollte auch bleiben, aber ich konnte ja nicht. Jonas hat gesagt, das junge Gemüse, also ihr, müsst auch mal allein zurechtkommen.«

»Sehr lustig.« Thorvald überlegte. »Wir machen morgen weiter, Männer. Heute lohnt sich's nicht mehr. Wir treffen uns zur selben Zeit wie heute. Du, Sven, besorgst einen guten Bohrer bei *tømrermester* Bruun. Wenn alles klappt, rudern wir anschließend raus und prüfen, ob die neuen Gabeln halten. Geht jetzt nachhause.«

Rasmus, Sven und Gorm zogen ab. Rasmus und Sven waren guter Dinge, sie wollten im Krog noch »einen lupfen«, wie sie meinten.

Gorm hingegen strebte nach Hause. Er schaute wie immer grimmig drein.

KAPITEL 16

Liebst du ihn noch, oder liebst du ihn nicht mehr? Das ist die einzige Frage, auf die es ankommt«, sagte Anna zu Ebba, während sie die Kaffeekanne aus der Ofenklappe nahm. »Trink noch einen Schluck und lass dir mit der Antwort Zeit.«

»Danke.« Ebba saß auf dem Zweiersofa im Atelier des Gartenhauses und hielt ihrer Freundin die Tasse hin. »Ich will dir mit meinen Problemen nicht auf die Nerven gehen, aber manchmal brauche ich einfach jemanden, mit dem ich reden kann. *Far* eignet sich nicht dafür, er hat nur seine Blutstropfen im Sinn und sagt, dass ich sowieso immer an den Falschen gerate. Für ihn ist der Fall längst erledigt.«

»Männer sind manchmal unsensibel.« Anna schenkte von dem Kaffee nach. »Aber wozu gibt es Freundinnen!« Sie setzte sich neben Ebba und legte ihr den Arm um die Schultern. »Du brauchst die Frage nicht jetzt zu beantworten. Schlafe ein paar Nächte drüber, dann wirst du wissen, wie es um dich bestellt ist.«

»Ich muss dauernd an ihn denken, obwohl ich es nicht will. Ich könnte mich dafür ohrfeigen.« Ebba stierte unglücklich in ihre Kaffeetasse. »Er verbirgt etwas Wichtiges vor mir, so viel ist sicher. Aber er vertraut sich mir nicht an.«

»Wer wirklich liebt, der hat keine Geheimnisse vor dem anderen. Vielleicht hat Arndt Angst, deine Liebe zu verlieren, wenn er darüber spricht?«

»Meinst du?« Ebba blickte auf. »Was könnte das sein?«

»Ich habe keine Ahnung. Bei Mikkel und mir war alles anders. Er kam vor zehn Jahren nach Skagen und nahm Quartier bei meinen Eltern. Das Hotel hieß damals noch *Brøndums Gård* und war mehr Hofladen als Herberge. Ich war vierzehn Jahre alt und Mikkel fünfundzwanzig. Zu dem Zeitpunkt studierte er noch an der Kunstakademie in Kopenhagen, ebenso wie Laurits Tuxen, Viggo Johansen und Karl Madsen. Sie alle waren begeistert von dem unvergleichlichen Skagener Licht, das durch die Reflexion der aufeinandertreffenden Ost- und Nordsee entsteht.«

Anna unterbrach sich, stand auf und legte zwei Scheite im Ofen nach, damit die Kanne warm blieb. »Ich hätte nie gedacht«, fuhr sie fort, »dass Mikkel ein Auge auf mich werfen würde, weil ich so jung war, aber eines Tages fragte er mich, ob ich Lust hätte, ihn zu begleiten. Er wolle zum Hafen und ein paar Skizzen von den Fischern machen. Er bewundere die bescheidenen, hart arbeitenden Männer. Natürlich war ich einverstanden, denn er hatte mir vom ersten Augenblick an gefallen. Hedvig, meine *mor*, hatte das natürlich spitzgekriegt und mir eingeschärft, ich solle Mikkel nicht den Kopf verdrehen. Er wäre zu alt für mich. Doch das war mir egal. Ich ging mit ihm zum Hafen und sah ihm beim Malen zu. Während er hinter der Staffelei stand, erzählte er mir viel von sich. Dass er auf Bornholm geboren war. Dass sein Vater als Kaufmann arbeitete, dass er zunächst Rechtswissenschaften studiert hatte, bevor er zu Nielsens Zeichenschule wechselte und danach zur Akademie, und manches mehr. Ich fühlte mich sehr geschmeichelt und sehr erwachsen, weil er so offen zu mir sprach.«

An dieser Stelle seufzte Ebba. »Ich wünschte, Arndt wäre auch so.«

»Vielleicht kommt der Tag, an dem er dir alles aus seinem Leben erzählt. Du musst nur fest dran glauben«, tröstete Anna. »Jedenfalls gab dieser Tag am Hafen den Anstoß, warum ich selbst Malerin werden wollte. Mikkel bestärkte mich in dem Wunsch, und in der Folgezeit freundeten wir uns immer mehr an. Und als ich im selben Jahr konfirmiert wurde, durfte ich ihn sogar zu der anschließenden Feier einladen. Im darauffolgenden Winter ging ich nach Kopenhagen und nahm Zeichenunterricht bei Vilhelm Kyhn. Aber das habe ich dir schon erzählt.«

»Ja, das hast du.«

»Das Jahr danach war kein gutes Jahr für Mikkel. Er bestand das Abschlussexamen an der Akademie nicht, weil seine künstlerische Auffassung nicht der seiner Lehrer entsprach. Dasselbe galt übrigens nicht nur für ihn. Wir redeten in dieser Zeit viel miteinander, denn auch ich war nicht immer glücklich an meiner Zeichenschule. Doch unsere Liebe gab uns Kraft. Wir vertrauten einander und sagten uns, dass wir es gemeinsam schaffen würden.« Anna hielt inne und schaute Ebba an. »Auch du solltest mehr Vertrauen in die Zukunft haben.«

Ebba nickte zaghaft. »Mag sein. Aber bei dir hört sich alles so einfach an.«

»Das war es nicht, glaub mir. Zweifel und fehlende Anerkennung gehören zum täglichen Brot eines Malers. Sie sind die Kehrseite des Erfolgs. 1880 hatte ich das Glück, bei der Frühjahrsausstellung auf Schloss Charlottenborg mit einigen Bildern vertreten zu sein, und Mikkel hatte bei diesem Ereignis seinen Durchbruch als Künstler mit dem Gemälde *Wird er es schaffen, die Landspitze zu umrunden?*, das von König Christian für seine Sammlung erworben wurde.«

»Es ist ein sehr bekanntes Kunstwerk.«

»Und im selben Jahr haben du und ich uns näher kennengelernt.«

Über Ebbas Gesicht glitt ein Lächeln. »Ja, ich weiß es noch genau. Es war der achtzehnte August, dein einundzwanzigster Geburtstag und gleichzeitig dein Hochzeitstag. *Far* und ich waren auch eingeladen. Es war eine schöne Feier mit vielen Gästen, die bis in den Morgen dauerte.«

»Und seitdem sind wir Freundinnen.« Anna stand auf und ging zur Staffelei, auf der ein verhängtes Bild stand. Sie nahm das Tuch herunter. »Schau mal.«

Ebba erblickte ein Pastell, ganz in zarten rosa und grauen Kreidetönen gehalten. Es zeigte die kleine Helga, lachend in der Wiege liegend, eine Rassel in der Hand. »Oh, das ist wunderhübsch! Ich weiß, du wolltest es genauso malen.«

»Ja, es ist heute erst fertig geworden. Ich nenne es *Das fröhliche Kind.* Mikkel und Hedvig kennen es noch nicht. Ich bin gespannt, was sie nachher dazu sagen.«

»Es wird ihnen bestimmt gefallen.« Ebba musste an ihre eigenen Kunstversuche mit den Strandstücken aus Pappmaschee denken, mochte aber nicht darüber reden. Sie dachte vielmehr, es sei an der Zeit, ihre Freundin allein zu lassen. Schließlich hatte sie Familie. »Ich glaube, ich gehe mal nach Hause und richte das Abendessen für *far.*«

Anna lachte. »Das steht mir auch noch bevor. Grüße Knud schön von mir. Wir reden ein andermal weiter.« Sie umarmte Ebba und küsste sie zum Abschied. »Und mach dir nicht so viele Gedanken. Auf Regen folgt Sonne.«

»Danke, wenn du nicht wärst ...«

Ebba machte sich auf den Heimweg und nahm sich vor, Arndt zu vergessen.

Doch würde sie dazu imstande sein?

Arndt wachte auf, weil er ein fremdes Geräusch hörte. Es war nicht das gefürchtete Singen im Ohr, das ihn immer wieder quälte, es klang anders. Eher so, als pfiffe jemand fröhlich vor sich hin. Wer konnte das sein? Da stimmte doch etwas nicht!

Er erhob sich von seinem schmalen Lager und ergriff vorsichtshalber einen Hammer. Man konnte nie wissen, wer sich in dieser Einsamkeit herumtrieb, schon gar nicht kurz vor Sonnenaufgang. Er trat vor die Hütte und erblickte einen Mann Mitte dreißig, der einen Strohhut mit Aufschlag trug. Darunter blitzte ein Kneifer mit Goldrand auf einer kräftigen Nase, die wiederum von einem rotblonden Vollbart mit breit wucherndem Schnäuzer umsäumt wurde. »Was machst du hier so früh?«, fragte Arndt nicht gerade freundlich.

»Morgenstund har gul i mund.« Der Fremde lachte. Er hatte beste Laune.

»Wer bist du und was willst du?«

»Ich bin Krøyer. Peder Severin Krøyer. Aber sag ›Søren‹ zu mir, wie alle anderen. Ich habe die Nacht mit meinen Künstlerfreunden im Speisesaal von *Brøndums Hotel* gesessen und ein Glas Wein getrunken. Nun, vielleicht waren es auch ein paar Flaschen. Danach fand ich es eine gute Idee, dich im Morgenlicht zu malen.«

Arndt legte den Hammer beiseite. Erst jetzt bemerkte er die Staffelei, die Krøyer zehn Schritte nördlich von seiner Hütte aufgebaut hatte.

Krøyer sah es und erklärte: »Die Sonne muss jeden Moment aufgehen und über die Düne wandern. Dann habe ich das beste Seitenlicht, um dich malen zu können.«

»Und wenn ich Nein sage?«

Krøyer grinste. »Das wird dir schwerfallen. Ich habe etwas dabei, um dich zu bestechen. Warte mal.« Er ging zu dem Rucksack, der an der Staffelei lehnte, und holte ein großes Stück

Räucherschinken hervor. »Frisch entliehen aus der Küche von *Brøndums Hotel!* Und damit es besser rutscht, habe ich außerdem ein Fläschchen Schnaps dabei. Am besten, wir genehmigen uns gleich mal einen.«

Arndt lehnte ab. »Nein, danke.« Erstens war es noch zu früh für Alkohol, und zweitens trank er nur Regenwasser, das er mittels einer Tonne auffing.

»Schade.« Krøyer gönnte sich einen kräftigen Schluck. »Ah, das bläst die Spinnweben weg! Vielleicht überlegst du es dir nachher ja anders.«

»Ich glaube nicht. Aber danke für den Schinken. Dein Bestechungsversuch könnte gelingen. Wieso wusstest du, wo du mich findest?«

»Der alte Jonas konnte das Wasser nicht halten. Er hat uns heute Nacht deinen Rückzugsort verraten – unter dem Mantel der Verschwiegenheit.«

Arndt lachte freudlos. »Ich möchte nichts weiter als meine Ruhe. Deshalb habe ich mich in diese Hütte zurückgezogen.«

Krøyer betrachtete die einfache Behausung. Aus dem altersschwachen Verschlag war ein festes Gebäude geworden, wind- und regendicht. »Hast du schon mal etwas von Holger Drachmann gehört?«

»Nein, wer ist das?«

»Holger ist der Älteste in unserer Künstlerkolonie. Er ist Dichter und Maler. Vor über zehn Jahren hat er eine Behausung wie deine gemalt. Er nannte das Bild *Ein Wrackschuppen am Skagener Strand.* Den Schuppen soll es tatsächlich gegeben haben. Er stand direkt an der Ostsee und sah ziemlich zusammengeschustert aus. Kein Vergleich zu deiner Hütte.«

»Das Material dafür stammt ebenfalls von einem Wrack: der *Nordstern.* Ich war in den Nächten häufig an Bord und hab mir geholt, was ich brauchte.«

»Jedenfalls macht die Hütte einen grundsoliden Eindruck. Übrigens, die Sonne muss jeden Moment über die Düne kommen, dann können wir anfangen. Willst du vorher nicht doch ein Schnäpschen?«

»Ich trinke nicht, danke.«

»Du hast mein volles Mitgefühl. Wie ich sehe, stehen da zwei Böcke vor deiner Hütte. Ich nehme an, du zersägst Holz mit ihrer Hilfe. Tu mir den Gefallen und zeige mir, wie du arbeitest. Das würde ein lebendiges Motiv ergeben.«

»I orden, Søren.« Arndt holte ein paar Bretter und suchte nach dem Fuchsschwanz, ohne ihn zu finden. Er schüttelte den Kopf und suchte weiter.

»Ist was?«, fragte Krøyer.

»Ich finde den verdammten Fuchsschwanz nicht.«

»Warte, ich helfe dir.«

Zusammen suchten sie nach dem Werkzeug. Sie stellten die ganze Hütte auf den Kopf, doch der Fuchsschwanz blieb verschwunden. Arndt überlegte während der ganzen Zeit, wer ihn genommen haben könnte. Es kamen nur drei Personen infrage: der Prediger mit seinem kaputten Wagenrad, Ebba, die mit Bark zu ihm gekommen war, und Jonas, der ihm die Makrelen gebracht hatte. Ach ja, und der kleine Sohn von Thorvald, Ulrik, der Jonas abholen sollte. Keinem von ihnen traute Arndt den Diebstahl zu. Und überhaupt: Was sollte es für einen Sinn haben, den weiten Weg zu ihm zurückzulegen, nur um einen Fuchsschwanz zu klauen?

»Die Sonne ist mittlerweile über die Düne gewandert«, stellte Krøyer fest. *»Eos sendet ihr strahlendes Morgenrot«,* wie es so schön in der Odyssee heißt. Ein fantastisches Licht! Lass uns rasch anfangen. Nimm dir einfach ein Stück Holz und schlage einen Nagel hinein. Einen Hammer hast du ja.« Der Maler kniff grinsend ein Auge zu. »Nicht zuletzt, um Besucher gebührend zu begrüßen.«

Arndt ging nicht darauf ein. Er legte ein Brett über die Böcke und nahm einen Nagel in die Hand. »Wie viele Nägel soll ich denn reinschlagen?«

»Keinen, du sollst nur so tun. Setz den Nagel mit der Spitze aufs Holz, hole mit dem Hammer aus und halte inne, kurz bevor er auftrifft. Ich mache ein paar schnelle Skizzen und male dich dann in Öl. Können wir anfangen?«

»Ja.« Arndt stellte sich in Positur. »Wird es lange dauern?«

»Ich gehöre zu den Schnellen meiner Zunft.« Krøyer griff zu einem Graphitstift und hielt mit raschen Strichen zunächst Arndts Körperhaltung fest. Dann widmete er sich dem Kopf. Was er sah, war ein Gesicht mit markanten Zügen, einen festen Mund, kräftige Brauen und eine hohe Stirn. Ein mehrere Tage alter blonder Bart rundete den Eindruck ab. Nach einer Weile sagte Krøyer: »Du kannst dich jetzt entspannen.«

Arndt gesellte sich zu Krøyer und schaute ihm über die Schulter.

Der Maler war schon dabei, die Farben anzumischen. »Wie lange willst du hier noch so allein hausen?«, fragte er.

»Ich bin nicht allein. Häufig leistet mir Bark, ein großer Hund, Gesellschaft. Heute scheint er allerdings unterwegs zu sein. Er ist ein Streuner.«

»Aber du kannst doch nicht ewig in dieser Hütte leben. Ich meine, Knud Brodersson hätte mir erzählt, du kämst aus Deutschland. Zieht dich dahin gar nichts zurück?«

»Nein.«

Krøyer malte weiter. »Ich komme ursprünglich aus Norwegen. Aus Stavanger. Bin dann nach Kopenhagen auf die Akademie. Hab mir als junger Kerl tüchtig den Wind um die Nase wehen lassen. War in Frankreich, Spanien, Italien. Im Frühjahr 1882 fand die *Erste Internationale Kunstausstellung* in Wien statt. Da habe ich Anna und Mikkel Ancher kennengelernt. Sie schwärmten von Skagen und dem Skagener Licht, von der Urwüchsigkeit der Fischer, der unberührten Natur, dem einfachen Leben. Das machte mich neugierig. Ich reiste im Sommer hierher und logierte in *Brøndums Hotel.* Seitdem komme ich jedes Jahr und mit mir immer mehr Künstler. Wir treffen uns regelmäßig.«

Krøyer trat einen Schritt zurück und betrachtete sein Werk. Zwischen Licht und Schatten hatte Arndts Figur mittlerweile Kontur angenommen. Die Bewegung mit dem Hammer sah verblüffend echt aus. Die Hütte im Hintergrund stabilisierte die Gesamtkomposition. Krøyer trat wieder an die Staffelei und setzte weitere Akzente mit verschieden starken Pinseln. »Ich habe dir eine ganze Menge aus meinem Leben erzählt«, sagte er. »Wie wäre es, wenn du auch von dir ein wenig berichten würdest? Wie man hört, bist du der einzige Überlebende der gestrandeten *Nordstern* und könntest etwas mit dem Mord zu tun haben, der auf ihrer Brücke geschah.«

Arndt presste die Lippen aufeinander. »Könnte es sein, dass du nur gekommen bist, um mich auszufragen?«

Krøyer lachte. »Um ehrlich zu sein, auch deshalb. Dich umgibt ein Geheimnis, das macht dich interessant. Wenn es nach Lauritzen, dem kleinen Wichtigtuer, ginge, wärst du sogar der Mörder, aber ich glaube nicht daran. Knud Brodersson übrigens auch nicht. In jedem Fall gibst du ein besonderes Motiv ab, und ich wollte der Erste aus der Kolonie sein, der dich malt.«

»Eine zweifelhafte Ehre.«

»Nimm's mir nicht übel. Du musst wissen, dass zwischen Mikkel Ancher und mir eine Art Wettstreit um die lohnendsten Motive stattfindet. Am Anfang haben wir uns deshalb sogar fast gestritten, weil ich Dinge malen wollte, die er für sich beanspruchte. Doch mittlerweile haben wir Burgfrieden geschlossen und sind Freunde.«

»Was geschieht mit dem Bild, wenn es fertig ist?«

»Ich muss noch ein paar Dinge korrigieren. Das Blau des Himmels ist an einigen Stellen zu satt, und das Weiß aus der Tube, mit dem ich es mildern könnte, ist alle. Ich werde das im Hotel ändern. Danach schenke ich dir das Werk.«

Arndt wehrte ab. »Nett gemeint, aber ich könnte es nirgendwo aufhängen. Allerdings möchte ich dich bitten, es nicht zu veröffentlichen.«

»Wir werden sehen.« Krøyer begann, seine Utensilien zu packen. Er schraubte die Farbtuben zu, wischte die Palette sauber und verstaute alles in seinem Rucksack. »Da ich annehme, dass dich dein Weg nicht nach Skagen führen wird und du Besuch nicht sonderlich schätzt, werden wir uns wohl nicht wiedersehen. Schade. Für einen, der nichts von der Welt wissen will, scheinst du ein recht umgänglicher Kerl zu sein.«

Arndt rang sich ein Grinsen ab. »Du machst auch keinen so üblen Eindruck.«

»Hübsch gesagt!« Krøyer schnallte sich den Rucksack um und schulterte die Staffelei und das Bild. Also dann: »*Farvel,* Arndt!«

»*Farvel,* Søren.«

Nachdem Krøyer fort war, starrte Arndt lange aufs Meer. Doch anders als sonst erfüllte ihn der Anblick nicht mit innerem Frieden. Er grübelte, woran das lag. Vielleicht an Krøyer, der gesagt hatte, er wolle der Erste sein, der ihn male? Das konnte nur bedeuten, dass auch noch andere Künstler zu ihm kommen würden, um ihn in seiner Einsamkeit zu stören …

Er schob den unangenehmen Gedanken beiseite und beschloss, etwas zu essen. Es waren noch gebratene Makrelen und Suppe da. Beides würde auch kalt schmecken. Er nahm einen Teller und wollte zur Schöpfkelle greifen. Doch die Kelle war nicht an ihrem Platz.

Arndt suchte sie überall, aber sie war verschwunden.

Genau wie der Fuchsschwanz.

KAPITEL 17

Das, was Arndt befürchtet hatte, trat wenige Tage später ein: Er bekam Besuch. Von Locher, Theo und Hille. Venus, die gutmütige Bulldogge, war auch mit von der Partie. Sie spazierte ohne Umschweife in Arndts Hütte und beschnüffelte sämtliche Gegenstände. Offensichtlich hatte sie Barks Witterung aufgenommen. Doch Bark streunte wieder einmal in der Weltgeschichte herum.

»Was wollt ihr?«, fragte Arndt misstrauisch.

»Ich soll dich schön von Knud grüßen«, brummte Locher.

»Danke«, sagte Arndt. Der Gedanke an Knud Brodersson war angenehm. Noch angenehmer war der Gedanke an Ebba, seine Tochter. Aber Arndt mochte nicht nach ihr fragen. Niemand brauchte zu wissen, wie es um ihn stand. »Und wer bist du?«

»Ich bin Locher. Kunstmaler, wie du an meiner Staffelei erkennen kannst. Wahrscheinlich weiß ich viel mehr über dich als du über mich. Du warst für eine ganze Weile der Hauptgesprächsstoff in Skagen. Der Lange hier heißt übrigens Theo, er ist aus *Tyskland* wie du und malt ebenfalls.«

Theo klopfte gegen seine Staffelei, grinste und sagte auf Deutsch: »Guten Morgen, lieber Landsmann.«

»Hille ist seine Freundin, sie ist die Tochter von Thorvald, dem Fischer und Vormann der Rettungskräfte.«

»Hej«, sagte Hille.

Locher pfiff auf zwei Fingern. Venus, die hinter der Hütte weitergeschnüffelt hatte, kam gemächlich hervor. »Das ist Venus, meine Bulldogdame, sie sieht immer ein wenig schlecht gelaunt aus, aber das täuscht. Sie ist eine Seele von Hund. Nicht wahr, meine Schöne?« Locher tätschelte sie.

Arndt verschränkte die Arme vor der Brust. »Ich kann euch leider nichts anbieten. Bin nicht auf Besuch eingestellt. Und gemalt wurde meine Hütte auch schon. Von Krøyer.«

»Das macht nichts.« Locher winkte ab. »Es gibt Motive, die man immer wieder malen kann. Denk an die vielen Bilder der Skagener Fischer mit ihren Booten. Sie wurden nicht nur von Krøyer gemalt, auch von Mikkel Ancher, Frits Thaulow, Viggo Johansen, Oscar Björck, Laurits Tuxen und anderen. Deshalb wird deine Hütte nicht einstürzen, wenn auch ich sie auf die Leinwand banne.«

Arndt hatte die ganze Zeit überlegt, wie er die unliebsamen Besucher loswerden könne, doch ihm war nichts eingefallen. Er beschloss, gute Miene zum bösen Spiel zu machen. »Meinetwegen, was soll ich machen?«

»Nichts«, brummte Locher. »Nur deine Hütte soll der Protagonist sein, nicht du.« Er wählte einen anderen Punkt als Krøyer für seine Staffelei und rammte den Parasol für Venus in den Sand. »Kümmere dich nicht um mich. Ich komme auch so zurecht.«

»Das stimmt«, bestätigte Theo und nahm seine Staffelei auf die Schulter. »Am besten lässt man Locher während der Arbeit allein. Vielleicht solltest du einen Spaziergang machen, das Wetter ist schön. Hille und ich werden uns auch verkrümeln. Wir sind irgendwo dahinten in den Dünen, aber du brauchst uns nicht zu suchen.« Er grinste vielsagend. *»Vi ses.«*

»Vi ses.« Arndt kam sich auf einmal ziemlich überflüssig vor. Er beschloss, Theos Vorschlag zu befolgen. Es schien im Moment die einzige Möglichkeit, seine Ruhe zu haben. Er warf noch einen letzten Blick auf Locher, der bereits die Palette in der Hand hielt und nicht mehr ansprechbar war, und strebte zu dem verschwiegenen Platz am Meer, an dem er am liebsten saß.

Es war die höchste Düne im Verlauf einer Meile, ein stattlicher Hügel, umgeben von Dünengras und Strandrosen. Oft hatte Arndt mit Bark hier gesessen, doch heute war er allein. Allein mit seinen Gedanken. Während er die anbrandenden Wellen mit ihrem beruhigenden, nie versiegenden Rauschen beobachtete, fragte er sich, wie viele Male ein einzelner Wassertropfen die Erde wohl schon umrundet hatte. Wie viele Kontinente er passiert hatte, wie viele Male ein Schiff über ihn hinweggefahren war. Und er stellte sich vor, er könne das Rad der Zeit um tausend Jahre zurückdrehen, und ein Wikingerschiff würde vor seinen Augen ans Ufer gezogen, mit blonden Männern, Frauen und Kindern, um das Land zu besiedeln. So wie einst der sagenumwobene Ingólfur Arnarson, der mit seiner Familie Norwegen verlassen musste und nach Island segelte.

Ob er ihre Sprache verstehen würde? Ob sie in Frieden kommen würden? Es wäre in jedem Fall ein Neuanfang für sie gewesen. Ein Neuanfang …?

Vielleicht sollte er Ebba vorschlagen, mit ihm fortzugehen? Einfach alles hinter sich zu lassen und nur nach vorne zu blicken? Nicht danach zu fragen, was war, sondern nur danach, was die Zukunft bringen würde!

Je länger Arndt darüber nachdachte, desto besser gefiel ihm der Gedanke. Ebba wusste, dass er kein schlechter Mensch war. Was spielte seine Vergangenheit da für eine Rolle! Das Problem war nur seine Krankheit. Er konnte Ebba nicht zumuten, an der Seite eines siechen Mannes zu leben. Andererseits hatte der Tumor sich in der letzten Zeit nicht mehr gemeldet. Das Singen im Ohr war der Melodie des Meeres gewichen, Schwindel und Übelkeit waren nicht mehr aufgetreten …

Arndt wusste nicht, wie lange er über diesen Problemen gegrübelt hatte, doch als er sich erhob, um den Rückweg anzutreten, war die Sonne schon weit über den Zenit gewandert. Er näherte sich seiner Hütte und erkannte, dass Locher dabei war, sein Malerzubehör zu verstauen. Venus kroch unter dem Parasol hervor und gähnte.

»Bist du fertig?«, fragte Arndt.

»Wie man sieht.« Locher klappte den Parasol zusammen und tätschelte Venus.

Arndt trat näher und betrachtete das Werk. Es handelte sich zweifellos um seine Hütte, doch sie sah anders aus als bei Krøyer: grober im Pinselstrich, blasser in den Farben. »Sehr hübsch.«

»Danke.« Locher schaute in den Himmel. »Es ist schon spät. Ich denke, meine Schöne und ich machen uns auf die Socken. Wenn Theo kommt, richte ihm aus, wir wären schon vorgegangen.«

»Mach ich.«

Doch wie sich zeigte, war das nicht nötig, denn in diesem Augenblick erschien Theo, ausnahmsweise mal nicht grinsend. Der Grund war Hille, die sich mit schmerzverzerrtem Gesicht auf ihn stützte.

»Was ist denn da passiert?«, knurrte Locher.

»Hilles Knöchel ist mächtig geschwollen«, antwortete Theo sorgenvoll. »Wahrscheinlich verstaucht. Sie ist umgeknickt und kann kaum noch laufen.«

Locher warf einen Blick auf den Knöchel. »*Åh min gud!* Das sieht böse aus.« Er überlegte. »Ich schlage vor, Arndt macht Hille ein paar kalte Umschläge, während du und ich rasch nach Alt-Skagen laufen. Knud hat ein Pferd, damit können wir Hille nach Hause bringen.«

»Gute Idee«, sagte Arndt. Er hoffte, dass es Ebba sein würde, die mit Atlas käme.

»Nein!«, rief Hille bestimmt. »Ich will nicht hierbleiben. Thorvald wartet auf mich. Und Ulrik auch. Wenn ihr mich stützt, wird es klappen.«

»Meinst du?«, fragte Theo zweifelnd.

»Auf jeden Fall.«

»Dann los!«, befahl Locher kurz entschlossen. »Wir nehmen dich in die Mitte, und du legst die Arme über unsere Schultern. Auf geht's! Wir schaffen dich als Erstes zu Knud.«

»Grüß ihn von mir«, sagte Arndt. »Sag ihm, es ginge mir den Umständen entsprechend.«

»Mach ich.« Locher schnallte seine Staffelei auf Hilles Rücken. Theo auf der anderen Seite sagte: »Ach, da fällt mir ein: Meine Staffelei steht ja noch in den Dünen. Wärst du so nett, Arndt, und sorgst dafür, dass sie nicht geklaut wird? Ich komme in den nächsten Tagen vorbei und hole sie ab.«

»Ja«, sagte Arndt, obwohl er eigentlich Nein sagen wollte. Wenn er Theos Bitte erfüllte, würde das nichts anderes heißen, als dass er schon wieder Besuch bekäme. *»I orden. Vi ses.«* Er blickte den drei sich mühsam fortbewegenden Menschen hinterher, bis sie verschwunden waren, und ging dann in seine Hütte.

Er vermisste Bark. Und nicht nur ihn.

Am anderen Tag machte Arndt sich auf den Weg, die Staffelei von Theo zu suchen. Er fand sie ein paar Dünen weiter. Sie stand da wie gerade aufgebaut. Die Leinwand war weiß und unberührt, nur eine Möwe hatte einen Klecks darauf hinterlassen. Die Segeltuchtasche mit den Farben und der Palette lag daneben am Boden. Arndt fragte sich, was Theo wohl die ganze Zeit gemacht hatte, ohne einen Pinselstrich zu tun. Nun, allzu schwer war es nicht, sich das vorzustellen. Der Tag war schön gewesen und der Dünensand warm. Er seufzte und trug das hölzerne Gestell zu sich nach Hause.

Es war Anfang September. Theo hatte sich nicht sehen lassen, um seine Staffelei zu holen. Arndt war darüber nicht traurig. Er konnte gut auf Gesellschaft verzichten.

An diesem Abend saß er an seinem Lieblingsplatz und beobachtete das Meer. Bark hatte es sich neben ihm gemütlich gemacht. Die Sonne war kurz davor, glutrot hinter dem Horizont zu versinken. Das Meer rauschte. Doch in das Meeresrauschen mischte sich plötzlich ein anderes Geräusch. Es waren Flügelschläge. Die Flügelschläge herbeifliegender Stare. Mit jeder Sekunde wurden es mehr. Erst waren es ein paar Dutzend, dann Hunderte, Tausende. Ganze Schwärme kreisten schließlich wie gewaltige wabernde Wolken über dem Meer, entwickelten immer neue Figuren am abendlichen Himmel, tanzten Pirouetten, bildeten das, was die Menschen in Nordjütland staunend die *Schwarze Sonne* nannten, und fielen unverhofft, wie von einer riesigen Faust dirigiert, auf die Dünenlandschaft ein, um die Nacht in Büschen und Sträuchern zu verbringen.

Arndt erfasste Schwindel. Im ersten Moment dachte er, die wogenden Schwärme seien die Ursache dafür, doch es war der verdammte Tumor, der sich wieder meldete. Dazu kam das Singen im linken Ohr, das immer stärker wurde. Stärker und stärker, bis er nichts mehr vernahm. Eine tiefe Ohnmacht hatte ihn erfasst. Bark wurde unruhig und bellte.

Doch niemand hörte ihn.

Nachdem Arndt zitternd und frierend in der Nacht aufgewacht war, weil Bark ihm beharrlich das Gesicht ableckte, schleppte er sich im Morgengrauen zu seiner Hütte und fiel in einen traumlosen Schlaf.

Er brauchte den ganzen Vormittag, um wieder halbwegs klar im Kopf zu sein. Bei dem Gedanken, etwas zu essen, wurde ihm erneut fast übel, doch er trank viel von dem erfrischenden Regenwasser. Danach ging es ihm besser. Er ließ den Blick über sein kleines Reich schweifen, sah die strahlende Sonne am Himmel, hörte die kreischenden Möwen über den Dünen, aber er nahm alles nur wie durch einen Schleier wahr. Die Bilder des gestrigen Abends legten sich immer wieder darüber. Die ersterbende Glut der Sonne über dem Meer und die schwarzen Schwärme der Stare – Eindrücke, die ihn nicht losließen. Bilder, die er malen wollte. Wie aus einem inneren Zwang heraus stellte er Theos Staffelei auf und begann, Farben anzumischen. Was er zustande brachte, waren unbeholfene Pinseleien, düstere Kreise, rote Flächen, flaschengrüne Kurven. Er wusste, dass sein Machwerk alles andere als Kunst war, doch die Tätigkeit des Malens hatte ihm irgendwie Erleichterung verschafft. »Na, Bark, alter Junge, wie gefällt dir das?«, fragte er.

Bark wedelte mit dem Schwanz.

»Ich finde es auch nicht sehr gelungen.« Arndt trug die Staffelei mitsamt dem Bild wieder in die Hütte. Dort legte er sich auf sein Lager und aß ein wenig kalten Fisch. Es ging ihm spürbar besser. Der Schwindel war verschwunden, die Sirene in seinem linken Ohr erträglich leise. Er dachte an Ebba. Wie lange hatte er sie nicht mehr gesehen? Das letzte Mal war sie mit Bark zu ihm gekommen und hatte ihm seine Jacke vor die Füße geworfen. Sie war sehr wütend gewesen, wütend und verletzt. Er konnte das verstehen. Dabei hätte er sich lieber den Arm abhacken lassen, als ihr wehtun zu wollen … Ob sie ihm immer noch böse war? Er konnte sie nicht fragen. Und er konnte auch keinen Kontakt zu ihr aufnehmen.

Oder doch?

Er stand auf, verließ die Hütte und kam wenig später mit einem Armvoll Strandhafer zurück. Mit geschickten Handgriffen flocht er aus den zähen Pflanzen ein kräftiges Band. »Komm her, Bark, du kriegst jetzt das erste Halsband deines Lebens!«

Der große Rüde trottete heran und ließ sich widerstandslos das Halsband umbinden.

»Warte.« Arndt griff zu Zettel und Stift und schrieb einen langen Brief an Ebba. Und je länger er schrieb, desto unsicherer wurde er. Alles, was er zu Papier brachte, war langatmig und ging am Kern vorbei. Nach zwei weiteren Versuchen beschloss er, einfach die Dinge beim Namen zu nennen. Einfach das zu schreiben, was er empfand. Die Zeilen, die er schrieb, waren kurz. Sie lauteten:

Ebba, mein Engel!
Es tut mir unendlich leid, dass es mit uns so gekommen ist.
Du fehlst mir! Ich liebe dich. Arndt

Er faltete den Zettel zusammen und befestigte ihn an Barks Halsband. »Ich weiß nicht, wann du wieder herumstreunen wirst, aber wenn es so weit ist, wirst du wieder Ebba besuchen, und sie wird, so Gott will, den Zettel finden.«

In den folgenden Wochen verschwand Bark immer mal wieder für ein paar Tage, aber jedes Mal, wenn er zurückkam, befand sich der Zettel noch an seinem Halsband.

Eines Tages jedoch fehlte die Nachricht. Arndts Herz tat einen Sprung. Hatte Bark den Zettel vielleicht verloren? Hatte einer der Fischer ihn gefunden? Oder hatte Ebba die Zeilen erhalten?

Und wenn ja: Wie würde sie reagieren?

KAPITEL 18

Brodersson hatte einen anstrengenden Tag hinter sich. Nicht weniger als dreiundvierzig plärrende, sabbernde, durcheinanderschreiende Kinder waren von ihm gegen Pocken geimpft worden. Wobei das Einritzen mit dem Skalpell am Oberarm nicht einmal das größte Problem gewesen war. Auch das Verstreichen des Impfstoffes in der kleinen Wunde hatte keine Schwierigkeit gemacht. Es waren vielmehr die besorgten Mütter, denen er immer wieder mit Engelszungen hatte erklären müssen, dass die durch die Vakzinierung entstehende kleine Entzündung mit der anschließenden Vernarbung nichts sei im Vergleich zu der schrecklichen Krankheit, die schon Millionen Menschen dahingerafft hatte.

»Als ich damals mit dem Medizinstudium fertig war«, sagte er zu Magnus Satorius, dem leitenden Arzt des örtlichen Krankenhauses, »hätte ich mir nie träumen lassen, wie wenig manchmal das Erlernte mit der Praxis zu tun hat.«

»Wie meinst du das?«, fragte Satorius und schielte auf sein leeres Weinglas. Beide saßen in Broderssons Arbeitszimmer und widmeten sich einer guten Flasche Spätburgunder.

Brodersson schenkte nach. »*Skål* erst mal.«

»*Skål,* Knud.«

Sie tranken und stellten die Gläser ab. Dann antwortete Brodersson: »Ich hätte nie gedacht, dass zu den Aufgaben eines Arztes so etwas wie Mütter-Beruhiger, Lärm-Dämpfer und Mut-Zusprecher gehört. Es sollte dafür ein eigenes Fach auf der Universität geben.«

»Wie meinst du das?«, fragte Satorius abermals.

»So wie ich es sage.« Brodersson berichtete, wie viele Nerven es ihn gekostet hatte, die Kinder zu besänftigen und den Müttern die Ängste zu nehmen.

Satorius lachte. »Tja, manchmal heißt es in unserem Beruf, ruhig Blut zu bewahren. Dabei fällt mir ein: Was machen deine Blutforschungen eigentlich? Ich glaube, du wolltest letztes Mal Zwillinge auftreiben, um an ihnen eine Transfusion vorzunehmen?«

»So ist es.« Broderssons Gesicht glättete sich. »Ich habe hin und her überlegt, wie ich am besten vorgehen könnte. Dann kam Ebba, meine kluge Tochter, auf die Idee, eine Such-Annonce in der Wochenzeitung *Skagensposten* aufzugeben. Die Zeitung kostet nur fünf Øre und hat deshalb eine recht hohe Auflage.«

»Und?«, fragte Satorius gespannt, nachdem er einen großen Schluck getrunken hatte.

»Tatsächlich ist es mir auf diesem Weg gelungen, ein Zwillingspärchen zu finden. Es handelt sich um zwei ältere Schwestern, unverheiratet, die zusammen in Aalbæk einen Hof betreiben. Am nächsten Sonntag wollen wir uns treffen. Sie kommen mit der eigenen Kutsche und werden sich nach dem Kirchgang bei mir melden.«

»Dann ist ja alles in Butter!«

»Ich hoffe es. Die beiden Frauen haben noch nicht endgültig zugesagt. Erst soll ich ihnen genau erklären, worum es geht. Das stand in der Annonce natürlich nicht drin.«

»Natürlich nicht.« Satorius trank aus und sah, dass die Flasche leer war. »Du hast nicht zufällig noch …?«, begann er.

»Ja, warte.« Brodersson stand auf und holte eine zweite Flasche. Er öffnete sie und prüfte das Aroma. »Kein Kork«, stellte er zufrieden fest.

Satorius hielt ihm sein Glas entgegen.

»Gedulde dich, der Wein muss noch atmen.«

»Du hast recht«, seufzte Satorius.

»Wo war ich stehen geblieben? Ach ja: Ich muss den Frauen erklären, was im Einzelnen auf sie zukommt. Hoffentlich machen sie dann keinen Rückzieher.«

»Du bist doch sonst nicht auf den Mund gefallen.«

»Das sagst du so leicht.«

»Hat der Wein jetzt genug geatmet?«

Brodersson musste grinsen. »Du bist und bleibst ein alter Schluckspecht. Na, komm.« Er schenkte nochmals ein.

»*Tak for det.*« Satorius grinste zurück. »Der eine schwärmt für Burgunder, der andere für Blut. Beides ist rot.«

»Da hast du auch wieder recht.«

»Du musst es den alten Jungfern als Bagatelle verkaufen, verstehst du? Als sei es die selbstverständlichste Sache von der Welt, zwischen zwei Menschen Blut auszutauschen.«

»Ja, gewiss.«

»Womöglich hilft auch eine kleine Spende weiter? Du könntest rauskriegen, was den alten Mädels fehlt. Vielleicht irgendetwas für ihre Landwirtschaft, eine Pflugschar oder ein paar Angeln für die Scheunentür oder so was.«

»Ja, aber wie …?«

»Du musst sie in ein Gespräch verwickeln. Zeig dich von deiner charmanten Seite. Sag, dass Henning Jensen der beste Schmied im ganzen Land ist. Dann kriegst du raus, was sie gern hätten, und kannst sie ein bisschen ködern.«

»Meine Praxis ist kein Basar.«

Satorius lachte. »Hast du noch ein Gläschen?«

Bevor Brodersson antworten konnte, erschien Ebba in der Tür. »Kann ich euch noch etwas bringen?«, fragte sie »Wer so viel trinkt wie ihr, muss etwas essen. Ich habe heute Morgen Brot gebacken, und die Butter ist auch frisch. Ich mache euch schnell ein paar Scheiben zurecht.«

»Danke, mein Mädchen.«

Ebba verschwand und kam wenig später mit einem großen Teller voller Butterbrote wieder. »Guten Appetit und macht nicht mehr so lange.«

»Wenn ich's mir recht überlege«, sagte Brodersson, »sollten wir uns an das halten, was du sagst, mein Mädchen. Satorius und ich essen die Brote auf, und dann ist für heute Feierabend. Nicht wahr, Satorius, du bist doch auch müde, oder?«

»Müde?« Der kleine, dicke Arzt blickte erstaunt.

»Du hast richtig gehört.«

»Äh, ja, natürlich.«

Nachdem Ebba die beiden Männer versorgt hatte, suchte sie ihre Kammer auf. Sie war dabei, ein neues Stück Nordseestrand aus Pappmaschee zu gestalten. Es sollte größer und schöner als das erste werden. Leider hatte sie keine Entenmuscheln gefunden, doch dafür die Schale einer Islandmuschel, so groß, dass sie wahrscheinlich über hundert Jahre alt war, dazu zwei stachelige Herzmuscheln, einen Pelikanfuß, eine Wellhornschnecke, das prachtvolle Skelett eines violetten Seeigels und einiges mehr.

Nachdem sie mehrere Lagen Sand auf das Pappmaschee gestreut und verklebt hatte, ging sie daran, das marine Getier auf der Fläche zu verteilen. Doch bald merkte sie, dass nicht alles, was sie gesammelt hatte, verwendet werden durfte. Zu voll würde sonst das Stück Strand werden. Sie schob die Teile hin und her, überlegte, sonderte aus, fügte hinzu und entschied sich schließlich nur für den violetten Seeigel, die Islandmuschel und den Pelikanfuß. Und natürlich für mehrere Büschel Dünengras.

Es tat ihr leid, so vieles nicht genutzt zu haben, doch sie tröstete sich mit dem Gedanken, dass sie sicher noch ein drittes Schaustück vom *Højensstrand* herstellen würde. Dann konnte sie immer noch die Herzmuscheln, die Wellhornschnecke, das Stück vom Knotentang und die Nestmulde mit den Ei-Attrappen des Strandläufers berücksichtigen.

Gerade als sie die Islandmuschel in den Sand am oberen Rand setzen wollte, hörte sie hinter sich ein vertrautes Hecheln. Sie blickte sich um und erkannte Bark. »Bark, du Strolch, wo hast du dich die letzten Tage nur wieder herumgetrieben?«, rief sie und zupfte ihn an einem seiner Schlappohren.

Bark machte Sitz und bellte. Sein Schwanz schlug freudig auf den Boden.

»Du willst es mir also nicht sagen. Na, das hab ich mir fast schon gedacht. Aber was ist denn das?« Ebba hatte das Halsband entdeckt. »Seit wann trägst du denn so etwas?« Sie untersuchte das Halsband und fand ein daran befestigtes Stück Papier. Sie entfaltete es und las Arndts Zeilen. Und als sie die Zeilen zu Ende gelesen hatte, las sie den Text mit zitternden Händen gleich noch einmal.

Er liebte sie!

Das hatte er ihr noch nie gesagt. Er hatte sie geküsst, geherzt und ihr viele Zärtlichkeiten ins Ohr geraunt, doch die drei ewigen Worte waren nie über seine Lippen gekommen. *Jeg elsker dig.* Ich liebe dich. Das hatte er tatsächlich geschrieben! Und er hatte geschrieben, dass sie ihm fehlte.

Ebba ließ sich auf ihr Bett sinken, ein Sturm der Gefühle überkam sie. All ihre Bedenken, ihre Zweifel, ihre Vorbehalte, all das war auf einmal verschwunden, hatte sich verflüchtigt wie Nebel in der Sonne. Sie starrte gegen die Decke ihrer Kammer, voll seliger Glücksgefühle. Und vor ihrem geistigen Auge erschien Arndts Hütte mit den Gegenständen darin: der alte Siedlerherd, das schmale Lager, der bordeauxrot gepolsterte Sessel – die ganze Umgebung, in der er lebte.

Und auf den Tod wartete.

Der Gedanke ernüchterte sie. Nein, sie wollte nicht negativ denken! Sie wischte die Vorstellung beiseite. Er hatte bei ihrem letzten Treffen einen gesunden, kräftigen Eindruck gemacht; um nicht zu sagen, er hatte wie das blühende Leben ausgesehen! Was wäre, wenn er den Tumor besiegt hatte? Sie wusste aus ihrer Zeit als Krankenschwester im *Rigshospital* in Kopenhagen, dass manche Geschwülste in ihrer Ausdehnung verharrten, selten zwar, aber immerhin.

War das bei Arndt vielleicht der Fall? Was würde er als gesunder Mann auf die Dauer unternehmen? Er konnte nicht für alle Zeiten in den Dünen leben. Würde er zurück nach Deutschland gehen? Zurück in seine unbekannte Vergangenheit?

Da war sie wieder: seine Vergangenheit. Der dunkle Fleck in seinem Leben, über den er nicht reden wollte. Ebba musste an ihr letztes Gespräch mit Anna denken. Ihre beste Freundin hatte sie mit den Worten getröstet: »*Vielleicht kommt der Tag, an dem er dir alles aus seinem Leben erzählt. Du musst nur fest dran glauben.*«

Das war leichter gesagt als getan. Zumal Anna vermutet hatte, Arndt habe vielleicht Angst, ihre Liebe zu verlieren, wenn er darüber spräche ...

Großer Gott, warum musste alles nur so schrecklich kompliziert sein!

Ebba wälzte sich unruhig auf ihrem Lager, voller widersprüchlicher Gedanken, und rätselte, wie sie sich verhalten sollte. Anna, da war sie sicher, hätte genau gewusst, was zu tun war. Die Freundin schaute stets zuversichtlich in die Zukunft und hätte ihr wahrscheinlich ein zweites Mal geraten: »*Schlafe ein paar Nächte drüber, dann wirst du wissen, wie es um dich bestellt ist.*«

Ebba beschloss, den Rat zu befolgen, auch wenn sie nicht sicher war, ob ihr Problem sich dadurch lösen würde.

Zumindest versuchen wollte sie es.

»Ich bin euch sehr verbunden, dass ihr den Weg von Aalbæk nach Alt-Skagen auf euch genommen habt«, sagte Brodersson förmlich zu den Zwillingsschwestern, die ihm am Sonntag in seinem Behandlungsraum gegenübersaßen. »Wer ich bin und was ich vorhabe, ging ja schon aus meiner Such-Annonce in der *Skagensposten* hervor.«

»Das stimmt«, sagte eine der Schwestern und nippte an ihrem Tee. Ebba hatte ihn aufgebrüht und die Kanne auf dem kleinen Instrumententisch abgestellt.

»Das ist richtig«, sagte die andere Schwester. Beide waren über sechzig, hager, mit schmalem, zerfurchtem Gesicht und Händen, die von grober Arbeit zeugten.

»Wir tragen, wie du siehst, Schals von unterschiedlicher Farbe«, fuhr die erste fort, »damit die Leute uns unterscheiden können. Ich bin Birga und habe einen roten Schal. Das ist leicht zu merken. Birga wie Backbord. Backbord ist bekanntlich rot.«

»Ich bin Svea, Svea wie Steuerbord. Ich habe den grünen Schal.«

»Äh, ja«, sagte Brodersson. »Danke. Sehr hilfreich.«

»Unser Vater war Kapitän«, erklärte Birga.

»Ich verstehe.« Brodersson überlegte, wie er am besten anfing. Die Ratschläge von Satorius schwirrten in seinem Kopf herum, doch er spürte, dass sie ihm nicht viel helfen würden. »Nun ja, bevor ich erkläre, was ich mit euch vorhabe, möchte ich euch beruhigen. In der Medizin geht alles mit rechten Dingen zu, obwohl manches zunächst etwas gruselig erscheint.« Er wies auf das lebensgroße Skelett, das gut sichtbar neben dem Fenster stand.

»Das schreckt uns nicht«, sagte Birga.

»Wir müssen alle mal unter die Erde«, sagte Svea.

»Gewiss.« Angesichts dieser Bemerkung kam Brodersson die Idee, wie er das Gespräch in die richtigen Bahnen lenken konnte. »Doch die Ärzte sind dafür da, dass sich der Zeitpunkt unserer Beerdigung möglichst weit hinausschiebt. Deshalb forschen wir. In meinem Fall über das Blut. Wenn ein Mensch zu viel davon verliert, etwa durch einen Unfall, stirbt er. Das könnte vermieden werden, indem man ihm neues Blut gibt, das Blut eines anderen. Das Problem ist nur, dass der rote Lebenssaft nicht ohne Weiteres ausgetauscht werden kann, weil er von Mensch zu Mensch unterschiedlich ist. Wodurch, das steht noch nicht genau fest. Meine Idee ist nun, dass Zwillinge in allem gleich sind – also auch in dem, was durch ihre Adern fließt. Ein Austausch müsste gelingen und könnte wertvolle Erkenntnisse liefern.« Brodersson hielt inne und sah die Schwestern an. War er zu sehr in die Einzelheiten gegangen? Hatte er sie womöglich verschreckt?

»Unser Bruder Ole ist vor drei Jahren gestorben. Er war gestolpert und auf eine Mistgabel gefallen. Es lief aus ihm heraus wie aus einem Springbrunnen«, sagte Birga.

»Deshalb haben wir uns auf deine Annonce gemeldet«, sagte Svea. »Vielleicht hätte Ole gerettet werden können.«

»Ja, vielleicht«, antwortete Brodersson überrascht. Den Einwand, dass die Forschung sicher noch Jahre brauchen würde, um einen derartigen Vorgang bei jedem Menschen erfolgreich durchzuführen, verschwieg er lieber. »Ich freue mich, dass ihr der Wissenschaft so aufgeschlossen gegenübersteht.«

»Wir sind nicht wie die anderen«, sagte Birga.

»Wir sind Zwillinge«, sagte Svea.

KAPITEL 19

Der Weg durch das Meer hinaus bis zum Wrack der *Nordstern* hatte seine Tücken. Selbst bei Ebbe ging Arndt das Wasser bis zur Hüfte, und die Gefahr, durch die Strömung fortgerissen zu werden, war nicht zu unterschätzen. Doch man schrieb den neunzehnten September, Neumond, und er hatte sich entschlossen, in dieser Nacht den Gang zu wagen – weil es so dunkel war, dass niemand ihn entdecken würde, und weil sein Bestand an Werkzeugen sich in letzter Zeit mehr und mehr gelichtet hatte. Neben dem Fuchsschwanz und der Schöpfkelle waren noch ein paar andere Dinge verschwunden – der eiserne Topf etwa und die beiden Angelruten, mit denen er so manchen Fisch aus dem Meer gezogen hatte. Sie waren ein Geschenk von Jonas gewesen, und Arndt vermisste sie schmerzlich. Wer in aller Welt war es, der ihn so hartnäckig bestahl? Und warum?

Es half nichts, er musste los. Es war nach Mitternacht, als er die Schiffslaterne und einen Jutesack ergriff und Bark bedeutete, er dürfe ihn nicht begleiten. Die Laterne zündete er nicht an, er würde sie erst später an Bord des Wracks brauchen. »Pass gut auf, Bark, damit wir nicht schon wieder beklaut werden.«

Bark wedelte mit dem Schwanz.

Arndt ging barfuß. So würde er später besser die marode Jakobsleiter an der Bordwand hinaufklettern können. Kalt war ihm nicht. Die morgendlichen Bäder in der Nordsee hatten seinen Körper gestählt. Der Sand unter seinen Füßen fühlte sich vertraut an. Er kannte mittlerweile jeden Abschnitt zwischen Alt-Skagen und Kandestederne. Nur Ålsig, das ungefähr auf halber Strecke lag, bildete eine Ausnahme. Die Ausläufer der kleinen Ortschaft grenzten zu nahe an sein Dünenversteck.

Obwohl Meer und Horizont wie eine einzige schwarze Wand auf ihn wirkten, wusste Arndt genau, wann er auf Höhe des Wracks sein würde. Als es so weit war, blieb er stehen und atmete durch. Die Ebbe hatte ihren tiefsten Stand erreicht – der beste Zeitpunkt, den Übergang zu wagen. Seine Ausflüge zur *Nordstern* waren noch jedes Mal gutgegangen, und es würde auch diesmal gutgehen.

Vorsichtig bahnte er sich den Weg durch das Wasser. Er wusste, wenn er geradeaus ging, würde nach zweihundertfünfundzwanzig Schritten vor ihm die Bordwand aufragen – mit der Jakobsleiter. Es handelte sich dabei um eine Strickleiter, die ihre besten Tage hinter sich hatte, glitschig und voller Tang, doch sie war die einzige Möglichkeit, an Deck zu kommen. Arndt packte die unterste Sprosse und hangelte sich Stufe für Stufe empor, bis er die Reling erreicht hatte. Es dauerte eine ganze Weile, weil er achtgeben musste, um nicht danebenzugreifen. Er gelangte auf das Oberdeck und tastete sich zum hinteren Schiffsaufbau, in dem sich außer der Kommandobrücke auch die Kajüte für den Kapitän, die Kabinen für Offiziere und Passagiere, der Kartenraum, der Salon mit der Bibliothek und die Messe befanden. In der Messe, wo Offiziere und Fahrgäste gespeist hatten, hoffte er, einen Topf zu finden, vielleicht auch eine Schöpfkelle, doch als Erstes zündete er die Schiffslaterne an.

Es tat gut, endlich wieder etwas sehen zu können, zumal keine

Gefahr bestand, dass der Lichtschein von Land aus wahrgenommen werden konnte. Nach einigem Suchen entdeckte er tatsächlich einen gusseisernen Topf. Er lag neben einer umgestürzten Anrichte und war ausgelaufen. Arndt steckte ihn in den mitgebrachten Sack.

Der Topf war wichtig, aber nicht das, was er am nötigsten brauchte, denn er hatte in seiner Hütte immer noch die Pfanne, in der sich eine Mahlzeit oder einfach nur Wasser erhitzen ließ. Auch auf die Schöpfkelle konnte er verzichten. Wichtiger war ein Fuchsschwanz, aber den würde er in den achteren Räumen kaum finden. Dennoch nahm er sich Zeit, die Kajüte und die Kabinen zu durchsuchen. Tatsächlich fand er dabei eine Rolle Angelschnur, eine wetterfeste Öljacke, die er sogleich anzog, Rasierzeug, das man immer brauchen konnte, Handtücher und einiges mehr. Nur eine Säge war nicht aufzutreiben. Es muss nicht unbedingt ein Fuchsschwanz sein, überlegte er, eine Bügelsäge täte es auch. Doch der Gedanke half ihm wenig, denn die Werkstatt des Schiffszimmermanns befand sich im Bugbereich, dort, wo auch die Mannschaft logiert hatte. Und der Bug der *Nordstern* war abgebrochen, so unerreichbar wie der Mond.

Es blieb ihm nichts anderes übrig, als tief in den Leib des Schiffes vorzudringen, Deck um Deck, bis er ganz unten bei den Kesseln angelangt war. Die Laterne in der Hand, den Sack auf dem Rücken, stieg er die Niedergänge hinab – steile Stufen, bei denen höchste Vorsicht geboten war, denn die Gefahr auszurutschen und sich zu verletzen, war groß. Als er schließlich das Orlopdeck erreichte, stellte er fest, dass der Kesselraum halb unter Wasser stand. War es überhaupt möglich, ihn zu betreten?

Er sagte sich, dass es sein musste. Ohne Säge oder etwas Ähnliches konnte er das Treibholz, das er zum Heizen brauchte, nicht zerkleinern. Er hängte den Sack und die Laterne an ein abgebrochenes Rohr und sprang von der letzten Stufe hinunter in das brackige Wasser. Es ging ihm bis zur Schulter. Er achtete nicht auf das beklemmende Gefühl, das ihn beschlich, atmete ganz flach wegen der schlechten, sauerstoffarmen Luft und bewegte sich mit kleinen Schritten vorwärts zur großen Luke von Kessel 1. Dort hatte er noch vor wenigen Monaten viele Stunden gestanden und mit der Kohlenschaufel das gefräßige Feuer gefüttert. Eine ungesunde, schwere Arbeit, die ihm Gelegenheit gegeben hatte, über sich und sein Schicksal nachzudenken – und die dazu geführt hatte, dass er den Kesselraum wie seine Westentasche kannte. Deshalb wusste er: Eine Säge würde er hier unten nicht finden.

Wohl aber eine Feueraxt.

Feueräxte gehörten zu den Rettungsmitteln eines Schiffes wie Rettungsringe, und wenn Arndt sich recht erinnerte, hing eine solche Axt neben Kessel 1 an der Steuerbordwand. Er strebte zu der Stelle, doch das Werkzeug war nicht da. Hatte er sich getäuscht?

Mühsam tappte er nach Backbord hinüber, weil er glaubte, er habe die Seiten verwechselt. Doch auch hier hing keine Axt. Das konnte nicht sein! Er kniff die Augen zusammen, um bei dem schwachen Licht besser sehen zu können. Vergebens. Plötzlich kam ihm der rettende Gedanke: Die Axt musste sich bei der Grundberührung der *Nordstern* aus ihrer Befestigung gelöst haben und aufs Deck gefallen sein. Nun lag sie irgendwo fünf Fuß tief im Wasser. Er strebte zurück zur Steuerbordseite, holte Luft und hielt den Atem an. Dann tauchte er mit geschlossenen Augen und tastete mit den Händen nach dem Stiel. Ein verrücktes Unterfangen. Genauso gut hätte er versuchen können, eine Nadel im Heuhaufen zu finden!

Es kam, wie er befürchtet hatte: Er fand die Axt nicht, trotz aller Suche. Die Luft wurde ihm langsam knapp. Er wollte auftauchen – und blieb mit seinem Gürtel irgendwo hängen. Er wollte sich losreißen. Es gelang nicht. Ein weiterer Versuch. Umsonst. Luft, Luft! Er brauchte Luft! Ruhig, bleib ruhig. Denk nach, mach dich nicht verrückt!

Er löste mit fahrigen Händen die Gürtelschnalle. Endlich! Endlich frei! Er schoss aus dem Wasser empor und sog keuchend die abgestandene Luft ein. Hose und Gürtel waren verloren – und damit die darin befindlichen Münzen. Das Wasser stand ihm mittlerweile bis zum Kinn. Die Flut hatte eingesetzt! Höchste Zeit, den düsteren Ort zu verlassen. Aber ohne die Axt? Nein! Ein letzter Versuch. Wieder tauchte er, und es war, als wolle das Schicksal ihn für sämtliche Beschwernisse an diesem Tag entschädigen: Er fand die Axt auf Anhieb. Er richtete sich auf, schöpfte Luft. »Lieber Gott, ich danke dir!«

Der Weg zurück an Deck verlangte genauso viel Konzentration, doch Arndt hatte das sichere Gefühl, dass ihm, nachdem er um ein Haar ertrunken wäre, in dieser Nacht nichts mehr passieren konnte. Er löschte die Laterne, erreichte wohlbehalten das Oberdeck und kletterte die Jakobsleiter hinunter bis zum Wasser.

Die Nordsee umfing ihn mit Eiseskälte. Brandung rollte in Richtung Strand, die Kämme der Wellen trugen glasigen Schaum. Aber Arndt bewegte sich Schritt für Schritt vorwärts, die gelöschte Laterne in der Hand, den gefüllten Sack auf dem Kopf. Ein Gefühl des Triumphes durchströmte ihn, er hatte es geschafft, auch wenn ihm ein Teil seiner Kleidung abhandengekommen war.

Und dann passierte es doch: Ein plötzlicher Strudel riss ihn von den Beinen, trieb ihn querab, parallel zum Strand. Arndt stemmte sich mit aller Kraft dagegen, um den eingeschlagenen Weg einzuhalten, doch es war umsonst. Er hatte große Mühe, den Kopf über Wasser zu halten, machte verzweifelte Schwimmbewegungen. Du darfst nicht aufgeben! Du darfst nicht aufgeben! Denk an Ebba! Ebba …

Er wusste nicht, wie lange er um sein Leben gekämpft hatte, als die Fluten ihn endlich freigaben. Er wurde an Land gespült, zitternd vor Kälte, bis ins Mark geschwächt. Die Schiffslaterne und den Sack mit seinem wertvollen Inhalt hatte er verloren.

Aber er war am Leben.

Lange Zeit lag er am Ufer, spuckte Wasser, rang nach Luft. Allmählich kam er wieder zu Kräften. Er stand mühsam auf und sah an sich herab. Außer der Leibwäsche hatte er nichts am Körper, nur die Öljacke. Er musste sich bewegen, das Blut in seinen Adern musste wieder zirkulieren! Der Fußmarsch nach Hause würde ihm guttun.

Er war in nördliche Richtung abgetrieben worden, also machte er sich auf den Weg nach Südwesten, immer am Ufer entlang. Und während er ging, schälten sich langsam schwache Konturen aus der Schwärze der Nacht. Es waren die Dünen zu seiner Linken. Jede einzelne von ihnen war für Arndt wie ein verlässlicher Begleiter, der ihm verriet, wo er sich befand.

Als die mächtigen Hügel auftauchten, zwischen denen sich seine Hütte verbarg, bog er ab. Endlich wieder zu Hause! Doch irgendetwas stimmte nicht. Er fragte sich, warum Bark ihn nicht begrüßte. Von dem Rüden war weder etwas zu sehen noch zu hören.

»Aaarndt!«

Er blieb stocksteif stehen.

»Aaarndt! Hilfeee!«

Das war Ebbas Stimme! Wie kam sie hierher? Er begann zu laufen, so schnell er konnte – und stolperte. Rappelte sich auf und eilte weiter. Da! Aus seiner Hütte lief eine Gestalt. Ebba? Was war geschehen? Und da! Eine zweite Gestalt, größer, massiger. Sie verfolgte die erste, warf sich über sie. Zuckende Glieder, lüsternes Schnaufen, unterdrückte Schreie!

»Hilf… Hilfeee!«

Arndt stürmte heran und trat, ohne sich zu besinnen, mit aller Kraft gegen die oben liegende Gestalt. Der Unbekannte heulte auf, doch schon versetzte Arndt ihm einen Faustschlag an den Kopf, noch einen und noch einen. Der Mann duckte sich, hob abwehrend die Hände, taumelte, schnaufte – und verschwand wie ein Spuk in der Dunkelheit.

Arndts Herz raste. Er wollte dem Unhold nachlaufen, wollte herausfinden, wer hinter dem feigen Überfall steckte, doch Ebbas Wimmern hielt ihn auf. »Ebba!«, krächzte er außer Atem. »Ebba, mein Engel, bist du verletzt?«

»Nein.« Ihre Stimme zitterte. »Nein, ich glaube nicht.«

»Gott sei Dank!« Zentnerlasten fielen von ihm ab. Nicht auszudenken, wenn der Fremde ihr Gewalt angetan hätte! Er beugte sich über sie. »Wir gehen am besten in meine Hütte. Kannst du gehen? Komm, ich helfe dir.«

Ebba versuchte es, doch ihr fehlte die Kraft. »Ich komme mir vor wie eine alte Frau.«

»Ich trage dich.« Er hob sie auf und betrat mit ihr seine Hütte. In dem engen Raum war es stockdunkel, aber Arndt kannte darin jeden Gegenstand, er brauchte kein Licht. Er bettete Ebba behutsam auf sein Lager und sagte: »Ruh dich aus, es ist vorbei. Ich mache Feuer und heißes Wasser. Und ich bereite uns einen Tee mit Strandthymian, dann sieht die Welt gleich anders aus.«

Er entfernte geschickt die Asche im Ofen, schichtete dünne Scheite auf und entfachte das Feuer mit einem Streichholz. Er beeilte sich, denn er hatte nur wenige von den Hölzchen, und dieses musste noch zum Anzünden eines Kerzenstummels reichen. Anschließend füllte er die Pfanne mit Regenwasser und setzte sie auf den Herd. »Es wird ein bisschen dauern, bis das Wasser kocht, aber die Pfanne ist sauber und der Thymian würzig. Der Tee wird dir schmecken.«

Ebba lächelte im schwachen Licht der Kerze. »Du hast mich gerettet«, flüsterte sie.

»Ich kam gerade noch rechtzeitig. Wo war Bark eigentlich?«

»Ich weiß nicht.«

»Wahrscheinlich treibt er sich wieder irgendwo herum, statt aufzupassen.« Arndt setzte sich in den bordeauxrot gepolsterten Sessel und schaute sie an. »Hast du eine Ahnung, wer der Schuft war, der dir das antun wollte?«

»Nein, aber er hat es schon einmal versucht.«

»Was? Wann war das?«

»Vor unserer Zeit. Eines Abends im März, als Seenebel in Alt-Skagen herrschte.«

»Und wieso bist du sicher, dass es sich um denselben Mann handelt?«

»Ich hab ihn an seinem Schnaufen erkannt. Ich würde den widerlichen Laut unter Tausenden wiedererkennen.« Ebba schüttelte sich.

»Du Arme.« Arndt stand auf und strich ihr sanft über die Wange.

Ebba hielt seine Hand fest. Sie blickte ihm in die Augen. »Du hast mir eine Botschaft geschickt, mit Barks Hilfe.«

Arndt räusperte sich. »Ja, das habe ich.«

»Könntest du die Botschaft wiederholen?«

»Nun ja.« Er stellte fest, dass manches leichter niederzuschreiben als auszusprechen war. »Ich ... liebe dich.«

Ebbas Herz jubelte. Er hatte es gesagt! Er hatte die Worte ausgesprochen, auf die sie so lange gewartet hatte. Sie richtete sich auf und küsste ihn. Es war ein Kuss, scheu und zärtlich zugleich. »Du hast mich vorhin ›mein Engel‹ genannt«, wisperte sie an seinem Ohr. »Das hast du lange nicht mehr zu mir gesagt.«

»Du bist mein Engel!« Er umschlang sie und küsste sie wieder, voller Glut und Leidenschaft. »Du bist das Kostbarste, Liebenswerteste, was ich jemals hatte, und du wirst es immer bleiben.«

»Oh, sag das noch einmal!«

Er wiederholte seine Worte. Abermals küssten sie sich. Sie hatten schon früher Zärtlichkeiten ausgetauscht, aber diesmal war es anders, ganz anders. Es war keine Spielerei mehr, es war Ernst, denn es war wie ein Schwur auf ihre gemeinsame Zukunft.

»Ich liebe dich auch, ich habe dich vom ersten Augenblick an geliebt, als du in *fars* Behandlungsraum vor mir lagst, schwerverletzt, mehr tot als lebendig. Oh, ich hatte so große Angst um dich.«

»Unkraut vergeht nicht.«

»Leg dich zu mir und sag mir, dass ich nicht träume.«

Er legte sich zu ihr auf das schmale Lager und nahm ihren Kopf in seine Armbeuge. Dann begann er, von seinem Gang zur *Nordstern* zu erzählen und von dem Missgeschick, das ihm widerfahren war.

Ebba lachte.

»Warum lachst du?«, fragte er verwundert.

»Weil ich dir einen Fuchsschwanz mitgebracht habe.«

»Was? Du machst Scherze. Du konntest nicht wissen, dass ich …«

»Doch, mein Liebster. Weißt du noch, dass Krøyer bei dir war, um dich und deine Hütte zu malen? Er hat mir erzählt, dass ihr vergeblich deine Säge gesucht habt.«

Arndt schwieg verblüfft.

Ebba schmiegte sich an ihn. »Ich brauchte doch einen Vorwand, um dich zu besuchen. Die Säge stammt aus der Rettungsstation, ich habe sie Thorvald abgeschwatzt. Er dachte wohl, sie wäre für *far.*«

»Du weißt gar nicht, wie sehr du mir damit hilfst. Du musst spätabends losgelaufen sein, hinein in die Dunkelheit. Warum?«

»Weil man ...« Ebba blickte zur Seite. Sie wollte nicht, dass Arndt sah, wie sie errötete. Dann sprach sie weiter, so leise, dass sie kaum zu verstehen war. »Weil man ... tagsüber nicht beieinanderliegen kann.«

»Oh, mein Engel ...«

»Ich hab deine Hütte in der Finsternis fast nicht gefunden. Ich bin ein paar Mal in die Irre gelaufen und hatte das Gefühl, dass jemand mich verfolgte. Aber ich hab es nicht ernst genommen. Als ich den Eingang schließlich entdeckt hatte, wurde ich schon erwartet. Doch nicht von dir, mein Liebster. Es war der Unbekannte, der mir auflauerte. Er riss mich zu Boden und schnaufte und wollte ...« Ebba hielt inne und fuhr mit zitternder Stimme fort: »Du weißt schon. Ich konnte mich losreißen und lief zur Tür hinaus. Den Rest kennst du.«

»Oh, mein armer Engel.« Er begann, sie zu liebkosen, wurde aber durch das brodelnde Wasser in der Pfanne unterbrochen. »Warte, es kocht.« Er stand auf und nahm einen Becher und eine Dose aus dem Regal. In der Dose befanden sich die kleinen violetten Blüten des Strandthymians, die er bei einem Spaziergang gesammelt hatte. Er gab eine Portion in den Becher und goss ihn vorsichtig mit dem Wasser aus der Pfanne auf. »Der Tee muss nicht lange ziehen. Er wird dir guttun.« Arndt gab ihr den Becher und wollte wieder in dem Sessel Platz nehmen.

»Nein, komm zu mir.«

Er gehorchte und setzte sich auf die Kante des Lagers. Abwechselnd tranken sie mit kleinen Schlucken. »Schmeckt dir der Tee?«

»Ja, er wärmt wunderbar. Sag mal, was steht da für ein Bild auf dem Gestell?« Ebbas Blick war auf Arndts Malversuch gefallen.

»Das ist Theos Staffelei. Er hat sie in den Dünen vergessen, als er mit Hille und Locher hier war.« Arndt erzählte von dem Besuch der drei. »Locher hat meine Hütte gemalt, und Theo wanderte mit Hille und seiner Staffelei in die Dünen. Allerdings ist er dort wohl nicht zum Malen gekommen.« Arndt grinste. »Ich kann ihn verstehen.«

»Soso.« Ebba lächelte. »Das Bild sieht ziemlich wild aus, ich meine, die Farben sind so grell. Alles dreht sich um sich selbst. Hast du das gemalt?«

»Ja, es war an dem Abend, als die Starenschwärme über dem Meer kreisten. Die *Schwarze Sonne*. Es war …« Arndt suchte nach Worten. »Es war irgendwie überwältigend. Im Anschluss habe ich wieder einen meiner Anfälle gehabt. Danach schlief ich lange, und als ich wieder aufwachte, hatte ich das Bedürfnis, das Naturereignis zu malen. Es hat mir geholfen, darüber hinwegzukommen.«

»Ich verstehe.« Ebba betrachtete abermals das Bild. »Es ist wild und schön. Hattest du oft die schlimmen Anfälle?«

»Nein. Ich hatte schon gehofft, sie würden nie wieder auftreten.«

Ebba seufzte. »Oh, das wäre wundervoll. Gebe der Himmel, dass es so kommt. Ich habe mich übrigens in letzter Zeit auch mit der Natur auseinandergesetzt.« Sie berichtete von ihrem Stück Nordseestrand aus Pappmaschee.

Arndt hörte interessiert zu. »Das klingt nach Seeluft und Möwengeschrei und dem Geruch nach Meer.«

»Wirklich?«

»Ja.« Er nahm ihr den Teebecher aus der Hand und stellte ihn auf die Kiste. »Komm, wir legen uns wieder hin.« Er nahm sie in die Arme und begann, ihren ganzen Körper mit kleinen Küssen zu bedecken.

Ebba spürte, wie sie erschauerte. Sie wollte sich ihm hingeben, jetzt, sofort, doch in den Sturm ihrer Gefühle schlich sich der Gedanke, der sie einfach nicht losließ. »Wirst du mir irgendwann dein ganzes Leben erzählen?«, fragte sie leise.

Er stutzte. Zögerte. Dann küsste er sie auf den Mund. »Ja«, sagte er fest.

Es war zwei Stunden nach Sonnenaufgang, als Arndt mit Ebba seine Hütte verließ, um sie noch ein Stück auf ihrem Rückweg nach Alt-Skagen zu begleiten. Zuvor hatten sie in der Brandung gebadet, herumgetollt wie die Kinder, einander bespritzt, nackt, fröhlich, als gäbe es kein Morgen.

Nun gingen sie langsam, Hand in Hand, denn der Tag war schön. Der Wind hatte nachgelassen, die Luft roch frisch nach Salz und Meer. Kurz bevor sie zu der Stelle kamen, an der Jonas immer angelte, sagte Arndt: »Der Alte weiß ja, wo ich hause, aber er muss uns beide nicht unbedingt zusammen sehen. Wir wollen uns hier verabschieden.«

»Ja.« Ebba stellte sich auf die Zehenspitzen und küsste ihn. Sie hielt die Augen geschlossen und hoffte, er würde ihre Tränen nicht sehen. »Ja, mein Liebster.«

»Was ich noch fragen wollte: Wird dein Vater sich keine Sorgen machen, weil du die Nacht nicht zu Hause warst?«

»Ich hab ihm gesagt, ich würde bei Anna schlafen.«

»Oh, du weinst ja!« Er küsste ihr sanft die Tränen weg. »Das darfst du nicht. Wir werden uns wiedersehen.«

»Wirklich?«

»Ganz sicher. Ich bleibe hier in den Dünen. Ich schwöre es.«

»Dann ist es gut.« Sie küsste ihn ein letztes Mal, drehte sich um und ging.

Er sah ihr noch lange nach.

KAPITEL 20

Auch in den nächsten Tagen war von Bark nichts zu sehen. Wo blieb der große Rüde nur? Arndt hoffte, er würde irgendwann überraschend auftauchen und eine Nachricht von Ebba überbringen. Doch sooft er auch von seiner Lieblingsdüne nach dem Hund Ausschau hielt, Bark kam nicht.

Stattdessen näherte sich zu dieser Mittagsstunde ein Pferd. Im ersten Augenblick dachte Arndt, es sei Atlas, der Wallach von Brodersson, und sein Herz tat einen Sprung vor Freude. Aber es war ein fremder Gaul. Der Reiter jedoch war durchaus bekannt.

Es war Lauritzen.

Der kleine Kommissar trug an diesem Tag eine tief in die Stirn gezogene Wollmütze, um seine Glatze gegen den frischen Westwind zu schützen. »Hier haust du also«, stellte er fest.

»Guten Tag«, entgegnete Arndt.

Lauritzen erwiderte den Gruß nicht. Er stieg vom Pferd und betrat ohne ein weiteres Wort Arndts Hütte. Er blickte sich um und knurrte: »Du hast ja reichlich vom Inventar der *Nordstern* mitgehen lassen.«

»Ich habe nur das genommen, was meine Vorgänger übrigließen.«

»Was willst du denn mit dem dicken roten Sessel?«

»Darin sitzen.«

»Soso, du willst also gemütlich darinsitzen, obwohl du ein Menschenleben auf dem Gewissen hast?«

Arndt blickte auf den kleinen Mann, der ihm beim letzten Mal viel größer vorgekommen war. Was wollte er? Hatte er neue Erkenntnisse? Nein, er konnte nichts gegen ihn in der Hand haben. Oder? Arndt beschloss, sehr vorsichtig zu sein. »Ich habe ein gutes Gewissen. Und zwar in jeder Hinsicht. Die Dinge von der *Nordstern* sind Strandgut. Hat ihr Eigentümer bei dir Besitzansprüche angemeldet?«

Das war natürlich nicht der Fall. Doch Lauritzen wollte sich nicht in die Ecke drängen lassen. »Zu dem Mord auf der Brücke des Dampfers gibt es Neuigkeiten. Genauer: ein neues Beweisstück, das dich überführen wird.«

Arndt schwieg. Doch sein Puls erhöhte sich, während er beobachtete, wie Lauritzen steif wie ein Zinnsoldat zu seinem Pferd schritt, jeder Zoll die Wichtigkeit in Person. Er schnallte eine große Satteltasche los und kehrte damit zurück. »Rate mal, was da drin ist.«

Das wusste Arndt natürlich nicht. »Du wirst es mir gleich sagen.«

Lauritzen holte mit großer Geste einen Rettungsring hervor. Die Farbe des Rettungsrings war einmal rot gewesen, aber nun war er verblasst und von Algen bewachsen. Dennoch war seine Aufschrift gut lesbar: NORDSTERN. »Hier haben wir das *Corpus Delicti,* das dich überführen wird. Kommt dir der Ring bekannt vor?«

»Er stammt augenscheinlich von der *Nordstern.*«

»Ganz recht. Der Ring wurde vorgestern oben bei Grenen an Land gespült und mir übergeben. Wenn du genau hinsiehst, erkennst du einige Einstichstellen, die zweifellos von dem Bootshaken stammen, mit dem Dissendorf von dir ermordet wurde. Die Sache ist also sonnenklar. Dissendorf wollte sich mit dem Rettungsring verteidigen, während du blindwütig auf ihn einstachst. Gib zu, dass du der Mörder bist!«

»Ich gebe gar nichts zu. Ich bin kein Mörder.« Arndt hatte alle Mühe, seiner Stimme einen festen Klang zu geben. Das, was Lauritzen behauptete, war genau umgekehrt abgelaufen. Am Anfang jedenfalls. Und es war Notwehr gewesen. Doch es würde sinnlos sein, das zu erklären. In Lauritzens Augen war er der Mörder, nicht zuletzt, weil der kleine, eitle Mann einen Erfolg wollte.

»Ich werde beweisen, dass du es warst!« Lauritzen beschloss, einen Schuss ins Blaue abzugeben. »Du weißt es sicher nicht, aber es gibt seit kurzer Zeit eine Methode, um nachzuweisen, ob jemand einen Gegenstand berührte oder nicht. Ich rede von Fingerabdrücken. Sie zeigen die Papillarleisten, die jeder Mensch hat und die bei jedem Menschen unterschiedlich sind. Ich werde den Bootshaken untersuchen lassen und beweisen, dass du und kein anderer ihn in der Hand hatte. Dasselbe will ich mit diesem Rettungsring machen, auf dem sich Dissendorfs Abdrücke zeigen werden.«

Lauritzens Versuch war sehr geschickt, das musste Arndt zugeben. Und wenn er nicht zufällig in seinem früheren Leben schon von der Fingerabdrucktechnik, der Daktyloskopie, gehört hätte, wäre er an dieser Stelle vielleicht eingeknickt. So aber wusste er, dass die Methode noch lange nicht ausgereift war und keine Polizeistation dieser Welt sie benutzte. »Der Bootshaken ist durch viele Hände gegangen, vielleicht auch durch meine. Dasselbe gilt für den Rettungsring. Solltest du in der Lage sein, überhaupt noch Fingerabdrücke darauf nachzuweisen, heißt das überhaupt nichts.«

Lauritzen schluckte. Der Schuss war danebengegangen. Aber aufgeben wollte er nicht, auch wenn er sich erst näher in die Materie einarbeiten musste, bevor er den nächsten Schritt unternahm. »Das werden wir ja sehen«, sagte er drohend. »Ich werde dich demnächst nach Skagen vorladen, um deine Abdrücke zu nehmen.«

Arndt atmete innerlich auf. »Wenn du meinst.«

»Das meine ich. Und lass dir ja nicht einfallen, das Land zu verlassen. Ich habe dich im Auge.«

»Ich wünsche dir noch einen schönen Tag.«

Lauritzen würdigte Arndt keiner Antwort. Er stopfte den Rettungsring wieder in die Satteltasche, bestieg umständlich seinen Gaul und ritt davon.

Ebba erging es genauso wie Arndt. Sie fragte sich, wo Bark geblieben war. Sie rechnete jeden Tag mit seinem Erscheinen, und mit jedem Tag wurde sie unruhiger. War dem Hund etwas zugestoßen? Er war ihre einzige Möglichkeit, unauffällig Kontakt zu Arndt aufzunehmen. Umgekehrt galt dasselbe.

Vielleicht trieb er sich wie früher bei den Fischern herum? Vorsichtig fühlte sie bei Jonas vor, ob er womöglich etwas wüsste. Doch der Alte schüttelte den Kopf. »Nee, den Streuner hab ich lange nicht gesehen.«

Ebba wollte nicht länger warten. Sie beschloss, Arndt am nächsten Tag noch einmal zu besuchen. Doch am Abend zuvor, als sie gerade eine schöne Kammmuschel auf ein neues Stück Nordseestrand kleben wollte, klopfte Brodersson an ihre Kammertür und fragte: »Stör ich?«

»Nein, *far*, komm rein.«

»Sehr hübsch, was du da machst. Hör mal, mein Mädchen, ich weiß leider nicht genau, wann ich bei Birga und Svea die Bluttransfusion vornehmen kann.«

»Birga und Svea?«, fragte Ebba.

Brodersson hob die Augenbrauen. »Ich habe dir doch von den Zwillingen aus Aalbæk erzählt, die sich für das Experiment zur Verfügung stellen wollen.«

»Birga und Svea, ach ja. Die mit dem Bauernhof.«

»So ist es. Sie wollten eigentlich morgen kommen, aber nun haben sie geschrieben, sie könnten sich nicht festlegen, weil sie die Fensterbauer noch dahätten, und die wiederum wüssten nicht genau, wann sie fertig werden.«

»Ja und, *far?*« Ebba setzte die Kammmuschel neben einen Pelikanfuß.

»Du weißt doch, dass ich dich gern bei dem Versuch dabeihätte. Allein schon wegen des Protokolls. Ich bitte dich also, mir in den nächsten Tagen zur Verfügung zu stehen.«

Ebba blickte auf. »Du klingst auf einmal so förmlich, *far*, warum?«

Brodersson legte seiner Tochter die Hand auf die Schulter. Es war eine Geste, die von Liebe und Vertrautheit zeugte. »Weil du vor ein paar Tagen über Nacht nicht hier warst. Und bei Anna, wie du mir erzählt hast, warst du auch nicht. Ich kann mir schon denken, wen du besucht hast, denn dass Arndt irgendwo in den Dünen haust, weiß inzwischen jeder Zweite in Skagen. Verstehe mich nicht falsch, ich mache dir keinen Vorwurf daraus, du bist alt genug, um zu wissen, was du tust, aber lüg mich nie wieder an.«

Ebba errötete und starrte auf das neue Strandstück aus Pappmaschee. »Ja, *far*«, flüsterte sie. »Bitte sei nicht böse. Es ist nur, weil ich mir sicher war, dass du es nicht gutheißen würdest, wenn ich zu ihm ginge.«

»Das stimmt. Meine Meinung über ihn hat sich geändert. Sein abruptes Verschwinden, ohne sich persönlich zu verabschieden, war charakterlos.«

»*Far*, er hat mir erklärt, warum er glaubte, gehen zu müssen. Er war sicher, dass ihn in jener Nacht der Tod ereilen würde, und er wollte mir den Anblick eines Sterbenden ersparen. Er hat ganz bewusst in Kauf genommen, dass wir danach schlecht über ihn denken würden. Außerdem hat er sich bedankt und Geld hinterlassen.«

»Ja, das ist richtig. So habe ich das Ganze noch nicht gesehen.« Brodersson wurde nachdenklich. »Nun, alles hat seine zwei Seiten. In jedem Fall möchte ich dich bitten, dich in den nächsten Tagen bereitzuhalten.«

»Ja, *far*, du kannst dich auf mich verlassen.«

»Das wusste ich. Ach, übrigens, willst du deine Strandobjekte nicht mal ausstellen? Soviel ich weiß, hast du sie noch niemandem außer mir gezeigt.«

»Ich mache die Stücke bloß für mich. Wahrscheinlich interessiert sich sowieso keiner für sie.«

»Wie du meinst. Ich dachte nur, du könntest sie mal Holger Drachmann zeigen. Holger hat viele Verbindungen, kennt Gott und die Welt.«

»Ach, ich weiß nicht.«

»Du kannst es dir ja noch mal überlegen. Er ist übrigens seit Kurzem in der Stadt. Am neunten Oktober, also übermorgen, hat er Geburtstag. Er veranstaltet ein Kostümfest in *Brøndums Hotel.* Das Motto wird *Götter und Vergötterte* sein. So hat Holger es sich gewünscht. Wir beide sind eingeladen. Ich denke, wir sollten teilnehmen. Ich werde als Heilgott Asklepios gehen, und du könntest dich in Eir, die Göttin der Heilkunde, verwandeln.«

»Ich glaube, mir ist nicht nach Feiern, *far.*«

»Eir ist eine der wichtigsten Figuren in der nordischen Mythologie. Tu deinem Vater die Liebe und komm mit.«

Ebba griff zu einer versteinerten Seelilie und platzierte sie neben dem Pelikanfuß. »Wenn du mich so bittest, *far*, kann ich wohl nicht Nein sagen.«

Das kreisrunde Bild mit dem Porträt von Degn, das über der langen, getäfelten Wand im Speisesaal von *Brøndums Hotel* prangte, hatte in den vergangenen Monaten Gesellschaft bekommen. Links und rechts von Degn hatten sich Krohg, Locher, Mikkel Ancher und andere dazugesellt. Die geplante Galerie war im Werden. Gemalt hatte sie hauptsächlich Krøyer, der an diesem Festabend als Faun auftrat, als altlatinischer Gott der wilden Natur mit blonder Strohperücke. Ansonsten war er nackt, bis auf den Lendenschurz und die Symbole der Lüsternheit in Form von Phalli und Vulven, die er sich auf den Oberkörper gepinselt hatte. Kurzum: Krøyer war nicht wiederzuerkennen.

Gleiches galt für den Speisesaal. Der große Tisch, an dem normalerweise die Künstler saßen, war beiseitegeräumt worden und diente als Abstellfläche für Flaschen und Alkoholika aller Art, für Gläser und Krüge, Suppenschalen und Aschenbecher. Und nicht zuletzt: für das obligatorische Gnadenbrot. Die hohen, kunstvoll geschnitzten Holzstühle waren vorsorglich an die Wände gestellt worden, als Sitzgelegenheit für alle, denen beim Tanzen die Puste ausging, ferner für jene, die nur tratschen wollten, und für den beachtlichen Rest, der binnen kurzem nicht mehr sicher auf den Beinen sein würde.

Wenn Skagener Künstler feierten, blieb kein Auge trocken.

Dafür sorgte allein schon Krøyer, der es sich auch bei diesem Fest nicht nehmen ließ, durch den Abend zu führen. Jedenfalls so lange, wie das möglich war. Er baute sich in der Mitte des Saales auf und rief lautstark: »Wo ist das Geburtstagskind?«

Aus der Menge trat Drachmann, klassisch als Cäsar verkleidet. Sein schwarzer Cowboyhut, von dem jedermann dachte, er sei angewachsen, hatte einem Lorbeerkranz weichen müssen, sein dunkler Anzug einer weißen Tunika. »Hier bin ich!«

Krøyer nahm Haltung an. »O Feldherr der Wortkunst! O Triumphator des poetischen Wohlklangs! Wir grüßen dich und wünschen dir zu deinem Geburtstag, dass dir die Götter im nächsten Jahr gewogen sein mögen!«

»Ich danke dir, mein lieber Faun.«

»Zum Zeichen seiner Ergebenheit und Wertschätzung will dein Volk es sich nicht nehmen lassen, dir aus diesem Anlass eine kostbare Gabe zu überreichen!« Krøyer wandte sich um und winkte Degn heran, den Betreiber des Hotels, der jedoch völlig anders als sonst aussah, denn er trug das Kostüm von Merlin, dem Zauberer, mit Spitzhut und allerlei kabbalistischen Zeichen auf dem Gewand. In den Händen hielt er ein samtenes Kissen, und auf dem Kissen lag etwas, das wie eine Vogelfeder aussah.

Krøyer nahm die Feder mit großer Geste auf und sprach: »Dieses Kleinod ist der Gänsekiel, mit dem Dänemarks größter Dichter Hans Christian Andersen das Märchen *Des Kaisers neue Kleider* niederschrieb. Dein Volk, o Cäsar, hat keine Kosten und Mühen gescheut, um den Gänsekiel aus Andersens Nachlass für dich zu erwerben.«

Krøyer übergab das Geschenk und verbeugte sich.

Die Menge klatschte.

Drachmann hüstelte, wischte sich über die Augen und brummte etwas über die lästigen Fliegen im Raum. »Danke, Leute, ihr sollt doch nicht so ein Trara um meinen Geburtstag machen.«

Krøyer ging nicht darauf ein. »Hat jeder ein Glas?«, brüllte er. Dutzende von gefüllten Gläsern reckten sich ihm entgegen.

»De er godt!« Krøyer begann, ein Ständchen zu singen, und zwar auf Englisch, weil Drachmann eine Zeit lang in London gelebt hatte:

»For he's a jolly good fellow,
For he's a jolly good fellow,
For he's a jolly good fellow ...«

Er hielt inne und rief: »Und jetzt alle!«
Und alle sangen mit:

»And so say all of us, and so say all of us,
and so say all of us …!«

»Skål, folkens!«

»Skål, Skål, Skål!«, ertönte es von allen Seiten.

»Unser Holger, er lebe hoch! *Hip, hip, hurra! Hip, hip, hurra …!«*

Nachdem der Formalitäten Genüge getan war, erklärte Krøyer den offiziellen Teil der Feier für beendet und brüllte: »Musik!«

Drei Musikanten in den Kleidern römischer Gladiatoren begannen mit einer Polka. Es war das Trio aus Ziehharmonika, Geige und Blockflöte, das auch beim Mittsommerfest aufgespielt hatte.

Als die ersten Paare über die Tanzfläche hüpften, fragte Ebba sich, wer von den Anwesenden sie wohl auffordern würde. Sie hoffte, es würde jemand sein, der es ruhiger angehen ließ, doch sie wurde enttäuscht, denn Krøyer kam auf sie zu und zog sie ohne ein weiteres Wort von ihrem Sitz hoch. »Ich wollte schon immer mit einer Wikingerfrau das Tanzbein schwingen!«, rief er und umfasste sie herzhaft.

»Ich bin Eir, die Göttin der Heilkunde«, antwortete Ebba. Sie musste zugeben, dass sie nicht gerade einer Göttin glich, aber niemand wusste genau, wie Eir ausgesehen hatte, und deshalb schadete es nicht, dass sie zu ihren offenen blonden Haaren ein Paar Stiefel, lederne Beinlinge und ein Hemd aus demselben Material trug. Auf den Rücken hatte sie sich einen Äskulapstab aus Pappmaschee geschnallt.

Krøyer lachte. »Eine nordische Göttin der Heilkunde mit dem Attribut eines griechischen Gottes der Medizin. Welch kühne Verquickung!« Während er lachte, trat er ihr versehentlich auf die Füße, nicht zum ersten Mal, wie sie registrierte. »Du bist eine gute Tänzerin!«

»Danke, ich achte nur darauf, wo ich hintrete.«

Krøyer lachte noch lauter.

»Ich brauche eine Pause.«

»Schade.« Er geleitete sie zu einem leeren Stuhl und fragte sie, ob sie etwas zu trinken wünsche.

»Nein, danke.«

»Dann will ich selbst einen zur Brust nehmen und mir ein neues Opfer suchen!«

Immer noch lachend entfernte sich Krøyer und verschwand zwischen den wogenden Leibern.

Es war mittlerweile so laut im Saal, dass man kaum sein eigenes Wort verstand. Ebba hätte am liebsten die Stiefel ausgezogen, um sich die schmerzenden Füße zu massieren, doch schon kam der nächste Tänzer auf sie zu. Es war Björck, der junge schwedische Maler, sinnigerweise als Theoderich, der Gotenkönig, verkleidet. »Ich habe den Musikanten gesagt, sie sollen *An der schönen blauen Donau* spielen«, erklärte er. »Du kannst doch Walzer tanzen, oder?«

»Nur ein bisschen.« Ebba hatte ein paar Mal in Kopenhagen mit dem neumodischen Tanz Bekanntschaft gemacht.

»Na, komm, ich führe dich.« Björck zog Ebba auf die Tanzfläche und schwang sie im Dreivierteltakt herum. »Du kannst es ja doch ganz gut!«, rief er.

»Es geht!«

»Donau so blau, so schön und blau …!« Björck sang voller Inbrunst mit.

Bei der elften oder zwölften Drehung wurde Ebba langsam schwindelig. Doch sie wollte Björck nicht enttäuschen und ließ sich von ihm weiter herumwirbeln. Zum Glück erlöste sie Satorius, der Kollege ihres Vaters. Er stellte sich Björck als Odysseus, der Listenreiche, in den Weg, entschuldigte sich vielmals dafür und bat um einen Tanz mit ihr. Ebba wollte schon Nein sagen, doch das erwies sich als nicht nötig, denn Satorius schob sie zu den Stühlen an der Wand, um dort einen runden Zaunpfahl abzustellen. »Das ist der Balken, mit dessen glühender Spitze ich den einäugigen Riesen Polyphem blendete«, erklärte er augenzwinkernd. »Beim Tanzen etwas hinderlich, aber jetzt kann es losgehen.«

»Gib mir noch einen Augenblick Zeit«, bat Ebba.

»Gut, dann hole ich uns erst mal ein Glas Bowle.«

Satorius verschwand, und Ebba hatte Gelegenheit, die Paare im Saal zu beobachten. Am wildesten gebärdeten sich Theo und Hille, deren verstauchter Knöchel wieder vollständig genesen war. Theo stellte Poseidon dar, mit Locken aus Leder und einer Meergottmaske, Hille trat als Poseidons Frau Thetis auf, mit einer wilden Medusenperücke. Beide klammerten sich an einen Dreizack, der in Wahrheit eine Forke war. An ihren Bewegungen einen Walzer zu erkennen, bedurfte es einiger Phantasie.

Thorvald tauchte auf. An dem Goldenen Vlies um seine Schultern – das nur ein bemaltes Schaffell war – erkannte man Jason, den Argonauten. Er tanzte mit einer Ägypterin im blaugoldenen Seidengewand. Ihr Gesicht verbarg sich unter einer Pharaonenmaske mit Uräusschlange. Wenn Ebba nicht alles täuschte, warf Thorvald hin und wieder einen kritischen Blick auf Theo.

Krohg, mit Schwert und Schild als Erik der Rote auftretend, tanzte mit der Tochter von Goldschmied Uggerholt, die bekanntlich nicht zu den Hässlichsten gehörte. Was ihre Verkleidung darstellen sollte, war auf den ersten Blick nicht zu erraten – und auf den zweiten Blick auch nicht, denn in diesem Augenblick schob sich eine von Degns drei Schwestern ins Blickfeld. Es war Marie Sophie, die als griechische Muse zwischen Küche und Saal hin und her eilte.

»Halt!« Krøyers Stimme übertönte spielend das Getöse im Saal. »Halt, Leute! Alle mal stillhalten, mitten in der Bewegung, wenn ich bitten darf! Stoltenberg will eine fotografische Aufnahme herstellen!«

In der Tat hatte Fritz Stoltenberg seine Plattenkamera aufgebaut, um das fröhliche Treiben für die Ewigkeit festzuhalten. Es gab einen gewaltigen Blitz, und Krøyer rief: »Das war's schon! Auf ein Neues!«

Da die Musikanten nicht aufgehört hatten zu spielen, tanzten alle Paare übergangslos weiter. Ebba fragte sich, wo Satorius mit der Bowle blieb, und vertrieb sich die Zeit, indem sie zu erraten versuchte, wer in welchem Kostüm erschienen war. Anna, ihre beste Freundin, stellte Artemis, die Göttin der Jagd dar, mit einem goldenen Bogen quer über der Brust, Mikkel, ihr Mann, war als Apollon gekommen, als Gott des Lichts, mit einem mehrarmigen Leuchter auf dem Kopf. Locher, als Sokrates mit Schierlingsbecher, saß gegenüber am Fenster, rauchte eine Zigarre und nickte ihr zu. Er tanzte nicht, vielleicht, weil er Venus, die trotz des Lärms zu seinen Füßen schlief, nicht allein lassen wollte. Ganz allein dagegen war Campanini, Theos Harzer Roller. Der gelbe Pieper saß in seinem Bauer und ließ die Flügel hängen.

Pastor Lund und seine Frau waren als Romeo und Julia erschienen, was aber niemand erkannte und auch keinen störte. Der Pastor ließ es sich nicht nehmen, Ebba auf ein Tänzchen zu bitten, und geleitete sie anschließend an ihren Platz zurück.

Pedersen, der Uhrmacher, stellte Chronos, den Gott der Zeit, dar und hatte, um dies zu untermalen, eine Sanduhr mitgebracht. Uphusen, der Dünenwart, schwenkte eine Laute, weil er vorgab, Kaiser Nero zu sein. Ulrik, Thorvalds Sohn, war Pan, der Gott des Waldes, mit einem Zweig im Haar. Aus seinem Gesicht sprach Langeweile. Er fragte sich, was er hier sollte.

Lauritzen durfte bei alledem nicht fehlen. Er hatte seine Frau zu Hause gelassen und sich als Imperator Augustus verkleidet. Es verdross ihn, dass Krohg mit der keineswegs hässlichen Tochter von Goldschmied Uggerholt tanzte, und er ärgerte sich, weil sein Kostüm fast genauso aussah wie das von Drachmann. Nur etwas billiger.

Drachmann wiederum hatte sich angeregt mit Brodersson unterhalten und kam nun auf Ebba zu. »*Hej!*«, rief er. »Du tanzt ja gar nicht. Na ja, bei dem Gehopse kann von Tanzen ohnehin nicht die Rede sein. Sag mal, Knud hat mir erzählt, du stellst Strandobjekte her?«

»Ach, sie sind nicht der Rede wert.«

Drachmann nahm den Lorbeerkranz vom Haupt und kratzte sich am Hinterkopf. »Deine Reaktion ist genauso, wie Knud sie prophezeit hat. Ich vermute, die Objekte sind sogar sehr ansehenswert. Ein Stück Strand *en miniature*, sozusagen als *pars pro toto* deiner Heimat! Warte mal …« Er verschwand für wenige Sekunden und erschien wieder, diesmal den geliebten Cowboyhut tragend, was in Verbindung mit der Tunika ziemlich paradox aussah. »Ich weiß gar nicht, wie unsere römischen Ahnen sich mit Lorbeer schmücken konnten. Die Blätter jucken unerträglich auf der Haut. Doch zurück zu deinen Objekten. Knud hat mir berichtet, du nennst sie Strandstücke aus Højen. Erzähl mir davon.«

»Da gibt es nicht viel zu erzählen.« Ebba schilderte mit wenigen Worten, was sie machte.

»Hättest du was dagegen, wenn ich morgen oder übermorgen mal bei euch vorbeischaue und mir die Stücke ansehe? Ich bin noch ein paar Tage in Skagen. Wenn sie so ungewöhnlich sind, wie ich glaube, könnte man sie für die nächste Kunstausstellung in Schloss Charlottenborg anmelden.«

»Ich weiß nicht. Es sind doch nur ein paar Muscheln.«

»Nun sei mal nicht so bescheiden. *Vi ses.*« Drachmann klopfte ihr auf die Schulter und verschwand wieder im Getümmel.

Ebba blickte ihm nach. Ihre Füße hatten sich wieder erholt, und sie fragte sich gerade, wann der nächste Gast sie auffordern würde, als Odysseus, der Listenreiche, wieder erschien. »Wie ich sehe, hast du gut auf meinen Zaunpfahl, äh, ich meine den Spieß, mit dem ich Polyphem blendete, aufgepasst.« Satorius lächelte schief und reichte ihr ein Glas Bowle. »Tut mir leid, hat etwas länger gedauert, ich sah mich gezwungen, vorher noch mit einer Uräusschlange zu tanzen.«

»Danke. Wer verbirgt sich denn hinter der Pharaonenmaske?«

»Eine neue Schwester in meinem Krankenhaus. Die alte war ein Drache.« Satorius lachte. »Da ist mir eine Uräusschlange doch lieber.«

Ebba trank von der Bowle und dachte, dass sie den kleinen Doktor selten so aufgeräumt erlebt hatte. »Hast du *far* gesehen?«

»Deinen Vater? Der hält gerade Erkelund einen Vortrag über die Geheimnisse des Blutes.« Erkelund war der zweite Arzt im Skagener Krankenhaus und höflich genug, Broderssons langatmigen Ausführungen zu lauschen.

Ebba sagte: »Das sieht *far* ähnlich.«

»Brrr!« Satorius hatte seine Bowle mit einem Zug ausgetrunken. »Gegen einen anständigen Rotwein ist das hier eine ziemliche Plörre. Höchste Zeit, sie auszuschwitzen. Wagen wir jetzt ein Tänzchen?«

Sie quetschten sich zwischen die anderen, ohne Unterlass tanzenden Paare, kamen aber schon nach wenigen Schritten zum Schluss, denn Satorius wurde von seiner neuen Krankenschwester, der Uräusschlange, abgeklatscht.

Ebba war das nicht unrecht, denn auch Satorius hatte ihr, ohne es zu merken, ein paar Mal auf den Füßen gestanden. Sie verließ die Tanzfläche und blieb überrascht stehen. Auf ihrem Platz saß Gorm.

»Was machst du denn hier?«, fragte sie entgeistert.

Gorm sah zu ihr auf. Sein Blick war düster. »Ich wollte dir nur sagen«, knurrte er, »dass du nicht hierhergehörst. Du gehörst mir.«

»Wie bitte?«

»Weil ich dich heiraten werde.«

KAPITEL 21

Nur einen Tag nach Drachmanns feuchtfröhlicher Geburtstagsfeier öffneten die Wolken über Nordjütland ihre Schleusen. Es regnete fünf Tage lang fast ununterbrochen, und die Leute stöhnten »*Det regner skomagerdrenge!*«, was natürlich nur eine Redensart war, denn niemand hatte jemals einen Schuhmacherjungen vom Himmel fallen sehen. Skagen und auch Alt-Skagen glichen einer riesigen Pfütze. Die Häuser ragten daraus hervor wie Boote in einer Bucht.

Am schlimmsten hatte es Bonatzkis Bruchbude erwischt. Das Haus des zugewanderten Böhmen drohte endgültig auseinanderzufallen. Da es ohnehin in einem verwahrlosten Zustand war und Bonatzki als schrulliger Einzelgänger galt, taten den Nachbarn am meisten seine acht Hühner leid, von denen nur zwei die Regenmassen überlebten.

In einem Dankgottesdienst sprach Pastor Lund von der Gnade des Herrn, die dafür gesorgt hatte, dass nicht mehr Vieh bei der »kleinen Sintflut«, wie er sie nannte, ums Leben gekommen war, und veranstaltete anschließend eine Kollekte, um Betroffenen wie Bonatzki mit etwas Geld unter die Arme zu greifen.

Von alledem bekam Arndt nichts mit. Seine Hütte stand zwar

in einer kleinen Senke zwischen den mächtigen Dünen, doch der Sand sog alles Regenwasser spielend auf. In Gedanken war er täglich bei Ebba, aber wegen des Wetters konnte er nicht erwarten, dass sie zu ihm kam. Wenigstens Bark leistete ihm Gesellschaft. Der große Rüde blieb an seiner Seite, nicht zuletzt wohl wegen des scheußlichen Wetters.

Trotzdem waren Arndts Tage einsam. Einsam und kalt, weshalb er das Feuer im Siedlerherd nicht ausgehen ließ. Um sich abzulenken, hatte er sich an diesem Nachmittag bei einem Tee in den bordeauxroten Sessel gesetzt und ein Buch zur Hand genommen. Es stammte aus der Bordbibliothek der *Nordstern* und hieß *Die Leiden des jungen Werther*. Der Roman war von Goethe und handelte von einem jungen Mann und seiner für ihn unerreichbaren großen Liebe.

Nach wenigen Seiten klappte Arndt das Buch zu. Liebeskummer war so ziemlich das Letzte, womit er sich beschäftigen wollte. Er stand auf, um sich von dem Thymiantee nachzuschenken, als er plötzlich Pferdegetrappel hörte.

Wer kam da?

Bark bellte im selben Moment.

Arndt trat in den Eingang und erblickte einen unbekannten Reiter. Der Mann trug Regenmantel und Südwester, und seine Miene war grimmig. Er saß ab und fluchte: »Scheißwetter!«

Bark knurrte.

Arndt schwieg und wartete ab.

»Du sollst morgen nach Skagen kommen«, blaffte der Fremde.

»Wer sagt das?« Arndt merkte, wie der Zorn in ihm hochstieg. »Hast du keinen Namen?«

»Kaspar. Ich arbeite in der Polizeistation für Lauritzen. Er erwartet dich morgen Mittag dort.«

»Darf man erfahren, worum es geht?«

»Nein, darf man nicht. Ich soll dir nur bestellen, dass er ein Stempelkissen hat.« Kaspar bestieg wieder seinen Gaul. »Sieh zu, dass du pünktlich bist. Wenn du nicht kommst, werde ich dich holen, und das dürfte unangenehm für dich werden.« Er riss mit dem Zügel den Kopf seines Pferds herum und ritt davon.

Arndt blickte ihm nach. »Du ungehobelter Klotz!«, stieß er zwischen den Zähnen hervor. »Ich kann mir schon denken, worum es geht. Lauritzen will mir wieder mit seinen Fingerabdrücken kommen. Hoffen wir, dass nicht mehr dahintersteckt als beim letzten Mal.«

Das Wetter am nächsten Tag war nicht viel besser. Der peitschende Sturm, der die Wassermassen des Himmels fast waagerecht aus Nordwesten gegen das Land getrieben hatte, war in einen Dauerregen übergegangen, begleitet von Gewitterwolken, die sich bedrohlich von See her näherten.

Arndt zog sich gegen zehn eine selbst genähte Leinenhose an und sicherte sie in Ermangelung seines Gürtels mit einer Kordel. Er band sich ein Halstuch um, warf die wetterfeste Öljacke über und setzte einen Filzhut auf. Besser konnte er sich gegen den strömenden Regen nicht schützen.

Kurze Zeit hatte er darüber nachgedacht, Kaspars unfreundliche Vorladung zu ignorieren, war aber zu der Erkenntnis gekommen, dass es zwecklos sein würde, den Kopf in den Sand zu stecken.

Bevor er ging, streifte sein Blick noch einmal über sein einfaches Heim, denn er wusste nicht, ob er es je wiedersehen würde. Er war schon fast unterwegs, als er innehielt. Der Fuchsschwanz, den Ebba ihm gebracht hatte! Der durfte auf keinen Fall gestohlen werden. Er nahm das Werkzeug und versteckte es in der vollen Regentonne. Wenn alles gutging, war er am selben Tag zurück, und der Stahl hatte noch keinen Rost angesetzt. Wenn nicht ... Doch daran mochte er nicht denken.

Arndt schritt rüstig aus, obwohl er im tiefen Sand gehen musste, weil die Flut den festen Ufersaum überspült hatte. Der Regen war kalt und lästig, und der Wind pfiff ihm um die Ohren. Doch das ließ sich nicht ändern. Er war nicht aus Zucker, und der Regen war letztlich auch nur Wasser. Wirklich unangenehm konnte das immer näherkommende Gewitter werden. Das Donnergrollen verhieß nichts Gutes.

Nach einiger Zeit warf er den Filzhut in hohem Bogen in die Brandung. Die Kopfbedeckung war nur noch wie ein nasser Schwamm und schützte ihn überhaupt nicht. Außerdem konnte es nicht schaden, wenn seine langen Haare mal wieder mit frischem Nass in Berührung kamen.

Während er Schritt für Schritt durch den feuchten Sand stapfte, kreisten seine Gedanken um das, was ihn auf der Polizeistation erwartete. Der ungehobelte Kaspar hatte ein Stempelkissen erwähnt. Wollten die Polizisten, dass er seinen Daumen in den feuchten Kissenstoff hineindrückte wie einer, der des Schreibens nicht kundig war? Konnte Lauritzen ihm beweisen, dass seine Daumenabdrücke auf der Stange des Bootshakens vorhanden waren? Oder auf dem Rettungsring? War es überhaupt möglich, das herauszufinden, nachdem beide Gegenstände längere Zeit mit Salz und Seewasser in Berührung gekommen waren?

Arndt bezweifelte es. Und dieser Zweifel beruhigte ihn halbwegs.

Allmählich näherte er sich Alt-Skagen, seine Grübeleien ließen nach. Er dachte an Ebba, die dort wohnte. Was sie wohl in diesem Augenblick machte? Als er fast auf Höhe vom Højensvej war, schoss ein Blitz über den Himmel, und ein gewaltiger Donner ließ ihn direkt danach zusammenzucken. Das Gewitter war genau über ihm! Es begann, wie aus Kübeln zu gießen.

Daraufhin ging es Schlag auf Schlag, Blitz und Donner folgten in rascher Reihenfolge. Vergeblich hielt er Ausschau nach einem Unterstand. Es half nichts, er musste weiter, musste dem Højensvej folgen, vorbei an Broderssons und Ebbas Zuhause, weiter bis zum Frederikshavnvej, der ihn nach Skagen zur Polizeistation führen würde.

Doch so weit sollte es nicht kommen.

Abermals zuckte ein gewaltiger Blitz über das Firmament und tauchte die düstere Landschaft in gleißendes Licht. Danach wurde es wieder finster. Doch wenige hundert Schritte entfernt flackerte es hell. Eine Flamme? Der Blitz hatte ins Dach eines Hauses eingeschlagen! Trotz des Regens hatte es binnen Sekunden Feuer gefangen. Eine alte Frau humpelte kreischend aus der Tür. »Hilfe, Hilfe, so helft mir doch!«

Arndt zögerte nicht lange, obwohl manch anderer das vielleicht getan hätte. Er lief so schnell er konnte zum Unglücksort. Die Alte rief ihm entgegen: »Schnell, schnell, mein Sohn, er ist da drin, du musst ihn befreien!«

Mittlerweile drang Rauch aus der Tür. Arndt hielt die Luft an und betrat das Haus. Sehen konnte er kaum etwas. Beißender Geruch stieg ihm in die Nase. Tränen traten ihm in die Augen. Im hinteren Teil brannte der Dachstuhl. Ein Balken war eingestürzt und hatte einen Mann unter sich begraben. Der Mann stöhnte und rang nach Luft.

Es war Gorm.

»Mach schon«, keuchte Gorm. »Nimm den verfluchten Balken weg.«

»Ich will's versuchen.« Arndt packte den Balken, der quer über Gorms Brust lag, und bemühte sich, ihn anzuheben. Es war unmöglich.

»Mach schon!« Gorm hustete qualvoll. Sein Gesicht war grau vom Staub des Gebälks.

Arndt probierte es noch einmal. Die Adern schwollen ihm auf der Stirn, so sehr strengte er sich an.

Gorms Mutter packte mit an. »Los doch!«, kreischte sie. Ihre gichtigen Hände umkrallten den Balken wie eine Krähe, aber auch der gemeinsame Versuch misslang.

»Hör auf damit!«, keuchte Arndt. »Hol lieber Wasser, rasch, der Balken hat Feuer gefangen.«

Die Alte eilte davon und kam mit einem vollen Eimer wieder. Arndt löste sein Halstuch, tauchte es in den Eimer und band es sich vors Gesicht. Den Rest Wasser schüttete er in die knisternden Flammen. Es zischte gewaltig. Gorms Kopf verschwand in einem Nebel aus Rauch. Er röchelte. Wieder näherte sich das Feuer. Gleichzeitig fraß es sich mit rasender Geschwindigkeit durch die spärliche Einrichtung, leckte an den Gardinen, setzte Bilder und Möbel in Brand. Das Geweih eines Zwölfenders an der Wand trotzte noch den Flammen, aber das Loch in der Decke, durch das der Dachbalken eingebrochen war, sah aus wie die Feuerluke eines Kessels der *Nordstern.* Der ganze Dachstuhl brannte lichterloh!

Arndts Gedanken rasten. »Wir brauchen einen Hebel, eine starke Stange, irgendetwas in der Art, mit dem wir den Balken aufheben können!«, rief er der Alten zu. »Kannst du so etwas beschaffen?«

»Nein!«, rief sie. »Nein, nein! Mein armer Junge! Ach, mein armer Junge!«

Arndt achtete nicht auf sie. Er taumelte in den Nebenraum, eine Art Geräteschuppen, und blickte sich hastig dort um. Farbeimer, Tampen, eine rostige Sense ... Da! Ein altes Ruder des Dreißig-Fuß-Rettungsbootes! Arndt ergriff es und stürzte damit zurück. »Ich werde den Balken damit anheben, und du wirst deinen Sohn hervorziehen, rasch!«

»Ja, ja!«

Arndt schob das Blatt des Ruders unter den Dachbalken und hebelte ihn mühsam hoch. »Los, hol deinen Sohn raus!«

Die Alte zog und zerrte und heulte vor Verzweiflung, als es ihr nicht gelang. Sie war zu schwach, den schweren Körper zu bewegen. Ohne Arndts Hilfe würde es nicht gelingen.

Aber Arndt hatte keine drei Hände.

Dann kam ihm der rettende Einfall. Er kniete nieder, beugte sich nach vorn und legte sich das Ruder über die Schulter. Mit dem Aufrichten hob sich abermals der Balken, doch nun hatte er eine Hand frei, um Gorm hervorzuziehen. Es klappte gerade eben, denn kaum war Gorm gerettet, krachte der Balken zu Boden. Arndt war am Ende seiner Kräfte. Es half jedoch nichts, er musste Gorm nach draußen bringen, nach draußen an die frische Luft.

Wie er es schaffte, wusste er hinterher selbst nicht mehr, nur dass ihm Männer mit einer Feuerspritze entgegeneilten. Rufe, Kommandos erschallten. Die Alte kümmerte sich um ihren Sohn. Gorm bewegte sich. Er lebte!

Arndt atmete ein paar Mal tief durch. Reine, köstliche Luft strömte in seine Lunge. Der Regen hatte nachgelassen, das Gewitter war vorbei. Ein Mann fragte ihn, ob er in Ordnung sei. Ein anderer wollte wissen, wie er heiße.

Arndt antwortete nicht. Ihm wurde bewusst, dass er das Tuch immer noch vor dem Gesicht trug. Eigentlich, dachte er, müsste ich längst auf der Polizeistation sein, doch angesichts dessen, was ich gerade erlebt habe, erscheint mir die Vorladung als die unwichtigste Sache der Welt. Ja, geradezu lächerlich.

Er beschloss, nach Hause zu gehen.

Und wenn Lauritzen ihn wegen der Fingerabdrücke holen ließ? Der kleine Wichtigtuer würde sich nur blamieren, wie auch die Male zuvor. Da war Arndt mittlerweile sicher. Nun, vielleicht kam der Mann ja von selbst darauf.

Ohne dass jemand Notiz von ihm nahm, entfernte Arndt sich vom Unglücksort.

Es war wie so oft an der Nordseeküste. Nur einen Tag später war von Regenwolken und Gewittern nichts mehr am Himmel zu sehen. Eine fahle Oktobersonne schien auf Meer und Strand herab. Der Wind war frisch und roch nach Salz. Arndt hatte Treibholz gesammelt und strebte damit zurück zu seiner Hütte. Kurz bevor er sie erreichte, stutzte er. Ein Mann stand davor und blickte ihm entgegen. Er war von kräftiger Statur und trug einen Rucksack. Es war Gorm.

»Was verschafft mir die Ehre?«, fragte Arndt.

»Mutter schickt mich.«

»Aha. Wie geht es ihr?« Arndt warf den Armvoll Treibholz neben die Sägeböcke.

»Gut.«

»Könnt ihr euer Haus noch bewohnen?«

»Nur unten.«

»Aha. Komm rein. Oder war das schon alles, was du mir mitteilen wolltest?«

»Nee.« Gorm folgte Arndt in die Hütte und setzte sich in den bordeauxrot gepolsterten Sessel.

»Das ist mein Platz.«

»'tschuldigung.« Gorm ließ sich auf dem schmalen Lager gegenüber nieder. Er schien sich in der Hütte auszukennen.

Arndt beobachtete ihn. Bis auf ein paar Brandwunden im Gesicht, die mit Salbe bestrichen waren, schien der einsilbige Fischer wieder vollends bei Kräften zu sein. »Nun, was führt dich her?«

Gorm schwieg. Er zog ein Päckchen Kautabak hervor und schob sich eine Portion in den Mund.

»Was führt dich her?«

Gorm kaute. Er schien mit sich zu kämpfen. Schließlich nahm er den mitgebrachten Rucksack, öffnete ihn und schüttete scheppernd den Inhalt aus. Auf dem Boden lagen: ein Fuchsschwanz, eine Schöpfkelle, ein Topf, Angelschnüre und manches mehr.

Arndt machte große Augen. »Also du warst das, der mir die Sachen geklaut hat!«

»Hm, ja.«

»Und darf man erfahren, warum du sie mir zurückgibst?«

»Ich soll's tun, sagt Mutter. Weil du mir ja das Leben gerettet hast.«

Arndt schüttelte den Kopf. »Warum hast du die Dinge überhaupt genommen?«

»Hab's halt getan.«

»Unsinn. So etwas tut man nicht einfach nur so. Also: warum?«

Gorm kaute, starrte gegen das Dach der Hütte.

»Ich warte.«

»Tja ... Es ist wegen Ebba.«

»Was hat Ebba damit zu tun?«

Gorm schob den Tabak von einer Backentasche in die andere. Und schwieg.

Arndt wurde ungeduldig. Er stand auf. »Wenn du mir nicht mehr zu sagen hast, solltest du jetzt nach Hause gehen.«

»Ich werde Ebba heiraten!«

»Was?« Arndt setzte sich verblüfft. »Du machst wohl Witze?«

»Ich mach keine Witze.« Gorm blickte finster. Und plötzlich kam es wie ein Schwall über seine Lippen. »Sie hat was mit dir. Ich weiß, dass sie bei dir war. Hier in der Hütte. Der alte Jonas hat sie gesehen. Aber du sollst sie nicht kriegen. Ich will sie haben. Ich wollte sie schon immer haben. Die Sachen hab ich genommen, damit du hier nicht mehr leben kannst. Du solltest weggehen. Geh weg! Ich werde Ebba heiraten.«

Für einen Augenblick war Arndt sprachlos. Mühsam beherrscht sagte er: »So verhält sich das also. Hast du dir mal überlegt, dass Ebba dich vielleicht gar nicht liebt?«

»Sie glaubt, sie ist was Besseres. Aber ich werde sie heiraten.«

»Das kann ich mir nicht vorstellen.«

Gorm schwieg verbissen. »Ich gehe dann mal wieder.«

Arndt stand auf. »Tu das.«

Gorm schulterte den leeren Rucksack und verließ ohne ein weiteres Wort die Hütte.

Arndt blickte ihm nach und dachte: Ich habe dir das Leben gerettet, wenigstens dafür hättest du sich bedanken können. Und dass es dir leidtut, meine Sachen gestohlen zu haben, hast du auch nicht gesagt. Na ja, viel Wert darauf hätte ich sowieso nicht gelegt.

Er bückte sich, um den Fuchsschwanz und die anderen Dinge vom Boden aufzuheben, und entdeckte dabei das Päckchen Kautabak. Gorm hatte es auf der alten Fischkiste, die als Tisch diente, vergessen. Arndt nahm es auf und legte es in das Regal.

Er gedachte nicht, es Gorm hinterherzutragen.

KAPITEL 22

Es kam so gut wie nie vor, dass Thorvald den Speisesaal von *Brøndums Hotel* betrat, um dort zu essen. Heute jedoch machte er eine Ausnahme. Und diese Ausnahme hieß Theo.

Als der lange, schlaksige Berliner an Thorvalds Tisch kam und fragte, was er für ihn tun könne, bekam er zur Antwort: »Als Erstes verschone mich mit deinem ewigen Grinsen. Und zweitens will ich, dass du mir ein paar Minuten zuhörst. Setz dich.«

»Ich bin im Dienst, Thorvald.«

»Du bist mir eine Auskunft schuldig. Setz dich.«

Theo nahm widerstrebend Platz, nicht ohne nach den anderen Gästen zu schielen, die aber allesamt mit ihrer Mahlzeit beschäftigt waren. »Was gibt's, Thorvald?«

»Kannst du dir das nicht denken?«

Theo lachte unsicher. »Wahrscheinlich willst du wissen, was die Küche empfiehlt. Die Seezunge ist heute …«

»Rede keinen Unsinn! Du weißt genau, dass es um dich und Hille geht. Ich bin nicht blind, und deshalb weiß ich, dass ihr beide seit geraumer Zeit ein Paar seid. Dagegen habe ich im Prinzip nichts, mir ist jedoch zu Ohren gekommen, dass du mit meiner Tochter in den Dünen warst – allein. Und ich bin noch nicht alt genug, um mir nicht denken zu können, was da zwischen dir und meiner Tochter passiert ist. Die Auskunft, die ich von dir erwarte, ist einfach: Trifft es tatsächlich zu, dass du mit Hille allein in den Dünen warst?«

Spätestens jetzt merkte Theo, dass die Sache ernst war. »Nun ja, das stimmt. Wer hat dir das gesagt?«

»Locher, auf Drachmanns Kostümfest. Er hat es erzählt, als sei es die normalste Sache von der Welt, wenn ein junges Paar zusammen in den Dünen liegt. In den Augen der Künstler mag das nichts Besonderes sein. Für uns Fischer schon.«

Theo wischte ein paar nicht vorhandene Krümel vom Tischtuch. »Du, es ist nichts weiter passiert …«

»Hille ist schwanger!«

»Was?« Es entstand einer der wenigen Momente, in denen Theo die Worte fehlten. »Aber Hille hat mir noch nichts …«

»Hille weiß es erst seit gestern. Sie hat sich mir anvertraut. Daraufhin war ich heute Morgen mit ihr bei Pastor Lund. Er sagt, ihr habt von einem Fleisch gekostet, das ihr nicht essen durftet. Der Anstand gebiete es, dass du sie heiratest. Und ich verlange es auch. Ich will nicht, dass Hilles Kind ohne Vater aufwächst.«

Theo schluckte. Die Neuigkeit kam für ihn völlig überraschend. Hille war schwanger! Schwanger von ihm. War er der Vater? Natürlich, daran konnte kein Zweifel bestehen. Hille war treu, tändelte nicht mit anderen herum, obwohl sie Gelegenheit genug dazu hatte. Sie war hübsch, fleißig, tüchtig, und sie hatte Humor. Eigentlich die ideale Ehefrau. An den Gedanken musste er sich erst einmal gewöhnen. Aber – und darüber wunderte er sich selbst – der Gedanke gefiel ihm. Er spürte, wie seine alte Selbstsicherheit zurückkehrte. »Eigentlich«, sagte er grinsend, »wollte ich immer selbst den Heiratsantrag machen, nun ist es anders gekommen. Ganz anders. Es ist so, dass der Vater meiner Zukünftigen um meine Hand anhält.«

Theo stand auf, verbeugte sich vor Thorvald und sagte mit großem Ernst: »Campanini und ich nehmen den Antrag an.«

Trotz des wichtigen Themas musste Thorvald lachen. »Du bist unverbesserlich, Junge. Wirst du zu deinem Wort stehen?«

»Das werde ich.«

»Gut, dann schlage ich vor, dass du und Hille noch heute das Aufgebot bestellen.«

»Halt, nicht so schnell.« Theo setzte sich wieder. »Vorher sollten wir noch klären, wo die Hochzeit stattfindet. Ich schlage vor, in meiner Heimatstadt Berlin.«

»Berlin? Bist du verrückt?«

»Ganz und gar nicht.« Im Folgenden versicherte Theo, dass seine Vaterstadt eine Reise wert sei, argumentierte, dass Thorvald mal rauskommen müsse aus dem Alltagstrott. Dass Selbiges für Ulrik gelte, der sich in Alt-Skagen zu Tode langweile. Dass Schneider Zwernemann auf dem Kurfürstendamm die besten Hochzeitsroben entwarf. Dass es für Hille ein unvergessliches Erlebnis sein würde, mit einer weißen Kutsche zur Nikolaikirche zu fahren. Dass die Unterkunft in einem Hotel sehr komfortabel sein würde, weil seine Eltern, die Manholtes, nicht unvermögend seien. Dass der Vater trotz allen Geldes eine Reihe von Zipperlein habe und deshalb nicht reisen könne.

»Ich weiß nicht«, sagte Thorvald unschlüssig. »Ich lass mich nicht gern von Fremden aushalten.«

»Wieso von Fremden?« Theo blickte treuherzig. »Es wäre doch deine Familie.«

»Auch wieder wahr.« Thorvald erhob sich. »Ich werde es mir überlegen, und ich werde mit Hille sprechen. Ansonsten ist ja alles klar, oder?« Er streckte die Hand aus.

Theo ergriff sie und schüttelte sie kräftig. »Alles klar ... Schwiegervater!«

»Störe ich«, fragte Drachmann am selben Tag. Er stand in der Tür und blickte Brodersson fragend an.

»Du störst nie. Komm rein.« Brodersson führte seinen Besuch ins Arbeitszimmer und bot ihm einen Schnaps an.

Drachmann ließ sich auf einem Stuhl nieder. »Eigentlich bin ich wegen Ebbas Kunstobjekten vorbeigekommen, aber die laufen ja nicht weg. Ist Ebba überhaupt da?«

»Ich denke schon. Sie müsste oben in ihrer Kammer sein. Na, erst mal *Skål!*«

»*Skål!*« Drachmann kippte den Aquavit runter wie Öl. »Ah, das bringt das Blut in Wallung! Apropos, was machen deine Blutexperimente?«

Brodersson berichtete von den Zwillingsschwestern aus Albæk, bei denen er eine Transfusion vornehmen wollte. Sie müssten sich eigentlich schon gemeldet haben, er stünde sozusagen täglich parat. Die Operation sei absolutes Neuland in der Medizin, sehr wichtig.

»Das kann ich mir vorstellen«, sagte Drachmann höflich. Er meinte es abschließend, doch wenn Brodersson erst einmal sein Lieblingsthema am Wickel hatte, war er nicht so leicht davon abzubringen. Er redete sich warm, erklärte lang und breit die einzelnen Schritte und merkte nicht, dass er sein Gegenüber zu langweilen begann. Schließlich sagte Drachmann: »Ich lass dich jetzt mit deinem Blut für eine Weile allein. Ich gehe zu Ebba hoch, mal sehen, ob sie an ihren Strandstücken arbeitet.«

»Oh, Holger!«, rief Ebba überrascht, als Drachmann ohne Vorankündigung ihre Kammer betrat. »Du kommst ein bisschen plötzlich.«

»Ich bin auf der Flucht.« Drachmann lächelte schief und nahm den Cowboyhut ab. »Dein Vater hat mir einen mit medizinischen Fachausdrücken gespickten Vortrag über sein Zwillingsexperiment gehalten.«

Ebba lachte. »Ich verstehe. Wenn er einmal anfängt, ist er nicht zu bremsen.«

»Darf ich mich setzen? Ich wollte doch mal sehen, was du so treibst.«

»Natürlich. Ich fürchte nur, es gibt nicht viel zu sehen.«

»Hm. Vielleicht hast du recht. Wenn ich mich nicht täusche, hältst du da ein großes weißes Leinentuch in der Hand. Was hat das mit einem Stück Strand zu tun?«

»Dazu müsste ich etwas ausholen, Holger.«

»Nur zu.« Drachmann zündete sich eine Zigarre an, paffte ein paar Wolken und sagte: »Ich habe Zeit.«

»Gut. Du kennst doch die feinen, parallel laufenden Riffelungen, die der Wind im Sand hinterlässt. Ich habe versucht, sie mit Pappmaschee nachzumachen, doch es ist mir nicht gelungen. Nun will ich versuchen, ein großes, flaches Brett dünn mit Leim zu bestreichen, das Tuch darüberzulegen und durch Verschieben des Stoffes die Riffelungen zu erzeugen. Wenn die Struktur sich erhärtet hat, werde ich das Leinen ebenfalls mit Leim bestreichen und feinen Sand darüber kippen, hellen und dunklen, wie man es häufig sieht. Danach kommt dann ein Arrangement aus Meeresgetier, wie bei meinen ersten Arbeiten.«

»Alle Achtung.« Drachmann blies zwei kunstvolle Rauchringe. »Was du machst, liegt für mich zwischen Kunsthandwerk und Kunst. Kann ich deine früheren Arbeiten mal sehen?«

Ebba zeigte die Objekte und gab die nötigen Erklärungen dazu.

Daraufhin schwieg Drachmann längere Zeit. Ebba dachte schon, er wolle sich aus Höflichkeit nicht äußern, da fragte er: »Weißt du, was der Goldene Schnitt ist?«

»Goldener Schnitt? Nein. Sagst du es mir?«

»Es gibt eine ästhetische und eine mathematische Erklärung. Welche willst du hören?«

»Puh!« Ebba fasste sich an den Kopf und lachte. »Mit der Mathematik stehe ich auf Kriegsfuß.«

»Dann nehmen wir die ästhetische Erklärung. Der Goldene Schnitt ist eine der bekanntesten Proportionsregeln. Wer sie als Künstler beachtet, dem gelingen besonders harmonische, für das Auge angenehme Werke. Die *Mona Lisa* von Leonardo da Vinci oder die *Sixtinische Madonna* von Raffael sind berühmte Beispiele dafür.«

»Von Leonardo da Vinci habe ich schon gehört. Warum erzählst du mir das alles, Holger?«

Drachmann nahm einen tiefen Zug aus seiner Zigarre und legte sie auf die Tischkante. »Weil ich im Aufbau deiner Strandstücke den Goldenen Schnitt erkenne. Die Objekte strahlen Ruhe und Ausgeglichenheit aus, jedes Exemplar sitzt perfekt an seinem Platz und rundet das Gesamtwerk ab.« Er stand auf und deutete mit dem Finger auf Ebbas Erstlingswerk, das *Et Stykke Højensstrand* hieß. »Sieh mal: Diese Rochenkapsel bildet zusammen mit dem Taschenkrebs und der Herzmuschel ein gleichschenkliges Dreieck, sie sind gewissermaßen das Gerüst in deiner Komposition, die anderen Meerestiere ergänzen die geometrische Figur auf harmonische Weise.«

»So habe ich das noch gar nicht gesehen, Holger. Ich habe die Sachen einfach nur nach meinem Gefühl dahingeklebt.«

Drachmann schmunzelte, setzte sich wieder und griff zur Zigarre, bevor sie die Tischkante anbrennen konnte. »Da dürfte es dir nicht viel anders gehen als den meisten großen Künstlern der Vergangenheit. Ich bezweifle, dass sie etwas von dem Goldenen Schnitt wussten.«

Ebba schüttelte den Kopf. »Ich bin keine Künstlerin.«

»Vielleicht nicht, vielleicht doch. Das hängt in erster Linie davon ab, was die Leute von deinen Objekten halten. Ich werde in den nächsten Tagen nach Kopenhagen reisen. Dort kenne ich einen Kurator, der Kunstausstellungen organisiert. Er heißt Preben Tillmans. Ich würde ihm gern deinen Erstling zeigen, vielleicht hat er Interesse.«

Ebba machte große Augen. »Das ist nicht dein Ernst! Du willst mit meiner Bastelei nach Kopenhagen?«

Drachmann produzierte einen weiteren Rauchring. »Nicht nur mit deinem Objekt. Anna bat mich, Preben auch ein paar Pastelle von ihr zu zeigen. Unter anderen *Das fröhliche Kind*, das Klein-Helga zeigt. Mikkel, ihr Mann, ist übrigens auch mit ein paar Gemälden dabei. Und Krøyer mit einem seiner diesjährigen Werke: *Sommertag am Skagener Südstrand.* Als Künstler muss man seine Fühler immer wieder ausstrecken, indem man Kontakt hält.«

»Ich verstehe.«

Drachmann setzte sich den Cowboyhut auf und erhob sich. »Nun, wie ist es, soll ich *Et Stykke Højensstrand* mitnehmen? Ich verspreche auch, dein Werk wie ein rohes Ei zu behandeln.«

»Ja, ja, natürlich«, stotterte Ebba. Das Ganze ging ihr ein wenig zu schnell. »Willst du das wirklich tun?«

»Wenn ich es sage. Hast du Seidenpapier im Haus?«

»Ja, ich glaube, ja.«

»Dann schlag das Werk darin ein. Und lass dir am besten von *tømrermester* Bruun in Skagen eine flache Holzkiste für den Transport fertigen. Ich fahre übermorgen mit dem Postwagen.«

»Ja, Holger. Danke, Holger. Ich danke …«

Drachmann wandte sich zum Gehen. »Du brauchst mir nicht zu danken. Ich mache es gern. *Vi ses.*«

»Vi ses.«

Wenige Augenblicke später starrte Ebba die dicken Rauchschwaden an, die Drachmann in ihrer Kammer hinterlassen hatte, und dachte: Ich glaube, ich träume.

KAPITEL 23

Nur einen Tag später standen Birga und Svea, die beiden Zwillingsschwestern, überraschend vor Broderssons Haus und klopften an die Tür. »Da sind wir«, sagte Birga.

»Wir kommen doch nicht ungelegen?«, fragte Svea.

»Nein, nein, natürlich nicht«, versicherte Ebba, die ihnen geöffnet hatte. »Die Fensterbauer waren wohl schneller, als ihr dachtet?«

»Nee«, sagte Birga.

»Wir haben das Fenster zum Hof doch nicht machen lassen. Das war zu teuer«, sagte Svea.

»Na, dann kommt rein. Wo das Behandlungszimmer ist, wisst ihr ja. Ich hole rasch *far.*«

Ebba eilte in Broderssons Arbeitszimmer und berichtete ihm von dem unverhofften Besuch.

»Gut, dass ich vorbereitet bin, mein Mädchen«, meinte Brodersson. »Schade, dass Satorius nun nicht dabei sein kann, sozusagen als wissenschaftlicher Zeuge. Aber du führst ja wieder Protokoll, nicht wahr?«

»Ja, *far.*«

»Geh nur schon vor und biete den beiden alten Mädchen

einen Tee an. Ich will noch schnell den gummierten Hanfschlauch durchspülen, bevor er zum Einsatz kommt. Sauberkeit ist auch bei diesem Experiment oberstes Gebot.«

Ebba ging zurück, und als sie an der Haustür vorbeikam, hörte sie ein unmissverständliches Kratzen. Es war Bark, der ins Haus wollte. Sie ließ ihn herein. Er sprang an Ebba hoch, bellte freudig und warf sie fast um. »Bark, du Streuner, lässt du dich auch mal wieder sehen?«, rief sie und kraulte ihn hinterm Ohr. »Was hast du denn da am Halsband?«

Sie entdeckte einen zusammengefalteten Zettel von der Art, wie sie ihn schon einmal bei Bark gefunden hatte, und las die Nachricht mit klopfendem Herzen. Der Text war kurz. Er lautete:

Bitte komme dringend heute Nacht.
In Liebe A.

»Das werde ich«, flüsterte sie. »Das werde ich bestimmt, ich musste nur bis heute warten, weil *far* mich darum gebeten hatte. Aber nun sind die beiden alten Jungfern da, und ich werde zu dir kommen.

Sie steckte den Zettel in ihre Schürzentasche und bereitete in der Küche einen Tee vor. Als sie das heiße Getränk in Begleitung von Bark zum Behandlungsraum trug, war Brodersson schon dabei, den Schwestern die Einzelheiten seines Versuchs bis ins Kleinste zu erläutern. »Ah, du hast ja Bark dabei!«, rief er Ebba entgegen. »Das trifft sich gut.« Er fuhr fort und erklärte, dass ihm der große Rüde schon bei seinem ersten Experiment sehr von Nutzen war.

»Aha«, sagte Birga.

»Soso«, sagte Svea.

»Der Hund hat die Übertragung von fünf Unzen Blut eines anderen Hundes gut überlebt. Ihr seht, er ist munter wie ein junges Reh. Heute wird es ähnlich erfolgreich verlaufen. Ich beabsichtige, jeder von euch zehn Unzen Blut abzunehmen und der anderen zuzuführen. Ein Tausch sozusagen, mit Hilfe der Transfusion. Können wir beginnen?«

»Erst einen Schluck Tee«, sagte Birga.

»So viel Zeit muss sein«, sagte Svea.

»Gewiss, gewiss«, versicherte Brodersson. »Rom wurde ja auch nicht an einem Tag erbaut, nicht wahr?«

»Rom?«, fragte Birga.

»Wieso?«, fragte Svea.

»Ich meine, wir sind nicht in Eile. Genießt in Ruhe euren Tee, bevor wir beginnen.«

Während die Schwestern das heiße Getränk probierten, Ebba das Protokoll vorbereitete und Bark entspannt auf dem Boden lag, hatte Brodersson alle Mühe, seine Ungeduld zu zügeln. Doch sein Warten wurde belohnt, denn das Experiment lief ohne jegliche Komplikationen ab, was nicht zuletzt an der Gelassenheit der Zwillinge lag.

Als der letzte Handgriff getan und die Einstichwunden versorgt waren, sagte Brodersson erleichtert: »Alles ist so verlaufen, wie ich es geplant habe. Ich bin euch sehr dankbar. Fühlt eine von euch Schwindel, Schwäche oder Unwohlsein?«

Birga und Svea sahen sich an. »Nein, wir fühlen uns wie immer. Wir sind Zwillinge!«

»Fabelhaft! Ich möchte euch jedoch bitten, noch bis zum späten Nachmittag in Alt-Skagen zu bleiben, falls doch noch Schwierigkeiten auftreten sollten.«

»So lange?«, fragte Birga.

»Wir können doch nicht im Dunkeln nach Albæk zurückfahren«, sagte Svea.

»Das stimmt.« Brodersson kratzte sich am Kopf. »Daran habe ich noch gar nicht gedacht. Ebba wird euch das Gästezimmer im hinteren Trakt des Hauses einrichten. Ach, dabei fällt mir ein: Sie sprach von einem Fenster, das ihr aus, äh, bestimmten Gründen nicht habt machen lassen können. Erlaubt, dass ich das übernehme, als kleines Zeichen meiner Dankbarkeit.«

Birga sagte: »Das erlauben wir.«

»Wenn wir bleiben, müsste unser Gaul wohl über Nacht in *Hæstorp's Stallung* stehen«, sagte Svea.

»Auch das übernehme ich selbstverständlich. Es ist jetzt zehn Minuten vor eins; ich erkläre hiermit das Experiment für beendet. Ebba, hältst du das bitte im Protokoll fest?«

»Gern, *far*«, antwortete Ebba, »das mache ich.« Sie trug die Uhrzeit ein, und während sie das tat, waren ihre Gedanken bereits ganz woanders.

In einer fernen Strandhütte.

Arndt liebte es, wenn das Tageslicht langsam verschwand, wenn Himmel und Meer miteinander verschmolzen wie ein sich schließender Vorhang und von irgendwoher nur das Plätschern einer Welle oder der Schrei einer Möwe erklang.

Er hatte lange auf seiner Lieblingsdüne gesessen und über sein Leben nachgedacht. Manch einer hätte es erfolgreich, vermutlich sogar privilegiert genannt – wenn da nicht der große Bruch gewesen wäre, der sein Schicksal komplett auf den Kopf gestellt hatte. Unglückliche Jahre lagen hinter ihm, Zwietracht, Verzweiflung, Todesgefahr und dann: der helle Lichtstrahl, als Ebba in sein Leben trat.

Der Gedanke an sie tat gut. Sie ist wie ein zweites Herz in meiner Brust, das freundlich und zuverlässig schlägt, dachte er. Ich habe ihr gestanden, dass ich sie liebe, und es stimmt tatsächlich. Ich liebe sie! Aber werden wir gemeinsam eine Zukunft haben? Viele Dinge sprechen dagegen. Zu viele.

Arndt seufzte und erhob sich. Er klopfte sich den Sand von der Hose und trat den kurzen Weg über die Düne zu seiner Hütte an. Voller Gedanken näherte er sich dem Eingang – und hielt plötzlich inne. In seiner Behausung brannte Licht! Irgendjemand muss die Kerze auf der Fischkiste angezündet haben, dachte er. Ich war es nicht. Ganz sicher nicht.

Und dann dachte Arndt gar nichts mehr.

Er sank wie vom Blitz getroffen zu Boden, denn jemand hatte ihn von hinten niedergeschlagen.

Arndt wachte auf und sah nichts. Es herrschte tiefdunkle Nacht. Nur bruchstückhaft kam die Erinnerung wieder. Was war passiert? Er hatte ein Licht gesehen. Kerzenlicht in seiner Hütte, das er nicht angezündet hatte. Und dann? Trotz seines dröhnenden Kopfes versuchte er, sich zu erinnern.

Er hatte auf seiner Düne gesessen, über sein Leben nachgedacht und wollte in seine Behausung zurückkehren. Dann war da das flackernde Licht gewesen. Und dann ... Dann hatte ihn ein heimtückischer Schlag zu Boden gestreckt.

Arndt wollte sich aufrichten, doch es gelang nicht. Er war an Händen und Füßen gefesselt. Und er hatte einen Knebel im Mund!

Trotz seiner Schmerzen und seines erbarmungswürdigen Zustandes loderte Zorn in ihm hoch. Wer zum Teufel hatte ihm das angetan? Wer kam dafür infrage?

Langsam schälten sich die Konturen seiner Umgebung aus der Dunkelheit heraus. Er lag nur wenige Schritte von seiner Hütte entfernt am Fuße der Düne, und soweit er sehen konnte, war die Kerze ausgegangen. Oder jemand hatte sie gelöscht.

Er musste sich irgendwie befreien! Aber womit? In der Hütte hatte er ein Messer. Doch wenn derjenige, der ihn bewusstlos geschlagen hatte, sich dort noch aufhielt? Arndt biss die Zähne zusammen. Er kam sich so hilflos vor wie in einem geschlossenen Sarg.

Der Strand, auf den er an diesem Abend so lange geblickt hatte, fiel ihm ein. Dort hatte etwas gelegen, das ihm vielleicht helfen konnte. Doch zuvor musste er die Düne überwinden. Eine andere Möglichkeit gab es nicht. Mühsam drehte er sich auf den Bauch, zog die Beine an, so dass er in eine kniende Position kam. Gleichzeitig stützte er sich auf die Hände und zog sich ein Stück nach vorn. Ein beschwerliches Unterfangen, um vorwärtszukommen. Und ein anstrengendes dazu. Arndt fühlte, wie ihm trotz der kühlen Temperaturen der Schweiß aus allen Poren trat. Er wollte, er musste es schaffen!

Als er den höchsten Punkt der Düne erreicht hatte, war er völlig ausgepumpt, weil er nur durch die Nase Luft bekam. Er wartete ein paar Minuten, bis sein Puls wieder normal schlug. Der Himmel hatte an Schwärze verloren. Die Nachtwolken waren gewichen, ein fahler Mond stand über ihm. Arndt blickte zum Ufersaum hinunter und stieß einen Seufzer der Erleichterung aus, denn dort sah er etwas blinken.

Mit neuem Mut ließ er sich die Düne hinunterrollen und gelangte an sein Ziel. Es war eine Flasche. Sie sollte ihm die Freiheit bringen.

Doch noch war es nicht so weit. Zunächst musste er die Flasche zertrümmern, anders würde er keine scharfe Scherbe bekommen. Wieder kniete er sich hin. Er ergriff die Flasche mit den Händen am Hals und schmetterte sie auf die Ufersteine. Sie zersprang in tausend Scherben. Er wählte eine, die ihm besonders scharf schien und klemmte sie zwischen zwei große Porphyre. Die Steine waren uralt, härter als Stahl und während der letzten Eiszeit vom norwegischen Kristiania-Fjord hinunter an Jütlands Küste getrieben worden. Er begann, seine Handfessel über der Scherbe hin und her zu bewegen. Hin und her, hin und her …

Die Zeit verging. Nichts geschah. Arndts Rücken begann zu schmerzen, die Arme wurden ihm lahm. Der Strick schien zu zäh, die Scherbe zu stumpf. Trotzdem machte er weiter. Und dann, plötzlich, lockerte sich die Fessel doch. Er hatte den Strick durchtrennt. Lieber Gott, ich danke dir!

Er streifte die Fessel ab, bewegte die Hände, um das Blut darin wieder zirkulieren zu lassen, und befreite sich als Nächstes von dem Knebel. Welch herrliches Gefühl, wieder durch den Mund atmen zu können!

Die Fußfessel zu lösen war nur ein Kinderspiel. Nichts engte ihn mehr ein. Und mit dem Gefühl der Freiheit wallte der Zorn wieder in ihm auf. Wer war der Halunke, der ihn niedergeschlagen hatte? Hielt er sich noch in der Hütte auf? Arndt erklomm die Düne und näherte sich vorsichtig seiner Behausung. Alles darin war dunkel, die Kerze ganz offenbar verlöscht. Am Eingang der Hütte hielt er inne und tastete sich langsam vor. Alles schien wie immer. Er griff ins Regal zu seiner Linken, dorthin, wo die Streichhölzer lagen, und riss eines an, um die Kerze zu entzünden. Es wurde hell. Und dann sah Arndt das, was sein Leben von nun an völlig verändern sollte.

Auf seinem Bett lag ein Toter.

Ein Mann, der mit gebrochenen Augen ans Hüttendach starrte. Seine Stirn war eingeschlagen und voller Blut. Es handelte sich um einen stattlichen Kerl mit grauem Vollbart. Seinen roten Umhang zierten goldene Litzen, und seine Handschuhe waren weiß.

Kein Zweifel, es war der Prediger.

Arndt stand da wie vom Donner gerührt. Er war so überrascht, dass er überhaupt nicht daran dachte, wie gefährlich die Situation für ihn sein konnte. Vielmehr fragte er sich, wer der

Mörder des Predigers war. Und wer Grund zu der schrecklichen Tat gehabt haben könnte.

Doch hatte es der Mörder überhaupt auf den Prediger abgesehen? War es nicht vielmehr er, Arndt, der getötet werden sollte? Schließlich wohnte er hier, und nur allzu vielen Menschen war das inzwischen bekannt.

Arndt schreckte auf. Draußen hatte er leise Schritte gehört. Und ein Hecheln.

»Guten Abend, mein Liebster«, sagte Ebba.

KAPITEL 24

Oh, mein Engel!« Arndt war völlig überrascht von Ebbas Besuch. »Warte …« Er versuchte, ihr die Sicht auf den Toten zu verdecken, doch es war bereits zu spät.

Sie riss entsetzt die Augen auf. »Du lieber Himmel, was ist pass…?« Weiter kam sie nicht, denn Bark, der in ihrer Begleitung war, sprang freudig an Arndt hoch.

Arndt erzählte hastig von dem Überfall auf ihn, wie er sich befreit und anschließend den Prediger gefunden hatte. »Sieh ihn lieber nicht an, ich möchte dir das Bild ersparen.«

Ebba küsste ihn. »Ich bin die Tochter eines Arztes und eine Krankenschwester dazu. Mich wirft so schnell nichts um.« Sie hielt die mitgeführte Laterne hoch und musterte den Prediger genau. »Er hat eine Impressionsfraktur auf der Stirn. Wie es aussieht, wurde der Schlag mit einem stumpfen Gegenstand ausgeführt. Die Frage ist, wer das getan hat.«

Arndt zuckte mit den Schultern. »Ich habe keine Ahnung. Theoretisch kommt jeder in Betracht, der um mich und mein Versteck weiß. Das Schlimme ist, ich glaube, dass ich es bin, den der Unbekannte töten wollte. Und dass er mich mit dem Prediger verwechselt hat.«

»Ja, vielleicht.« Ebba überlegte. »Aber was hatte der Prediger hier überhaupt zu suchen? Und war er es vielleicht, der dich niedergeschlagen hat? Oder doch der Unbekannte?«

»Tja, Rätsel über Rätsel.« Arndt setzte sich in den bordeauxrot gepolsterten Sessel und zog Ebba auf seinen Schoß. »Lass uns in Ruhe darüber nachdenken. Uns wird schon einfallen, was am besten zu tun ist.«

»Aber zuerst schau ich mir die Beule an deiner Schläfe an. Lass mal sehen.« Ebba untersuchte die Stelle und kam zu dem Schluss, dass der Hieb zwar hart gewesen war, aber keine Folgen haben würde. »Da hast du noch mal Glück gehabt.«

»Natürlich habe ich Glück.« Arndt küsste sie. »Du bist ja bei mir. Obwohl ich nicht damit gerechnet habe, dass du kommst.«

»Wie bitte?« Ebba blickte amüsiert. »Du hast mich doch selbst darum gebeten.«

»Nein, das habe ich nicht.«

»Warte.« Ebba holte Arndts Nachricht hervor. »Da steht's.«

Bitte komme dringend heute Nacht.
In Liebe A.

Arndt runzelte die Stirn. »Das ist nicht meine Schrift. Aber ich gebe zu, sie ist sehr ähnlich.«

»Was? Ich hätte geschworen, dass es deine Schrift ist! Allerdings hab ich sie nicht mit deinem ersten Zettel verglichen. Mein Gott, wenn du es nicht warst, wer hat die Zeilen dann geschrieben?«

Arndt begann, Ebba sanft über die Haare zu streichen, während er nachdachte. »Es muss jemand sein, dem viel daran gelegen war, dass du heute Nacht hierherkommst.«

»Und der mich kennt.«

»Richtig. Nicht nur dich, sondern auch meine Schrift. Sonst

hätte er sie nicht so gut nachmachen können. Meinst du, es war Gorm?«

Ebba schüttelte den Kopf. »Gorm kann nicht viel mehr als seinen Namen schreiben. Eher kommt der Prediger infrage. Vielleicht wollte er dich aus dem Weg räumen, um mich ...« Sie erschauerte. »Hier in der Hütte hat mich schon mal jemand überfallen wollen, im September, nachts, als du auf der *Nordstern* warst, weißt du noch? Und davor auch, derselbe lüstern schnaufende Mann, im März, in Alt-Skagen, als Seenebel war. Ich habe dir davon erzählt.«

»Ja, mein Engel. Ich erinnere mich.«

»Arndt, Liebster?«

»Ja, was ist?«

»Bitte, zieh dem Prediger die Handschuhe aus.«

»Warum?«

»Tu es einfach.«

Arndt schob Ebba von seinem Schoß und trat ans Lager, auf dem der Tote ruhte. Ohne große Mühe zog er die Handschuhe von den Fingern. »Es ging leichter, als ich dachte.«

»Die Totenstarre hat noch nicht eingesetzt.« Ebba nahm die Laterne und leuchtete beide Hände sorgfältig ab. »Er ist es«, sagte sie mit zitternder Stimme.

»Ich verstehe nicht. Wie kannst du so sicher sein?«

»Ich habe dem Angreifer im Seenebel so stark in die Hand gebissen, dass mit Sicherheit eine Narbe zurückgeblieben ist. Da ist sie, noch nicht einmal verblasst. Siehst du den Abdruck meiner Zähne?«

»Ja.« Arndt besah sich die tiefe Narbe. »Jetzt begreife ich auch, warum der Kerl weiße Handschuhe trug, als er mich um die Reparatur seines Wagenrads bat.«

»Puh, ich muss mich wieder setzen, mir ist ganz blümerant zumute.«

»Ich mache uns erst mal einen Tee.« Arndt schürte das Feuer, legte zwei frische Scheite in den Herd und setzte den Topf mit Regenwasser auf.

Während das Wasser langsam aufkochte, hingen er und Ebba ihren Gedanken nach. Zu ungeheuerlich war die Vorstellung, dass der Prediger, dieser bigotte Krämer, mehrmals versucht hatte, sie zu vergewaltigen. Die Vermutung, dass er es bei anderen jungen Frauen ebenfalls getan hatte, lag nahe.

Als der Tee fertig war und beide getrunken hatten, sagte Ebba: »Was ich mich frage, ist, wieso der Prediger die falsche Nachricht an mich schicken konnte. Ich meine, er wusste doch gar nicht, dass wir uns mit Barks Hilfe verständigen.«

Arndt überlegte. »Vielleicht wusste er es doch«, sagte er langsam. »Weil er die erste Nachricht von mir an dich gelesen hat. Die Strecke von meiner Hütte bis zu dir nach Hause ist lang, und Bark kennt viele Menschen in der Gegend. Gut möglich, dass er auch dem Prediger über den Weg gelaufen ist und dieser meine Nachricht an dich entdeckte. Er hat sie gelesen, sich sein Teil gedacht und wieder am Halsband befestigt. Und sich vorgenommen, bei nächster Gelegenheit sein Wissen zu nutzen.«

»Ich kann es kaum glauben.« Ebba schüttelte den Kopf.

»Mir fällt keine andere Erklärung ein.«

»Hm, du hast wohl recht. Es wäre auch eine Erklärung dafür, dass der Prediger in der Lage war, deine Schrift recht gut nachzumachen.«

Arndt stellte seinen Teebecher ab und kraulte Bark hinter den Ohren. »Weißt du Schlingel eigentlich, was du mit deiner Streunerei angerichtet hast?«

Bark wedelte mit dem Schwanz.

»Na, du kannst es ja nicht wissen.« Arndt wandte sich wieder Ebba zu. »Jedenfalls scheint festzustehen, wie der Prediger es schaffte, dich in meine Hütte zu locken. Und klar ist auch, dass er mich niederschlug, um sich an dir vergehen zu können. Er hätte es auch geschafft, wenn nicht ein Unbekannter aufgetaucht wäre und ihn irrtümlich erschlug.«

»So muss es gewesen sein«, überlegte Ebba laut. »Und die Kerze, die der Prediger benutzte, um dich beim Heimkommen abzulenken, machte er später aus, um mich im Dunkel überraschen zu können. In der Finsternis glaubte der Unbekannte, er stünde dir gegenüber und tötete versehentlich den Falschen.«

»Das ergibt Sinn«, sagte Arndt.

»Die große Frage bleibt: Wer ist der Unbekannte?«

»Mein Engel, ich kenne eigentlich niemanden außer Gorm, der mir nach dem Leben trachten könnte. Sein Antrieb wäre Eifersucht, weil er dich heiraten will.«

Ebba seufzte. »Das hat er mir auch schon verkündet.«

»Er kam zu mir, nachdem ich ihn vor dem Feuertod gerettet hatte. Er brachte mir sämtliche gestohlenen Gegenstände zurück, weil seine Mutter darauf bestand. Durch die Diebstähle wollte er mir das Leben hier unmöglich machen, damit ich ihm nicht mehr im Wege stünde.«

»Dieser niederträchtige Kerl! Das wusste ich gar nicht.« Ebba schenkte von dem Tee nach und lächelte flüchtig. »Da hast du ja jetzt zwei Fuchsschwänze!«

»Ja, verrückt, nicht?«

»Irgendwie ist alles verrückt. Und gruselig. Können wir den Prediger nicht vor die Tür schaffen? Seine Nähe ist mir langsam unheimlich.«

Arndt dachte nach. »Besser nicht«, sagte er. »Früher oder später wird Lauritzen hier auftauchen und nach ihm fragen. Wir sollten alles so lassen, wie es ist.«

»Und dann? Weißt du, was dann passieren würde? Lauritzen würde den Fall so drehen, dass du der Mörder bist.«

»Mag sein, doch ich hätte kein Motiv, den Prediger umzubringen.«

Ebba blickte unschlüssig. »Und wenn wir die Leiche einfach vergraben würden? Oder im Meer versenken?«

Arndt schüttelte den Kopf. »Leichen haben die unangenehme Eigenschaft, wieder aufzutauchen, besonders, wenn man nach ihnen sucht.«

»Jetzt hab ich's! Ich werde aussagen, dass du die ganze Nacht bei mir warst. Dann hast du ein Alibi und kommst als Täter nicht infrage!«

»Das würdest du tun?« Arndt küsste sie. »Obwohl dein Ruf als sittsame Tochter von Knud Brodersson, dem beliebten Arzt, dann ruiniert wäre?«

»Die Leute reden sowieso schon, seitdem ich dich Tag und Nacht gepflegt habe.«

»Du bist eine wunderbare junge Frau!« Arndt drückte sie so fest an sich, dass die Laterne auf der Fischkiste ins Wanken geriet und verlöschte. Sofort wurde es stockdunkel in der Hütte. »Ich Tölpel, verzeih!« Er gab sie frei, tastete nach den Streichhölzern im Regal und rieb eines an. Im aufflammenden Licht wollte er die Schachtel zurücklegen und stutzte. Die andere Ecke des Regals war leer. Tagsüber hatte da noch ein Päckchen mit Kautabak gelegen. Gorms Kautabak. Und nur einer kam in Betracht, es mitgenommen zu haben. »Autsch!«

»Was ist, Liebster?«

»Ich habe mir den Finger verbrannt. Es ist nicht schlimm.« Arndt riss ein neues Streichholz an, entzündete die Laterne und sagte: »Jetzt weiß ich, dass Gorm der Mörder ist. Ich kann es beweisen.«

»Oh, wirklich?«

»Ja. Als Gorm bei mir war, um meine Habe zurückzubringen, vergaß er sein Päckchen mit Kautabak. Ich fand es, nachdem er gegangen war, und legte es ins Regal. Ich wollte es ihm bei Gelegenheit wiedergeben. Dem ist er heute zuvorgekommen.«

»Meine Güte!«

»Ich denke, dass beim Sturz des Predigers einige Gegenstände umgerissen wurden. Gorm machte Licht, und spätestens da entdeckte er, dass er nicht mich erwischt hatte. Er bettete den Prediger auf mein Lager, räumte auf und schob alles an seinen Platz zurück. Er wollte in jedem Fall sicherstellen, keine Spuren von sich zu hinterlassen. Dabei entdeckte er im Regal seinen Kautabak und nahm ihn mit. Eine Ironie des Schicksals, denn gerade das hat ihn überführt.«

»Er muss seine gerechte Strafe kriegen!«

»Ja, aber das ist leichter gesagt, als getan.«

»Wie meinst du das?«

»Lass mich nachdenken. Fest steht, dass Lauritzen Untersuchungen anstellen wird. Und wie du schon gesagt hast, wird er mich nur zu gern der Tat bezichtigen, weil der Mord in meiner Hütte geschah. Nun gut, ich hätte das Alibi durch dich, besser wäre es aber, wenn wir davon keinen Gebrauch machen müssten. Dann würde er dich nicht mit Fragen belästigen und in die Enge zu treiben versuchen.«

»Was schlägst du vor?«

»Ich werde Gorm zur Rede stellen und ihm klarmachen, dass die Beweise gegen ihn erdrückend sind. Dann wird er, so Gott will, seine Tat einräumen.«

»Liebster, meinst du wirklich, er wird gestehen?«

»Er muss es. Ich werde noch heute Morgen mit ihm sprechen.«

Ebba atmete tief durch. »Gut, wir müssen es hinter uns bringen. Wann sollen wir aufbrechen?«

»Jetzt gleich. Wie ich sagte, wir lassen alles so, wie es ist. Doch halt! Zieh dem Prediger noch vorher die Handschuhe wieder an.

Lauritzen könnte sonst unnötige Fragen haben. Und stell auch die Teebecher an ihren Platz zurück.«

»Ja, das mache ich.« Ebba tat, wie ihr geheißen. »Nur weg von hier!«

Kurz darauf waren sie unterwegs, zwei Schatten in der Nacht, ein Hund und eine schwach leuchtende Laterne. »Ich schätze, es ist zwei Stunden vor Tagesanbruch«, sagte Arndt. »Wenn wir in Alt-Skagen ankommen, wird es noch dunkel sein.«

»Wirst du mit in meine Kammer kommen?«

»Nein, mein Engel, so gern ich es täte.« Arndt blieb stehen und schaute Ebba im Schein der Laterne an. Sein Gesicht wirkte sehr entschlossen. »Ich werde dich und Bark bei dir zu Hause abliefern und sofort den Rückweg antreten. In meiner Hütte will ich den Tagesanbruch abwarten und dann ein zweites Mal nach Alt-Skagen gehen.«

»Aber warum das?«

»Wenn ich bei dir bliebe, könnte morgen früh jemand sehen, wie ich dein Haus verlasse. Ich will auf jeden Fall vermeiden, dass du in die Sache hineingezogen wirst.«

Ebba umarmte Arndt und blickte ihm in die Augen. »Oh, mein Liebster, ich wünsche mir so sehr, dass alles gutgeht!«

»Das wird es, mein Engel.«

Einige Zeit später näherten sie sich Alt-Skagen. Hier und da brannte in den Häusern schon Licht, doch es war noch so dunkel, dass sie nicht damit rechneten, jemandem zu begegnen. So kam es, dass sie trotz aller Vorsicht eine Gestalt am Fuße der Dünen übersahen.

Sie ging gebeugt und trug eine Angel.

KAPITEL 25

Die Laune von Kommissar Lauritzen war an diesem Morgen auf dem Nullpunkt. Zu Hause hatte wieder einmal die Luft gebrannt, und nur, weil er mit Goldschmied Uggerholts Tochter auf dem Wochenmarkt »poussiert« hatte, wie Gunda, seine eifersüchtige Ehehälfte, es ausdrückte. Dabei hatte er der jungen Frau nur angeboten, ihr den Einkaufskorb nach Hause zu tragen. Und ihr dabei den Arm um die Schulter gelegt. Unglücklicherweise war sein Versuch, den Kavalier zu spielen, von einer Nachbarin beobachtet worden, die nichts anderes zu tun gehabt hatte, als Gunda den Vorfall brühwarm zu erzählen.

Nach einer frostigen Nacht hatte Gunda sich am Morgen geweigert, das Frühstück zuzubereiten, und ihm bedeutet, er möge doch zu Uggerholts Tochter gehen, vielleicht würde die ihm seinen Morgenbrei machen. Falls sie überhaupt kochen könnte.

Und nun saß er in *Brøndums Hotel* und blies Trübsal. Er war der einzige Gast im Speisesaal, denn die Logiergäste, fast ausschließlich Künstler, waren allesamt Langschläfer. Degn, der Wirt, paffte die erste Zigarre des Tages und fragte: »Bist du aus dem Bett gefallen? So früh warst du noch nie hier.«

Lauritzen grunzte irgendetwas.

»Ich schick dir Agnes vorbei, die kann deine Bestellung aufnehmen.«

Agnes, die Älteste der sechs Brøndum-Geschwister, kam wenig später. »Brauchst du die Karte?«

»Nee, ich habe keinen Hunger, will nur ’ne Kleinigkeit zu mir nehmen. Was Süßes vielleicht. Zur Aufheiterung.«

»Wir haben noch *brunsviger* Kuchen von gestern. Einen Kaffee dazu?«

»Ja, mach nur. Wo ist eigentlich der lange Lulatsch, der sonst hier bedient? Theo heißt er, Theo Manholte, wenn ich mich nicht irre. Deutscher, ziemlich lockeres Mundwerk.«

Agnes stützte sich auf den Tisch und sah Lauritzen ungläubig an. »Weißt du das denn nicht? Theo ist vorgestern nach Berlin gefahren. Er will dort Hille, die Tochter von Thorvald Lundholm, heiraten. Thorvald und der kleine Ulrik sind auch mit dabei. Nur Campanini musste hierbleiben.«

»Campanini? Wer soll das sein?«

»Der gelbe Kanarienvogel da drüben auf der Fensterbank. Er kann wunderbar singen, nur jetzt ist es dafür noch zu früh.«

»Aha.« Das interessierte Lauritzen überhaupt nicht. »Theo Manholte will also in Berlin heiraten? Ist unser schönes Skagen dafür nicht mehr gut genug?«

»Seine Eltern sollen ziemlich viel Geld haben. Sie übernehmen die Kosten. Sie sind schon älter und können nicht mehr so gut reisen.«

»Und wieso sagt mir das keiner?«

»Ich sage es dir ja jetzt.«

Lauritzen verdross die Neuigkeit. Er war eine der wichtigsten Persönlichkeiten in der Stadt, und niemand schien es für nötig befunden zu haben, ihn von den aktuellen Ereignissen in Kenntnis zu setzen. »Und warum passiert das Ganze so plötzlich?«

Agnes zuckte mit den Schultern. Sie hatte läuten hören, dass Hille schwanger war, aber erstens wusste sie das nicht genau, und zweitens ging das den kleinen Schnüffler nichts an. »Frag mich was Leichteres. Ich bringe dir jetzt deine Bestellung.«

»Ja, ja.« Lauritzen griff zur *Skagensposten*, die im Zeitungsstock an der Garderobe hing, und schaute hinein. Es stand nichts Besonderes darin, nur auf Seite 3 war ein längerer Artikel über Doktor Knud Brodersson und sein aufsehenerregendes Bluttransfusions-Experiment erschienen. Lauritzen wollte ihn gerade lesen, als der Kuchen und der Kaffee kamen. »Danke, Agnes.«

Er biss in den Kuchen – eine zuckermächtige Spezialität aus der deutschen Stadt Braunschweig – und bereute es augenblicklich. Seit ein paar Tagen muckte bei ihm ein Backenzahn auf, und dieser Zahn hatte etwas gegen süße Sachen, was sich sofort durch ein fieses Ziehen bemerkbar machte. Lauritzen fluchte und trank einen Schluck Kaffee. Der Schmerz ließ nach. Um sich abzulenken, vertiefte er sich in den Artikel über Brodersson. Doch er kam nicht weit. Immer wieder glitten seine Gedanken ab – von dem allseits beliebten Arzt zu dem Schiffbrüchigen, der von ihm vor dem Tode gerettet worden war. Arndt, so hieß der Kerl, den ein dunkles Geheimnis umgab. Er hatte den Kaufmann Dissendorf auf der *Nordstern* ermordet. Daran bestand kein Zweifel. Das Dumme war nur, dass dem Verdächtigen die Tat nicht nachzuweisen war. Trotz aller Versuche. Der gefundene Knopf auf der Brücke hatte ihn nicht überführen können, der Bootshaken nicht, der Rettungsring nicht, und auch die Drohung durch den Nachweis mit den Fingerabdrücken war ins Leere gegangen. Der durchtriebene Kerl war trotz Vorladung einfach nicht auf der Polizeistation erschienen, als hätte er geahnt, dass der Arm des Gesetzes nichts gegen ihn in der Hand hatte.

Lauritzen schob den Kuchen beiseite, um nicht in Versuchung zu geraten, ein weiteres Mal hineinzubeißen, trank einen Schluck

Kaffee und las weiter. Doch er konnte sich einfach nicht konzentrieren. Arndt – der Name wollte ihm nicht aus dem Kopf. Der Kerl war die Hauptursache dafür, dass ihm die vergangenen Monate nur Misserfolge gebracht hatten. Aber noch war nicht aller Tage Abend. Es gab einen Grund, warum der Kerl nicht längst nach Deutschland abgeschoben worden war, und dieser Grund hieß: Geduld. Geduld und Hartnäckigkeit, darauf kam es bei der Verbrecherjagd an. Beides, darauf bildete Lauritzen sich nicht wenig ein, besaß er in überreichem Maße. Die Jagd würde am Ende erfolgreich sein. Und das Wild zur Strecke gebracht! Denn über kurz oder lang machte jeder Mörder einen Fehler.

Angesichts dieses Gedankens fühlte er sich gleich besser. Er rief Agnes zu sich und befahl: »Bring mir eine Flasche Aquavit. Ich will auf etwas trinken.«

»Eine ganze Flasche? Am frühen Morgen?«

»Du hast richtig gehört«, sagte Lauritzen.

Wenn die vergangene Nacht nicht so grauenhaft gewesen wäre, hätte Arndt den Gang nach Alt-Skagen genießen können. Es war ein klarer Oktobertag mit blassblauem Himmel und mäßigem Ostwind. Der Strand, die Dünen, ja, selbst das oft so wilde Meer – alles wirkte voller Frieden. Und doch war ein Mensch in seiner Hütte brutal erschlagen worden. Der Anblick des toten Predigers hatte sich für immer in seinen Kopf eingebrannt, zumal er das Schreckensbild an diesem Morgen ein zweites Mal hatte ertragen müssen, allein, ohne Ebba, die zu dieser Stunde gewiss in der Küche stand, um ihrem Vater einen ersten Kaffee zu machen, während er auf dem Weg zu Gorm war.

Arndt wollte ihn zur Rede stellen, ihm auf den Kopf zusagen, dass er derjenige war, der den Prediger getötet hatte. Die Frage war nur, wie. Gorm war ein düsterer, eigensinniger Mann, schlichten Geistes dazu, wahrscheinlich würde es gerade deshalb schwerfallen, ihm ein Geständnis abzuringen.

Der Sand knirschte unter Arndts Füßen. Die Ebbe hatte eingesetzt. Linker Hand tauchte in der Ferne das Wrack der *Nordstern* auf. Der zerbrochene Rumpf trug nicht gerade dazu bei, seine Stimmung zu heben.

»*God morgen,* du Einsiedler!«

Arndt schreckte zusammen. Er hatte nicht mit Jonas gerechnet. Der Alte saß an seinem Lieblingsplatz und hatte die Angel ausgeworfen.

»*God morgen,* Jonas.«

»Was treibt dich so früh nach Alt-Skagen?«

Arndt wäre am liebsten weitergegangen, denn er wollte sich nicht verplappern und über die Mordtat reden. Doch die Höflichkeit gebot, dass er ein paar Worte mit Jonas wechselte. »Ich, äh … Ich habe da etwas zu erledigen.«

Der Alte lachte meckernd. »Etwas zu erledigen? Ich kann mir schon denken, was. Grüß sie schön.«

»Nein, nein, ich will da jemanden aufsuchen.«

»So kann man es auch nennen. Wann ziehst du denn endlich zu ihr? Der Winter kommt. Du kannst doch nicht ewig in deiner zugigen Hütte hausen.«

»So einfach ist das nicht.«

»Ja, ja, ich weiß. Die Angst vor den Alt-Skagener Klatschmäulern. Aber ich könnte ein gutes Wort für euch bei Knud einlegen, dass er sich nicht drum schert. Ich kann ganz gut mit ihm.«

»Entschuldige, ich muss weiter.«

Der Alte nahm die Pfeife aus dem Mund. »Dass ihr junges Gemüse nie Zeit für ein Schwätzchen habt. Na, schon gut. Wenn du nachher zurückkommst, und ich bin noch da, kannst du dir einen Fisch mitnehmen.«

»Danke, Jonas. *Vi ses.*«

Arndt setzte seinen Weg fort. Etwas später stand er vor Gorms halb abgebranntem Haus. Der Dachstuhl war zusammengefallen, angekohlte Latten ragten aus dem Mauerwerk hervor wie ein schwarzes Skelett. Doch der Unterbau des Hauses schien noch bewohnbar. Arndt klopfte an die Tür. »Ist da jemand?«

Als niemand öffnete, trat er ein. Er hatte nur eine ungefähre Erinnerung an den Raum, der sich vor ihm auftat. Zu schnell, zu hektisch war alles vor sich gegangen, als das Feuer im Dachstuhl wütete. Es hatte damals eine große Unordnung geherrscht, und das war auch heute so. Alles lag und stand irgendwo herum, ein Durcheinander von Gerätschaften aller Art, herumliegender Kleidung, Küchenresten. Dazu kam der strenge Geruch nach verkohlten Gegenständen. Der einzige Ruhepol schien das Geweih des Zwölfenders an der gegenüberliegenden Wand zu sein. Davor saß Gorm an einem klapprigen Tisch. Er schlief. In der Hand hielt er etwas, das aussah wie ein spitzes Weberschiffchen, doch es musste sich um eine Netznadel zum Ausbessern von Fischreusen handeln, denn vor ihm standen zwei oder drei dieser Fangkörbe.

»Gorm, aufwachen!«

Gorm blinzelte. Seine Augen waren rot. Wahrscheinlich hatte er getrunken. »Was willst du?«, knurrte er.

»Was ich will? Das weißt du genau.«

»Verschwinde!«

»Ich denke nicht daran.« Arndt biss sich auf die Lippen. Der Anfang des Gesprächs war schiefgegangen. Wenn er etwas von dem finsteren Fischer wollte, musste er die Sache anders angehen. »Ich habe etwas Wichtiges mit dir zu besprechen.«

»Ich will nicht mit dir reden.«

»Es wird sich nicht vermeiden lassen, Gorm. In meiner Hütte ist in der letzten Nacht ein Mann ermordet worden. Es ist der Prediger.«

Gorm grinste tückisch und stieß die Netznadel spielerisch in die Tischplatte. »Ein Mord in deiner Hütte? Dann wirst du es wohl gewesen sein.«

»Nein, ich war es nicht. Ich glaube aber, dass der Mörder es auf mich abgesehen hatte und versehentlich den Prediger erwischte.«

»Was geht das Ganze mich an? Lass mich in Ruhe.«

Arndt streckte sich. »Nein, Gorm. Ich werde dich nicht in Ruhe lassen. Ich weiß nämlich, dass du der Mörder bist. Du hattest es auf mich abgesehen. Du wolltest mich beiseiteschaffen, um Ebba zu gewinnen.«

Gorms Augen verengten sich. »Hüte deine Zunge! Du kannst nichts beweisen.«

»Oh, doch, das kann ich. Weil du einen entscheidenden Fehler begangen hast: Du hast deinen Kautabak letzte Nacht wieder an dich genommen, nachdem du ihn zuvor bei mir vergessen hattest.« Arndt erklärte die Hintergründe.

Während er das tat, ging mit Gorm eine beängstigende Veränderung vor. Sein Gesicht wurde zusehends zur Fratze. »Halt dein Maul!«, schrie er und schleuderte die Netznadel in Arndts Richtung.

Arndt konnte im letzten Moment ausweichen. »Sei vernünftig, Gorm. Du weißt genau, dass ich recht habe. Es wäre für alle am besten, wenn du die Tat einfach zugeben würdest.«

»Du sollst dein gottverdammtes Maul halten!« Gorm sprang auf und stieß dabei den Tisch um. Das alte Möbel traf Arndt. Er stürzte und rappelte sich mühsam auf, ging um den Tisch herum und auf Gorm zu, schaute ihm in die zornblitzenden Augen und machte einen letzten Versuch. »Gorm, du hast einen Menschen getötet. Natürlich belastet dich das, aber du solltest dein Gewissen erleichtern und …«

Weiter kam er nicht. Gorm packte ihn und begann, ihn zu würgen. Arndt rang nach Luft. »Gorm, lass …!«

Der Fischer hörte ihn nicht. Er war wie im Rausch, drückte nur umso fester zu.

Arndt versuchte, sich zu befreien, schlug mit den Fäusten auf den Blindwütigen ein, wand sich verzweifelt, trat nach ihm – doch alles war vergebens. Gorm stand wie ein Fels. Seine Hände waren wie ein Schraubstock, der sich erbarmungslos schloss. Arndt spürte, wie ihm die Sinne schwanden, wie das Singen in seinem linken Ohr wieder begann. In seiner Not riss er den Kopf nach links und nach rechts, um freizukommen, und dann, unverhofft, hörte er einen dumpfen Laut. Gorm verdrehte die Augen. Sein Würgegriff löste sich. Nach Luft ringend sah Arndt, wie sein Widersacher zurücktaumelte, mit voller Wucht gegen das Hirschgeweih prallte und eine Sprosse des Gehörns von hinten seinen Hals durchbohrte. Er gab einen erstickten Laut von sich und sank vornüber auf den Boden. Das Geweih auf seinem Rücken bot ein bizarres Bild. Es glich einem Paar zackiger Flügel. Wenige Herzschläge später lag er in einem Rinnsal aus Blut.

Seine Mutter stand neben ihm, das Nudelholz in der Hand. Ihr Hieb hatte Arndt gegolten, doch sie hatte den eigenen Sohn getroffen. »Du Mörder!«, schrie sie Arndt an. »Der Teufel soll dich holen!«

Arndt brauchte einen Augenblick, um die Zusammenhänge zu begreifen. »Die Halsschlagader ist verletzt«, krächzte er. »Drück den Daumen gegen die Wunde, damit das Blut zum Stillstand kommt. Ich laufe rasch zu Brodersson.«

Er hastete zur Tür und hörte in seinem Rücken die Alte keifen: »Mörder, Mörder! Du bist an allem schuld!«

Brodersson gähnte und nahm den letzten Bissen der Spiegeleier zu sich, die Ebba ihm zubereitet hatte. Es war später als sonst am Morgen, aber er hatte bis weit nach Mitternacht hinter dem Mikroskop gesessen, war dann tief und fest eingeschlafen und erst von Ebba geweckt worden, als es schon heller Tag war.

Sie hatte blass ausgesehen und nervös gewirkt und gesagt, sie wolle hinüber nach Skagen gehen und ihre Freundin Anna besuchen.

»Nur zu, mein Mädchen«, hatte er geantwortet und sich weiter seinem Frühstück gewidmet. Es konnte nicht schaden, wenn sie mal auf andere Gedanken kam. Die letzte Zeit mit der Blutübertragung zwischen den Zwillingsschwestern Birga und Svea waren ereignisreich gewesen, und außerdem wurde er den Gedanken nicht los, dass sie unter der Trennung von Arndt litt. Vielleicht wollte sie mit Anna mal von Frau zu Frau sprechen.

»Knud, Knud!«

Brodersson schreckte aus seinen Gedanken hoch. In der Tür stand Arndt, keuchend vom schnellen Lauf. »Du musst sofort kommen! Bitte!«

»Immer mit der Ruhe.« Er musterte Arndt. Das geschulte Auge des Arztes erkannte sofort die Würgemale. »Woher hast du die Hämatome am Hals?«

»Das war Gorm. Schnell! Du musst kommen. Ich fürchte, er wird sterben!«

Brodersson fragte nicht mehr lange. Er griff zu seiner Arzttasche und folgte Arndt so schnell er konnte zu Gorms halb abgebrannter Behausung.

Beim Anblick des Schwerverletzten stockte selbst ihm der Atem. So etwas hatte er in seiner langen Praxis noch nicht gesehen. Gorms Mutter stand neben ihrem Sohn und war außer sich. Sie hatte nicht versucht, den Blutfluss zu stillen. »Ach, mein armer, armer Gorm! Das ist der Mörder! Nur er ist schuld!«, schrie sie und stieß ihren Finger in Arndts Brust.

Brodersson hörte nicht auf sie. Das Gekreisch der Alten lenkte nur ab. Er untersuchte den Bewusstlosen flüchtig und konstatierte: »Die *Arteria carotis communis* ist auf der linken Seite verletzt. Der Puls ist schwach. Unmöglich, das Geweih herauszuziehen, jedenfalls nicht hier. Gorm würde auslaufen wie ein leckes Fass. Wir müssen ihn in meine Praxis schaffen.«

Arndt nickte.

Die Alte rang die Hände. »Mein armer Sohn! So tu doch was!«

Brodersson blickte zur Eingangstür. »Häng sie aus, Arndt. Rasch! Wir benutzen sie als Trage und transportieren den Patienten darauf.«

Arndt gehorchte. Zwei oder drei Männer aus der Nachbarschaft, angelockt durch den Lärm, halfen ihm. Mit vereinten Kräften hoben sie Gorm auf die Tür. Er gab ein gurgelndes Geräusch von sich. Doch er atmete, wenn auch röchelnd.

Brodersson sah mit Sorge auf die größer werdende Blutlache. »Du kommst mit«, befahl er der Mutter.

Im Behandlungsraum sagte Brodersson zu Arndt: »Sorge dafür, dass die Tür mit dem Patienten auf den Tisch gelegt wird. Nach dem Entfernen des Geweihs werde ich so rasch wie möglich die Blutung zum Stehen bringen. Kein leichtes Unterfangen. Gorm hat schon sehr viel Lebenssaft verloren. Hoffen wir, dass alles gutgeht. Für den Fall, dass es Komplikationen gibt, möchte ich in jedem Fall eine Transfusion vorbereiten, als letztes Mittel. Es wird ein Versuch mit ungewissem Ausgang sein, weil ich nicht weiß, ob Gorm das Blut seiner Mutter verträgt. Doch immerhin hat sie ihn geboren, das lässt hoffen.«

»Wie, was? Redet ihr von mir?«, jammerte die Alte. Sie hatte nur die Hälfte verstanden.

»Ja, so ist es.«

»Höre ich richtig? Du willst mein Blut?«

»Ich werde dir fünfzehn Unzen als vorbeugende Maßnahme abnehmen und sie gegebenenfalls deinem Sohn zuführen.«

»Du musst ihn retten!«

»Das versuche ich ja gerade.« Brodersson wünschte sich in diesem Augenblick sehnlichst Ebba herbei, die an seiner Stelle die Blutentnahme hätte durchführen können, aber so musste alles nacheinander geschehen, wodurch wertvolle Zeit verging, während der Patient um sein Leben rang. Er legte die Staubinde um den welken Oberarm der Alten und entnahm ihr die angekündigte Menge.

»Das haben wir. Es geht weiter.« Er bereitete die notwendigen Apparaturen und den Hanfschlauch vor und atmete tief durch. »Jetzt gilt's, Arndt! Ich werde das Geweih vorsichtig extrahieren, und du wirst dabei eine Kompresse auf die Wunde drücken. Ist das geschehen, wollen wir Gorm auf den Rücken drehen. Ich werde dann versuchen, die verletzte Arterie zu nähen. Verstanden?«

»Ich tue mein Bestes, Knud.«

»Dann los.« Brodersson legte Nadel und Catgut zurecht und zog vorsichtig an den Sprossen des Geweihs. Als es heraus war, drückte er es der Mutter in die Hand und sah im selben Moment, wie ein Blutstrahl an der Seite der Kompresse hervorschoss. »Schnell, schnell, wir müssen ihn umdrehen, um besser an die Wunde heranzukommen!«

In fliegender Hast wälzten sie den schweren Mann auf den Rücken, während das Leben stoßweise aus ihm herausfloss. Arndt warf die Kompresse fort und presste sauberes Leinen in die Wunde. Der Stoff sog sich augenblicklich voll.

»Den Lappen weg!« Brodersson fand die Enden der zerrissenen Ader, wollte zu nähen beginnen, doch schon wieder stieg das Blut in der Wunde an und verdeckte ihm die Sicht. Abermals tupfte Arndt. Mit demselben bedrohlichen Ergebnis. Genauso gut hätte er versuchen können, am Strand die Flut aufzuhalten.

Gorm zuckte. Seine Bewegungen wurden schwächer. Er lag im Sterben. Brodersson erkannte, dass ihm keine andere Möglichkeit mehr blieb, als die riskante Transfusion vorzunehmen. Sie war die einzige Chance, die der Patient noch hatte. Mit einem Schnäpper öffnete er die *Vena cephalica* im Arm und ließ das Blut der Mutter aus der Schüssel in die Vene fließen. »Hoffen wir, dass es etwas bewirkt«, murmelte er.

»Ja, hoffen wir es«, sagte Arndt.

Doch gleich darauf mussten sie erkennen, dass alle ihre Bemühungen umsonst gewesen waren.

Gorm, der finstere Fischer, hatte sein Leben ausgehaucht.

KAPITEL 26

Es ging gegen Mittag, als Lauritzen die Flasche mit dem Aquavit fast geleert hatte. Sie stand vor ihm auf dem Tisch, und er musste blinzeln, um sie nicht doppelt zu sehen. Seine positive Stimmung vom Morgen war einem Katzenjammer gewichen. Ihm dröhnte der Kopf, der schrille Gesang des Kanarienvogels klang in seinen Ohren wie das Quietschen einer Türangel. Dazu kam das schlechte Gewissen, weil er längst in der Polizeistation hätte sein sollen.

»Die nehme ich mit, du kannst ja nicht mal mehr gerade sitzen.« Agnes stand vor ihm und hielt die Flasche hoch.

»Untersteh dich«, protestierte Lauritzen mit verwaschener Stimme.

»Willst du gleich zahlen oder später?«

Er wollte antworten, dass sie gefälligst die Flasche stehen lassen solle, doch dazu kam es nicht. Ein junger Bursche stürmte in den Speisesaal und machte vor ihm halt. »Bist du der Kommissar Lauritzen?«, fragte er atemlos.

»Und wer bist du?«

»Ich bin Einar von *Hæstorp's Stallung*, drüben in Alt-Skagen. Doktor Brodersson schickt mich. Es hat einen Zweikampf gegeben. Gorm, der Fischer, ist tot. Der andere lebt. Du musst kommen.«

»Was?« Es dauerte einen Augenblick, bis die Neuigkeit Lauritzens vernebeltes Hirn erreichte. »Gorm tot? Wer ist der andere?«

»Arndt, der Einsiedler vom Strand. Ich muss weiter. Ich soll noch Ebba Bescheid sagen, sie ist bei Anna Ancher.«

»Ja, ja.« Den Rest des Satzes hatte Lauritzen schon nicht mehr gehört. Arndt, der Mörder! Nun hatte er ein zweites Mal getötet. Ein warmes Glücksgefühl durchströmte Lauritzen. Er hatte also doch recht gehabt. Diesmal würde ihm der mysteriöse Kerl nicht durch die Lappen gehen. Er straffte sich. »Bestelle Brodersson, er möge dafür sorgen, dass am Tatort alles so bleibt, wie es ist. Und er soll den Täter festhalten. Notfalls mit Gewalt. Ich werde kommen, sobald es meine Zeit zulässt. Wahrscheinlich am frühen Nachmittag. Und nun schwirr ab.«

»Jawohl.« Einar eilte hinaus.

»Mein Gott!«, stöhnte Agnes. »Gorm tot! Was willst du unternehmen?«

»Das lass nur meine Sorge sein.« Lauritzen versuchte, seine Gedanken zu ordnen. Eines zumindest stand fest: Er war noch nicht sicher genug auf den Beinen, um Maßnahmen zu ergreifen. Nicht auszudenken, wenn er Brodersson begegnete und dabei schwankte wie ein Rohr im Wind. »Bring mir einen starken Kaffee.«

»Sofort. Kann ich sonst noch was für dich tun?«

»Ja, mich in Ruhe lassen.«

Lauritzen stand im Hauptraum des halb abgebrannten Hauses. Er hatte den Tatort eingehend inspiziert, besonders die Stelle, an der das Hirschgeweih gehangen hatte, dazu die Blutspuren und die Netznadel dicht daneben auf dem Boden. »Fällt dir sonst noch irgendetwas auf?«, fragte er Kaspar, seinen Assistenten.

»Nee, Chef.«

»Gut. Dann gehen wir zurück zu Broderssons Behandlungsraum. Dort halten sich seine Tochter, der Täter und die Mutter des Toten zur Verfügung.«

»Knud«, sagte Lauritzen wenig später zu Brodersson, »ich habe zwei Möglichkeiten: Entweder ich verhöre die Beteiligten gleich hier, oder ich muss die Befragungen morgen in der Polizeistation vornehmen. Was meinst du?«

Brodersson zögerte. »Am liebsten wäre mir, wenn wir die Angelegenheit rasch hinter uns brächten, aber ich habe heute noch einige Patienten. Die möchte ich ungern abweisen.«

»Verstehe.« Lauritzen kam sich sehr wichtig vor. »Die Verhöre werden dann am morgigen Tag von mir ab zehn Uhr in der Polizeistation durchgeführt. Ich erwarte pünktliches Erscheinen.«

»Natürlich.«

Lauritzen wandte sich an Arndt. »In Anbetracht der Tatsache, dass du Gorm in einem Zweikampf getötet hast, nehme ich dich hiermit fest. Mordverdacht! Du wirst mich nach Skagen begleiten und die Nacht in der Zelle verbringen. Es besteht Fluchtgefahr.«

Arndt nickte. Er wirkte sehr gefasst.

Gorms Mutter, die bislang teilnahmslos zugehört hatte, kreischte: »So ist es richtig! Häng ihn am besten gleich auf!«

Ebba blickte trotzig.

Brodersson widersprach: »Arndt hat Würgemale am Hals. Wie du siehst, ist sogar sein Kehlkopf angeschwollen. Gorm wollte ihn töten. Es war Notwehr.«

»Das wird sich bei den Einzelbefragungen herausstellen.«

»Außerdem leidet Arndt wieder unter Schwindel und Ohrensausen. Er hat vermutlich einen Tumor. Er ist nicht transportfähig.«

»Tut mir leid, Knud, das scheint mir ganz und gar nicht der Fall zu sein. Kaspar, binde dem Täter die Hände. Wir brechen auf.«

»Wie du willst, John, aber auf deine Verantwortung!«

Ebba machte einen letzten Versuch. Sie blickte den kleinen Kommissar flehend an. »Ich verbürge mich dafür, dass Arndt nicht flieht. Kannst du ihm nicht den Gang hinter Gitter ersparen?«

»Nein«, sagte Lauritzen.

»Ich danke dir, Knud, dass du gekommen bist«, sagte Lauritzen am nächsten Vormittag. Er saß in seinem Dienstzimmer und wirkte sehr förmlich. »Du sollst der Erste sein, den ich befrage, denn du als Arzt bist der Wahrheit verpflichtet, und deine Aussage wird mit entscheidend sein.«

»Das ehrt mich, John.« Brodersson schlug die Beine übereinander. Er gab sich kaum Mühe, die Ironie in seiner Stimme zu verbergen.

»Bitte erzähle genau, wie du von der Tat erfuhrst und was du anschließend unternommen hast. Kaspar wird deine Schilderung zu Protokoll nehmen. Anschließend musst du das Papier unterschreiben.«

»Ich habe doch gestern schon alles gesagt.«

»Sag es noch einmal.«

»Zuerst will ich wissen, wie es Arndt geht.«

»Er lebt. Lasse, mein anderer Assistent, hat ihm aus *Brøndums Hotel* eine Morgenmahlzeit zukommen lassen.« Lauritzen begann, sich zu ärgern. Eigentlich war er es, der die Fragen stellte, nicht umgekehrt.

»Nun denn. Ich saß noch bei einem späten Frühstück, als Arndt plötzlich in die Küche platzte. Er wirkte verstört und aufgeregt. Seine Stimme war heiser. Ich sah sofort die Würgemale an seinem Hals. Er forderte mich auf, umgehend nach Gorm in dessen Haus zu sehen. Er läge im Sterben. Ich folgte ihm, so rasch ich konnte. Gorm lag bäuchlings auf dem Boden, ein Hirschgeweih in seinem Rücken. Eine Sprosse hatte die *Arteria carotis communis* dorsal durchbohrt und ragte aus dem Hals hervor …«

»Moment«, unterbrach Kaspar. »Wie heißt das lateinische Dings?«

»*Arteria carotis communis*«, wiederholte Brodersson. »Die Kopfschlagader. Sie verläuft paarig seitlich am Hals links und rechts.«

»Kannst du das buchstabieren?«

Brodersson tat es. »Die linke Seite der Abzweigung war erheblich verletzt«, fuhr er fort. »Es bestand unmittelbare Lebensgefahr. Ich ließ Gorm in meinen Behandlungsraum bringen und entfernte mit Arndts Hilfe das Geweih. Die Blutung war äußerst stark. Ich konnte sie nicht zum Stillstand bringen. Der anschließende Versuch einer Transfusion kam zu spät.«

»Hm.« Lauritzen überlegte. »Du sagst, Arndt hätte dir bei deinem Rettungsversuch geholfen?«

»So ist es.«

»Trotz seines, wie du sagst, angegriffenen Zustandes?«

»Er war sehr tapfer.«

»Und was ist mit der Mutter?«

Brodersson zuckte mit den Schultern. »Sie war außer sich und schrie dauernd, Arndt sei ein Mörder.«

Lauritzen lächelte. »Vielleicht war er das auch.«

»Daran glaube ich nicht. Ich darf dich an die Impressionsfraktur an Gorms Stirn erinnern, die ich dir gestern noch zeigte. Jemand muss mit einem stumpfen Gegenstand auf ihn eingeschlagen haben, wodurch er rückwärts gegen das Geweih taumelte. Wahrscheinlich schon bewusstlos. Arndt kann es nicht gewesen sein, weil er von Gorm gewürgt wurde.«

»Vielleicht. Vielleicht auch nicht. Genauso möglich wäre es, dass Arndt sich befreien konnte und Gorm einen Hieb versetzte, der ihn gegen das Geweih warf. Dann wäre es nicht Notwehr, sondern …«

»Das sind Spekulationen, John. Fest steht, dass der Tod nicht infolge der Impressionsfraktur eintrat. Das kann ich dir als Mediziner versichern. Ohne die Stichverletzung im Hals durch die unterste Sprosse des Geweihs, die sogenannte Augsprosse, hätte Gorm eine gute Überlebenschance gehabt. Fest steht außerdem, dass die Impressionsfraktur an der Stirn nicht von einer bloßen Faust herrühren kann. Das heißt, es muss irgendwo eine Art Schlaginstrument geben, das jemandem als Waffe diente. Hast du etwas Derartiges gefunden?«

Das hatte Lauritzen nicht. Aber das brauchte Brodersson nicht zu wissen. Und Fragen standen ihm nicht zu. »Ich danke dir für deine Aussage, Knud. Warte bitte draußen, damit du später noch das Protokoll unterzeichnen kannst. Schicke mir jetzt die Mutter herein.«

»Wie du willst«, sagte Brodersson.

»Bevor ich beginne, möchte ich dir mein aufrichtiges Beileid zum Verlust deines Sohnes aussprechen«, sagte Lauritzen scheinbar freundlich zu Gorms Mutter. Sein umgänglicher Ton kam nicht von ungefähr, denn nach Broderssons Befragung war nicht mehr auszuschließen, dass die Alte am Tod ihres Sohnes eine Mitschuld trug. Da konnte es nicht schaden, den Verständnisvollen zu spielen. »Du bist Rika Svendsen, nicht wahr? Und dein Sohn heißt Gorm Svendsen, richtig?«

»Ja, wieso, ach, mein armer Gorm!«

»Ich muss das feststellen, es gehört zu unserem Gespräch dazu. Wie du weißt, wurde Gorms Leichnam noch gestern Abend hier nach Skagen ins Krankenhaus gebracht, wo er im Kühlraum liegt. Wenn du ihn noch einmal sehen möchtest, sag nur Bescheid. Ich werde dann das Nötige veranlassen.«

Die Alte antwortete nicht. Stattdessen starrte sie unverwandt auf einen Punkt an der Wand. Doch außer der weißen Tünche war an der Stelle nichts zu bemerken.

»Möchtest du deinen Sohn noch einmal vor der Beerdigung sehen?«, wiederholte Lauritzen sanft.

Er bekam keine Antwort. Stattdessen zeigte die Alte mit ihrem gichtigen Finger auf den Punkt. Ihr Mund öffnete und schloss sich lautlos.

»Ist da was?«, fragte Lauritzen irritiert.

Als die Antwort wiederum ausblieb, fragte er: »Siehst du da etwas, das ich nicht sehe?«

»Den Mörder! Den Mörder!«, schrie es aus der alten Frau heraus.

Lauritzen zuckte zusammen.

»Er hat meinen Gorm gerettet, um ihn zu ermorden!«

»Nun, nun. Ob es so war, wollen wir gemeinsam untersuchen. Ich erinnere mich, dass die Leute über Arndts Rettungstat sprachen, nachdem er Gorm aus deinem brennenden Haus geborgen hatte. Nichts Besonderes, jeder andere hätte das auch getan, wenn du mich fragst. Doch warum hätte Arndt deinen Sohn ermorden sollen? Das ergibt doch keinen Sinn.«

Die Alte hatte sich offenbar beruhigt. »Er ist ein Mörder«, flüsterte sie. »Verflucht sei er in alle Ewigkeit.«

»Immerhin hat er deinen Sohn vor dem Feuertod bewahrt. Meinst du, er hat zwei Seiten, eine gute und eine böse?«

»Er ist ein Teufel! Ich habe ihn gesehen, und ich sehe ihn auch jetzt! Da an der Wand steht er!«

Lauritzen wurde unheimlich zumute. Die Alte war verrückt. Zumindest tat sie so. Er machte einen weiteren Versuch. »Du sagst, du hast ihn gesehen. Warst du bei dem Tathergang dabei?«

»Ja! Ich war dabei! Ja! Ja!« Die Alte schloss die Augen und schwieg. Lauritzen dachte schon, sie würde nicht weitersprechen, als sie fortfuhr: »Der Teufel kam und kämpfte mit meinem Sohn. Niemand kann den Teufel besiegen. Gorm musste unterliegen. Das Geweih durchbohrte ihn.«

»Gorm wurde auch der Schädel eingeschlagen. Ich frage dich direkt: Warst du das?«

»Ich?« Die Alte lachte freudlos. »Niemand kann den Teufel besiegen.«

»Die Waffe muss ein stumpfer Gegenstand gewesen sein. Hast du sie benutzt, um deinem Sohn beizustehen?«

»Niemand kann den Teufel besiegen.«

»Ein stumpfer Gegenstand, hörst du? Hast du etwas Ähnliches in deinem Haus herumliegen?«

»Niemand kann den Teufel besiegen.«

Lauritzen gab es fürs Erste auf. Mehr war aus der Mutter nicht herauszuholen. Jedenfalls nicht, ohne den ominösen stumpfen Gegenstand gefunden zu haben. »Ich fasse zusammen, dass du bei der Tat zugegen warst. Und dass sämtliche Verletzungen nach deiner Aussage durch Arndt, den Einsiedler vom Strand, verursacht wurden. Ist das richtig?«

Die Alte schwieg. »Niemand kann den Teu...«

»Ja, ja, ich weiß. Du darfst jetzt gehen. Aber halte dich zu meiner Verfügung. Vielleicht brauche ich dich noch in den nächsten Tagen.«

Die Alte stand auf und wieselte erstaunlich schnell aus dem Zimmer.

»Kaspar, lass Gorms Mutter nachher ihre Aussage unterschreiben – sofern sie schreiben kann«, befahl Lauritzen.

»Ja, Chef.«

»Und nun hol mir Arndt aus seiner Zelle.«

Arndt war leichenblass, als er Lauritzen gegenübersaß, doch er wirkte äußerlich ruhig. »Was willst du wissen?«, fragte er. »Ich kann dir alles erklären.«

»Du könntest die Sache abkürzen, indem du die Tat einfach zugibst, ohne Wenn und Aber.« Lauritzen lehnte sich zurück und kaute auf einer getrockneten Gewürznelke, zu der ihm Christian Klæbel, der Apotheker, gegen den schmerzenden Backenzahn geraten hatte. Die Pflanze von den fernen Molukken tat ihre lindernde Wirkung, weshalb die Laune des kleinen Kommissars sich etwas gebessert hatte.

»Ich gebe zu, dass ich mit Gorm gekämpft habe und dass er dabei zu Tode kam«, sagte Arndt. »Er hat mich angegriffen, und ich habe mich gewehrt.«

»Nun mal langsam. Immer schön der Reihe nach. Zunächst hast du Gorms Haus aufgesucht. Dafür muss es einen Grund geben. Ich nehme an, du warst eifersüchtig auf ihn, weil er Ebba heiraten wollte. Halb Skagen spricht ja davon, dass du was mit Ebba hast. Du warst wütend auf ihn, bist zu ihm gegangen, um ihn zur Rede zu stellen, und es ist zum Kampf gekommen. Gorm hat dich gewürgt, du hast dich befreit und ihm mit dem ersten besten Gegenstand ins Gesicht geschlagen! Daraufhin taumelte Gorm gegen das Geweih, mit den bekannten Folgen. Stimmt's?«

Arndt streckte sich. »Deine Ausführungen sind vom ersten bis zum letzten Satz falsch.«

Lauritzen schnellte vor. »Ach! Und was ist daran falsch, wenn man fragen darf?«

»Ich ...« Arndt hielt inne. Er musste jedes Wort abwägen. »Ich bin gestern Morgen zu Gorm gegangen, um ihn des Mordes an dem Prediger zu beschuldigen.«

»Was?« Lauritzen lachte überlegen. »Eine dümmere Ausrede konnte dir wohl nicht einfallen?«

»Ich wiederhole: um ihn des Mordes an dem Prediger zu beschuldigen! Der Händler besuchte mich vorgestern Abend. Wir kennen uns recht gut, seitdem ich ihm einmal geholfen hatte, ein Wagenrad zu reparieren. Wir tranken etwas und redeten lange.«

»Ach? Worüber wollt ihr denn so lange geredet haben? Über den lieben Gott etwa?«

»Der Prediger ist in früheren Jahren den Heerweg hinunter nach Deutschland gezogen, um seine Waren in Flensburg und Schleswig zu verkaufen. Darüber haben wir gesprochen. Er ist … Das heißt, er war ein weitgereister Mann. Er hatte viel zu erzählen. Zwischendurch verlöschte die Kerze. Wir redeten weiter. Irgendwann musste ich raus hinter die Düne, um mich zu erleichtern. Während ich das tat, hörte ich heftige Geräusche. Dann sah ich eine dunkle Gestalt davonlaufen. Ich eilte zurück in die Hütte, machte Licht und entdeckte den toten Prediger. Ich untersuchte den ganzen Raum, um einen Hinweis auf den Täter zu finden. Ich fand nichts. Aber ich konnte mir auch so denken, wer der Mörder war: Gorm. Er hatte es auf mich abgesehen, weil er Ebba für sich gewinnen wollte. Und er erwischte versehentlich den Prediger. Genau das wollte ich Gorm auf den Kopf zusagen. Ich ging am anderen Morgen nach Alt-Skagen und begegnete keinem Menschen, außer Jonas, der schon zu früher Stunde angelte. In Gorms Haus ist es dann zum Kampf gekommen – und leider auch zu seinem Tod.«

Nach dieser ausführlichen Erklärung schwieg Lauritzen. Arndt beobachtete ihn. Er hatte die ganze Zeit in der Zelle über seine Aussage nachgedacht und war zu der Überzeugung gekommen, dass diese Version die beste Möglichkeit war, Ebba aus dem Fall herauszuhalten.

Lauritzen fragte sehr nachdenklich: »Verstehe ich dich richtig, dass der Prediger noch immer in deiner Hütte liegt?«

»Wenn ihn keiner fortgeschafft hat, ja.«

»*I orden.*« Der kleine Kommissar spuckte den Rest der Gewürznelke in den Papierkorb und setzte sich die Dienstmütze auf die Glatze. »Wir brechen sofort auf! Kaspar, du kommst mit. Sag Lasse Bescheid, er soll uns eine Kutsche besorgen. Die anderen Zeugen sind für heute zu entlassen.«

»Ja, Chef«, sagte Kaspar.

Lauritzen stand in der Hütte vor der Leiche des Predigers und sagte: »Er ist es tatsächlich.«

»Ja, das ist er«, sagte Kaspar. »Er sieht aus wie immer. Außer, dass er jetzt tot ist.«

»Hm, die Leichenstarre dürfte schon vorüber sein. Prüf das mal nach.«

Kaspar griff nach einer Hand des Toten und bewegte die Finger unter dem weißen Handschuh. »Weich wie Butter.«

»Habe ich mir gedacht.« Lauritzen musterte das Gesicht des Predigers. »Zwischen den Augen ist sein Schädel eingedrückt. Leichte Blutung. Eine Schlagverletzung.«

Arndt sagte ruhig: »Es ist alles so, wie ich es geschildert habe.«

»Wir sind noch nicht fertig«, knurrte Lauritzen.

»Die Verletzung sieht genauso aus wie die von Gorm«, stellte Kaspar fest.

»Das weiß ich selbst! Knud Brodersson soll sie sich ansehen.«

»Chef, das könnte bedeuten, dass die Verletzungen von Gorm und dem Prediger von demselben Gegenstand stammen.«

»Ja, und von demselben Mann, der diesen Gegenstand benutzte!« Lauritzen kam sich sehr schlau vor. Er wandte sich an Arndt. »Merkst du, wie die Schlinge sich um deinen Hals zuzieht? Kaspar wird jetzt die Hütte auf den Kopf stellen, das Unterste zuoberst kehren und das Schlaginstrument finden.«

»Er wird nichts finden.«

»Abwarten.« Lauritzen machte es sich in dem bordeauxrot bezogenen Sessel bequem und ließ Arndt mit gefesselten Händen stehen, während Kaspar in jedem Winkel herumschnüffelte, Töpfe und Teller inspizierte, die Säcke mit den Hülsenfrüchten ausschüttete und ein heilloses Durcheinander anrichtete. Als er nichts fand, ging er nach draußen und untersuchte den sorgsam aufgeschichteten Holzstoß, indem er ihn zum Einsturz brachte.

Lauritzen schob sich unterdessen eine weitere Nelke in den Mund und sagte zu Arndt: »Die Wahrheit kommt früher oder später ans Licht. Das war schon immer so. Erzähl mir von deinem Kampf mit Gorm. Er hat dich gewürgt, nun gut, das kann ich sehen. Du konntest dich befreien, sonst würdest du wohl nicht mehr leben. Was geschah dann?«

»Ich konnte mich nicht befreien.«

»Wie meinst du das?«

»Gorms Mutter befreite mich, wenn auch ohne es zu wollen.«

»Hör mal, Freundchen!« Lauritzen richtete sich halb aus dem Sessel auf. »Wenn du mich auf den Arm nehmen willst, bist du an der falschen Adresse!«

»Ich meine es ernst. Sie schlug unvermittelt zu. Eigentlich wollte sie mich treffen, aber sie traf in dem Handgemenge ihren Sohn. Gorm löste seinen Griff, taumelte rückwärts gegen das Geweih und spießte sich selbst auf.«

»Soso. Und womit soll die Mutter das getan haben?«

»Mit einem Nudelholz.«

»Mit einem ... Nudelholz?« Lauritzen war verblüfft. Doch bei näherem Nachdenken musste er zugeben, dass an der Aussage etwas dran sein konnte. »Und warum hast du das nicht gleich gesagt?«

»Ich wollte die alte Frau verschonen. Sie ist durch den Tod ihres Sohnes genug gestraft.«

»Weltfremdes Geschwätz!« Lauritzen sprang aus dem Sessel und lief vor die Hütte. »Kaspar, hast du was gefunden?«

»Nee, Chef, nichts.«

»Auch kein Nudelholz?«

»Hä?« Kaspar lachte blöde.

»Hör auf mit der Sucherei. Lade den Prediger auf die Pritsche. Wir fahren zurück nach Skagen.«

KAPITEL 27

Lauritzen saß hinter seinem Schreibtisch und hielt in einer Kladde stichwortartig fest, was sich seit der Ortsbesichtigung in Arndts Hütte ereignet hatte. Zunächst war der tote Körper des Predigers von Brodersson untersucht worden, wobei der Arzt zweierlei festgestellt hatte: erstens, dass der Impressionsbruch an der Stirn durch Schlageinwirkung entstanden war, und zweitens, dass beide Frakturen, die des Predigers und die von Gorm, tatsächlich durch ein und dasselbe Schlaginstrument entstanden sein konnten.

Ferner hatte Lasse Erkundigungen über den Prediger eingeholt. Es stimmte, der Händler war vor Jahren einige Male hinunter nach Deutschland gefahren. Mehrere Bauern in Ålsig, wo er ein Haus mit Wohnung und Warenlager besaß, hatten das bestätigt. Auch Arndts Aussage, nach der er dem Händler ein Wagenrad repariert hatte, entsprach der Wahrheit.

Kaspar wiederum hatte Sven und Rasmus nach Gorms Charakter befragt und zunächst nur wortkarge Antworten erhalten. Gorm war ihr Kamerad gewesen, und sie wollten nichts Schlechtes über ihn sagen. Immerhin konnte Kaspar ihnen entlocken, dass Gorm zu Jähzorn neigte.

Wie es schien, hatte Arndt in allem, was er sagte, nicht gelogen, und eigentlich bestand kein Grund mehr, ihn in der Zelle festzuhalten, wenn da nicht das Nudelholz gewesen wäre. Gorms Mutter war bei der tödlichen Auseinandersetzung dabei gewesen, vielleicht hatte nicht Arndt, sondern sie den verhängnisvollen Schlag ausgeführt, doch das war nicht mehr als eine Vermutung, solange die Alte das nicht zugab, sondern verrücktspielte. Und, was noch wichtiger war, solange das verdammte Nudelholz nicht auftauchte. Aber noch war nicht aller Tage Abend ...

Plötzlich roch es im Dienstzimmer stark nach billigem Knaster. Lauritzen sah auf und blickte in eine Wolke aus Qualm, deren Urheber niemand anders als Jonas war. »*God dag*, du Verbrecherjäger«, grüßte der Alte.

»Kannst du nicht anklopfen?«

»Hab ich doch.«

»Was willst du?«

»Arndt besuchen. Oder hast du ihn bereits freigelassen? Es wäre höchste Zeit.«

»Besuche sind nicht statthaft.«

Der Alte nahm die Pfeife aus dem Mund und entblößte dabei seine große Zahnlücke. »Hör mal, du kannst den Jungen nicht ewig festhalten. Da gibt es bestimmt irgendwelche Paragrafen, die dir das verbieten.«

»Das lass mal meine Sorge sein. Was hast du da für ein Päckchen?«

»Da ist Rasierzeug für Arndt drin. Und ein frisches Hemd. Wir sind hier in der Zivilisation, falls du das vergessen haben solltest. Auch ein Gefangener hat Anspruch auf eine saubere Erscheinung.«

»Lass mal sehen.« Lauritzen beugte sich vor und blickte in das geöffnete Päckchen. »Meinetwegen, kannst durchgehen. Du weißt ja, wo die Zelle ist.«

Der Alte grinste. »Zum Glück nicht aus eigener Erfahrung.«

»Du hast zehn Minuten, Jonas. Dann ist Schluss, oder ich hole dich.«

»Schon recht. Bis gleich.« Der Alte ging durch den Gang zu den hinteren Räumen und blieb vor Arndts Zelle stehen. Der Häftling saß auf einer Pritsche und starrte vor sich hin.

»Kopf hoch, Junge, ich bin's!«

»Oh, Jonas.« Arndt lächelte flüchtig. »Nett, dass du mich besuchst. Ebba war vorhin auch schon da.«

Der Alte setzte sich auf einen Hocker vor den Gitterstäben. »Das arme Mädchen! Sie macht sich wohl ziemliche Sorgen um dich.«

»Sie hat versucht, sie wegzulächeln, aber ich habe natürlich gesehen, wie es um sie steht. Sie hat mir gesagt, dass sie an jenem schrecklichen Morgen, als ich mit Gorm kämpfte, bei Anna Ancher gewesen sei, und ich habe gesagt, sie soll sich nicht so viele Gedanken machen.«

»Das hat Anna mir auch erzählt. Ich hab sie heute getroffen, als ich auf dem Weg zum Friedhof war. Ab und zu lege ich da einen Kranz auf dem Grab meiner lieben Fane nieder. Sie ist schon über dreißig Jahre tot.«

»Das tut mir leid.«

»Braucht es nicht. Ich hab dir was mitgebracht. Hier in dem Päckchen ist Rasierzeug für dich. Und ein Hemd. Es ist eins von mir, frisch gewaschen und geplättet, von der Mamsell im Seemannsheim. Müsste dir eigentlich passen. Zieh's gleich mal an.«

Arndt nahm das Rasierzeug entgegen und streifte das Hemd über. »Danke, Jonas. Du bist ein guter Freund.«

Der Alte winkte ab. »Halb so wild.«

»Wie geht es dir im Seemannsheim?«

»Tja, wie geht es mir?« Der Alte klopfte den Pfeifenkopf an

der Hacke aus und begann, frischen Tabak hineinzustopfen. Nachdem er ihn angezündet und ein paar tiefe Züge gemacht hatte, sagte er: »Ich muss zufrieden sein. Seit einiger Zeit teile ich mein Zimmer mit einem Bettnachbarn. Ungefähr mein Alter. Der Mann ist jahrelang auf einem Auswanderersegler gefahren, von Hamborg nach New York. Als Steward in der Ersten Klasse. Genau genommen war er also gar kein richtiger Seemann. Das allein wäre nicht so schlimm, aber der Kerl schnarcht wie ein Sägewerk. Das treibt mich jeden Tag früher aus dem Bett. Ich lass den Mann schlafen und nehme mein Angelzeug. Deshalb habe ich dich auch an dem Morgen am Strand gesehen, als du zu Gorm gingst. Du wirktest etwas angespannt, und ich hatte dir noch einen Fisch bei deiner Rückkehr versprochen.«

»Ja, ich weiß, wir haben uns gesehen.« Arndts Gesicht nahm einen wachsamen Ausdruck an. »Außer mir ist dir sicher niemand begegnet, die Gegend ist ja recht gottverlassen, oder?«

Der Alte nahm bedächtig einen Zug aus der Pfeife, blies den Rauch an die Decke und beschloss, Arndt nicht lange auf die Folter zu spannen. Er war zwar ziemlich sicher, außerdem zwei schemenhafte Gestalten an jenem Morgen gesehen zu haben, und er glaubte auch, dass es sich dabei um Arndt und Ebba gehandelt hatte, aber es bestand ein Restzweifel. Und überhaupt: Manchmal war es im Leben besser, die Füße stillzuhalten und zu schweigen. Arndt, der Beschuldigte, musste früher oder später entlassen werden, das war auch Broderssons Meinung gewesen, mit dem er gesprochen hatte. »Lauritzen hat nichts Substantielles gegen Arndt in der Hand«, hatte der Arzt gesagt und noch etwas Lateinisches hinzugefügt, das sich wie *In dubio pro reo* anhörte.

»Ja, die Gegend ist recht gottverlassen«, antwortete der Alte, »Ich glaube nicht, dass ich jemanden außer dir gesehen habe. Das heißt, wenn ich's mir recht überlege, bin ich ganz sicher.«

»Danke, Jonas.«

»Danke, wofür?« Der Alte grinste.

»Jonas! Die Besuchszeit ist lange um!«, tönte es aus dem Dienstzimmer. »Mach sofort Schluss!«

Der Alte erhob sich. »Ich geh dann mal besser. Mach's gut. Brodersson meint auch, dass es nicht mehr lange dauern kann.«

»Jonas, verdammt noch mal, komm endlich!«

Der Alte gab Arndt durch die Gitterstäbe die Hand. »*Vi ses*, mein Junge.« Er lenkte seine Schritte in Richtung Dienstzimmer und stieß dort auf Lauritzen, der wutentbrannt hinter seinem Schreibtisch stand, die Fäuste in die Hüften gestemmt.

»Wer den kleinen Finger gibt, dem nimmt man die ganze Hand!«, rief der kleine Kommissar empört. »Du hast meine Gutmütigkeit schamlos ausgenutzt, die zehn Minuten sind lange um!«

»Beruhige dich. Ich habe mit Arndt doch nur ein paar Sätze gewechselt. Der arme Junge fühlt sich allein und langweilt sich zu Tode.«

»Ja, ja, mir kommen die Tränen. Was meinst du denn mit ›nur ein paar Sätze gewechselt‹? Weißt du vielleicht etwas, das auch ich wissen sollte?«

»Aber nein, wie kommst du denn darauf?«

»Über irgendetwas müsst ihr ja gesprochen haben!«

»Das haben wir. Ich habe Arndt erzählt, dass es im Seemannsheim auch kein Zuckerschlecken ist. Mein Bettnachbar schnarcht furchtbar. Ich mache nachts kein Auge zu.«

»Aha.« Das interessierte Lauritzen nicht.

»Wann wird Arndt denn entlassen?«

»Wenn ich es für richtig halte.«

»Lauritzen«, sagte der Alte, »ich bin älter als du, und ich bin ein guter Menschenkenner ...«

»So, bist du das?«

»Allerdings. Und ich sage dir, Arndt ist der Letzte, der einen Menschen töten würde.«

»Du hast mir gar nichts zu sagen. *Farvel.*«

»*God dag,* Rika Svendsen«, sagte Lauritzen gegen Mittag des darauffolgenden Tages. Er saß mit wichtiger Miene hinter seinem Schreibtisch, und Kaspar führte wieder Protokoll. Es war das zweite Mal, dass er Gorms Mutter verhörte, und diesmal war sein Ton bei Weitem nicht so freundlich.

Die alte Frau schwieg. Ihr Blick ruhte wieder auf einem festen Punkt an der Wand, einem Punkt, an dem sich nichts befand.

»Kannst du dir denken, warum ich dich noch einmal herholen ließ?«

»Der Mörder!«, rief die Alte erstickt. »Da steht er!«

»Rede keinen Unsinn. Da, wo du hinguckst, ist nichts, und das weißt du ganz genau.«

»Mörder! Mörder!«

»Sei still. Die Kaspereien nützen dir nichts. Ich möchte, dass du deinen Blick auf etwas Reales lenkst.« Triumphierend holte Lauritzen das Nudelholz aus einer Schublade und legte es auf den Schreibtisch. »Kommt dir das bekannt vor?«

Die Alte zuckte mit den Schultern und blickte trotzig zur Seite.

»Ob du dieses Nudelholz kennst, will ich wissen. Sieh hin!«

»Was weiß ich!«

»Du weißt mehr, als du zugeben willst. Ich halte dich hier so lange fest, bis ich eine vernünftige Antwort kriege.«

»Es … Es sieht aus wie alle anderen.«

»Soso.« Es machte Lauritzen Spaß, die alte Frau zappeln zu lassen. »Es mag wie alle anderen aussehen, aber es ist deins.«

»Das kannst du nicht beweisen.«

»Meinst du?« Der kleine Kommissar stand auf und schritt hinüber zu der offenen Tür, die zum Nebenraum führte. Er wirkte dabei zwei Zoll größer. »Lasse, komm mal rüber.«

Lasse kam und nickte grinsend der alten Frau zu.

Lauritzen nahm wieder hinter seinem Schreibtisch Platz. »Das ist einer meiner Mitarbeiter. Lasse, erzähl uns mal, was du gestern getan hast. Du darfst dich setzen.«

»Danke, Chef.« Der junge Mann setzte sich. »Nachdem das verdammte Nudelholz nicht in Arndts Hütte auffindbar war, bin ich gestern noch mal zu Gorms abgebranntem Haus hin. Hab mich ein bisschen in der Umgebung umgesehen. Nichts gefunden. Bis ich schließlich den Müllhaufen gesehen hab. Es war widerlich, darin herumzuwühlen, aber ich hab das Nudelholz entdeckt. Dann bin ich mit dem Holz zu den Nachbarinnen und hab sie gefragt, ob das der alten Rika gehört. Eine – ihr Name ist Sigrun Skov – hat das Nudelholz erkannt und gesagt: ›Das ist die Teigrolle, die ich mir neulich von ihr ausgeliehen hab.‹ Sie war ganz sicher und würde das auf ihren Eid nehmen.«

»Sehr schön.« Lauritzen griff nach dem Holz, hielt es wie ein Zepter hoch und lehnte sich in seinem Stuhl zurück. »Du kannst gehen, Lasse.« Er machte eine bedeutungsvolle Pause. »Du allerdings nicht, Rika Svendsen. Ich will, dass du zugibst, dass dieses Holz dir gehört.«

»Nein!«

»Ich will, dass du zugibst, damit deinen eigenen Sohn getroffen zu haben.«

»Nein!«

»Ich will, dass du zugibst, dass du es warst – und nicht Arndt –, die den Tod deines Sohnes verschuldet hat.«

»Nein, nein, nein!« Sie schlug die Hände vors Gesicht.

»Indem du lügst, machst du deinen Sohn nicht wieder lebendig.«

Daraufhin sagte Rika Svendsen eine ganze Weile nichts. Gespannt wartete Lauritzen auf ihre Reaktion. Plötzlich brach es aus ihr heraus: »Er war so ein guter Sohn! Mein einziger! Er hat mich umsorgt, er war immer für mich da! Für mich und für andere! Er hat Leben gerettet, im Sturm, viele Male! Er wollte Ebba heiraten und mir Enkel schenken, und nun, nun ist er nicht mehr …!«

»Ich will zu deinen Gunsten annehmen, dass du Arndt nur kampfunfähig machen wolltest, aber nicht töten. War es so?« Lauritzens Stimme klang jetzt fast so freundlich wie beim ersten Verhör.

Wieder herrschte eine Weile Stille.

»War es so?«

»Ja«, flüsterte die Alte.

»Gut!« Der kleine Kommissar erhob sich zu voller Größe. »Damit ist der Fall geklärt. Ich verhafte dich, Rika Svendsen, weil du den Tod deines Sohnes Gorm Svendsen verschuldet hast. Wessen du genau angeklagt wirst, hängt davon ab, wie der Richter deine Tat einschätzt.«

Die Alte flüsterte etwas.

»Was sagst du?«

»Macht doch, was ihr wollt.«

»Schön. Kaspar, führe die Verhaftete in Arndts Zelle. Arndt selbst ist vorläufig freizulassen.«

»Ja, Chef. Wird erledigt.«

Lauritzen saß an diesem Tag noch lange hinter seinem Schreibtisch. Erst spät in der Nacht legte er die Feder beiseite. Er hatte ein Schreiben aufgesetzt an Johan Frich, den *Byfoged* der Stadt Skagen. Frich war ein hohes Tier, ein vom König eingesetzter Beamter, der die Funktion eines Bürgermeisters und Richters ausübte. Er wohnte im Sankt Laurentii Vej, nicht weit von der Polizeistation entfernt, und Lauritzen hätte das Schreiben ohne Weiteres persönlich vorbeibringen können, doch er zog es vor, den Postweg zu benutzen. Das wirkte offizieller.

Mit dem Inhalt seines Briefes war er sehr zufrieden. Bei den Ermittlungen in der Mordsache auf der *Nordstern* war er noch immer nicht weitergekommen, was ihn persönlich mächtig wurmte, doch diese Scharte war von ihm ausgewetzt worden – durch die Verhaftung von Rika Svendsen. Er hatte sie durch geschickte Befragung in die Enge getrieben, so dass ihr nichts anderes übriggeblieben war, als ihre Täterschaft einzuräumen.

Davon abgesehen hatte er es sich nicht nehmen lassen, Entwicklung und Hergang der Tat noch einmal genauestens zu schildern, wobei er fast jeden Satz mit *»Ich …«* begann: *»Ich vermutete …« – »Ich veranlasste …« – »Ich überprüfte …« – »Ich befahl …«*

Er war ganz sicher, dass seine kriminalistische Leistung dazu führen würde, auf der Beförderungsleiter eine Stufe höher – zu klettern.

Diese Hoffnung jedoch bekam am Morgen darauf einen Dämpfer, denn Gorms Mutter, die alte Rika Svendsen, wurde in ihrer Zelle tot aufgefunden. Sie hatte sich die Pulsadern aufgeschnitten.

Mit dem Rasierzeug von Arndt.

KAPITEL 28

Es war ein nasskalter, windiger Tag Ende Oktober, als Pastor Lund auf dem Friedhof der *Skagen Kirke* vor einem offenen Doppelgrab stand. Neben ihm waren zwei mit Blumen geschmückte Särge abgestellt, in denen die sterblichen Überreste von Gorm und seiner Mutter lagen. Im Hintergrund verharrte eine kleine Gruppe Hinterbliebener.

Lund faltete die Hände und beendete seine Predigt, in der er nur die guten Seiten der beiden Verstorbenen hervorgehoben hatte: »Wo Trauer ist, da ist auch Licht, wo Schmerz ist, da ist auch Hoffnung«, sagte er mit fester Stimme. »Denn so steht es im dreiundzwanzigsten Psalm der Heiligen Schrift:

Der Herr ist mein Hirte, mir wird nichts mangeln.
Er weidet mich auf einer grünen Aue und führet mich
zum frischen Wasser. Er erquicket meine Seele.
Er führet mich auf rechter Straße
um seines Namens willen.
Und ob ich schon wanderte im finstern Tal,
fürchte ich kein Unglück; denn du bist bei mir,
dein Stecken und Stab trösten mich …«

Lund sprach den Psalm zu Ende und hielt kurz inne. »Wir wollen nun das Vaterunser beten, bevor die leiblichen Hüllen von Gorm und Rika Svendsen für immer ihre Ruhe finden sollen. *»Vater unser …«*

Danach senkten Gorms Fischerkameraden beide Särge in die Grube ab, begleitet von Lunds Worten: »Erde zu Erde, Asche zu Asche, Staub zu Staub. Der Herr sei ihrer Seele gnädig.« Er schlug das Kreuz. »Im Namen des Vaters, des Sohnes und des Heiligen Geistes, Amen.«

»Amen«, murmelten die wenigen Anwesenden. Sie traten an das Grab, um Abschied zu nehmen und ein Schäufelchen Sand auf die Särge zu werfen. Da es keine Verwandten der Verblichenen gab, machte Thorvald, der Vormann der Retter, den Anfang. Er war erst vor zwei Tagen mit Hille, Ulrik und Theo, seinem frischgebackenen Schwiegersohn, aus Berlin zurückgekehrt, wo Theos begüterte Eltern ihn und die Seinen vorzüglich untergebracht und herzlich aufgenommen hatten. Besondere Aufmerksamkeit hatten sie Hille geschenkt, die ihr Enkelkind unter dem Herzen trug. Sogar über den Namen hatten sie schon nachgedacht. Es sollte einer sein, der sowohl im Dänischen als auch im Deutschen vorkam: vielleicht Christian, falls es ein Junge würde, oder Maria, falls es ein Mädchen würde. Aber das seien selbstverständlich nur Vorschläge.

Sie waren wirklich sehr freundlich gewesen, hatten ihn den Standesunterschied kaum spüren lassen und eine prächtige Hochzeit mit Dutzenden von Gästen ausgerichtet. Natürlich hatten sie versucht, Theo zu überreden, mit seiner jungen Frau in Berlin zu bleiben, doch Hille war standhaft geblieben und hatte auf der Rückkehr nach Skagen bestanden. Nur dort und nirgendwo sonst wolle sie das Kind zur Welt bringen. Zum Glück hatten die Manholtes das akzeptiert, wenn auch schweren Herzens, wie der Vater versicherte.

Trotz alledem war Thorvald heilfroh gewesen, wieder im beschaulichen Skagen zu sein – auch wenn die Nachricht vom Tode Gorms und seiner Mutter ihn tief getroffen hatte. Er schaufelte ein Häufchen Sand auf beide Särge und murmelte: »Alles Gute für deine letzte Fahrt, Gorm, und auch für dich, Rika.«

Er trat beiseite und machte Platz für Rasmus und Sven, die in geliehenen, zu engen schwarzen Anzügen steckten und feierliche Gesichter machten. Ihre hornigen Hände waren ausnahmsweise sauber, rotgeschruppt mit Mengen von Holzmehl.

Jonas war der Nächste. Aus Achtung vor den Toten nahm er die Mütze ab, doch die Pfeife blieb in seinem Mund. Er stieß ein paar Qualmwolken aus, brummte, dass ein guter Fischer auch im Himmel seinen Mann stehen würde, und machte Platz für weitere Trauergäste.

Es folgten einige Nachbarinnen, darunter auch Sigrun Skov, die das Nudelholz als Eigentum von Gorms Mutter erkannt und dadurch die Verhaftung der alten Frau ermöglicht hatte. Sie blickte die ganze Zeit durch ihre Brille scheu zu Boden, vielleicht aus schlechtem Gewissen.

Henning Jensen, der Schmied, war auch gekommen. Er hatte schon als Kind mit Gorm gespielt, sich dann mit ihm entzweit und wollte nun seinen Frieden mit dem ehemaligen Freund machen, indem er ihm das letzte Geleit gab.

Der alte Rupert aus dem Søndervej löste ihn am Rand der Grube ab. Er sagte nichts, stand nur ergriffen da und verdrückte eine Träne, denn wie alle Alten hatte er nahe am Wasser gebaut.

Nach ihm wollte Lauritzen aus der Gruppe nach vorn treten. Doch im letzten Augenblick überlegte er es sich anders. Ihm war eingefallen, dass er indirekt die Verantwortung für den Tod von Gorms Mutter trug und deshalb die Gefahr bestand, dass Böswillige sein Handeln geschmacklos finden könnten. Seine erhoffte Beförderung durfte durch nichts infrage gestellt werden. Also blieb er stocksteif stehen.

Anschließend waren Brodersson und Ebba an der Reihe. Broderssons Gemütslage schwankte zwischen Betroffenheit und Selbstvorwürfen, denn er hatte weder Gorm retten können noch dessen alte Mutter, die allerdings schon einige Zeit tot gewesen war, als Lauritzen ihn in die Zelle führte. Dass kein Arzt dieser Welt den Exitus der beiden hätte verhindern können, machte für ihn die Sache nicht besser.

Wenigstens hatte er für eine anständige Beerdigung gesorgt, indem er die Kosten übernahm, allerdings nur für die Zeit, bis eine Versteigerung der wenigen Svendsen'schen Habe etwas Geld einbringen würde. Dass die von ihm vorgestreckte Summe dabei nicht erzielt werden würde, hatte er bewusst in Kauf genommen.

Beim Prediger sah es anders aus. Seine Beisetzung hatte am Tag zuvor auf dem Gottesacker der *Sct. Catharinæ Kirke* stattgefunden, weil er in Hjørring geboren war, und auch für diese Feier hatte Brodersson die Kosten zunächst ausgelegt. Doch bei dem Posamentenhöker musste er sich keine Sorgen um sein Geld machen, denn der Mann war nicht arm gewesen. Wenn Wohnhaus und Warenlager, Wagen und Pferd demnächst in Ålsig unter den Hammer kamen, würde der erzielte Betrag gewiss für die Rückerstattung ausreichen.

Brodersson zwang seine Gedanken wieder in die Gegenwart. Er gab etwas Sand ins Grab und schalt sich, dass er im Angesicht des Todes an so etwas Schnödes wie Mammon gedacht hatte. Flüsternd wandte er sich an Ebba: »Nun bist du dran, mein Mädchen.«

Ebba ging Gorms Tod sehr nahe. Er war ein finsterer Bursche gewesen. Finster und unheimlich. Er hatte sich ihr mehrfach aufgedrängt. Er hatte ihre Ablehnung ignoriert. Er hatte Arndt im Jähzorn töten wollen. Viele böse Eigenschaften. Und trotzdem:

Ein solches Ende hatte er nicht verdient. Und die alte Rika auch nicht. Sie hatte nach Gorm noch drei Fehlgeburten gehabt, danach war ihr Mann auf See geblieben, und sie war wunderlich geworden, hatte nur noch für ihren einzigen Sohn gelebt, ihn verhätschelt und vergöttert. Arme Rita, armer Gorm!

Ebba streute Sand auf jeden Sarg und warf etwas Weißes hinterher. Es waren die zwei Ellen Spitze, die Gorm ihr einst geschenkt hatte. »Lebt wohl, ihr zwei«, sagte sie leise.

Sie wandte sich ab und hakte sich bei Brodersson unter. »Komm, *far,* lass uns nach Hause gehen. Arndt wartet sicher schon auf uns.«

Arndt war dabei, die alte Gartenbank zu reparieren, die vor dem Fenster der Knechtstube verwitterte. Er hatte mehrere neue Latten für die Sitzfläche zurechtgeschnitten und schraubte sie Stück für Stück fest. Nach der trostlosen Zeit in der Gefängniszelle tat ihm die Arbeit gut. Sie lenkte ihn ab von seinen Gedanken über eine ungewisse Zukunft. Sicher, er war wieder auf freiem Fuß, zumindest bis feststand, ob ein Verfahren von offizieller Seite gegen ihn eingeleitet würde, aber Lauritzen hatte ihm klipp und klar gesagt, er gehöre eigentlich weiter hinter Gitter. Zur Begründung hatte er Arndts Verstrickung in den Mordfall Dissendorf genannt, der immer noch der Aufklärung harrte, sowie Arndts standhafte Weigerung, seine wahre Identität offenzulegen. Wer seinen vollen Namen nicht angeben wollte, musste Dreck am Stecken haben!

Nur weil Brodersson sich für ihn verbürgt hatte, durfte sich Arndt bis auf Weiteres in Alt-Skagen aufhalten. Und zwar ausschließlich im Haus des Arztes, damit dieser ein Auge auf ihn haben konnte.

Arndt zog die letzte Mutter an und legte den Maulschlüssel

zur Seite. Schritte näherten sich. Es waren Brodersson und Ebba. Arndt stand auf, klopfte sich die Hose ab und ging ihnen entgegen. »Wie war's?«, fragte er.

»Trist«, antwortete Brodersson.

»Du hast nichts versäumt«, sagte Ebba.

»Vielleicht hätte ich doch dabei sein sollen?«

»Nein, nein, es war besser so.« Brodersson winkte ab. »Es war eine düstere Veranstaltung, ganz dem Charakter Gorms entsprechend. Darüber hinaus hätte mancher deine Anwesenheit womöglich als Provokation empfunden. Die Leute neigen nun einmal zur Oberflächlichkeit. Sie sehen nicht so sehr die Einzelheiten. Für sie bist du es, der schuld an Gorms Tod ist – und letztlich auch an dem Freitod seiner Mutter. Lasst uns hineingehen, ich bin ziemlich hungrig.«

Ebba küsste Arndt. »Wir hätten noch zum Trauermahl in *Brøndums Hotel* bleiben können, aber wir wollten dich nicht so lange allein lassen.«

Arndt lächelte. »Nett von euch. Ich habe die Kartoffelsuppe noch mit gewürfeltem Speck und Petersilie angereichert, der Topf steht auf dem Herd.«

Sie setzten sich an den Küchentisch und aßen schweigend. Als sie fertig waren, räumte Ebba die Teller ab, und Brodersson gönnte sich einen Aquavit, »um die Fette zu verestern«, wie er es ausdrückte. »Willst du auch einen, Junge? Aquavit in Maßen ist Medizin.«

»Danke, Knud. Ich trinke lieber einen Tee.«

»Wie du willst. Ich gönne mir zur Feier des Tages eine Zigarre.«

Ebba stellte einen Tee für Arndt und einen Aschenbecher für ihren Vater auf den Tisch und wollte sich gerade wieder setzen, als es an der Tür klopfte. Draußen stand Lyng Peters, der Kutscher des Postwagens, ein vierkant gebauter Mann, der regelmäßig von Frederikshavn bis hinauf nach Skagen fuhr. »*Hej*, Ebba«, brummte er, »ein Brief für dich.«

»Für mich?«

»So ist es.« Lyng tippte sich an die Mütze und verschwand.

Mit klopfendem Herzen trug Ebba den Brief in die Küche und öffnete ihn. Er war von Holger Drachmann, der zurzeit in Kopenhagen weilte. Als sie die Zeilen gelesen hatte, wurde sie blass und musste sich erst einmal setzen.

»Was steht denn drin?«, fragte Arndt.

»Die *Königlich Dänische Kunstakademie* veranstaltet eine Vernissage im Schloss Charlottenborg. *Havlandskaber* lautet das Motto. Holger schreibt, mein Strandobjekt sei ja im weitesten Sinne auch ein Seestück und soll deshalb ausgestellt werden. Man erwartet mich zur Eröffnung.«

»Wann?«, fragten Arndt und Brodersson wie aus einem Munde.

»Übermorgen.«

»Ist Holger verrückt?«, entfuhr es Brodersson. »So ein knapper Termin! Wie stellt er sich das vor?«

Ebba überflog den Brief noch einmal. »Holger schreibt, ich könne im *Hotel Paradis* am Nyhavn unterkommen. Dort sei ein Zimmer für mich reserviert. Andere Künstler würden dort auch logieren. Bei meiner Ankunft soll ich an der Rezeption nach ihm fragen. Alles Weitere fände sich dann. Er schreibt auch, es gebe schon Interessenten für *Et Stykke Højensstrand*. Preben Tillmans, der Kurator, habe ihm das gesagt.«

»Oh, ich freue mich so für dich!« Arndt ergriff Ebbas Hand und drückte sie. »Aber das erklärt noch nicht, warum alles so plötzlich sein muss.«

»Der Brief ist bereits eine Woche unterwegs. Laut Datum hat Holger ihn vor acht Tagen geschrieben.«

»Dann muss es an dem Postwagen liegen.« Brodersson zündete die mittlerweile erloschene Zigarre erneut an. »Ich frage mich nur, wie Lyng Peters es immer wieder fertigbringt, so langsam zu sein. Man könnte meinen, er hätte statt zweier gesunder Pferde ein Paar Schnecken vor seinen Wagen gespannt. Jedenfalls ist es nicht das erste Mal, dass er wichtige Post verbummelt. Eines ist klar: Von hier nach Kopenhagen dauert die Reise allein schon mindestens zwei Tage. Wir müssen uns damit abfinden, dass Holgers Einladung zu spät kommt.«

»*Far*, ich möchte es trotzdem versuchen«, sagte Ebba entschlossen.

Brodersson stutzte. »Aber wie soll das gehen? Wenn du morgen losfährst …«

»Ich würde noch heute reiten. Mit Atlas. Nach Frederikshavn. Dort könnte ich im Gasthaus *Konkylie* am Hafen übernachten. Es hat einen guten Ruf. Am nächsten Morgen würde ich die Fähre nach Kopenhagen nehmen. Übermorgen wäre ich pünktlich zur Vernissage da.«

Brodersson schüttelte den Kopf. »Ich weiß nicht. So Hals über Kopf. Du ganz allein nach Kopenhagen …«

»Vergiss nicht, *far*, ich hab früher als Krankenschwester in der Hauptstadt gearbeitet. Ich würde nicht zum ersten Mal dorthin reisen.«

»Gewiss, gewiss.« Brodersson suchte nach weiteren Gegenargumenten. »Und was soll mit Atlas passieren, wenn du in Frederikshavn angekommen ist? Soll er vielleicht allein zurücklaufen?«

Ebba faltete den Brief zusammen. »Ich werde Einar von *Hæstorp's Stallung* bitten, mich mit einem seiner Pferde zu begleiten. Auf dem Rückweg kann er Atlas mit nach Hause nehmen.«

Arndt meinte: »Ich könnte auch mitkommen, dann wäre ich sicher, dass dir nichts passiert.«

»Ausgeschlossen«, sagte Brodersson entschieden. »Ich habe

mich dafür verbürgt, dass du hier in meinem Haus bleibst. Bei einem Abstecher nach Skagen könnte ich vielleicht ein Auge zudrücken, solange du Lauritzen nicht über den Weg läufst, aber Kopenhagen ist einfach zu weit.«

»*I orden,* Knud. Es war nur so eine Idee. Aber was ist mit dir? Könntest du nicht Ebba begleiten?«

»Das würde ich wohl machen, Junge, wenn da nicht meine Patienten wären. Ich bin für ihr Wohl und Wehe verantwortlich.«

Ebba stand auf und wandte sich zur Tür. »Dass ihr Männer immer so viel Angst um uns Frauen habt. Bis Frederikshavn wird mich Einar begleiten. Das *Konkylie* ist ein solides Haus. Und auf der Fähre wird mir schon niemand etwas antun.«

»Wo willst du hin?«, fragte Brodersson.

»Auf meine Kammer, *far.* Packen.«

KAPITEL 29

Die Tage nach Ebbas Abfahrt waren für Arndt öde und leer. Er vermisste sie, und anders als er gehofft hatte, lenkten ihn die wenigen Arbeiten, die er in Broderssons Haus zu verrichten hatte, nicht ab. Er stand morgens auf, machte Kaffee und bereitete eine Eierspeise oder Ähnliches zu, während der Hausherr über den komplizierten Aufbau des menschlichen Blutes dozierte und von den kleinen oder größeren Erkenntnissen berichtete, die er in der vergangenen Nacht gewinnen konnte.

Danach kamen die Patienten in den Behandlungsraum und wurden verarztet. Und wenn sie nicht kamen, hatte Brodersson am Vortag ein Schild an die Tür gehängt, auf dem stand:

Morgen kontoret lukket

In diesem Fall war er unterwegs, um Patientenbesuche zu machen. Dazu leistete ihm Atlas wie immer treue Dienste. Der Wallach war von Einar wieder gesund und munter nach Alt-Skagen zurückgebracht worden, nachdem er Ebba brav in die Hafenstadt Frederikshavn getragen hatte. Kurz vor Abfahrt der Fähre hatte Ebba ihrem jungen Begleiter noch einen Brief für Arndt mitgegeben. Darin schrieb sie, wie sehr sie ihn liebe und wie sehr sie ihn schon jetzt vermisse, doch sie wolle diese einmalige Chance in Kopenhagen unbedingt nutzen, was er sicher verstehe, und sie freue sich schon jetzt auf das Wiedersehen mit ihm und ihrem *far*. Er solle bitte auch schön grüßen.

Ein paar Mal hatte Arndt sich auch als Koch versucht und etwas aus den vorhandenen Vorräten zubereitet, aber er war kein Meister in dieser Disziplin, und Brodersson war die gute Kost seiner Tochter gewöhnt, was dazu führte, dass er in *Brøndums Hotel* zu Abend aß, spät nach Hause kam und sich anschließend sofort an den Schreibtisch setzte, »um dem geheimnisvollen Lebenssaft weiter auf die Spur zu kommen«, wie er sagte. Immerhin hatte er Arndt großzügig erlaubt, sich jederzeit aus seiner Bibliothek bedienen zu dürfen. Doch Broderssons Literatur bestand zum größten Teil aus Fachbüchern. Zäher Stoff, der für den Laien unverständlich war.

Einiges im Haus hatte Arndt reparieren können. Kleinigkeiten, die zu erledigen nicht lange dauerten, denn das Gebäude war trotz seines Alters gut in Schuss.

Einmal hatte er seine Unterkunft, die Knechtstube, verlassen und war hinauf in Ebbas Kammer gestiegen. Er hatte ihre Kleidertruhe geöffnet und sich vorgestellt, sie würde eines der Gewänder für ihn tragen und ihn mit ihrem Lächeln verzaubern.

Ein anderes Mal war er zu ihrem Bett gegangen, hatte ihr Kopfkissen aufgenommen und seine Nase tief in den Stoff gedrückt, um sich an dem zarten Duft zu berauschen, den ihre Haare verströmt hatten.

Dann wieder hatte er auf der Frisierkommode ein Medaillon mit ihrem Porträt entdeckt, gemalt von einem unbekannten Künstler. Er hatte es hochgehalten, lange ihr Gesicht betrachtet und einen Kuss auf ihren Mund gehaucht.

Alles in allem waren es nicht mehr als Versuche, ihr nahe zu sein – und doch kleine Augenblicke des Glücks.

Viele Stunden verbrachte er in der Knechtstube, an jenem Ort, wo ihn der Tod fast ereilt hätte, wo er an der Schwelle zum Jenseits die vielen Bilder seines bisherigen Lebens an sich vorüberziehen sah, wo Ebba und ihre unermüdliche Fürsorge ihn ins Leben zurückgeholt hatten. Der Blick aus dem Fenster zeigte die Holundersträucher, denen der Herbst die Blätter genommen hatte, zeigte die von ihm reparierte Bank, den Vorgarten mit den Wäschepfählen, den Zaun. Hinter dem Zaun standen einige Frauen. Wahrscheinlich waren sie aus der Nachbarschaft. Sie steckten die Köpfe zusammen und blickten ab und zu in seine Richtung. Eine von ihnen wies sogar mit dem Finger auf ihn. Es war Sigrun Skov, die Frau, die sich bei Gorms Mutter das Nudelholz ausgeliehen hatte. Ihr Gesicht war böse.

Was hat die Frau gegen mich?, dachte Arndt. Ich habe ihr nichts getan. Ich habe niemandem etwas getan. Niemandem? Ob die Weiber ihn für Gorms Tod verantwortlich machten? Ihn für einen Mörder hielten, weil Rika Svendsen ihnen das eingeredet hatte? Das wäre lächerlich. Es war Notwehr gewesen. Aber hatte sich das auch herumgesprochen? Sollte er hinausgehen und die Dinge richtigstellen? Sozusagen den Stier bei den Hörnern packen? Unsinn. Der Tratsch in der Nachbarschaft ging ihn nichts an.

Arndt wandte sich ab und legte sich aufs Bett. Er versuchte, ein wenig zu schlafen, doch in seinem Kopf kreisten zu viele Gedanken. Er stand wieder auf und stellte fest, dass die Frauen verschwunden waren. Ein Lichtblick an diesem trüben Tag.

Der nächste Tag bot zunächst keinen Lichtblick. Lauritzen erschien. Arndt war allein im Haus. Brodersson war zu einem Notfall gerufen worden.

»Wie ich sehe, hältst du dich an meine Anweisungen«, stellte Lauritzen mit zufriedener Miene fest.

»Das tue ich«, sagte Arndt knapp.

»Was dagegen, wenn ich mich setze?«

»Ich kann es dir nicht verbieten.«

Lauritzen legte die Hände auf den Küchentisch und faltete sie. Es sah aus, als würde er beten. »Ich wollte dir sagen, dass ich nochmals an die Reederei der *Nordstern* geschrieben habe, weil ich die Liste mit den Namen der Besatzung brauche. Wenn ich die habe, wird es ein Leichtes sein, deinen vollen Namen zu ermitteln. Ich werde herausfinden, wer du in Wahrheit bist, warum du auf dem Dampfer warst und was du sonst noch auf dem Kerbholz hast.«

»War das alles?« Arndt gab sich keine Mühe, höflich zu sein. Er ging zur Tür, um anzuzeigen, dass die Unterhaltung für ihn beendet war.

»Wie gesagt, ich wollte dir nur klarmachen, dass ich mit dir noch nicht fertig bin.« Lauritzen erhob sich, um zu gehen. »Es gibt ein schönes Sprichwort. Willst du wissen, wie es heißt?«

»Nein.«

»Es heißt: Wer zuletzt lacht, lacht am besten.«

Der darauffolgende Tag war ein Sonntag. Brodersson hatte keine Patienten, aber er hatte seine Forschung. Er saß in seinem Arbeitszimmer und ließ sich von Arndt einen Tee bringen.

»Kommst du voran, Knud?«

Brodersson grunzte irgendetwas.

Arndt verstand. Er ging.

In diesem Moment klopfte es an der Haustür. »Ich sehe mal nach!«, rief Arndt.

Draußen stand der alte Jonas. Er war nicht allein. An seiner

Seite war Bark, der augenblicklich an Arndt hochsprang und ihm das Gesicht ableckte.

»Du bist ja seit ein paar Tagen so eine Art Strohwitwer«, sagte Jonas zwischen zwei Qualmwolken. »Ich dachte, ich schau mal vorbei und leiste dir ein bisschen Gesellschaft. Ist dir doch recht, oder?«

»Mehr als recht.« Arndt strahlte. »Komm rein. Ich habe Knud gerade einen Tee in sein Arbeitszimmer gebracht. Willst du auch einen?«

»Wenn er mit Schuss ist, gern.«

Bark schnüffelte an Arndts Hosenbeinen und bekam eine Schale Wasser. Der Alte ließ sich ächzend am Küchentisch nieder. »Hat Ebba mal was von sich hören lassen?«

Arndts Miene verdüsterte sich, während er ein Gläschen Aquavit neben Jonas' Teetasse stellte. »Bis jetzt nicht. Ich denke dauernd an sie.«

Der Alte kippte den Schnaps in den Tee und trank einen großen Schluck. »Ah! Das tut gut bei dem Sauwetter. Was mir gerade einfällt: Ich war auch mal in Kopenhagen. Furchtbarer Betrieb dort. Dauernd wird man von Leuten angequatscht. Man kommt zu nichts. Wahrscheinlich hat Ebba deshalb noch nicht geschrieben.«

»Nett, dass du das sagst.«

»Ich sag nur, wie es ist.«

»Sie fehlt mir sehr.«

»Das glaube ich dir aufs Wort. Wenn ich fünfzig Jahre jünger wäre, hätte ich sie dir längst ausgespannt.« Der Alte kicherte. »Hast du noch einen Schluck? Den Tee kannst du ruhig weglassen.«

Arndt schenkte aus der Flasche nach. »Übrigens, Lauritzen war hier.«

»Was, der kleine Schnüffler? Was wollte er denn?«

»Kontrollieren, ob ich nicht weggelaufen bin.«

Der Alte lachte und kippte den Schnaps. »Wenn er ein bisschen Schmalz im Gehirn hätte, wäre er nicht gekommen. Er weiß doch, dass du und Ebba ein Paar seid. Warum solltest du weglaufen, bevor sie aus Kopenhagen zurück ist?«

»Der Mann geht mir auf die Nerven. Er macht für mich alles nur noch schwerer.« Arndt goss sich selbst einen Tee ein und trank. »Manchmal könnte ich ihn erwürgen.«

»Tja, das verstehe ich. Aber das lass mal lieber. Der kleine Gernegroß könnte auch so in Schwierigkeiten kommen. Ich bin ein neugieriger Mensch, und deshalb habe ich mir gestern Lasse, seinen Assistenten, nach Dienstschluss vorgeknöpft. Selbstverständlich so, dass er es nicht gemerkt hat. Ich wollte wissen, ob es gegen dich ein Verfahren gibt, und Lasse hat mir unter dem Mantel der Verschwiegenheit verraten, dass da höchstwahrscheinlich nichts läuft. Johan Frich, unser *Byfoged,* will, dass unter die Sache ein Schlussstrich kommt, weil nach dem Geständnis von Gorms Mutter feststeht, dass sie es ist, die den Tod ihres Sohnes verursacht hat, und nicht du. Im Übrigen, sagt er, sei schon genug Unruhe in unserem friedlichen Skagen entstanden.«

Arndt atmete tief durch. »Das ist wirklich eine gute Nachricht!«

»Es kommt noch besser: Lauritzen muss damit rechnen, selbst ein Verfahren an den Hals zu kriegen, weil Gorms Mutter Selbstmord begehen konnte. Mangelnde Aufsichtspflicht oder so ähnlich nennt sich das wohl, weil unser kleiner Kommissar es versäumt hat, das Rasierzeug, das ich dir in die Zelle gebracht hatte, sicherzustellen. Tja, so ist das Leben. Erst hatte er sich eine Beförderung erhofft, und nun guckt er in die Röhre. Lasse hat mir das alles grinsend zugeflüstert. Er mag seinen Chef nicht besonders.«

»Damit steht er nicht allein da. Ich danke dir, Jonas, dass du mir das erzählt hast. Für mich zählt am meisten, dass ich nicht mehr ans Haus gefesselt bin und dass ich gehen kann, wohin ich will.«

»Lieber noch nicht. Warte, bis Lauritzen dir offiziell mitteilt, dass er deine Akte schließen musste.«

»Du hast recht. Langsam wird mir auch klar, warum der kleine Wichtigtuer mir mit weiteren Nachforschungen zu meiner Person drohte.«

»Hat er das?«

»Ja, er will wohl unbedingt einen Erfolg.«

»Er ist wie eine Klette.«

»Jedenfalls danke ich dir noch mal, Jonas. Du bist ein guter Freund.«

»War mir ein Vergnügen, Junge.«

Eine Weile hingen beide ihren Gedanken nach. Plötzlich schreckte Arndt auf. Draußen war die Gartenbank polternd umgefallen, denn eine steife Brise hatte eingesetzt. »Glaubst du, es wird ein Unwetter geben?«

»Meinst du das laue Lüftchen von West?« Der Alte blickte durchs Fenster auf die Nordsee. »Die Wellen tragen ja noch nicht mal richtige Schaumköpfe, von Gischt ganz zu schweigen. Aber was nicht ist, kann ja noch werden. Spendierst du einen zum Abgewöhnen?«

»Ja, einen noch.« Arndt goss nach. »Wenn der Sturm am Haus rüttelt und der Wind um die Ecken heult, muss ich immer an die Orkannacht auf der *Nordstern* denken. Eine schreckliche Erinnerung.«

»*Skål!* Das glaube ich dir. Aber lass dir sagen, dass ein alter Mann wie ich schon viel stärkere Stürme erlebt hat. Vor ziemlich genau zwölf Jahren war es, im November 1872, da wütete das Ostseesturmhochwasser. Noch nie dagewesen so was vorher, eine Naturkatastrophe ohnegleichen. Am schlimmsten hatte es Lolland und Falster erwischt, aber auch Skagen hat damals schwer was abbekommen. Das Wasser stand über drei Fuß hoch in den Straßen, und was nicht niet- und nagelfest war, wurde weggeschwemmt. Kisten, Karren, Stühle, Zäune, einfach alles. Dächer segelten durch die Luft, als könnten sie fliegen, Ziegel waren wie Geschosse. Man sagt, es seien an die hundert Menschen in Dänemark umgekommen.«

Der Alte hielt inne und nahm die Pfeife aus dem Mund. Seine Zahnlücke wurde sichtbar. »Die Leute glauben immer, meine Beißer wären aus Altersschwäche rausgefallen. Dabei war es eine Dachpfanne von *Hæstorp's Stallung*, mit der ich in jener Nacht Bekanntschaft machte. Ich hab gesunde Zähne wie ein Gaul. Na, egal.« Jonas schob die Pfeife wieder in den Mund. »Ich will dir nur sagen, manchmal tröstet es ein bisschen, wenn man weiß, es hätte noch schlimmer kommen können. Deshalb gräme dich nicht wegen Ebba. Sie ist nicht aus der Welt, sie ist nur in Kopenhagen und kommt bestimmt bald wieder.«

Arndt seufzte. »Danke, Jonas. Deine Worte haben mir gutgetan.«

»Das ist die Hauptsache. Ich will dann mal wieder. Danke für den Schnaps.« Der Alte erhob sich und strebte zur Haustür. Arndt begleitete ihn. Er fragte sich, wie Bark sich verhalten würde. Ob er mitging? Oder würde er bleiben und ihm Gesellschaft leisten?

Bark gähnte herzhaft. Dann machte er es sich unter dem Küchentisch gemütlich.

In Barks Gesellschaft fühlte Arndt sich nicht mehr ganz so einsam. Der große Rüde wich die nächsten Tage nicht von seiner Seite. Trotzdem sehnte sich Arndt nach einem Lebenszeichen von Ebba. Was sie wohl erlebte? Wen sie wohl traf? Natürlich hatten weder Bark noch Brodersson darauf eine Antwort. Brodersson meinte lediglich, dass Holger Drachmann sich gewiss schon gemeldet hätte, wenn irgendetwas Besonderes passiert wäre.

»Schade, dass du nicht sprechen kannst«, sagte Arndt zu Bark, während er ihn hinter dem Ohr kraulte.

Bark knurrte.

»Nanu, warum knurrst du denn?«

Bark bellte und lief zur Haustür.

Arndt ging hinterher und öffnete.

Locher, der Marinemaler, stand da, mit erhobener Faust. »Ich wollte gerade klopfen«, brummte er und wollte noch etwas hinzufügen, aber dazu kam es nicht, denn er wurde fast von den Beinen gerissen. Bark hatte sich auf Venus gestürzt, dabei den schweren Mann gerammt und war nun damit beschäftigt, das Hinterteil der Bulldogdame ausgiebig zu beschnüffeln. Offensichtlich fiel sein Urteil positiv aus, denn er kehrte zu Arndt zurück und schaute Venus an, als wolle er sagen: »Komm rein.«

»Komm rein«, sagte Arndt zu Locher.

»Ich stör doch wohl nicht?«

»Nicht im Geringsten.«

Locher betrat den Flur, befreite sich mit Hilfe des Stiefelknechts von seinen Langschäftern, hängte seinen schwarzen Umhang an die Garderobe, stülpte den Hut über den Haken und stapfte auf Socken in die Küche, wo er sich am Küchentisch niederließ. Venus machte es sich zu seinen Füßen gemütlich, scharf beobachtet von Bark, der jedoch zuvorkommend mit dem Schwanz wedelte. Offenbar wollte er vor der Hundedame den Kavalier spielen.

»Kann ich dir was anbieten, Carl?«, fragte Arndt.

»Nee, lass mal.« Locher klopfte mit der Hand die Taschen seines Rockes ab.

»Suchst du was?«

»Meine Zigarren. Ich könnte schwören, dass ich sie eingesteckt habe. Wo sind sie nur? *Merde!*« Er machte eine entsagende Geste.

Arndt grinste insgeheim. Locher, der weitgereiste Künstler, wirkte ungewohnt hilflos. Er beschloss, seinem Besucher aus der Not zu helfen. »Carl, wie wäre es mit einer schönen *Bernadino Rencurrel* aus Kuba?«

Locher riss die Augen auf. »So etwas Edles rauchst du?«

»Ich nicht, aber Knud. Er hat bestimmt nichts dagegen, wenn ich dir eine anbiete. Momentan schläft er gerade auf dem Sofa im Arbeitszimmer. Hat wieder die halbe Nacht Blutzellen sortiert. Soll ich ihn wecken?«

»Um Gottes willen, nein. Ich bin eigentlich nur deinetwegen hier.«

»Du machst mich neugierig.« Arndt holte das Zedernholzkästchen mit den Havannas und öffnete es. »Bedien dich.«

Locher tauchte seine Nase in die Kiste und schloss genießerisch die Augen. »Hmmm! Alle Wohlgerüche Arabiens sind nichts dagegen!« Er entnahm eine der gerollten Kostbarkeiten und ließ sich von Arndt den Zigarrenabschneider geben. Er entfernte die Spitze, feuchtete das Ende mit den Lippen an, was aussah, als wolle er die *Bernadino Rencurrel* küssen, und entzündete sie schließlich mit den bedächtigen Bewegungen des jahrzehntelangen Rauchers. Dann nahm er den ersten Zug, sammelte den würzigen Dunst in der Mundhöhle, ließ ihn dort ein paar Mal kreisen und stieß ihn behutsam in kleinen, sich kringelnden Wölkchen wieder aus. »*Je fume, donc je suis*«, seufzte er. »*Ich rauche, also bin ich*, um es mal frei nach Descartes zu sagen. Mein lieber Arndt, ich danke dir.«

»Gern geschehen. Verrätst du mir jetzt, warum du hier bist?«

»Ja.« Locher nahm noch einen tiefen Zug und sagte, während

der Rauch langsam seinen Lippen entwich: »Vielleicht weißt du es nicht, aber das Wrack der *Nordstern* diente mir in der Zwischenzeit mehrmals als Motiv. Mit jedem Mal war es rostiger. Ein stählernes Skelett, das an die Vergänglichkeit der Materie erinnert. So weit, so gut. Dann jedoch wurde mir klar, dass ein solches Skelett nur die halbe Wahrheit mitteilt, weil es die Gebeine der toten Seeleute in seinem Inneren verbirgt. Ich möchte deshalb ein Werk schaffen, das darüber hinaus dazu aufruft, der Ertrunkenen zu gedenken.«

»Ja, ich verstehe.« Arndt hatte aufmerksam zugehört. »Und was habe ich damit zu tun?«

»Du bist der Einzige, den die See in jener Nacht nicht verschlungen hat, gewissermaßen ein Symbol für das Überleben – und damit wie geschaffen, um an die jämmerlich Ersoffenen zu erinnern. Ich möchte dich und das Schiff malen.«

Arndt war überrascht. »Also deshalb bist du gekommen?«

Locher grinste. »Glaubst du, ich wäre nur hier, um eine von Knuds Zigarren zu schnorren?«

»Nein, natürlich nicht. Aber als du mit Theo und Hille im Juli bei mir in den Dünen warst, sagtest du, nur meine Hütte dürfe der Protagonist auf deinem Bild sein, sonst nichts. Warum sollte es jetzt bei der *Nordstern* anders sein?«

»Nun ja.« Locher stieß ein paar Kringelwölkchen aus. »Schwer zu sagen. Kunst und Geschmack unterliegen einem ständigen Wandel. Manchmal sind sie sogar ein und dasselbe. Jedenfalls möchte ich dich im Vordergrund des Bildes sehen. Wie gesagt, du bist der einzige Überlebende, der an die Toten gemahnen kann.«

»Da hast du wohl recht.«

»Im Übrigen ist deine Hütte kein Schiff. Jedes Schiff, gleich welcher Nation, ist ein großartiger Organismus aus Stahl, Holz, Farbe und menschlichen Muskeln. Schiffe bewegen sich wie empfindliche Kreaturen über das Wasser, sie wiegen sich im Takt der

Wellen, sie preschen vor oder gleiten dahin, sie ächzen, knarren, heulen und singen, sind stolz oder unscheinbar, jung oder alt.«

Arndt musste lächeln. »Man merkt, dass du Marinemaler bist.«

Locher stieß weitere Wölkchen aus. »Auch die *Nordstern* war auf ihre Art ein großartiger Organismus. Und du warst ein Teil davon. Ich möchte die Komposition so anlegen, dass du vor dem hoch aufragenden Bug stehst, den Kopf dem Betrachter zugewandt. Du trägst dunkles, vor Nässe glänzendes Zeug und klammerst dich an eine hölzerne Kiste. Sie soll stellvertretend für die Kiste sein, die dir das Leben rettete.«

Arndt stand auf. »Das kommt alles ein bisschen plötzlich. Ich denke, ich brauche eine Stärkung. Willst du auch einen Kognak?«

»Welch eine Frage! Worauf trinken wir?«

»Ich denke, auf Knud.«

»Einverstanden.«

Arndt schenkte zwei Gläser ein und setzte sich wieder. »Also: *Skål*, auf Knud!«

»*Skål!*«

Arndt setzte sein Glas ab. »Es stimmt, dass mir eine Kiste das Leben rettete. Aber ich trug in der Unglücksnacht kein Ölzeug.«

»Das macht nichts. Nenn es künstlerische Freiheit. Ölzeug sieht dramatischer aus.«

»Wenn du meinst. Wann soll das Ganze denn passieren?«

»In den nächsten Tagen ist vor der Mittagszeit Niedrigwasser. Ich sage dir Bescheid, wann es losgeht.«

»Du hast dir anscheinend schon alles genau überlegt.«

»So ist es. Machst du mit?«

Arndt zögerte.

»Wie ist es?« Locher lehnte sich vor und drückte die Zigarre aus. »Ja oder Nein?«

»Ja«, sagte Arndt.

KAPITEL 30

Brodersson hatte einen harten Tag hinter sich. Im Allgemeinen waren die Skagener ein gesunder Menschenschlag, von Wind und Wetter gestählt, doch in der dunklen Jahreszeit kam es nicht selten vor, dass Husten, Schnupfen, Heiserkeit um sich griffen und ein ausgewachsener Katarrh nach seiner ärztlichen Kunst verlangte. Zwei Mal war er an diesem Tag bereits zwischen Alt-Skagen und Skagen hin und her geritten, um Patienten zu kurieren und sie mit tröstenden Worten aufzumuntern.

Nun saß er im Speisesaal von *Brøndums Hotel* und wartete auf sein Essen. Es war sechs Uhr abends. Er hatte bei Agnes *stegte kartofler og fiskefrikadeller* bestellt und freute sich auf ein herzhaftes Mahl. Sein Magen knurrte. Bis auf das Frühstück am Morgen, das wie üblich von Arndt zubereitet worden war, hatte er nichts gegessen.

Wo die Speisen nur blieben?

Brodersson seufzte und fasste sich in Geduld. Auf dem Nachbartisch lag ein Exemplar der *Skagensposten*. Er schlug die Zeitung auf und las auf den Innenseiten einen Beitrag über die Besitzungen in Dänisch-Westindien. Es ging um die Insel Saint Thomas und über die dortigen Schwierigkeiten, genügend Arbeitskräfte für den Zuckerrohranbau zu finden, sowie um die Feierlichkeiten, die anlässlich der Ankunft des Panzerschiffs *Tordenskjold* im Hafen Charlotte Amalie stattgefunden hatten. Die Order des Schiffes war, Präsenz gegenüber den anderen Kolonialmächten zu zeigen und darüber hinaus Grüße und Post aus der Heimat zu überbringen.

Brodersson las den Text mit mäßigem Interesse. Außer ihm waren nur wenige Gäste im Saal. Am gegenüberliegenden Fenster saßen Björck und Krohg. Sie schienen in eine lebhafte Unterhaltung vertieft und hatten ihn nicht bemerkt. Einen Tisch weiter hockte Lauritzen allein hinter einem Bier. Er sah missgelaunt aus und blickte herüber. Brodersson hielt rasch die Zeitung hoch, um sein Gesicht zu verbergen. Er hatte keine Lust auf ein Gespräch mit dem kleinen Wichtigtuer.

Endlich kam das Essen. »Wieso hat das so lange gedauert?«, fragte Brodersson.

»Tut mir leid, Knud«, antwortete Agnes bedauernd. »Wir haben noch späte Gäste bekommen. Zwei vornehme Damen mit viel Gepäck, und wir hatten Schwierigkeiten, zwei passende Zimmer freizumachen. Das hat den Laden aufgehalten.«

»Ja, schon gut.« Brodersson machte sich mit Heißhunger über die Speisen her. Doch schon beim dritten oder vierten Bissen stand Agnes erneut vor ihm. Diesmal in Begleitung einer jungen Frau, die ihm irgendwie bekannt vorkam. »Was gibt's?«, fragte er kurz angebunden.

»Das ist Gesche, eine entfernte Cousine von Saxild. Sie sagt, sie hätte dich schon mal bei einer Familienfeier gesehen. Ihr Sohn ist krank«, erklärte Agnes.

»So?« Brodersson musste sich zusammennehmen, um nicht gereizt zu reagieren. Es kam immer wieder vor, dass Leute nur wegen eines Zipperleins zum Arzt liefen. »Was heißt krank?«

Gesche deutete einen Knicks an. Sie war noch sehr jung, keine achtzehn Jahre. »Ich mache mir so schreckliche Sorgen. Mein kleiner Kalle hat hohes Fieber.«

»Hast du es schon mit Wadenwickeln versucht?«

»Ja, aber das nützt nichts.«

»Hast du eine Zwiebelscheibe in heißes Wasser gelegt und ihm den Trank eingeflößt? Es ist ein altes Hausmittel, das gegen vielerlei hilft.«

»Ja ... nein!« Gesche wurde immer aufgeregter. »Er atmet so schwer, kriegt kaum noch Luft!«

»Kaum Luft?« Brodersson wurde hellhörig. Er legte Messer und Gabel beiseite. »Hat er Mundgeruch?«

»Ja, ja! Ganz eklig!«

»Wo wohnst du?«

»Sankt Laurentii Vej, am Ende.«

»Wir reiten sofort! Atlas wird uns beide tragen. Komm schon, komm!« Brodersson ergriff seinen Arztkoffer und zog Gesche mit nach draußen.

»Ich brauche mehr Licht«, befahl er wenig später.

Gesche hielt eine Stalllaterne über Kalles Köpfchen. Der Junge rang keuchend nach Luft, seine Stirn glühte, der Kopf war vor Atemnot bläulich angelaufen. Ein qualvoller Hustenanfall schüttelte seinen Körper. »Armer, kleiner Kerl«, murmelte Brodersson. Er blickte in den geöffneten Mund und musste sich beherrschen, um nicht zurückzuweichen. Der Geruch, der ihm entgegenschlug, war faulig-süßlich. Das Zäpfchen stark angeschwollen. Die lederartigen braunen Belege im Rachen- und Kehlkopfbereich lieferten die endgültige Diagnose: Kalle hatte die Bräune. Eine Erkrankung, die der französische Arzt Pierre Fidèle Bretonneau erstmals als Diphtherie bezeichnet hatte.

Doch wie die Krankheit hieß, spielte in diesem Moment keine Rolle, sie war in jedem Falle tödlich, und es gab nur eine einzige Maßnahme, die Abhilfe schaffen konnte.

»Kalle hat die Bräune. Ich muss einen Luftröhrenschnitt machen«, sagte Brodersson zu Gesche.

»Du lieber Herrgott!«, stammelte sie. »Ist das gefährlich?«

»Es ist nicht ungefährlich.«

»Kann ich dir irgendwie helfen?«

»Ja, hole mir einen kräftigen Strohhalm aus dem Stall. Ich werde derweil deinem Kleinen ein Kissen unter die Schultern schieben, damit ich den Kopf besser in den Nacken drücken kann.«

Kaum hatte Brodersson seinen Patienten in die richtige Lage gebracht, war Gesche auch schon mit dem Strohhalm zur Stelle. »Danke, halte den Halm bereit, und halte die Lampe weiter hoch wie bisher. Und sprich im Stillen ein Gebet. Das wird helfen.«

Brodersson gab sich zuversichtlich, obwohl er die Operation in seiner langen Praxis nur wenige Male durchgeführt hatte – allerdings unter weitaus besseren Bedingungen. Er setzte das Skalpell unter der dritten Knorpelspange an und machte einen Längsschnitt, um Gefäße und Nerven nicht in Mitleidenschaft zu ziehen. Der Schnitt war nicht lang, kaum zwei Zoll, und er blutete kaum.

Gesche hielt die Luft an und blickte zur Seite.

Brodersson tupfte das Blut mit einem sauberen Lappen ab und lauschte. Außer dem Stöhnen und Röcheln seines kleinen Patienten vernahm er nichts. Er vertiefte den Schnitt, und endlich hörte er, was er hören wollte: ein Rasseln und Blubbern aus der Tiefe des Halses. Er hatte die Luftröhre getroffen. Kalle gab einen krächzenden Laut von sich. Erlösende Luft drang durch den Schnitt in seine Lungen. Rasch nahm Brodersson den Strohhalm, kürzte ihn etwas und steckte ihn schräg nach unten in die geschaffene Öffnung, wobei er darauf achtete, ihn nicht zu tief einzuführen, um den Hintergrund der Luftröhre nicht zu verletzen.

»Er atmet wieder richtig!«, rief Gesche.

»Ja, das tut er«, sagte Brodersson erleichtert. »Die Gefahr ist gebannt. Die Blockade durch die Bräune ist umgangen.« Er nahm einen Leinenstreifen und fixierte den Strohhalm, um ein Verrutschen zu verhindern.

»Oh, ich bin dir so dankbar! Wenn du nicht gewesen wärst …«

»Ich war ja da. Es wäre jedoch gut gewesen, wenn du mich früher aufgesucht hättest.«

»Ich … Ich dachte, es würde von alleine besser werden.« Gesche schniefte. »Und Jørgen ist ja auch nicht da.«

»Jørgen?«

»Mein Mann. Er ist auf See. Ich konnte ihn nicht fragen, was ich machen soll. Da hab ich Agnes gefragt.«

»Nun, es ist ja noch mal gutgegangen.« Brodersson packte seine Arzttasche. »Die Schwellungen und das Fieber werden rasch zurückgehen. Kalle hat eine gute Konstitution.«

»Und der Strohhalm?«

»Ich komme in drei Tagen wieder vorbei. Dann werde ich ihn entfernen können.«

»Gott sei Dank!« Tränen der Erleichterung rannen Gesche über die Wangen.

Brodersson dachte: Sie ist mit alledem überfordert. Sie ist fast noch ein Kind und hat selbst schon eins. »Lass Kalle jetzt schlafen. Wenn er wach ist, gib ihm etwas Brühe. Sie darf aber nicht zu heiß sein.«

»Ja, das mache ich! Oh, ich weiß gar nicht, wie ich dir danken soll.«

»Ich habe nur getan, was ein Arzt tun muss. Wenn etwas Unvorhergesehenes eintritt, kannst du jederzeit zu mir kommen.

Und noch etwas: Binde dir ein Tuch vor den Mund, wenn du deinem Kleinen nahe kommst. Die Bräune ist sehr ansteckend. Alles Gute, Gesche. *Vi ses.*«

Brodersson nickte ihr aufmunternd zu und ging. Draußen war es mittlerweile stockdunkel. Er bestieg Atlas und sagte zu ihm: »Komm, mein Braver, bring mich nach Hause.«

Auf dem Ritt zurück nach Alt-Skagen hing Brodersson seinen Gedanken nach. Er wusste, Atlas würde den Weg auch ohne seine Hilfe finden. Er dachte an Ebba, die in Kopenhagen weilte und noch nichts von sich hatte hören lassen, und er dachte an Arndt, den Seemann, der mit Sicherheit kein einfacher Heizer war. Arndt schien kein schlechter Kerl zu sein, obwohl er ein großes Geheimnis um seine Herkunft machte. Nun, kein Mann auf dieser Welt konnte sich seine Herkunft aussuchen. Viel wichtiger war, dass er einen anständigen Charakter hatte. Und das war bei Arndt mit Sicherheit der Fall. Auch wenn Lauritzen ihn ständig mit seinen Verdächtigungen verfolgte. Dem kleinen Kommissar fehlte es einfach an Objektivität, vielleicht auch an klarem Verstand. Wahrscheinlich stand ihm seine Eitelkeit bei alledem im Wege. Anderenfalls hätte er Arndt längst auf freien Fuß gesetzt. So jedoch musste der Junge weiter in seinem Haus ausharren. Ein unwürdiger Zustand. Wie es ihm wohl ging? Er hatte in letzter Zeit nicht über sich gesprochen. Weder über den Schwindel, unter dem er litt, noch über das Sausen in seinem Ohr. Ob die Diagnose Akustikusneurom wirklich zutraf? Ob er und Ebba unter diesen Umständen überhaupt ein Paar werden konnten …?

Brodersson schreckte auf. Atlas war stehen geblieben. Sie waren am Ziel. Das Tor von *Hæstorp's Stallung* stand offen. Einar erschien gähnend, wünschte einen guten Abend und nahm Atlas entgegen. »Du kommst heute spät«, sagte er.

»Ich weiß«, erwiderte Brodersson. Ihm war nicht nach einer Unterhaltung zumute. »*Godnat.*«

Er ging auf die andere Straßenseite und wunderte sich. Nirgendwo in seinem Haus war Licht. Sogar die Außenlaterne brannte nicht. Was war passiert?

Er griff in die Hosentasche und tastete nach den Zündhölzern. Mit einem unguten Gefühl riss er eines an und betrat sein Haus. In der Küche fand er eine Kerze und entzündete sie. Nun war es etwas heller. Die Petroleumlampe auf dem Küchentisch spendete weiteres Licht. Und im Schein dieses Lichts entdeckte er ein beschriebenes Blatt. Darauf stand:

Lieber Knud,
wenn du dies liest, werde ich wieder in meiner Hütte am Strand sein. Verzeih mir, dass ich so plötzlich verschwunden bin. Aus sicherer Quelle weiß ich, dass Lauritzen nichts mehr gegen mich unternehmen kann, weil es kein Verfahren gegen mich geben wird. Du wirst durch meine Abwesenheit also nicht in Schwierigkeiten kommen. Ich bin auch deshalb gegangen, weil mir allmählich die Decke auf den Kopf fiel. (Obwohl dein Haus sehr schön ist.) Von morgens bis abends war ich allein. Allein mit meinen Gedanken und Befürchtungen. Dies soll kein Vorwurf sein. Ich weiß, wie sehr dir das Wohl deiner Patienten am Herzen liegt, und ich verstehe, dass du dich um sie kümmern musst.
Ich habe noch immer kein Lebenszeichen von Ebba erhalten. Das macht mich von Tag zu Tag unruhiger. Warum meldet sie sich nicht? Ist ihr etwas zugestoßen? Du weißt es natürlich auch nicht. Niemand scheint es zu wissen. Ich muss mich in Geduld fassen. Verstehe bitte, dass mir das in meiner Hütte leichter fallen wird. Bark wird

mich begleiten. Er ist die Verbindung zwischen mir und Ebba, und seine Anwesenheit tröstet mich.
Ich habe dir eine Bohnensuppe gekocht, bevor ich ging. Sie ist nichts Besonderes, aber vielleicht schmeckt sie dir. Wenn Ebba zurück ist, lass es mich bitte sofort wissen. In großer Dankbarkeit

Arndt

Brodersson seufzte. Er merkte erst jetzt, wie hungrig er war. Die wenigen Bissen in *Brøndums Hotel* schienen das Loch in seinem Magen nur vergrößert zu haben. Er trat an den Herd und aß die Suppe direkt aus dem Topf. Sie war noch lauwarm und ziemlich salzig. Doch das störte ihn nicht. Hunger ist der beste Koch, sagte er sich und musste genau wie Arndt an Ebba denken. Er war in den letzten Tagen viel zu beschäftigt gewesen, um sich Sorgen zu machen.

Musste er sich Sorgen machen?

Ebba war eine junge, erwachsene Frau, sein »Mädchen«, wie er sie nannte, und dennoch: Kopenhagen war groß, und nachts trieb sich viel Gelichter herum ...

Er beschloss, eine Depesche an das *Hotel Paradis* zu schicken und Ebba zu bitten, sich zu melden.

Gleich morgen.

KAPITEL 31

In Arndts Abwesenheit hatte die Hütte sich verändert. Durch den ständigen starken Wind war viel Sand in den behelfsmäßigen Raum geweht worden. Er bedeckte mit einer dicken Schicht den Herd, das Lager und den bordeauxrot gepolsterten Sessel. Auch sonst herrschte ein ziemliches Durcheinander. Die Fischkiste war verschoben, die Kerze lag daneben. Einige Bücher aus dem Regal verteilten sich auf dem Boden, und die Staffelei mit dem grellfarbigen Bild, das Arndt nach dem Naturereignis der *Schwarzen Sonne* gemalt hatte, war umgefallen.

Auf dem Boden entdeckte er eine bunte Mischung toter Insekten, die von Bark flüchtig beschnüffelt wurde. Unter dem Herd jedoch stutzte der große Rüde. Ein kleiner Vogel lag mit abgespreizten Flügeln da, die Beine bizarr in die Luft gestreckt. Neben ihm lag ein Stückchen Brot.

Bark bellte.

»Wenn du so bellst, hast du etwas gefunden«, sagte Arndt. Er fand einen Strandläufer, noch jung, wie es schien, gewiss kein Jahr alt. »Was ist denn mit dir passiert?«, fragte er und nahm ihn auf. Der kleine Pieper war zerrupft und hatte eine blutige Stelle hinter dem Köpfchen, wahrscheinlich die Ursache seines Todes.

Plötzlich begann Bark zu knurren. Er hatte weitergeschnüffelt und stand nun vor einer Blechkiste, in der Arndt seinen Trockenfisch, den *tørfisk*, verwahrte. Vor der Kiste verlief die Spur eines Tieres. Arndt erkannte Pfotenabdrücke und begriff. Es war die Spur einer herumstreunenden Katze. Sie hatte den *tørfisk* gerochen, war in die Hütte eingedrungen und hatte dabei den Jungvogel erwischt, der sich an den Brotkrümeln gütlich tun wollte.

»Armer, kleiner Kerl.« Arndt trug den Strandläufer vor die Hütte und wollte ihn ins hohe Dünengras werfen, doch er überlegte es sich anders. Er nahm eine Schaufel und ging mit ihm zu der großen Düne. An ihrem Fuß grub er ein Loch und legte ihn hinein. Er fragte sich, ob das, was er tat, nicht etwas sentimental war, aber er hatte aus einem Impuls heraus gehandelt, und er schämte sich nicht dafür. »Ruhe in Frieden, kleiner Pieper.«

Er ging zurück in die Hütte und begann aufzuräumen. Es dauerte eine Weile, bis alles wieder an seinem Platz war und aller Sand beseitigt. Bark lag währenddessen vor der Hütte und döste. Er war ein guter Begleiter, doch zur Hausarbeit taugte er nicht.

Arndt stellte fest, dass die Säcke mit Erbsen und Linsen Löcher aufwiesen und ein Teil der Hülsenfrüchte angefressen war. Vermutlich nicht von der Katze, eher von den Spitzmäusen, die ihm in der Vergangenheit schon öfter einen Besuch abgestattet hatten. Der Verlust hielt sich in Grenzen, da die Vorräte ohnehin fast aufgebraucht waren.

Bei der Arbeit war ihm warm geworden. Trotzdem machte er ein Feuer im Herd. Wenn die Nacht kam, würde es kalt werden. Er öffnete eine Dose mit Salzfleisch, setzte sich auf sein Lager und begann zu essen. Bark kam von draußen herein und schnupperte verlangend an der Dose. Er war an allem Fressbaren interessiert.

»Das ist mein Salzfleisch!« Arndt gab ihm ein Stückchen *tørs-*

fisk, auf dem er herumkauen konnte, und aß den letzten Bissen Salzfleisch selbst. Ein Schluck Regenwasser rundete seine Mahlzeit ab. Satt und zufrieden legte er sich auf sein Lager. Kaum hatte er es sich bequem gemacht, wollte Bark zu ihm auf die schmale Bettstatt springen, aber Arndt wehrte ihn ab. »Bark, lass das, du bist schwer wie ein Mehlsack!«

Bark gab nach und rollte sich neben der Fischkiste zusammen. Er gähnte. Für ihn konnte die Nacht beginnen.

»Schlaf gut, du Streuner.« Arndt stand noch einmal auf und legte Scheite im Herd nach. Es sollte lange warm bleiben in der Hütte. Nur wenn es warm war, war es auch *hyggelyg.* Er zündete die Kerze an und döste ein bisschen vor sich hin. Er war zu Hause angekommen.

Das Schnarchen von Bark, das Geschrei der Möwen, das Rauschen des Meeres hinter den Dünen – alles war so vertraut wie immer. Und doch fühlte es sich irgendwie anders an, irgendwie fremd. Denn in der Zwischenzeit waren düstere Dinge geschehen, die seine Lage verändert hatten. Nichts würde nach Gorms Tod wieder so sein wie zuvor – obwohl Ebba ihn unverbrüchlich liebte. Trotz seines tückischen Tumors. Sie würde mit ihm zusammenleben wollen, wenn sie zurück aus Kopenhagen war. Nicht in seiner Hütte, natürlich nicht, sondern bei sich zu Hause. Und Brodersson würde einer Hochzeit nicht im Wege stehen. So hatte er es schon einige Male angedeutet. Wahrscheinlich betrachtete er ihn als seinen künftigen Schwiegersohn. Doch zum Heiraten gehörten immer zwei …

Arndt richtete sich auf, löschte die Kerze und legte sich wieder hin. Der Herd strömte Behaglichkeit aus, das Holz darin knackte, die Flammen taten ihre Arbeit. Es war alles so, wie er es sich wünschte. Doch er fand keine Ruhe, obwohl er sehr erschöpft war.

Eine Stimme dröhnte an Arndts Ohr: »Auf, auf, ihr müden Leiber, die Pier steht voller nackter Weiber!«

Er schreckte aus dem Schlaf hoch. Locher stand über ihm und rüttelte an seinem Arm. »Es ist acht Uhr! Pennst du immer so lange? Beeil dich, sonst kommt die Flut.«

»Ach, du bist's.« Arndt brauchte einige Augenblicke, um seine Gedanken zu ordnen. »Sag bloß, du willst mich heute malen.«

»Wann sonst? Es ist höchste Zeit.«

Arndt stand auf und streckte sich. »Wo ist der Hund?«

»Meine Schöne wartet am Strand. Auf Höhe des Wracks. Nun mach schon.«

»Ich meine Bark. Hast du Bark gesehen?«

»Den großen Streuner? Nee, bist du endlich so weit?«

»Nein.« Arndt beschloss, sich nicht drängen zu lassen. Er ging zum Herd und überprüfte das Feuer. Es war nur noch ganz wenig Glut vorhanden. Er legte etwas dünnes Holz nach und wartete, bis es brannte. Dann folgte ein stärkeres Scheit. »Ich möchte es warm haben, wenn ich zurück bin.«

»Ja, ja, schon recht. Hast du eine Öljacke?«

»Hab ich.«

»Wirf sie über. Nun komm.«

Sie wanderten über die Düne zum Strand und hielten sich nordöstlich. In der Ferne tauchte das Wrack der *Nordstern* auf. Ein rostiger, schartiger, trostloser Rumpf aus Stahl, der Abglanz eines stolzen Schiffes aus vergangener Zeit. Es herrschte Niedrigwasser. Der Bug ragte steil wie eine Klippe empor.

Arndt ließ seinen Blick schweifen und erkannte am Spülsaum ein paar Gegenstände, darunter einen gelben Punkt: den Parasol, unter dem Venus gerne Schutz suchte. Doch zu seiner Überraschung kroch beim Näherkommen nicht die Bulldogdame unter dem Schirm hervor, sondern Bark. Der große Rüde rannte auf

Arndt zu und begrüßte ihn, als hätte er ihn wochenlang nicht gesehen.

»Wo ist Venus?«, rief Locher beunruhigt und blickte sich suchend um. »Venus! Veeenus!«

Endlich erschien seine schwergewichtige Begleiterin zwischen den Dünen. Locher tätschelte sie erleichtert. »Sie hat nur ihr Geschäft gemacht. Sie braucht dazu immer ein Gebüsch oder ein Gesträuch. Sie ist ja so reinlich!«

Arndt konnte sich ein Grinsen nicht verkneifen. »Dann ist ja alles in Butter.«

»Das ist es.« Locher übernahm wieder das Kommando. »Wie du siehst, habe ich das Wichtigste bereitgelegt. Hier, diese Wathose, ein praktisches Kleidungsutensil, das aus Gummistiefeln und Hose in einem Stück besteht. Der Bund wird dir bis unter die Achsel reichen, weil ich das Ding von Thorvald ausgeliehen habe. Egal, Hauptsache, du wirst untenrum nicht nass. Nun zieh die Büx schon an.«

An dieser Stelle hätte Arndt am liebsten abgelehnt, weil der Tag windig und trüb war und das kabbelige Wasser ihm bis zu den Knien oder noch höher gehen würde, aber er hatte nun einmal zugesagt, und er wollte zu seinem Wort stehen.

Locher hatte mittlerweile ebenfalls eine Wathose übergezogen, ein riesiges Teil, groß wie ein Zelt, und warf sich seinen schwarzen Umhang darüber. »Es war gar nicht so leicht, eine vergammelte Kiste aufzutreiben, doch diese ist ideal, voller Tang und Muschelbesatz. Ich habe sie dem ollen Bonatzki abgeschwatzt, du weißt doch, der mit den Hühnern. Der wusste gar nicht, wie ihm geschah, als ich ihm für den rotten Kasten eine Krone in die Hand drückte. So, genug geschwätzt, frisch ans Werk!«

Locher hängte sich die Segeltuchtasche mit seinem Malereibedarf um und schulterte die Staffelei. Entschlossen betrat er das nasse Element und pflügte mit großen Schritten durchs Wasser. Arndt folgte ihm auf dem Fuße. Bark und Venus blieben am Strand zurück. Bark bellte. Es hörte sich an wie ein Protest.

Nach gut zweihundert Schritten machte Locher halt. Er rammte die Beine seiner Staffelei ins Wasser und sagte: »Geh weiter, bis du genau unter dem Bug stehst. Dann klammerst du dich an die Kiste. Es muss aussehen, als würdest du um dein Leben kämpfen.«

Arndt gehorchte. Am Ziel blickte er nach oben. Turmhoch über sich sah er die Lettern, die den Namen NORDSTERN bildeten. Sie waren verwittert und kaum noch lesbar. Nieselregen hatte eingesetzt. Er fragte sich, wie er um sein Leben kämpfen solle, wenn seine Beine sicheren Halt auf dem Meeresboden hatten.

»Halte dir die Kiste vor den Bauch und umklammere sie.« Locher stand breitbeinig hinter seiner Staffelei und skizzierte eifrig, was er sah.

»Aber das sieht völlig unnatürlich aus!«

»In meiner Fantasie nicht. Ich sehe einen Mann in Seenot. Allein, ohne Hilfe, um sein Leben kämpfend. Eine Sturmnacht, tosende Gewalten! Das Hoffen auf ein Wunder! Du inspirierst mich zu alledem. Geh noch einen Schritt zurück, direkt an die Bordwand! Du musst mit der Bordwand verschmelzen.«

Arndt schüttelte den Kopf. Er wollte nicht mehr. Die Erinnerung an die wahre Sturmnacht hatte ihn wie eine Faust gepackt. Plötzlich war alles wieder da. Das Grauen, die Todesangst.

»Noch einen Schritt zurück!«

»Meinetwegen, aber ...« Weiter kam Arndt nicht, denn es riss ihn von den Beinen. Unmittelbar unter dem Rumpf der *Nordstern* hatte sich ein Mahlstrom gebildet und sämtlichen Sand fortgespült. Er fiel in ein tiefes Loch. Das Wasser schlug über ihm zusammen.

»Hilfe! Hilfeee!« Wie durch eine Nebelwand hörte Arndt die Rufe. Es war Locher, der da schrie. »Hilfeee! Hierher! Schnell!«

Arndt machte heftige Schwimmbewegungen. Bonatzkis Kiste war längst verloren gegangen. Er schluckte Wasser, keuchte, würgte, bekam für einen kurzen Moment den Kopf frei. Ein lautes Wiehern drang an sein Ohr.

Ein Wiehern?

Es war Atlas, der plötzlich neben ihm im Wasser auftauchte. Der große, brave Wallach.

Auf seinem Rücken saß Ebba.

In der Hütte war es warm und feucht wie in einer Waschküche. Halbnasse Kleider dampften vor sich hin, ausgebreitet auf Regalen und Kisten, um wieder trocken zu werden, während Arndt und Ebba splitternackt auf seiner schmalen Bettstatt lagen – der Enge wegen mehr übereinander als nebeneinander. »Locher hast du ganz schön die Meinung gesagt«, flüsterte Arndt und drückte Ebba so fest an sich, dass ihr ganz schwummrig wurde.

Sie seufzte. »Er ist ein hochbegabter Marinemaler, aber er kommt nicht von hier. Er scheint nicht zu wissen, wie leicht ein Wrack unterspült wird. Immerhin war es ihm furchtbar peinlich, dich in diese schreckliche Situation gebracht zu haben. Wenn ich nicht zufällig mit Atlas vorbeigekommen wäre … Ach, ich darf gar nicht daran denken!«

»Bist du tatsächlich zufällig vorbeigekommen?« Arndt grinste.

»Natürlich nicht. *Far* hatte mir eine Depesche ins Hotel geschickt, wo ich bliebe, aber ich wollte sowieso am selben Tag zurückreisen. Ich bin gestern Abend in Alt-Skagen angekommen, und *far* hat mir deinen Brief gezeigt. Gleich heute Morgen bin ich mit Atlas losgeritten. Ohne seine gewaltigen Kräfte und die ledernen Zügel hätten wir dich nicht rausziehen können.« Ebba erschauerte und kuschelte sich an Arndt.

»Es ist ja vorbei. Und Locher ist schon bestraft genug, weil seine Staffelei mitsamt dem Bild vom Meer fortgespült wurde.« Arndt zog Ebba ganz auf sich und streichelte zärtlich ihren Rücken. »Es ist nichts passiert.«

»Im Moment passiert aber eine Menge.« Ebba kicherte und wunderte sich über ihre eigene Kühnheit. Sie küsste ihn voller Glut.

»Ich liebe dich.«

»Ich liebe dich noch viel mehr.«

»Das ist unmöglich.«

»Ich habe mich so schrecklich nach dir gesehnt, als ich in Kopenhagen war.«

»Das ging mir ganz genauso.«

»Wir wollen nie wieder so lange getrennt sein!«

»Nein, das wollen wir nicht.«

»Oh, mein Liebster, oh ...« Sie spürte, wie Arndt behutsam in sie eindrang. »Ja, komm zu mir ...«

»Mein Engel, mein süßer, süßer Engel ...«

»Pst, sag nichts.« Sie hielt ihm den Finger auf den Mund und bewegte sich langsam im Takt ihrer Liebe über ihm.

Kurz vor dem Augenblick der höchsten Lust hielt Arndt sie fest. »Warte, es soll noch nicht vorbei sein, Liebste ...«

Ebba gehorchte. »Nein, es soll ewig so weitergehen ...«

Sie küssten und liebkosten sich, bis Arndt wieder bereit war und das Spiel von Neuem begann.

Wie lange sie sich liebten, wussten beide später nicht zu sagen, doch irgendwann lagen sie glücklich und erschöpft übereinander, und Arndt sagte: »Erzähl mir, was du in Kopenhagen erlebt hast.«

»Oh, es war schrecklich aufregend. Wenn Holger Drachmann

sich nicht so rührend um mich gekümmert hätte, wäre ich verloren gewesen. All die neuen, unbekannten Gesichter! Gut, dass Anna und Mikkel auch mit einigen Werken in Schloss Charlottenborg vertreten waren. Und Krøyer stellte ebenfalls aus. Sein Werk *Ein Sommertag am Skagener Südstrand* hat sogar einen Preis gewonnen. Das Aufregendste war jedoch der Tag, an dem König Christian die Ausstellung mit seiner Anwesenheit beehrte. Er war sehr freundlich und suchte das Gespräch mit den Künstlern. Preben Tillmans stellte mich ihm vor.«

»Preben Tillmans?«

»Der Kurator, mein Liebster. Der König fragte, wie ich *Et Stykke Højensstrand* angefertigt habe. Ich erklärte es ihm, aber er hörte nur mit halbem Ohr hin, weil er schon wieder weitermusste. Ich war ein wenig enttäuscht. Am Abend jedoch war *Et Stykke Højensstrand* verkauft, und ich erhielt sogar eine Einladung an den Königlichen Hof, zusammen mit einigen wenigen anderen Künstlern. Es handelte sich um ein Bankett, das drei Tage später auf Schloss Amalienborg stattfinden sollte. Eine große Ehre. Da konnte ich natürlich nicht Nein sagen. Das Problem war nur, dass ich überhaupt nicht wusste, was ich anziehen sollte. Anna hat mir geholfen. Sie ist mit mir ins *Magasin du Nord* am Kongens Nytorv gegangen und hat ein Kleid für mich ausgesucht.«

»Ein Kleid?«

»Ein Traum von einem Kleid! Allerdings hat es einen ganzen Vormittag gedauert, bis wir das Richtige gefunden hatten. Du kannst dir nicht vorstellen, wie groß die Auswahl in dem Kaufhaus war. Die Verkäuferin war sehr freundlich. Und geduldig war sie auch. Anna hat sie ganz schön auf Trab gehalten. Als wir uns entschieden hatten, sorgte sie sogar dafür, dass die kleinen Änderungen in der eigenen Schneiderei sofort vorgenommen wurden.«

»Das hört sich vielversprechend an. Wie sah das Kleid denn aus?«

»Oh, es war hellblau und knöchellang, aus feinster Seide, mit einer Halsrüsche, die von einem weißen Samtband gehalten wurde. Dazu bekam ich schwarze geknöpfte Knöchelschuhe und einen Hut mit passenden hellblauen Bändern! Ich war von einer Hofdame nicht zu unterscheiden. Du hättest mich bestimmt nicht erkannt!«

»Ich würde dich unter Tausenden jungen Damen wiedererkennen.«

»Wirklich? Es war jedenfalls ein unvergesslicher Einkauf. Fast meine ganzen Ersparnisse sind dabei draufgegangen. Aber es hat sich gelohnt. Abends auf dem Bankett hat ein Fotograf eine Aufnahme von mir und Holger gemacht. Ich zeige sie dir, wenn du nach Alt-Skagen kommst.«

»Da bin ich gespannt.«

»Es tut mir leid, dass du dir Sorgen um mich gemacht hast. Aber ich war die ganze Zeit ein braves Mädchen. Holger und die anderen können es bezeugen.«

Arndt lächelte. »Ich glaube dir. Hauptsache, du bist heil und gesund zurück.«

»Und wie ist es dir ergangen, mein Liebster?«

»Oh, ich habe mich schrecklich gelangweilt. Ich habe von morgens bis abends im Haus deines Vaters gesessen, weil ich glaubte, ich dürfte es nicht verlassen. Ich habe ihm Essen zubereitet, das ihm nicht schmeckte, Putzarbeiten verrichtet, die er nicht bemerkte, und Nachbarinnen beobachtet, die über mich am Zaun tratschten. Vermutlich geben sie mir die Schuld an Gorms Tod. Das Leben ist ungerecht.«

»Das Leben ist schön.« Ebba zog die Decke über sich und Arndt und kuschelte sich an ihn. »Du bist auf freiem Fuß, kannst gehen, wohin du willst, kannst machen, wonach dir der Sinn steht ... Oh, was ist denn das?«

Arndt grinste. »Ich mache gerade, wonach mir der Sinn steht.«

»Wir dürfen es nicht übertreiben!«

»Und ob wir das dürfen!«

Sie liebten sich ein weiteres Mal, als draußen plötzlich lautes Pferdegetrappel erklang. Bark, der Atlas Gesellschaft leistete, bellte laut.

»Was hat das zu bedeuten?«, fragte Ebba erschrocken. »Atlas wird doch nicht fortlaufen?«

Als Antwort riss jemand die Plane am Eingang zur Seite. Das Gesicht einer schönen jungen Frau erschien. Die Frau trug ein modisches Reitkostüm und hielt eine Reitgerte in der Hand. Sie brauchte einen Augenblick, um die Situation zu erkennen. Dann sprühte ihr Gesicht vor Zorn. »Hier also treibst du dich herum!«, rief sie mit schneidender Stimme. »Mit irgendwelchen Dorfweibern!«

»Mach die Plane wieder zu«, sagte Arndt äußerlich ruhig. »Und lass mich in Ruhe.«

»Ich denke nicht daran! Ich erwarte dich noch heute in *Brøndums Hotel.* Morgen reisen wir ab!«

Der Vorhang schloss sich. Schritte entfernten sich.

»Mein Gott, wer war das denn?«, fragte Ebba.

»Meine Frau«, antwortete Arndt.

KAPITEL 32

Arndt klopfte an die Tür von Broderssons Haus. Es dauerte eine Weile, bis geöffnet wurde. Ebba stand da und schaute ihn abweisend an. »Was willst du?«

»Ich muss mit dir reden.«

»Es gibt nichts zu bereden, nachdem du mir gestern eröffnet hast, dass du verheiratet bist.«

»Ich bin schon lange nur auf dem Papier verheiratet. Bitte, lass mich dir erklären, wie alles zusammenhängt.«

Ebba zögerte.

»Bitte!«

»Na gut.« Sie ließ ihn ein. Eigentlich hatte sie sich geschworen, nie wieder mit ihm zu reden, aber jetzt, da er vor ihr stand, so ernst und verzweifelt, konnte sie nicht Nein sagen. »Komm in die Küche.«

Arndt setzte sich. Bark, der ihn begleitet hatte, ließ sich unter dem Tisch nieder.

Ebba holte ihm einen Holunderbeersaft. Trotz ihres Zorns auf ihn wollte sie nicht ungastlich sein.

»Danke.« Er trank einen Schluck und drehte das Glas in den Händen. »Es ist schwer, einen Anfang zu finden, weil alles so kompliziert ist. Ich führe seit Jahren eine Scheinehe. Ich liebe meine Frau nicht, und sie liebt mich auch nicht. Ich bin sicher, sie hat mich nie geliebt. Vor ziemlich genau fünf Jahren habe ich sie kennengelernt. Sie war die Attraktion eines Varietés auf St. Pauli. Sie trat als *Elisabeth, die Schlangenfrau!* auf. Ich war ihr vom ersten Augenblick verfallen und heiratete sie Hals über Kopf gegen den ausdrücklichen Rat meiner Freunde. Alle meine Verwandten sagten, sie würde nur wegen meines Namens die Ringe mit mir tauschen wollen. Doch ich war taub.«

Arndt hielt inne. Er stierte in sein Glas.

Ebba beobachtete ihn. Er sah so unglücklich aus, dass er ihr fast leidtat. »Meinst du nicht, dass es an der Zeit ist, mir endlich deinen vollen Namen zu sagen?«

Arndt blickte auf. »Ja. Ich hätte es längst tun sollen. Aber ich hatte große Angst, dass Elisabeth mich hier aufspüren würde, wenn ich ihn öffentlich mache. Wie du siehst, ist es ihr auch so gelungen. Sie hat die Spürnase eines Jagdhundes. Ich wollte nicht, dass sie mir hinterherspionieren kann. Deshalb habe ich die ganze Zeit so wenig von mir erzählt. Sie wird mir die Hölle heißmachen, sobald ich in *Brøndums Hotel* auftauche. Nichts scheut sie so sehr wie das Gerede der Leute, und wahrscheinlich haben sie sich zu Hause in Altona längst das Maul über mich zerrissen. Am liebsten würde ich mit dir nach Amerika gehen und einen Neuanfang machen. Ganz weit weg, wo niemand uns kennt, doch ich weiß, dass ich dir das nicht zumuten kann.«

Ebba war überrascht von der Gesprächswendung. An eine solche Möglichkeit hatte sie noch nie gedacht. Aber es war müßig, sich damit zu beschäftigen, denn sie hatte einen verheirateten Mann vor sich. »Und wie heißt du nun?«

Arndt blickte sie an und sagte langsam: »Ich bin Arndt Graf von Heerwegen, genauer: Arndt, Bernwart, Wilhelm Graf von Heerwegen.«

Ebba glaubte, nicht richtig zu hören. »Du bist ein richtiger Graf? So siehst du überhaupt nicht aus! Und du sprichst auch nicht so.«

Arndt lächelte freudlos. »Ich sage viel lieber, dass ich ein Ingenieur bin. Ich habe Maschinenbau studiert und auf einer Werft in Hamburg gearbeitet. Sehr zum Ärger von Elisabeth, die sich fortwährend darüber aufregte, dass ich einen bürgerlichen Beruf ausübte. Sie meinte, das sei nicht standesgemäß. Viel lieber hätte sie mich als Salonlöwen gesehen bei ihren zahllosen gesellschaftlichen Veranstaltungen, wo hohles Geschwätz und scheinheiliges Getuschel hinter dem Rücken der nicht Anwesenden an der Tagesordnung waren. Irgendwann Anfang dieses Jahres war ich es satt. Ich konnte die endlosen Tiraden über Mode, Geld und Einfluss, die ständigen Fragen nach dem Wer-mit-wem nicht mehr aushalten. Ganz zu schweigen von ihrem ständigen Gekeife, mit dem sie mich überzog, denn sosehr ich mich auch bemühte, ich konnte ihr einfach nichts recht machen. Vielleicht war es eine Kurzschlusshandlung, aber ich beschloss, dem Ganzen zu entfliehen. Alles auf dieser Welt erschien mir erstrebenswerter als ein Leben an der Seite von Elisabeth, der lieblosen, nichtsnutzigen Schlange. Ich heuerte von heute auf morgen als Heizer auf einem Dampfer an. Es handelte sich um die *Nordstern*, die im Dock der Werft, auf der ich arbeitete, grundüberholt worden war. Das Ziel der *Nordstern* war mir gleichgültig, ich wollte nur fort!«

»Oh, du Armer!« Ebba nahm spontan Arndts Hand und drückte sie. Ihr Zorn auf ihn war verraucht. »Ich spendiere uns einen Aquavit.« Sie goss zwei Gläser ein, und nachdem sie getrunken hatten, fragte sie: »Hattest du denn niemanden, dem du dich in deiner Lage anvertrauen konntest?«

»Nein, niemanden.« Arndt schüttelte den Kopf.

»Vater, Mutter, Geschwister?«

»Ich hatte eine Schwester. Sie starb nur drei Tage, nachdem

das Kindbettfieber Viktoria, meine Mutter, dahingerafft hatte. Da war ich zwei Jahre alt. Mein Vater, Bernwart Graf von Heerwegen, war untröstlich. Seine ganze Liebe und Zuwendung galten fortan mir. Er kümmerte sich um meine Erziehung und erzählte mir viel über meine Herkunft. Er zeigte mir die Bilder unserer Ahnen, erzählte von ihren Taten und führte mich durchs ganze Gebäude. Hinter jedem Gegenstand der ehrwürdigen Einrichtung steckte eine Geschichte. Auch hinter den bordeauxrot gepolsterten Sesseln, die meine Mutter als Mitgift in die Ehe gebracht hatte. Sie sollten ursprünglich das herrschaftliche Haus eines Plantagenbesitzers in Virginia zieren, wurden aber nie verschifft, weil der Herr es versäumt hatte, sie zu bezahlen. So erwarb meine Mutter sie und stellte sie in unseren Salon. Sie wurden ›Viktorias Sessel‹ genannt, und jedes Mal, wenn ich sie sah, musste ich an sie denken.

Einmal reiste Vater mit mir ins Dänische, nach Viborg in Mitteljütland. Er kaufte dort für uns beide einen Stenz, einen Stock, wie ihn die Zimmerer benutzen, wenn sie auf Wanderschaft gehen, und lief mit mir auf dem uralten *Hærvej* viele hundert Meilen bis hinunter nach Altona und Wedel. Er erzählte mir, dass in alten Zeiten Soldaten und Ochsen diesen Weg entlanggezogen seien und dass unsere Familie riesige Ländereien am Rande des *Hærvejs* besessen habe, weshalb unser Name noch heute ›von Heerwegen‹ laute.«

Arndt machte eine Pause und kippte den Rest des Aquavits hinunter.

»Lebt dein Vater noch?«, fragte Ebba.

»Nein, er starb vor sechs Jahren durch einen Jagdunfall. Er liebte die Natur und war ein leidenschaftlicher Jäger. Leider war er kein guter Geschäftsmann. Aber das habe ich als Kind natürlich nicht mitbekommen. Ich habe ihn sehr geliebt. Gott sei Dank hat er die dunkle Zeit mit Elisabeth nicht mehr erlebt.«

»Gibt es denn überhaupt keine nahen Verwandten?«

»Doch, ich habe noch einen Halbbruder, Friedrich, er ist Vaters unehelicher Sohn. Friedrich kümmert sich heute um die wenigen Ländereien, die uns geblieben sind. Er ist höflich und korrekt, aber ein Erbsenzähler. Ich bin mit ihm nie richtig warmgeworden.«

»Allmählich begreife ich, warum du deinem Leben entfliehen wolltest. Was ist denn aus den anderen Ländereien geworden?«

»Sie wurden veruntreut. Ich sagte schon, dass Vater nie ein guter Geschäftsmann war, deshalb setzte er einen Verwalter ein, und dieser Verwalter betrog ihn nach Strich und Faden. Sein Name war Dissendorf.«

»Dissendorf? Meinst du den Dissendorf, den du in der Orkannacht auf der Brücke der *Nordstern …?«*

»Nein, nein!« Arndt stand auf und begann, um den Tisch zu wandern. Dann hielt er inne und erzählte weiter, obwohl es ihm sichtlich schwerfiel. »Nein, das war sein Sohn. Aber ich kann nicht behaupten, dass er einen Deut besser war als sein Vater. Er hasste mich, weil ich ihm damals Elisabeth ausgespannt hatte. Dabei wusste ich überhaupt nichts von ihm, als ich um sie warb. Erst später erfuhr ich, dass sie ihm die Ehe versprochen hatte, bevor ich sie kennenlernte. Sie meinte wohl, ein Graf sei für sie die bessere Partie, und entschied sich für mich. Oh, mein Gott, hätte sie mich seinerzeit doch nur abgewiesen!«

Ebba stand auf und nahm ihn in die Arme. »Das Schicksal hat es nicht gut mit dir gemeint, aber du darfst den Kopf nicht hängen lassen. Ich will dir immer eine gute … eine gute Freundin sein.«

Arndt nickte und sagte mit schwerer Stimme. »Es ist grausam, dass alles so gekommen ist.«

»Ja, das ist es«, flüsterte sie.

»Ich würde mir einen Arm abhacken lassen, nur um frei für dich zu sein!

»Das würdest du?«

Er nickte ernst. »So wahr ich hier stehe.«

Ebba wandte sich ab. Er sollte nicht sehen, dass ihr die Tränen kamen. Warum im Leben musste alles nur immer so kompliziert sein! So verdammt ungerecht! Da stand der Mann, den sie liebte, direkt vor ihr, doch er war so unerreichbar wie der Mond am nächtlichen Himmel. »Vater wird gleich kommen«, sagte sie mit erstickter Stimme. »Er muss von alledem nichts erfahren. Jedenfalls nicht heute Abend.«

»Du hast recht. Ich werde gehen.« Er machte eine hilflose Geste und wandte sich zur Tür.

Sie blickte ihm nach. Sie wusste, er würde nach Skagen in *Brøndums Hotel* gehen, wo seine Frau auf ihn wartete. Und sie fragte sich, ob sie ihn jemals wiedersehen würde.

Elisabeth Gräfin von Heerwegen saß im Speisesaal von *Brøndums Hotel* und hatte Mühe, die Contenance zu wahren. Sie wartete schon geschlagene fünf Minuten darauf, bedient zu werden. Eine Frechheit! Am Nachbartisch herrschte Hochstimmung. Vier Gestalten saßen da und unterhielten sich lautstark über irgendeine Ausstellung, die in irgendeinem dänischen Schloss stattgefunden hatte. Wahrscheinlich waren es ein paar der Skagener Künstler, über die heutzutage so viel geredet wurde. Einer, den die anderen Søren nannten, war der lauteste. Ein weiterer, sehr massiger Mann steckte unablässig Leckerbissen in das geöffnete Maul einer Bulldogge. Ein dritter trug die Schiebermütze verkehrt herum, nahm sie ab und kratzte sich die Glatze. Sein Gegenüber lachte und prostete in die Runde. Er hatte eine milchige Flüssigkeit im Glas, offenbar die Quelle der allseitigen Heiterkeit, und rief »*Skål*, du liebe *Grüne Fee!*«

Ein hochaufgeschossener Bursche, der eine Kellnerjacke mit zu kurzen Ärmeln trug, schenkte ihm nach. Danach ging er reihum, versorgte auch die anderen und stellte anschließend einen Napf mit frischem Wasser in ein Vogelbauer, das auf dem gegenüberliegenden Fensterbrett stand. Darin saß ein gelber Kanarienvogel, der schrill und hässlich sang, was aber niemanden zu stören schien. Wieso bequemte der Kellner sich nicht zu ihr? Eine Unverfrorenheit! Elisabeth winkte ihm zum wiederholten Male. Endlich kam er herangeschlendert.

»Was kann ich für dich tun?«, fragte Theo auf Deutsch.

»Ich wäre Ihnen dankbar, wenn Sie mich mit ›Gräfin‹ ansprechen und siezen würden«, entgegnete Elisabeth frostig. »Falls es Ihnen entgangen sein sollte: Ich bin Elisabeth Gräfin von Heerwegen.«

Theo grinste sie freundlich an. Was er sah, war eine schöne Frau mit kaltem Blick. »In Ordnung, Gnädigste, aber hier in Dänemark duzen wir uns alle. Eine Ausnahme bilden nur König Christian mit seiner Familie und die höchsten Honoratioren des Staates, und zu denen gehörst du ja wohl nicht.«

Elisabeth beschloss, das flegelhafte Benehmen zu übergehen. »Was können Sie mir von der Karte empfehlen?«

»Gebratenes Dorschfilet mit Fischsoße und Vildmose-Kartoffeln. Alles andere ist aus.«

»Dann bringen Sie mir das zwei Mal. Meine Zofe Gabriella kommt jeden Moment herunter, um mit mir zu speisen.«

»Was zu trinken?«

»Champagner.«

»Haben wir nicht. Wie wär's mit einem Gläschen *øl?*«

»Öl? Sind Sie verrückt?«

Theo musste sich das Lachen verkneifen. »*Øl* ist Dänisch, Gnädigste, und heißt auf Deutsch Bier. Ich könnte dir ein Carlsberg bringen.«

»Meinetwegen.«

Theo verschwand, um in der Küche die Bestellung aufzugeben. Elisabeth wartete und schlug einen Trommelwirbel auf ihrer Serviette. Am Nachbartisch erhob Krøyer die Stimme und rief herüber: »Was sitzt du da so allein? Komm zu uns auf ein Schwätzchen, für eine reizende Dame wie dich ist immer Platz!«

»Ich verstehe Sie nicht.«

Krøyer wiederholte seine Einladung in leidlichem Deutsch.

»Nein, danke, ich sitze hier sehr gut.«

»Darf ich dich malen? Gleich jetzt? Das Seitenlicht durch das Fenster arbeitet die Konturen deines Gesichts so geheimnisvoll heraus! Bitte, sag Ja.«

»Nein, ich habe keine Zeit.«

»Eine Skizze nur, es geht ganz schnell!«

Von einer weiteren Unterhaltung wurde Elisabeth durch Theo befreit, denn der lange junge Mann kam mit einem Servierwagen herangefahren. »Bitte sehr, zwei Mal der gebratene Dorsch.«

»Wie Sie sehen, ist meine Zofe noch nicht da. Nehmen Sie den zweiten Teller wieder mit.«

»Wie du meinst.« Theo stellte nur einen Teller auf den Tisch und das Glas mit dem Carlsberg dazu. *»God appetit.«* Er rollte den Wagen wieder davon.

Elisabeth begann zu essen – und hörte sofort wieder auf. »Kellner!«

Theo kam zurück. »Ist noch was?«

»In der Fischsoße schwimmen Schnittlauchröllchen. Ich mag keinen Schnittlauch.«

»Ich bedaure.«

»Ich möchte das Gleiche noch einmal. Ohne Schnittlauch.«

»Der gehört aber zur Soße. Du musst ihn ja nicht mitessen.«

»Unerhört! Ich will sofort den Chef sprechen!«

»Bitte sehr.« Theo ging hinaus und kam mit Degn wieder.

Degn schaute grimmig drein. Er hatte sich gerade für ein paar Minuten aufs Ohr gelegt, ein kleiner Luxus, den er sich am Nachmittag gönnte, sofern der Betrieb es zuließ. Aber nicht nur wegen der Störung war er missgelaunt. Elisabeth hatte sich als schwieriger Gast erwiesen, dem man nichts recht machen konnte. Das hatte sich schon gleich am Anfang bei der Zuweisung der Zimmer gezeigt. Mit nichts war sie zufrieden gewesen. Und nun dieses Theater wegen ein paar Röllchen Schnittlauch!

»*Hvor klemmer skoen?*«, fragte er.

»Bitte, sprechen Sie deutsch mit mir!«

»Wo drückt der Schuh?«

Elisabeth erklärte es ihm. »Ich verlange, dass dieses Gericht auf der Stelle ausgetauscht wird!«

»Das geht nicht«, erwiderte Degn. »Wir müssten es dann wegwerfen, und dafür ist es zu schade.«

»Ich werde es auf keinen Fall essen!«

»Dann werde ich es tun«, sagte ein Mann, der unbemerkt den Saal betreten hatte. Er trug einfache, grobe Kleidung wie ein Fischer, doch es war kein Fischer. Es war Arndt.

»*Hej*, Arndt!«, rief Theo. »Lange nicht gesehen.«

»Stimmt.« Arndt nickte Theo und Degn zu und setzte sich zu Elisabeth an den Tisch. »Wie geht es Hille?«, fragte er Theo. »Ich habe gehört, sie ist schwanger?«

»Und sie ist meine Frau!« Theo platzte plötzlich vor Stolz. »Das Kleine hat sogar schon mal im Bauch gestrampelt. Kann die Geburt wohl nicht abwarten.«

»Wann ist es denn so weit?« Arndt zog Elisabeths Teller zu sich heran und begann zu essen.

»Hille sagt, im April. Sie ist oben und klart die Gästezimmer auf.«

»Schluss jetzt!« Elisabeth hieb mit der Faust auf den Tisch und funkelte Arndt an. »Wer wann in diesem Kaff ein Kind bekommt, ist doch völlig unwichtig! Beachte mich gefälligst! Ich bin hier, um dich nach Hause zu holen.«

Arndt aß ruhig weiter. Er kannte derlei Ausbrüche seiner Frau nur zu gut. Dann legte er Messer und Gabel beiseite und sagte: »Und ich bin gekommen, um dich zu fragen, wie du mich gefunden hast.«

»Das tut nichts zur Sache.«

»Ich will es wissen.«

Elisabeth zögerte. »Nun gut. Es sollen ruhig alle erfahren. Ich war mit einer Freundin im *Altonaer Kunstmuseum.* Dort findet zurzeit eine Ausstellung unter dem Motto *Kunst der Küsten* statt. Unter anderem hing da ein Bild von einem Künstler namens Krøyer. Das Bild heißt *Einsiedler am Strand* und zeigt ganz zweifelsohne dich. Ich zog Erkundigungen über diesen Krøyer ein und erfuhr, dass er die meiste Zeit des Jahres in Skagen verbringt. Daraus schloss ich, dass auch du dich hier aufhalten musst.«

Nach dieser überraschenden Erklärung herrschte zunächst Stille im Saal. Dann rief Krøyer: »Der Künstler bin übrigens ich, Gnädigste!«

Bevor Elisabeth antworten konnte, fuhr Arndt Krøyer an: »Wieso hast du mein Bild veröffentlicht? Du hast mir versprochen, es zu lassen!«

»Ich habe nur gesagt: ›Wir werden sehen.‹« Krøyer zeigte mit dem Finger auf Elisabeth. »Arndt hat sich damals nicht so geziert wie du, als ich ihn malen wollte.«

»Bei mir auch nicht«, brummte Locher, der wusste, dass er bei Arndt etwas gutzumachen hatte, weil der Versuch, ihn als Schiffbrüchigen vor der *Nordstern* zu malen, so gefährlich ausgegangen war. »Er ist ein sehr gutes Modell.«

In diesem Moment kam Gabriella in den Saal. Anders als Elisabeth, die ein kostbares violettes Kleid aus Atlas trug, eng geschnitten mit einem Stehkragen und hervorgehobenen Schultern, hatte die Zofe nur ein einfaches blaues Wollkleid an. Trotzdem zog sie sofort sämtliche Blicke auf sich, denn sie war bildhübsch.

Theo fragte galant: »Willst du gebratenen Dorsch mit Kartoffeln? Deine Herrin hat das Gericht für dich vorbestellt.«

Bevor Gabriella antworten konnte, zischte Elisabeth: »Sie isst nichts! Die Soße schmeckt nicht.«

Degn beugte sich zu ihr herab. Er hatte sich mittlerweile die übliche Zigarre angesteckt und blies eine Rauchwolke an ihrem Gesicht vorbei. »Immer mit der Ruhe«, sagte er. »Vielleicht isst sie nichts, genau wie du, aber die Mahlzeiten muss ich dir trotzdem auf die Rechnung setzen.«

Elisabeth ignorierte Degns Worte. »Haben Sie schon mal von Queen Victoria gehört?«, fragte sie von oben herab. »Das ist die Königin von England und die Kaiserin von Indien. Sie residiert im Buckingham Palast zu London und ist entfernt mit mir verwandt. Und wissen Sie, was die Queen hasst? Ich sage es Ihnen: Wenn jemand in ihrer Anwesenheit raucht! Im ganzen Palast herrscht Rauchverbot! Ich fordere Sie deshalb auf, unverzüglich mit der Qualmerei aufzuhören!«

»Gilt das auch für mich?«, knurrte Locher vom Nebentisch und streifte die Asche seiner Zigarre ab.

»Oder für uns?«, fragten Krohg und Björck.

Degn stieß eine weitere Rauchwolke aus. Auf seiner Stirn war eine steile Falte entstanden. »Wir sind ein gastliches Haus, in dem jedermann so viel rauchen kann, wie er mag«, sagte er zu Elisabeth. »Daran musst du dich gewöhnen. Sonst ...«

Er ließ den Satz unvollendet, doch sein Blick sprach Bände.

Elisabeth schnappte nach Luft. Ihr Busen wogte. »Das ist *degoutant!* Arndt! Sag diesem Menschen, dass er augenblicklich das Rauchen einzustellen hat!«

»Ich denke nicht daran.«

»Du wagst es, mir zu widersprechen?« Sie sprang so vehement auf, dass ihr Stuhl polternd nach hinten fiel. »Das wirst du bereuen! Ich ziehe mich auf mein Zimmer zurück. Gabriella, folge mir!«

Alle Augen blickten den beiden Frauen nach.

»Puh«, sagte Theo, als sich die Tür hinter ihnen schloss. »Da werden Weiber zu Hyänen.«

»Wie bitte?«, fragte Degn.

»Schiller«, erklärte Arndt.

KAPITEL 33

In letzter Zeit hatte Lauritzen wenig Anlass für gute Laune gehabt, doch heute war das anders. Und das lag an drei Gründen: Erstens hatte Johan Frich, der *Byfoged*, ihn zu sich rufen lassen. Lauritzen war mit bangem Gefühl hingegangen, denn er wusste, die Sache mit der mangelnden Aufsichtspflicht, derer er sich gegenüber Rika Svendsen, Gorms verstorbener Mutter, schuldig gemacht hatte, wog schwer. Umso überraschter war er gewesen, dass Frich ihm zwar kräftig die Leviten gelesen hatte, danach aber plötzlich freundlich grinste und »Na ja, Schwamm drüber« sagte. »Wenn ich dich jetzt degradiere, redet die ganze Stadt davon, und der Freitod der alten Rika ist dadurch auch nicht aus der Welt. Ich will Ruhe in meiner Stadt haben. Skandale und Gerüchte jeglicher Art schaden dem guten Ruf. Ich erteile dir deshalb nur einen mündlichen Verweis. Und nun danke dem lieben Gott und meiner Gutmütigkeit und geh zurück an deine Arbeit.«

Der zweite Grund war durchaus profaner, wenn auch kaum weniger wichtig: Der schmerzende Backenzahn hatte endlich Ruhe gegeben, wodurch sich das ständige Kauen auf einer Gewürznelke erübrigte. Keinen Tag zu früh, wie Klæbel, der Apotheker, Lauritzen versicherte, denn sein Vorrat an getrockneten Pflanzen von den fernen Gewürzinseln ging zur Neige.

Der dritte Grund hatte einen Namen: Elisabeth Gräfin von Heerwegen. Wie alle, die davon erfuhren, staunte auch Lauritzen nicht schlecht, dass Arndt, der Schiffbrüchige, mit ihr verheiratet war – und damit offenbar von blauem Blut. Andererseits hatte ihm sein kriminalistischer Instinkt von Anfang an gesagt, dass ein Geheimnis hinter dem Mann steckte – und hinter seiner Beziehung zu dem toten Dissendorf. Man musste schon ziemlich blind sein, um nicht zu durchschauen, dass der eine den anderen gekannt hatte. Und blind war Lauritzen nicht. Im Gegenteil. Er hielt sich für ungewöhnlich scharfsinnig.

Er überlegte, ob er die Gräfin auf die Polizeistation zitieren sollte, um ihr nach allen Regeln der Kunst auf den Zahn zu fühlen, doch er hatte erfahren, wie eigenwillig, um nicht zu sagen launisch, die feine Dame war, und er wollte sich nicht die Blöße einer Ablehnung geben. Es würde geschickter sein, sie in *Brøndums Hotel* aufzusuchen. Zumal das Hotel nur wenige hundert Schritte entfernt lag und der Tag schön war.

»Ist die Gräfin auf ihrem Zimmer?«, fragte er Theo, nachdem er die Tür zum Speisesaal hinter sich geschlossen und die Dienstmütze an den Garderobenhaken gehängt hatte.

»Müsste sie eigentlich sein. Willst du was essen oder trinken?«

»Nein, ich bin dienstlich hier.« Lauritzen ließ seinen Blick schweifen. Der Saal war jetzt, am frühen Nachmittag, noch gut besetzt. »Ich brauche einen Ort, an dem ich ungestört mit der Dame reden kann.«

Theo horchte auf. »Worum geht es denn?«

»Das ist meine Sache. Also?«

»Hm. Wie wär's mit dem kleinen Aufenthaltsraum neben der Küche? Der ist für das Personal. Nicht besonders repräsentativ, aber im Moment dürfte da keiner sein.«

»Schön.« Lauritzen ließ sich den Weg zeigen und setzte sich auf einen der groben Küchenstühle. »Tu mir den Gefallen, geh zu der Gräfin und richte ihr aus, Kommissar John Lauritzen, der Leiter der hiesigen Polizeistation, erwarte sie in einer dringenden Angelegenheit.«

»Und du willst wirklich nichts bestellen?«

»Ich bin nicht zum Vergnügen hier.«

»Schon gut.« Theo verschwand und kam nach kurzer Zeit zurück. »Die Dame will wissen, worum es geht. Ihre Zeit sei sehr begrenzt.«

Lauritzen überlegte. »Sage ihr, es geht um einen Toten. Sein Name ist Dissendorf.«

Zu seiner Überraschung dauerte es danach keine zwei Minuten, bis Elisabeth Gräfin von Heerwegen vor ihm stand. Sie streckte ihm die rechte Hand hin, damit er sie küsse, doch Lauritzen kannte sich mit den Gepflogenheiten der feinen Gesellschaft nicht aus, weshalb er die Hand ergriff und sie kräftig schüttelte. »Vielen Dank, dass du, äh, ich meine Sie, sich bemüht haben«, sagte er förmlich. Er hatte sich für die ungewöhnliche Anrede entschieden, weil er hoffte, dadurch erfolgreicher in seiner Befragung zu sein. »Nehmen Sie Platz.«

Elisabeth sah ihn prüfend an, während sie sich mit einer graziösen Bewegung setzte. Sie trug an diesem Tag ein salamandergrünes Kleid und einen wagenradgroßen Hut mit wippender Fasanenfeder. Sie hätte in diesem Aufzug jederzeit auf einen Ball gehen können und unterschied sich dadurch umso deutlicher von der schlichten, schon etwas abgewetzten Uniform Lauritzens. »Was wollen Sie?«

Lauritzen räusperte sich. Er hatte sich überlegt, dass es für seine Befragung eine Langversion und eine Kurzversion gab. Die lange Version hätte eine Schilderung der Gesamtumstände verlangt, die zu Dissendorfs Ermordung geführt hatte, die kurze beinhaltete nur eine Frage. Er wählte die zweite Möglichkeit, obwohl sie ein Schuss ins Blaue war. »Wo und wie haben Sie den Kaufmann Carl-Heinrich Dissendorf kennengelernt?«

Elisabeth zog die Augenbrauen hoch. »Wie heißt der Mann?«

»Dissendorf, Carl-Heinrich, zum Zeitpunkt seines Todes dreiundvierzig Jahre alt.«

»Kann sein, dass ich den Namen schon mal gehört habe. Warum?«

»Er wurde ermordet. Von Ihrem Ehegatten Arndt.« Lauritzen fixierte Elisabeth scharf und glaubte, bei dem Stichwort »ermordet« ein Aufflackern in ihren Augen gesehen zu haben. Aha, dachte er zufrieden, sie kennt ihn also.

»Mein Mann bringt niemanden um. Er ist von adligem Geblüt. Haben Sie Beweise für Ihre ungeheuerliche Behauptung?«

Lauritzen setzte ein überlegenes Lächeln auf, obwohl er sich genötigt sah, die Langversion zu erzählen. Er berichtete ausführlich von der Orkannacht auf der Brücke der *Nordstern*, dem Kampf, dem Rettungsring, dem Bootshaken. »Diese Indizien sprechen für sich«, schloss er.

Elisabeth hatte während der Schilderung ein paar Mal tief durchgeatmet, sich ansonsten aber nichts anmerken lassen. Sie war ein Kind aus Hamburg Barmbek, kam aus einfachsten Verhältnissen und hatte sich ebenso rücksichtslos wie kaltblütig bis ganz nach oben durchgeboxt. *Elisabeth, die Schlangenfrau!* hatte bis jetzt noch jede Situation gemeistert, und dieser kleine Kerl da mit der leuchtenden Glatze würde ihren Status als Gräfin auf keinen Fall gefährden. »Wenn Ihre Beweise stichhaltig sind, haben Sie meinen Mann sicher schon hinter Schloss und Riegel gebracht, oder?«

Das hatte Lauritzen natürlich nicht, weil ebenjene Beweise nicht ausreichten. Er biss sich auf die Lippen. »Ich wiederhole meine Frage: Wie und wo haben Sie Dissendorf kennengelernt?

Leugnen Sie nicht, dass Sie ihn kannten. Er gehörte zum Bürgeradel und dürfte in Ihrem Haus ein und aus gegangen sein.«

Elisabeth sah ein, dass es klüger war, die Bekanntschaft nicht abzustreiten. »Nun, ich glaube, Dissendorf wurde mir irgendwann in unserem Domizil vorgestellt. Er war wohl einer der Altonaer Händler, die in meinen Kreisen als Pfeffersäcke bezeichnet werden.«

»Ist das alles?«

»Gewiss.« Elisabeth klang abschließend. Der kleine Glatzkopf brauchte nicht zu wissen, dass sie bei Dissendorf fest im Wort gewesen war, nachdem dieser beharrlich um sie geworben hatte, indem er Abend für Abend das Etablissement besuchte, wo sie als *Kontorsionistin,* als Schlangenmensch, große Erfolge feierte. Und es ging ihn genauso wenig etwas an, dass Arndt eines Tages erschienen war, sie in der Pause zu einem Tanz aufgefordert und vor aller Augen leidenschaftlich geküsst hatte. Als er ihr noch am selben Abend verriet, dass sein Name Arndt Graf von Heerwegen war, hatte sie sich sofort und ohne Bedenken für ihn entschieden. Ein echter Graf mit eigenen Ländereien war eine bessere Partie als ein Altonaer Pfeffersack. Damit hatte sich Dissendorf zähneknirschend abfinden müssen. Zähneknirschend und voller Hass auf Arndt.

»Würden Sie diese, äh, wie Sie behaupten, nur ›flüchtige‹ Bekanntschaft auf Ihren Eid nehmen?«

»Selbstverständlich«, antwortete Elisabeth, ohne mit der Wimper zu zucken.

»Ich werde …« begann Lauritzen, doch er wurde von Theo unterbrochen, der den Aufenthaltsraum betreten hatte. »In wenigen Minuten wird das Küchenpersonal Pause machen«, verkündete er. »Darf ich den Herrschaften vorher noch irgendetwas bringen?«

»Nein«, sagte Lauritzen.

»Aber ja«, sagte Elisabeth. »Ich hätte gern eine Zitronenlimonade auf Eis.«

»Eis haben wir nicht, Gnädigste.«

»Kein Eis? Dann eben ohne.«

»Jawohl.« Theo verschwand.

Bis er zurück war, herrschte Schweigen. Elisabeth nahm die Zitronenlimonade entgegen und trank einen Schluck. »Sie sagten eben ›Ich werde …‹. Was werden Sie denn?«, fragte sie mit unschuldigem Augenaufschlag.

Lauritzen sah ein, dass er verloren hatte. Zwar war er sicher, dass sein Gegenüber ihn nach Strich und Faden belog, aber dagegen war nichts auszurichten. Die Zeiten, in denen man die Wahrheit aus einem Verdächtigen herausquetschen konnte, indem man ihm Daumenschrauben anlegte, waren lange vorbei. Einerseits war das gut so, andererseits … »Ich werde mich nun auf den Weg machen«, sagte er. »Zunächst einmal vielen Dank.«

Doch im Stillen dachte er: Verdammtes Weib! Mögest du an deiner Limonade ersticken!

Im Gartenhaus, das Anna Ancher und ihrem Mann Mikkel als Atelier diente, war es an diesem Tag gemütlich warm. Der hohe, runde Eisenofen bullerte, während draußen der Wind um die Hausecken pfiff. Anna nahm die Kaffeekanne aus der Ofenklappe und fragte Ebba: »Soll ich dir noch mal nachschenken?«

»Wie?« Ebba schreckte auf. Sie war mit den Gedanken ganz woanders gewesen.

»Ob du noch etwas Kaffee möchtest.«

»Ja, doch. Gern.« Ebba hielt die Tasse hin.

Anna goss von dem starken Gebräu nach. »Vielleicht sollte ich dir lieber etwas zur Beruhigung geben«, sagte sie fürsorglich. »Du denkst schon wieder an ihn und machst dich noch verrückt.«

»Ich kann nicht anders.« Ebba stierte in ihre Tasse.

»Hör mal, so geht das nicht weiter.« Anna nahm Ebba die Tasse aus der Hand und stellte sie mit der Kaffeekanne zurück. »Du trauerst einem Phantom nach. Einem Mann, der das nicht verdient hat. Der dein Vertrauen missbraucht hat. Der dich die ganze Zeit im Glauben gelassen hat, er sei nicht verheiratet. Er ist es nicht wert, dass du dich so grämst.«

»Du hast ja recht.« Ebba seufzte.

»Na siehst du.«

»Manchmal könnte ich ihn erschlagen, weil er mir so wehgetan hat, und dann wieder tut er mir leid, weil er mit so einem Drachen wie dieser Elisabeth verheiratet ist.«

»Du bist unverbesserlich. Du musst ihn vergessen, sonst bist du verloren. Es ist schon das zweite Mal, dass er dich in ein tiefes Loch gestoßen hat, aber beim ersten Mal war es anders. Da hatte er dich verlassen, weil er sicher war, wegen seiner Anfälle sterben zu müssen, und dir den Anblick seines toten Gesichts ersparen wollte. Diesmal ist es wirklich ernst. Vergiss ihn.«

Ebba knüllte ihr Taschentuch in den Händen und starrte aus dem Fenster. Der Himmel war grau in grau, ein paar welke Blätter wirbelten durch die Luft. Es war Herbst, und das Wetter entsprach ihrem Gemütszustand. »Vielleicht fällt es mir so schwer, weil ich schon vorher so schlechte Erfahrungen gemacht habe«, sagte sie leise.

»Schon vorher?« Anna horchte auf, setzte sich neben sie und nahm sie in den Arm. »Erzähle.«

»Erinnerst du dich an das kleine Kaffeehaus, das direkt gegenüber dem *Rigshospital* in Kopenhagen liegt?«

»Ja, natürlich. Wir haben dort nach der Ausstellungseröffnung gesessen, *wienerbrød* und *kringle* bestellt und dazu Kaffee getrunken. Es war *hyggelig*, aber du warst auch ein bisschen nervös. Warum fragst du?«

»Ich bin mit dir dahingegangen, weil ich wissen wollte, ob ich drüber weg bin.«

»Du sprichst in Rätseln.«

»Verzeih.« Ebba lächelte tapfer. »Du weißt doch, dass ich im *Rigshospital* eine Ausbildung zur Krankenschwester gemacht habe. Es war eine schöne Zeit, ich hatte viele nette Kolleginnen und Kollegen. Einer ...« Ebba hielt inne und sprach dann entschlossen weiter: »Einer war besonders nett. Er hieß Halvar und war Assistenzarzt. Er war lustig, tüchtig und sah umwerfend gut aus. Ich glaube, alle Frauen auf der Station schwärmten heimlich für ihn. Auch ich – ein wenig. Nie hätte ich gedacht, dass er sich für mich interessieren könnte. Umso überraschter war ich an dem bewussten Abend. Ich hatte zwei Theaterkarten besorgt für das Stück *Meget larm om ingenting* ...«

Anna unterbrach: »Oh, ich kenne das Stück! Es ist von Shakespeare, und es handelt tatsächlich von viel Lärm um nichts. Hast du die Karten etwa für euch beide gekauft?«

»Nein.« Ebba schüttelte den Kopf. »Sie waren für eine befreundete Schwester und mich. Doch an jenem Abend erkrankte sie plötzlich an Kopfgrippe. Ich rieb ihr die Schläfen mit Pfefferminzöl ein und sorgte dafür, dass sie ordentlich schwitzte. Da die Karten teuer gewesen waren, beschloss ich, allein zu gehen. Die zweite Karte wollte ich am Eingang zum *Kongelige Teater* verkaufen. Ich zog zivile Kleidung an und warf die Pelerine über. Dabei stach mir etwas in die Schulter. Ich stellte fest, dass es eine rote Rose war. Jemand hatte sie am Stoff befestigt. Im ersten Augenblick wollte ich sie entfernen, aber es war eine schöne Rose, und ich fragte mich, wer sie wohl daran geheftet hatte. Lange konnte ich nicht darüber nachdenken, denn die kranke Freundin hatte mich aufgehalten. Ich eilte zum Theater und blickte mich vor dem Eingang um nach einem Interessenten für meine zweite Karte. Plötzlich kam ein junger Mann auf mich zu. Er trug eine Rose am Revers. ›Ich glaube, unsere zwei Rosen sind miteinander verabredet‹, sagte er lächelnd. Es war Halvar.«

»Alle Achtung!« Anna staunte »Fantasie hatte der Mann. Er musste erfahren haben, dass du mit der Freundin ins Theater wolltest, und hatte sich die Sache mit den Rosen überlegt, um dich von ihr loszueisen.«

Ebba nickte. »So ähnlich war es. Er kaufte mir die Karte ab, und wir besuchten die Vorstellung. Danach sagte er zu mir: ›Das war tatsächlich viel Lärm um nichts. Ich kenne ein kleines Gasthaus, in dem es ruhiger zugeht. *Gyldent Anker* heißt es, dort könnten wir darauf trinken, dass wir uns kennengelernt haben. Was hältst du davon?‹

›Ich muss zurück ins Schwesternheim‹, wandte ich ein.

Er lachte. ›Heute ist heute, und dieser Abend kommt nie wieder, sag Ja.‹

Ich sagte Ja. Das Gasthaus war gut besucht, aber Halvar schien den Wirt zu kennen, denn wir bekamen ohne Probleme eine Ecke zugewiesen, in der wir ganz für uns allein waren. Er bestellte eine Flasche Riesling und sagte: ›*Skål*, auf unsere neue Freundschaft!‹ Dann küsste er mich auf den Mund, als sei es die selbstverständlichste Sache von der Welt. Ich wusste kaum, wie mir geschah. Alles um mich herum schien auf einmal zu verschwinden und an Bedeutung zu verlieren, es gab nur noch Halvar und mich. Wir sprachen wenig, küssten uns wieder und wieder. Ich schwebte auf Wolke sieben. Von diesem Abend an gab es für mich nur noch ihn. Und das Verhängnis nahm seinen Lauf.«

Anna sagte mitfühlend: »Wenn du die Rose von der Pelerine entfernt hättest, wäre das alles vielleicht nicht passiert.«

»Das habe ich auch schon manchmal gedacht.« Ebba seufzte. »Jedenfalls ging es mit uns mehrere Wochen so. Wir trafen uns regelmäßig im *Gyldent Anker*, saßen in unserer verschwiegenen Ecke und … und gingen auf ein Zimmer, das der Wirt uns zur Verfügung stellte. Eines Tages jedoch stand an unserem Treffpunkt vor dem Gasthaus nicht Halvar, sondern eine hübsche junge Frau, die eine rote Rose an ihrem Mantel trug. Ich stutzte und blieb stehen. Tausend Gedanken schossen mir durch den Kopf. Hatte sich Halvar mit dieser Frau verabredet? Gab es eine Rivalin? Oder war es nur ein Zufall?

Es war kein Zufall, denn die Frau sprach mich an und sagte: ›Als du die Rose gesehen hast, bist du nicht weitergegangen und hast sie angestarrt. Jetzt bin ich sicher, dass Halvar mich wieder betrügt. Er hat den Trick mit der Rose schon ein paar Mal angewendet. Auch bei dir.‹

›Wer bist du?‹, fragte ich.

›Ich bin Linn, seine Frau!‹ Sie schrie es fast. Dann riss sie sich die Rose vom Mantel, warf sie auf die Straße und trampelte darauf herum. ›Ja, ich bin seine Frau!‹ Sie begann, hemmungslos zu weinen, und unter Tränen bat sie mich: ›Bitte nimm ihn mir nicht weg. Er hat mich immer wieder betrogen, aber ich liebe ihn, und diesmal ist alles anders.‹ Sie öffnete ihren Mantel, und ich sah, dass sie schwanger war. In diesem Augenblick tat sie mir unendlich leid, ich nahm sie spontan in die Arme. Langsam beruhigte sie sich, und je ruhiger sie wurde, desto mehr wuchs die Wut in mir über Halvar, diesen gewissenlosen Verführer, der mir vorgegaukelt hatte, er liebe mich, und gleichzeitig wer weiß wie viele andere hatte. Über diesem Gedanken kamen auch mir die Tränen. Tränen der Erbitterung. Er hatte mich bis in die tiefste Seele verletzt, er hatte mit mir gespielt. Das Ganze war für ihn nur eine Episode gewesen, eine Episode wie viele andere.

Ich weiß nicht mehr, wie lange wir so eng aneinandergelehnt standen, aber schließlich löste sich Linn von mir und sagte: ›Ich danke dir. Ich spüre, dass du zu mir halten wirst. Danke, danke, *tusind tak!*‹

›Halvar müsste jeden Augenblick hier sein‹, sagte ich. ›Wir könnten ins Gasthaus gehen und ihn dort gemeinsam erwarten.‹

›Nein, nur das nicht!‹, rief sie. ‚Ich habe Angst, er kann sehr aggressiv werden!'

›Aber irgendetwas muss geschehen‹, erwiderte ich. ›So kann es nicht weitergehen. Vielleicht solltest du mit den anderen Frauen sprechen, die er genauso wie dich betrogen hat. Ich bin sicher, sie werden auf deiner Seite sein.‹

›Meinst du? Und was dann?‹

›Dann werden wir ihn gemeinsam im *Gyldent Anker* überraschen und zur Rede stellen. Das könnte ihn für immer von seinen Eskapaden heilen.‹«

An dieser Stelle unterbrach Anna erneut. »Das ist ja eine richtig aufregende Geschichte! Fand ein solches Treffen denn tatsächlich statt?«

»Ja, ungefähr ein Vierteljahr später, allerdings ohne mich, denn *far* hatte mich gebeten, wieder nach Alt-Skagen zurückzukehren, weil er mich in der Praxis brauchte. Aber Linn schrieb mir einen Brief, in dem sie mir die Situation ausführlich schilderte. Es muss sehr peinlich für Halvar, den Möchte-gern-Casanova, gewesen sein, denn die Frauen setzten ihm von allen Seiten zu und bliesen ihm gehörig den Marsch. Soviel ich weiß, hat er Linn seitdem nicht mehr betrogen.«

Anna kicherte. »Dem Frauenheld wurde mit vereinten Kräften das Handwerk gelegt! Die Sache scheint ein glückliches Ende genommen zu haben. Und wie erging es dir? Ich meine, hat dich noch einmal die Sehnsucht nach Halvar gepackt, als du mit mir in dem kleinen Café gegenüber dem *Rigshospital* warst?«

»Nein, zum Glück nicht. Er bedeutet mir nichts mehr. Sein Bild verblasste mit dem Auftauchen von Arndt, obwohl ein

Schiffbrüchiger wie er alles andere als verführerisch wirkte. Doch mit jedem Tag, da ich seine Wunden pflegte, fühlte ich mehr, dass wir zusammengehörten.«

Anna meinte tröstend: »Vielleicht wird alles doch noch gut, das Schicksal kennt viele Wege, und ihr werdet irgendwann ein Paar.«

»Niemals«, entgegnete Ebba.

KAPITEL 34

Eins musste man Elisabeth Gräfin von Heerwegen lassen: Der Auftritt bei ihrer Abreise aus Skagen war spektakulär. Er fand zwei Tage nach der lästigen Befragung durch Lauritzen statt und sollte zu einem denkwürdigen Ereignis werden. Sie trug ein sattrotes Tournürenkleid mit üppiger Paillettenstickerei, eine nicht minder auffällige Kopfbedeckung und einen modischen Umhang mit Paisley-Muster. Voller Genugtuung registrierte sie, dass alle Augen auf ihr ruhten, während sie mit kleinen Schritten *Brøndums Hotel* verließ, die Rockschöße anhob und den pfützenbedeckten Sandweg betrat, wo Lyng Peters schon seit einer halben Stunde mit seinem Postwagen auf sie wartete. Gabriella, ihre Zofe, ging einen Schritt hinter ihr, vergleichsweise schlicht gekleidet – ein Unterschied, auf den Elisabeth stets peinlich achtete. »Frag den Kutscher, ob er meine Sachen sicher verstaut hat.«

»Sehr wohl, Gräfin.« Gabriella wandte sich an Lyng und fragte wunschgemäß.

Lyng blickte Elisabeth an: »Ist alles festgezurrt. Schon seit einer halben Ewigkeit.«

Elisabeth tat, als sei er Luft. »Sag dem Kutscher, die Hutschachteln sind besonders empfindlich. Sie dürfen auf keinen Fall gedrückt werden.«

Gabriella gab die Anweisung weiter.

Lyng reichte es. »Hör mal«, sagte er zu Elisabeth, »du kannst gerne direkt mit mir reden. Das tun alle, und es geht auch schneller.«

Einige der Umstehenden stießen sich an und grinsten. Einer lachte sogar. Es war Theo, der sich zu den Passanten gesellt hatte, die sich die Abfahrt der hochnäsigen Gräfin nicht entgehen lassen wollten.

Elisabeth überhörte die unziemliche Bemerkung. »Sag dem Mann, ich wäre dann so weit.« Sie streckte die Hand aus, damit Lyng ihr auf den Wagen helfe, doch dieser dachte nicht daran. Er ging in aller Ruhe um sein Gefährt herum, kontrollierte die Räder, die Bremsen, das Zuggeschirr der Pferde.

»Wird das heute noch mal was?«, fragte Elisabeth scharf und kletterte notgedrungen selbst auf den Wagen.

Lyng strafte sie mit Nichtachtung. Es war eine kleine Revanche, aber den Leuten gefiel es.

»Ich möchte jetzt losfahren!«

Lyng erklomm betont langsam den Bock. Dann lehnte er sich zurück und beobachtete in aller Ruhe, wie eines der Zugpferde den Schwanz zur Seite nahm und sich erleichterte.

»Herrgott noch mal! Bist du eingeschlafen?

Lyng wandte sich nach hinten. »Du siehst ja selbst, dass der Gaul noch scheißen muss.«

Allseitiges Gelächter.

Elisabeth öffnete wütend ihr Ridikül, entnahm dem kleinen Behältnis einen Taschenspiegel und überprüfte ihren Teint. Zum Glück zeigten sich noch keine der roten Flecken, die so häufig auftraten, wenn man sie reizte. Lyng kletterte währenddessen wieder vom Bock herab, holte ein Kehrblech unter dem Wagen hervor und nahm die Pferdeäpfel auf. Er reichte das Blech an Theo weiter und brummte: »Kannst du das mal wegbringen? Der Schiet muss ja nicht unbedingt vor eurem Hotel liegen.«

Theo nahm grienend das Kehrblech entgegen und steuerte gemächlich den Garten hinter dem Hotel an, wo sich der Misthaufen befand. Nach geraumer Weile kam er zurück. »Alles erledigt.«

»Danke, Theo.« Lyng verstaute das Kehrblech unter dem Wagen und sagte: »Dann wollen wir mal.«

Doch wie sich zeigte, war der Zeitpunkt der Abfahrt noch immer nicht gekommen, denn überraschend erschien Arndt auf der Bildfläche. Er trug wieder die einfache Kleidung eines Fischers, sehr zum Unmut Elisabeths, der es sichtlich peinlich war, mit ihm so gesehen zu werden. »Was willst du noch?«, herrschte sie ihn an. »Ich dachte, es sei alles gesagt. Aber mir soll es recht sein, wenn du endlich zur Vernunft gekommen bist. Steig auf!«

»Nein, ich werde nicht mit dir fahren«, sagte Arndt ruhig.

»Willst du mich schon wieder *desavouieren?*« Elisabeths Stimme kippte fast vor Empörung.

Die Umstehenden – es waren mittlerweile an die dreißig Menschen – wussten nicht, dass *desavouieren* so viel wie bloßstellen bedeutete, aber sie ahnten, wie viel Zündstoff in dem Wort steckte. Bis eben war das Ganze ein Spaß gewesen, nicht mehr als das Geplänkel zwischen einem der Ihren und einer arroganten, hochherrschaftlichen Dame, der zur Freude aller die Grenzen aufgezeigt wurden. Doch jetzt bahnte sich ein ausgewachsener Streit an.

»Du hast recht, es ist alles gesagt.« Arndt nickte. Das Gespräch mit seiner Frau, die durch List und Berechnung zu einer Gräfin geworden war, hatte am Abend zuvor stattgefunden und war alles andere als erfreulich verlaufen. Elisabeth hatte ihre ganze Überredungskunst aufgeboten, um ihn von einer Rückkehr nach Altona zu überzeugen, denn sie hatte einen Horror vor dem Getuschel der Leute, das zweifellos entstehen würde, wenn sie ohne Mann nach Hause käme. Sie hatte sogar Gabriella aus dem Raum geschickt und begonnen, sich zu entkleiden, um als letztes Argument ihren Körper einzusetzen. Arndt jedoch hatte allem widerstanden.

»Was hält dich denn in dieser gottverlassenen Gegend?«, hatte sie geschrien. »Ist es etwa das kleine Flittchen, mit dem ich dich *in flagranti* erwischt habe?«

»Lass Ebba aus dem Spiel.«

»Aha, es stimmt also: Der feine Graf klebt an seinem Betthupferl!«

»Ich verbiete dir, so über Ebba zu reden. Sie ist eine wunderbare junge Frau, Tochter eines angesehenen Arztes. Ich liebe sie«, hatte er mühsam beherrscht geantwortet.

»Du liebst sie? Dass ich nicht lache! Eine kleine Dorfnutte ist sie, mehr nicht! Unter deinem Niveau.« Elisabeths Augen hatten vor Tücke gefunkelt. Sie kannte Arndt gut genug, um zu wissen, wie sehr sie ihn mit ihren Worten verletzte. »Eine kleine Dorfnutte!«

Arndt war weiß vor Wut geworden. Er hatte alle Kraft aufwenden müssen, damit ihm nicht die Hand ausrutschte. »Schweig endlich! Du bist die Letzte, die anderen einen liederlichen Lebenswandel vorzuwerfen hat. Ich habe es aus Takt nie erwähnt, aber in deiner Zeit als Schlangenfrau beim Varieté sollst du nur selten im eigenen Bett geschlafen haben.«

»Was sagst du da?« Elisabeth hatte sich auf ihn gestürzt und mit den Fäusten auf ihn eingeschlagen. Er hatte sie kaum abwehren können. »Du bist um mich herumgeschwänzelt, bist hinter mir hergetigert, um mich zu gewinnen, bis ich dir endlich beim Tanz einen Kuss gestattet habe. Mein Vorleben war dir völlig egal!«

»Ja, und das habe ich tausend Mal bereut!«

»Du verfluchter Hund!« Zornbebend und halb bekleidet hatte sie vor ihm gestanden. »Ich befehle dir, mit mir morgen zurück nach Deutschland zu fahren!«

»Du hast mir gar nichts zu befehlen. Und wage es ja nicht, Ebba noch einmal zu beleidigen.« Er hatte sich umgedreht und den Raum verlassen.

»*Hej,* hör mal!« Lyng riss Arndt aus seinen Gedanken. »Ich muss los, habe schon reichlich Verspätung.«

»Schon gut, nur noch einen Moment.« Arndt trat nah an Elisabeth heran und blickte ihr in die Augen. »Es sind gestern Abend böse Worte gefallen«, sagte er. »Das tut mir leid. Ich möchte nicht, dass wir so auseinandergehen.« Er sprach extra leise, doch wenn es darauf ankam, hatten die Skagener sehr feine Ohren. Sie kriegten jedes Wort mit.

»Du machst mich zum Gespött von ganz Altona!«

»Ich werde hierbleiben.« Arndt überlegte kurz, ob er Elisabeth von seinem tückischen Tumor berichten sollte, denn die Krankheit war es, warum er die Einsamkeit gesucht hatte. Aber er entschied sich dagegen. »Dir wird schon eine Erklärung einfallen.«

»Und wo willst du überwintern? Etwa in der windschiefen Bruchbude am Strand? Zusammen mit dieser ...?«

Arndt zuckte mit den Schultern. »Nein, allein. Die Ehe mit dir steht dem im Wege. Es sei denn, du willigst in eine Scheidung ein.«

Elisabeth lachte. »Nur über meine Leiche. Ich habe das Leben als Gräfin schätzen gelernt. Ich genieße es, in Altona mit Respekt behandelt zu werden. Und es macht mir Spaß, dein Geld auszugeben, auch wenn es nicht mehr so viel ist wie zu deines Vaters Zeiten.«

»Das überrascht mich nicht. Dann ist alles gesagt. Lebe wohl.«

»Das werde ich. Und ich freue mich schon jetzt auf den Augenblick, wenn du bei mir angekrochen kommst, weil du es in diesem Kaff nicht länger aushältst.«

»Lebe wohl.«

So hatte der Streit geendet.

»Kutscher, worauf wartest du noch? Fahr endlich!«

Lyng schnalzte mit der Zunge, und die Gäule zogen an.

Arndt schaute dem Wagen nach, wie er auf dem ungepflasterten Weg davonrumpelte, um die nächste Ecke bog und verschwand. Er atmete tief durch. Es war ihm schwergefallen, noch einmal mit Elisabeth zu reden, doch er hatte das Bedürfnis gehabt, reinen Tisch zu machen. Sie sollte sich keine falschen Hoffnungen machen, er würde nie wieder in ihre dekadente Welt zurückkehren.

Aus der Menge löste sich Jonas. »Ich hab alles mitgekriegt«, sagte er und stieß eine Qualmwolke aus. »Jetzt können die Wogen sich wieder glätten. Wenn du mich fragst: Die Dame passt überhaupt nicht zu dir.«

»Ja«, antwortete Arndt einsilbig. Ihm stand nicht der Sinn nach einer Unterhaltung über Elisabeth.

»Allerdings wirst du nicht ewig in deiner Hütte hausen können. Und irgendjemand wird sich um die Führung deines Hauses in Deutschland kümmern müssen.«

»Daran will ich nicht denken.«

»Da wirst du aber nicht drum herumkommen, früher oder später.«

»Mag sein.«

Jonas ließ die Pfeife von einem Mundwinkel in den anderen wandern. »Und was hast du jetzt vor, wo deine Madam dich von ihrer Anwesenheit befreit hat?«

»Ich brauche erst mal eine Stärkung. Werde im Hotel etwas zu mir nehmen.«

»Gute Idee. Ich komme mit.«

KAPITEL 35

Krøyer hatte länger als gewöhnlich geschlafen, weil es am Abend zuvor etwas später geworden war. Er hatte mit Björck, Krohg, Locher und Mikkel im Speisesaal von *Brøndums Hotel* gesessen und darüber diskutiert, ob Literatur, Bildhauerei und Architektur die Malerei beeinflussten oder ob es nicht vielmehr umgekehrt sei. Das Gespräch hatte bei einer Flasche Rotwein begonnen und sieben Flaschen später geendet, ohne dass ein Ergebnis zustande gekommen war. Demzufolge hatte Krøyer einen ausgewachsenen Kater, als er am späten Vormittag das Fenster seines Zimmers öffnete und die Nase in die Luft hielt.

Danach tauchte er das Gesicht tief in die Waschschüssel ein, was ihn halbwegs erfrischte, rasierte sich und zog sich an. Immer noch leicht benommen, betrat er den Speisesaal. Er wollte den Tag so beginnen, wie der vorangegangene aufgehört hatte: mit einem guten Glas Wein. Nichts half besser gegen einen dicken Kopf. Wie sich herausstellte, war Björck bereits auf dieselbe Idee gekommen. Der Künstlerkollege saß an einem Tisch und hatte eine Flasche Lübecker Rotspon vor sich. Gegenüber auf dem Fensterbrett saß Campanini und trällerte die Tonleiter rauf und runter.

»Du kannst es wohl nicht lassen«, sagte Krøyer und setzte sich zu Björck.

Der junge Maler grinste. »Das ist Medizin. Willst du auch ein paar Tropfen?«

»Selbstverständlich.«

Degn erschien mit einem Tablett. »Eingelegter Hering!«, verkündete er. »Und saure Gurken. Wollen die Herren davon?«

»Her damit!«, befahl Krøyer.

Degn machte zwei Teller fertig und dann noch einen dritten, weil Krohg inzwischen dazugekommen war. Auch er sah übernächtigt aus. »Kommt Mikkel noch?«, fragte er.

»Nee, ich glaube, den hat Anna zu Hause an die Kette gelegt. Er soll sich wohl um Klein-Helga kümmern«, vermutete Björck.

»Und Locher?«

»Der ist mit Venus rausgegangen, Pipi machen.«

Wenig später hatte Lochers Bulldogdame ihre Geschäfte erledigt.

Gemeinsam aßen sie Heringe und Gurken, tranken dazu den Roten und spürten, wie die Lebensgeister sich allmählich wieder regten und der Appetit sich meldete: auf weniger saure Kost.

Krøyer war schon wieder ganz der Alte und rief: »Zum Malen taugt das Licht heute nicht, aber es ist hell genug, um ein kräftiges Mahl auf dem Teller zu erkennen. Ich frage Degn mal, was es gibt.«

»Heute empfiehlt die Küche *bakskulle*, weil noch kein frischer Fisch erhältlich war«, sagte Degn.

»Aha, die blaue Kuh des Meeres wurde also noch nicht gemolken! Aber was soll's, ist mal was anderes.« *Bakskulle* war gedörrte Scholle, die man in der Pfanne mit Butter briet. Dazu aß man hart gekochte Eier, frisch gepult, und buntes Gemüse.

»Was trinken wir dazu?«, fragte Krohg. »Rotwein passt nicht zu Fisch.«

Björck hob den Zeigefinger. »Stimmt, aber *fisk vil gerne svømme!*«

Degn meinte: »Die Fischer sagen, man muss dazu einen *Kleinen Schwarzen* trinken. Sonst schmeckt das nicht.«

»Aquavit im Kaffee, so früh schon?«, stöhnte Krohg.

Krøyer lachte. »Was uns nicht umhaut, macht uns stärker!«

Sie bestellten jeder einen *Kleinen Schwarzen,* aßen *bakskulle* dazu, bestellten noch einen *Kleinen Schwarzen,* versicherten sich gegenseitig, dass er sehr bekömmlich sei, und ließen eine weitere Runde kommen. So verging die Zeit wie im Fluge, und sie fühlten sich prächtig.

Als irgendwann Elisabeth Gräfin von Heerwegen mit ihrer Zofe an ihnen vorüberrauschte, um das Hotel zu verlassen, bekamen sie es nur mit, weil Venus bellte. »Was war das?«, fragte Locher besorgt. Es kam nicht oft vor, dass sein gewichtiger Liebling sich meldete.

»Nur ein vorbeiziehendes Gewitter.« Björck grinste und schnitt eine Grimasse.

Krøyer kicherte.

Krohg hatte nichts bemerkt. »Ich habe noch Hunger«, murrte er. »Dieses *baksdings* war nur was für den hohlen Zahn.«

Dem wurde nicht widersprochen. Sie orderten Leberpastete, Kochschinken, und ein Dutzend *krabbe klør,* weil sie so lecker knackten, wenn man sie öffnete, und spülten alles mit ein paar Gläschen Schnaps hinunter. Zum Schluss bestellten sie Dänischen Eierkuchen, weil, wie Krøyer versicherte, in seinem Magen noch ein Eckchen frei sei.

Es war der Moment, als die Tür sich öffnete und Arndt und Jonas eintraten. Sie hatten Theo im Schlepptau. Krøyer blinzelte, erhob sich schwankend und deklamierte mit großer Geste:

»Fremdlinge, sagt, wer seid ihr?
Von wannen trägt euch die Woge?
Habt ihr wo ein Gewerb',
oder schweift ihr ohne Bestimmung …?«

Arndt, Jonas und Theo blieben verwirrt stehen.

Krøyer lachte. »Odyssee, Dritter Gesang! Nie gehört? Darin landet Odysseus, der Listenreiche, mit seinen Männern auf der Ziegeninsel und wird von einem einäugigen, menschenfressenden Riesen namens Polyphem begrüßt. Aber keine Angst, Freunde, ich bin kein Riese und will euch nicht verschlingen.«

Krohg meinte trocken: »Du hast für heute schon genug verschlungen.«

Theo verschwand in der Küche.

Locher gab Venus einen Schubs, damit sie etwas zur Seite rückte. »Nehmt Platz, Leute!«

Arndt und Jonas setzten sich, und Krøyer sorgte dafür, dass sie den Rest des Eierkuchens bekamen. »Zum Essen solltest du besser den Knösel aus dem Mund nehmen, Jonas.«

»Da wäre ich nicht draufgekommen«, grunzte der Alte.

»Was trinkst du, Arndt?«, fragte Locher.

»Nur Wasser.«

Theo brachte eine volle Karaffe. »Willst du nicht lieber einen Wodka? Der sieht genauso aus wie Wasser. Und macht auch keine Fahne.«

»Nein, danke, nett gemeint.«

»Na dann: *Skål!*« Krøyer trank einen großen Schluck Riesling, rülpste dezent und lehnte sich zurück. Dann riss er die Augen auf. »Ich weiß ja, dass man alles doppelt sieht, wenn man ein paar Gläschen getankt hat, aber dass man gar nichts sieht, ist mir neu!«

»Wie meinst du das?«, fragte Björck.

»Ich meine, dass da oben in der Bildergalerie eines der von mir gemalten Porträts fehlt, das von Ebba. Wie ihr wisst, habe ich es geschaffen, weil sie neuerdings eine von uns ist, nachdem sie bei der Ausstellung in Schloss Charlottenborg mit *Et Stykke Højensstrand* so viel Erfolg hatte. Ich habe das Bild erst kürzlich mit Degns Hilfe aufgehängt.«

»Tatsächlich.« Björck staunte. »Es ist weg. Ist mir noch gar nicht aufgefallen.«

Locher und Krohg sahen die Lücke jetzt auch. »Das gibt's doch nicht«, brummte Locher.

»Irgendjemand muss das Bild abgehängt haben«, sagte Jonas.

»Abgehängt und geklaut«, ergänzte Björck.

Arndt trank einen Schluck Wasser. »Ich wusste gar nicht, dass Ebba in die Galerie aufgenommen wurde. Aber sie redet auch nicht mehr mit mir, seit sie weiß, dass ich verheiratet bin. Ich kann mir nicht vorstellen, dass jemand ihr Porträt gestohlen hat.«

Krohg überlegte. »Vielleicht war es deine Frau, die Gräfin? Die war vorhin so schnell aus der Tür, dass ich es nicht mal bemerkt habe.«

Locher widersprach: »Unsinn, sie ist zwar reichlich aufgeblasen – verzeih, wenn ich das sage, Arndt –, aber sie ist immerhin von Adel.«

»Das muss nichts bedeuten, zumal sie nicht immer von Adel war. Aber wer sonst könnte es getan haben?«

Krøyer gähnte. »Ich fürchte, das werden wir heute nicht lösen. Doch es wird sich bestimmt aufklären. Bis dahin will ich mein Zimmer aufsuchen und in Morpheus' Armen ruhen. Ich brauche Schlaf. Der Körper verlangt seinen Tribut. Entschuldigt mich, Leute.«

Krøyer verschwand und ließ die Freunde mit der ungeklärten Frage allein.

Minuten der Ratlosigkeit vergingen. Dann kam die überraschende Antwort von einem Neuankömmling, mit dem niemand gerechnet hatte. Es war Lauritzen. Er hatte unbemerkt den Saal betreten, Kaspar an seiner Seite, und zeigte mit dem Finger auf Arndt. »Ich verhafte dich wegen Diebstahls. Du hast ein Porträt der Bildergalerie gestohlen!«

»Was, ich? Lächerlich!«

Kaspar kam heran und legte Arndt die Hand auf die Schulter. »Ja, du. Mach keine Fisimatenten.«

»Soll das ein Witz sein?«

Lauritzen sagte gereizt: »Glaubst du, ich spaße? Ob du ein Graf bist oder nicht, ist mir schnuppe. Du unterliegst wie jeder andere dem Gesetz. Mitkommen! Die Zelle in der Polizeistation kennst du ja bereits.«

»Halt!« Der alte Jonas war aufgestanden. »Du kannst den Jungen nicht einfach so mitnehmen. Gibt es Beweise, dass er es getan hat?«

»Ich bin dir keine Erklärung schuldig. Aber ich sage es dir, weil du es bist. Es gibt eine glaubwürdige Zeugin.«

»Und darf man erfahren, wer das sein soll?«

»Warum nicht? Es ist Sigrun Skov, die Nachbarin von Gorms verstorbener Mutter. Und nun genug geschwätzt. Kaspar, führe den Tatverdächtigen ab.«

Hilflos mussten Jonas und die Künstler zusehen, wie Arndt von Kaspar unsanft zur Tür geschoben wurde. Lauritzen folgte beiden mit wichtiger Miene. Bevor er nach draußen trat, drehte er sich noch einmal um. »Ich habe es ja immer gewusst«, sagte er triumphierend, »dieser Blaustrumpf hat Dreck am Stecken.«

Nachdem er weg war, fand Björck als Erster die Sprache wieder. »Puh, das war ernüchternd! Ich schlage vor, Theo, du holst Krøyer aus dem Bett. Er soll sofort dazukommen. Schlafen kann er später. Wir müssen gemeinsam beratschlagen, was zu tun ist.«

Krøyer erschien, flüchtig angekleidet, die Bartbinde noch im Gesicht. Er hatte in der Eile vergessen, sie abzunehmen. »Arndt verhaftet?«, fragte er ungläubig.

Die Freunde bestätigten es. Björck erzählte die Einzelheiten, während Krøyer einen starken schwarzen Kaffee schlürfte, um wach zu werden. Beim Trinken bemerkte er die Bartbinde. Fluchend nahm er sie ab. Danach rief er Theo. »Bring uns mal eine Runde *Grüne Fee!* Anders ist diese Posse ja nicht zu ertragen. Oder glaubt jemand ernsthaft, Arndt hätte mein Bild gestohlen?«

»Nee«, meinte Locher.

Die anderen schüttelten die Köpfe.

»Was sollte er auch damit«, meinte Krohg.

Locher fragte: »Was hat es mit dieser Sigrun Skov auf sich? Ich habe sie hier nie gesehen. Wie kommt sie darauf, Arndt des Diebstahls zu beschuldigen?«

»Trinkt erst mal was«, unterbrach Theo die Grübeleien, stellte vor jeden ein Glas mit der giftgrünen Verführung hin und verlängerte den hochprozentigen Inhalt nach Vorschrift.

»Hast recht!«, rief Krøyer. *»Skål!«*

Sie kippten die *Grüne Fee* in einem Zug, keuchten ob ihrer Kraft und überlegten weiter.

»Arndt kann das Porträt doch nirgendwo aufhängen«, rätselte Krohg.

Locher begann, dröhnend zu lachen.

»Was ist daran so komisch?«, fragte Björck.

»Sag ich dir gleich.« Locher bestellte eine zweite Lage *Grüne Fee*, bevor er weitersprach. »Ich habe mir gerade vorgestellt, dass Arndt das Bild in seiner Hütte zwischen all dem Strandgut und Gerümpel aufgehängt hat. Lustiger Gedanke!«

Krohg schüttelte den Kopf. »Das hat er nicht.«

»Und wenn doch?«, fragte Krøyer. »Ich meine, theoretisch ist es denkbar.«

»Und praktisch?«, wollte Locher wissen.

Theo unterbrach die Spekulationen und brachte eine neue Runde *Grüne Fee.*

Sie tranken.

»Und praktisch?«, wiederholte Locher.

Björck legte die Stirn in Falten. Er musste sich anstrengen, um seine Gedanken zu ordnen, denn die *Grüne Fee* hatte zwar einen lieblichen Namen, aber eine verheerende Wirkung. Sie hatte schon so manchen Zecher zu Boden gerungen. »Praktisch auch«, sagte er mit verwaschener Stimme.

Jonas ergriff das Wort. Er hatte nachgedacht und dabei die Qualmwolken um sich herum weiträumig vergrößert. »Wir könnten die Sache klären, indem wir seine Hütte durchsuchen. Wenn das Bild da ist, ist Arndt überführt. Ist es nicht da, ist er unschuldig.«

Es war eine einfache Schlussfolgerung. Und vielleicht gerade deshalb so überzeugend.

»Fabelhafte Idee!«, rief Krøyer. »Könnte von mir sein! Ich schlage vor, wir brechen sofort auf. Ein bisschen frische Luft wird uns guttun.«

»Weißt du eigentlich, wie spät es ist?«, fragte Krohg vorwurfsvoll. »Gleich fünf. Wir laufen allein schon eine Dreiviertelstunde bis nach Alt-Skagen und brauchen von dort bestimmt noch mal eine Stunde bis zu der Strandhütte. Dann ist es längst dunkel.«

»Na und? Hast du etwa Angst vor bösen Geistern? Fühlst du dich schwach im Schenkel? Wir nehmen Laternen mit und dazu ausreichend Wegzehrung. Und natürlich etwas Flüssiges zur Stärkung. Das wird ein höllischer Spaß!«

»Ich komme mit«, sagte Björck entschlossen. »Hole mir nur noch rasch meine dicke Jacke und die Mütze mit den Ohrenschützern.«

»Das mache ich auch.« Locher bedeutete Venus, sie möge warten, und ging auf sein Zimmer.

»Tja, wenn das so ist.« Krohg wollte kein Spielverderber sein und verschwand ebenfalls.

»Ich kümmere mich um den Proviant und die Ausrüstung.« Krøyer glühte vor Tatendrang, weil seine Idee so gut angekommen war. »Was ist mit dir, Jonas? Du bist doch mit dabei, oder?«

»Nee.« Der Alte schüttelte den Kopf. »Ich hab im Hafen noch was zu erledigen und muss spätestens um zehn im Seemannsheim sein. Wenn man da abends nicht pünktlich zurück ist, gibt's Wind von vorn. Die haben mich da sowieso schon auf dem Kieker. Also: *Vi ses.*«

»Na gut, *vi ses*, Jonas.«

Kurz darauf waren sie unterwegs, vier dick eingemummte Männer und eine Bulldogdame. Krøyer trug einen großen Rucksack mit Proviant und Decken, Krohg die Laternen und Björck eine Tasche mit mehreren verlockend klimpernden Flaschen. Locher hingegen trug nichts. Er schleppte nur sein Eigengewicht, genau wie Venus.

Nach einer halben Stunde trat das ein, was häufig passiert, wenn eine Gruppe wandert: Einige sind gut zu Fuß und schreiten voran, anderen fällt das Laufen schwerer. In diesem Fall waren es Locher und Venus. »*Hej*, ihr da vorn!«, rief Locher. »Meine Schöne braucht eine Pause.«

Sie breiteten eine Decke im Dünengras aus und setzten sich. Eine Flasche aus Björcks Tasche wanderte von Mund zu Mund. Eine zweite folgte.

»Wir könnten ein kurzes Nickerchen machen«, schlug Björck vor.

»Gute Idee«, sagte Krohg.

»Nichts da, Alt-Skagen ist nicht mehr weit.« Krøyer erhob sich. »Wir ziehen weiter.«

»Wenn es sein muss«, seufzte Björck. »Aber wir könnten in Alt-Skagen bei *Hæstorp's Stallung* haltmachen und ein paar Gäule mieten.«

»Kommt nicht infrage. Du hast von uns allen die jüngsten Beine. Nein, nein, wir gehen zu Fuß. *Per pedes apostolorum*, wie weiland die Apostel unseres Herrn Jesus. Auf, auf, Freunde!«

Locher brummte: »Es wäre viel bequemer auf einem Pferderücken.«

»Ach? Glaubst du, Venus würde in eine Satteltasche passen?«

»Sehr witzig.«

Sie gingen weiter, passierten Alt-Skagen und mussten kurze Zeit später wieder eine Rast einlegen, weil Venus so japste. Krøyer beklagte sich: »Eine Kette ist immer so stark wie ihr schwächstes Glied und eine Wandergruppe nur so schnell wie ihr langsamster Teilnehmer.«

»Was willst du damit sagen?«, knurrte Locher.

»Nichts, nichts. Spült die Schinkenbrote mit einem Schnaps runter und macht euch fertig. Es sind höchstens noch ein oder zwei Meilen.«

Doch schon nach wenigen hundert Schritten protestierte Locher erneut. »Venus kann nicht mehr. Ich leiste ihr Gesellschaft und warte, bis ihr zurückkommt.«

Krohg blieb stehen, Björck auch. Der Gedanke an eine erneute Rast war ihnen nicht unangenehm. Einzig Krøyer zog es weiter. »Wir sind doch fast da!«

»*Skål!*«, erwiderte Björck. Er hatte aus seiner Tasche die nächste Flasche hervorgeholt. »Ein süffiger Mosel aus Deutschland. Wenn wir den intus haben, wird er die Füße leichtmachen.«

Widerstrebend gab Krøyer nach. »Gut, wir legen eine letzte Pause ein. Zündet die Laternen an. Es wird dunkel.«

Sie machten Licht und leerten die Flasche, und als Krøyer abermals zum Aufbruch blies, stellte sich heraus, dass Björck eingeschlafen war. Ebenso wie Locher und Venus.

Krohg sagte: »Die haben genug, die kriegst du so schnell nicht wieder wach, Søren. Hol die anderen Decken aus deinem Rucksack, die drei sollen nicht frieren.«

»*I orden.*«

Sie warfen die Decken über die drei Gestalten, und Krohg meinte: »Hätte nicht gedacht, dass Locher so schnarcht.«

»Locher?« Krøyer lachte amüsiert. »Du meinst wohl Venus.«

Nur noch zu zweit machten sie sich wieder auf den Weg. Nach einer halben Stunde sagte Krøyer: »Linkerhand muss es irgendwo sein. Ich war schon mal in der Gegend, aber im Dunkeln sieht alles gleich aus. Ich brauche mehr Licht.«

Sie hielten ihre Laternen in die Höhe, und Krøyer blickte angestrengt auf die schwarzen Umrisse einer sehr hohen Düne. »Komm mit, ich glaube, wir sind hier richtig.«

Auf der anderen Seite tat sich eine mit Büschen bewachsene Senke vor ihnen auf und dahinter eine zweite, nicht ganz so hohe Düne. »Wenn mich nicht alles täuscht, sind wir gleich da«, sagte Krøyer. »Zwischen den Büschen muss die Hütte sein.«

Und so war es tatsächlich.

Sie betraten die Behausung im Schein ihrer Laternen und schauten sich um. »Auf den ersten Blick sehe ich keine Bilder«, sagte Krohg enttäuscht.

»Warte mal. Was ist das?« Krøyer hatte ein Gemälde entdeckt, das aus düsteren Kreisen, roten Flächen und flaschengrünen Kurven bestand. Es war das unbeholfene Werk, das Arndt an jenem Abend gemalt hatte, als Abertausende von Staren über dem Meer die *Schwarze Sonne* gebildet hatten. »Wie findest du es, Krohg?«

»Ich weiß nicht. Jedenfalls ist es nicht von dir. Wahrscheinlich von Arndt.«

»Ich finde es bizarr. Und irgendwie fesselnd, auch wenn die Maltechnik ziemlich dürftig ist.«

Krohg gähnte. »Mir sagt die Arbeit nicht viel. Lass uns gucken, ob Ebbas Porträt hier ist.«

Sie suchten eine Weile, bis sie einsehen mussten, dass es umsonst war. Krøyer sagte: »Ich habe es gleich gewusst. Arndt hat mein Bild nicht geklaut. Aber jetzt haben wir Gewissheit, nicht wahr?«

Die Antwort blieb aus. Krøyer drehte sich um und sah, dass Krohg sich in dem bordeauxrot gepolsterten Sessel zusammengerollt hatte. Der Künstlerkollege schlief tief und fest.

»Krohg!« Krøyer rüttelte an seiner Schulter. »Aufwachen!«

Der Freund wachte nicht auf.

Krøyer ließ sich auf Arndts Lager nieder. Er hätte allein zurückgehen können, aber welchen Sinn hatte das? Er würde Björck, Locher und Venus ebenfalls nur schlafend vorfinden. *»Den, der sover, synder ikke«*, murmelte er. »Ich werde nicht sündigen, wenn auch ich mir ein Schläfchen gönne.«

Keine Minute später war er im Land der Träume.

Theo hatte an diesem Morgen Frühdienst. Seine Arbeit bestand im Auflegen von Tischdecken, dem Auslegen von Bestecken, dem Platzieren von Tellern, Gläsern und Tassen. Hille hatte ihm helfen wollen, doch das hatte er strikt abgelehnt. »Du kümmerst dich darum, dass unser Nachwuchs blüht und gedeiht, und ich kümmere mich um das Wohl unserer Gäste.«

»Meinst du wirklich?«

»Das meine ich. Campanini wird mir helfen.«

»Du bist albern. Schon so früh am Morgen!«

»Wieso? Er wird mir helfen, indem er seine schönsten Lieder singt.«

Hille hatte gelacht und ihn geküsst. »Ich komme nachher runter. Grüße deinen Pieper von mir.«

»Campanini, ich soll dich schön von Hille grüßen«, sagte Theo, nachdem er das Tuch vom Bauer genommen hatte. »*God morgen!*«

»*God morgen!*«, kam der Gruß zurück. Theo war verblüfft. Campanini war kein Papagei. Er konnte singen, aber nicht sprechen. Dann erkannte Theo Krøyer in der Tür und mit ihm Krohg, Björck, Locher und Venus.

»Gibt's Frühstück?«, fragte Krøyer und blickte suchend zur Bildergalerie hinauf. Doch wie nicht anders zu erwarten, fehlte das Porträt dort immer noch.

»Frühstück ist in Arbeit, Agnes, Hulda und Marie Sophie werkeln schon in der Küche. Kaffee ist aufgesetzt. Wollt ihr das Übliche: Rühreier, Speck, Brot, Butter und so weiter?«

»Ja.« Ganz gegen seine sonstige Art war Krøyer an diesem Morgen recht einsilbig. Die Nacht lag ihm noch in den Knochen.

»Ich sag Bescheid.« Theo wollte los, doch dann hielt er inne. »Ihr seht aus wie Weißbier mit Spucke. Wart ihr etwa die ganze Nacht unterwegs?«

»So ungefähr.«

Krohg sagte: »Es war kein Zuckerschlecken.«

»Wir hätten Pferde in *Hæstorp's Stallung* nehmen sollen«, seufzte Björck.

Locher brummte: »Es war zu viel, einfach zu viel für meine Schöne.«

Theo guckte mitleidig. »Hat sich der ganze Aufwand denn wenigstens gelohnt? Ich meine, habt ihr das Bild in Arndts Hütte gefunden?«

»Nein.« Krøyer setzte sich erschöpft. »Er ist unschuldig.«

KAPITEL 36

Am selben Morgen, als Krøyer, Krohg, Björck und Locher mit Venus übermüdet und übernächtigt in *Brøndums Hotel* saßen und frühstückten, ging Jonas zu Sigrun Skov. Er wusste, dass sie nur eine Straße weiter von Gorms abgebranntem Haus wohnte und manchmal seine Mutter besucht hatte.

Sigrun war Ende vierzig und zeitlebens ohne Mann geblieben. Eine kurzsichtige Frau mit Vogelgesicht und roten Händen. Sie verdiente sich ihren Lebensunterhalt, indem sie die Wäsche der Bessergestellten wusch, und lebte sehr zurückgezogen.

»Stör ich?«, fragte Jonas, nachdem sie ihm geöffnet hatte.

Sigrun musterte ihn misstrauisch.

»Wenn ich nicht störe, hätte ich dich gern kurz gesprochen.«

»Worum geht's?«

»Ich wollte dich fragen, ob du mir in Zukunft die Wäsche machen könntest. Im Seemannsheim kriegen sie das nicht richtig hin, da bleiben immer noch Flecken drin.«

Sigruns Gesicht glättete sich. »Komm rein. Aber mach den Knösel aus.«

Das fiel Jonas schwer, doch die Sache war wichtig, und deshalb gehorchte er.

»Und zieh die Stiefel aus.«

»Geht klar.« Er folgte Sigrun in die Wohnstube und setzte sich. Der Raum enthielt nur wenige billige Möbel, aber alles war pieksauber.

»Um wie viel Wäsche handelt es sich?«

»Ach, ein alter Fischer wie ich hat ja nicht viel.« Jonas überlegte angestrengt, wie er das Gespräch in die gewünschte Bahn lenken konnte. »Du hast nicht zufällig eine kleine Stärkung im Haus?«

»Ich trinke nicht.«

»Tja, dann …«

»Ich habe höchstens einen selbst gemachten *porsesnaps.*«

»Großartig!«

Sie schenkte Jonas ein fingerhutgroßes Glas ein. »Da ist der Geschmack von Gagelstrauch, Sanddorn und Preißelbeeren drin.«

Jonas kippte den Schnaps und wiegte den Kopf. »Alle Wetter, der haut rein.«

Sigrun schwieg. So leicht taute sie nicht auf.

»Genau das Richtige bei dem Schietwetter.«

»Wenn du es sagst.«

»Da mag man keinen Hund vor die Tür jagen. Ach, da fällt mir ein, Venus, die Hündin von Locher, ist mit ihrem Herrn gestern nach Süden aufgebrochen. Die anderen Künstler waren auch dabei, Krøyer, Krohg und Björck. Sie wollten zur Hütte von Arndt, dem schiffbrüchigen Grafen.« Jonas hielt inne und beobachtete Sigrun genau.

»Ja und?«, fragte sie scheinbar gleichgültig.

»Sie wollten feststellen, ob Arndt dort das gestohlene Bild verwahrt. Nach deiner Aussage bei Lauritzen hat er es ja im Speisesaal des Hotels geklaut. Und irgendwo musste er es verstecken.«

»Was willst du von mir? Du bist doch nicht wegen der Wäsche gekommen!«

»Ich will ganz offen zu dir sein.« Jonas blickte treuherzig. »Du hast recht, ich bin nicht wegen meiner Klamotten hier. Jedenfalls nicht nur. Auch wegen der Geschichte mit dem Bild. Du hast nicht zufällig noch einen Kleinen?« Er hielt Sigrun das leere Glas hin.

»Na ja, bist wenigstens ehrlich.«

»Bin ich.« Was Jonas nun sagte, konnte er nicht wissen, aber er war sehr sicher, dass es stimmte: »Die Künstler haben in Arndts Hütte nichts gefunden.«

Sigruns Hände zitterten leicht, während sie nachschenkte. »Was heißt das schon!«

»Tja, das fragen sich die Leute auch. Sie sagen, wenn das Bild nicht in Arndts Hütte war, hat er es auch nicht gestohlen. Wo hätte er es sonst lassen sollen.«

»Was die Leute reden, geht mich nichts an.«

»Sie sagen, wenn Arndt nicht der Dieb war, warst du es vielleicht. Du bist nicht auf Rosen gebettet, und ein paar hundert Kronen für ein Bild von Krøyer kämen dir sicher zupass.«

»Blödsinn. Ich wäre die Letzte, die so was tut.«

Jonas kippte den Schnaps hinunter. »*Skål*, auf dein Wohl. Ich glaube dir natürlich. Aber vielleicht wäre es besser, wenn du mir erzählen würdest, warum du Arndt beschuldigt hast.«

»Das habe ich alles schon Lauritzen gesagt.«

»Sag es mir noch mal. Wenn ich den Leuten erkläre, wie sich alles zugetragen hat, werden sich die Wogen glätten. Wie du weißt, bin ich nicht ganz ohne Einfluss.«

Sigrun zögerte und knetete ihre roten Hände. Dann griff sie zu einem weiteren Glas, um sich selbst einen einzuschenken. Sich und Jonas, der schon wieder sein Glas geleert hatte. »Es ist so, dass ich außer der Wäsche auch Arbeit in *Brøndums Hotel* habe. Ich backe alle zwei Tage *wienerbrød*, das zum Kaffee am Nachmittag gereicht wird. Und ich putze jeden Morgen den Speisesaal, bevor der Betrieb losgeht. Ich wische Staub, stelle die Stühle hoch, fege und feudele und stelle die Stühle wieder zurück. Punkt fünf fange ich an. Ich bin immer die Erste. An dem einen Morgen aber war schon jemand da. Es war Arndt. Er stand auf einem Stuhl und hängte gerade ein Bild ab. Er war ziemlich erschrocken, als er mich sah. Und ich war so verdattert, dass ich kein Wort hervorgebracht hab. Dann wollte er mir ein paar Münzen in die Hand drücken, damit ich ihm hoch und heilig verspreche, mit keinem darüber zu reden.«

»Und? Hast du die Münzen angenommen?«

»Natürlich nicht! Ich bin doch nicht bestechlich. ›Wie du willst‹, sagte Arndt. ›Aber du hast mich hier nie gesehen. Das ist für uns alle das Beste.‹

Später zu Hause hab ich darüber nachgedacht und mir gesagt, dass ich nicht schweigen darf. Ich bin zur Polizeistation nach Skagen gelaufen und hab Lauritzen alles erzählt. Der hat ganz leuchtende Augen gekriegt und mir gedankt. Ich wär ein Vorbild, hat er gesagt. So war's.«

»Aha, nun ja.« Jonas hatte Mühe, sich nichts anmerken zu lassen. Er glaubte Sigrun kein Wort. Ihre Geschichte stimmte hinten und vorne nicht, wenn man von ihrer Tätigkeit in *Brøndums Hotel* einmal absah. »So weit ist ja alles geklärt. Ich will dann mal wieder los. Bleib nur sitzen, ich finde alleine raus.«

»Und was ist mit deiner Wäsche?«

»Ach, die.« Jonas hielt inne. »Die kannst du dir im Heim abholen, einmal in der Woche, jeden Donnerstag. Dann kann ich mir am Sonntag was Frisches anziehen. *Vi ses.*«

Jonas' nächster Weg führte ihn zu Ebba. Er fand sie in der Küche vor, wo sie *frikadeller* für das Mittagessen briet. Sie sah sehr blass aus. »*God morgen*«, sagte er. »Das riecht verlockend.«

Ebba wischte sich die Hände an der Schürze ab. »Wenn du willst, kannst du mit *far* und mir essen. Es ist genug da.«

»Nee, so meinte ich das nicht. Kann ich mich setzen?«

»Natürlich. Was gibt's?«

»Tja, ich weiß nicht, wie ich es dir schonend beibringen soll, deshalb sage ich es frei heraus: Lauritzen hat Arndt wegen Diebstahls verhaftet und eingesperrt.«

»Was?«

»Du hast richtig gehört. Er soll im Speisesaal von *Brøndums Hotel* dein Porträt gestohlen haben.«

»Das glaube ich nicht!«

»Das glaubt keiner.« Jonas erzählte die Hintergründe. »Lauritzen beruft sich auf eine Aussage von Sigrun Skov, die allerdings glatt gelogen ist, wenn du mich fragst.«

»Sigrun Skov? Ich kenne sie kaum. Sie sieht aus wie ein Huhn mit Brille.«

»Das tut sie wohl.« Jonas zündete die Pfeife an. »Es stört dich doch nicht, wenn ich ein bisschen paffe?«

»Nein, nein.« Ebbas Knie waren auf einmal wie Pudding. Sie setzte sich ebenfalls. »Irgendjemand muss ihm doch helfen können!«

Jonas grinste. »Ja, ich weiß auch schon, wer.«

»Wer?«

»Du.«

»Ich? Auf keinen Fall!«

»Du und ich.«

»Arndt ist verheiratet. Soll doch seine Frau ihm helfen. Sie ist zwar eine Schlange, aber sie muss zu ihm stehen.«

»Die Gräfin ist gestern Morgen abgereist, nach einem heftigen Streit vor dem Hotel. Sie wollte um jeden Preis, dass Arndt sie begleitet. Aber er ist geblieben. Er konnte ja nicht ahnen, dass Lauritzen ihn kurz danach festnehmen würde. Nee, nee, die blaublütige Dame kommt für Hilfe nicht infrage. Aber du, weil du ihn liebst.«

»Ich liebe ihn nicht!«

»Und ich komme infrage, weil ich Lasse, Lauritzens jungen Assistenten, ganz gut kenne. Zusammen könnten wir es schaffen, Arndt aus seiner Zelle zu lotsen.«

Bevor Ebba antworten konnte, betrat Brodersson die Küche. »Ah, Jonas! Was verschafft uns die Ehre?«

Der Alte schilderte noch einmal mit knappen Worten, was sich am Tag zuvor im Speisesaal von *Brøndums Hotel* zugetragen hatte. »Arndt ist natürlich unschuldig, aber wer weiß, wie lange es dauert, bis Lauritzen ihn aus seinen Fängen lässt. Der kleine Wichtigtuer braucht einen Erfolg, den er dem *Byfoged* melden kann, nachdem er den Freitod von Gorms Mutter nicht verhindert hat. Ich habe eine Idee, wie wir den Jungen befreien können, aber dazu brauche ich Ebbas Hilfe.«

Brodersson blickte seine Tochter an. »Und? Wirst du Jonas helfen?«

»Das Essen ist fertig«, sagte sie.

»Das hört sich gut an! Ist für Jonas was übrig?«

»Ja, gewiss.«

Der Alte winkte ab. »Nett von euch, aber deshalb bin ich nicht gekommen.«

»Das wissen wir doch. Nun zier dich mal nicht so.«

»Na, dann sag ich nicht Nein.« Jonas nahm die Pfeife aus dem Mund.

Ebba tat den beiden Männern auf. Es gab neben den *frikadeller* auch Bratkartoffeln mit Speck. »*God appetit.*«

»*God appetit*«, wünschte sie.

»Du isst ja kaum etwas, mein Mädchen«, sagte Brodersson nach einigen Bissen besorgt.

»Ich habe keinen Hunger.«

»Nimm das Ganze nicht so schwer. Du musst etwas zu dir nehmen.«

»Ich weiß.«

Der Rest der Mahlzeit verlief schweigend.

Jonas wischte sich den Mund ab und sagte höflich: »Das waren die besten *frikadeller*, die ich je gegessen habe. Hat jemand was dagegen, wenn ich meinen Knösel wieder in Betrieb setze?«

»Warte«, bat Ebba. »Es gibt noch Rhabarberkompott.«

Nachdem auch der Nachtisch verspeist war und Jonas die Pfeife entzündet hatte, blickte er ein wenig unschlüssig. »Ich will dir ja nicht auf die Nerven gehen, Ebba, doch es wäre schon wichtig, dass du mir ...«

»Schon gut«, unterbrach sie ihn. »Ich muss verrückt sein, aber ich helfe dir.«

Ebba hatte mit Jonas vereinbart, sich mit ihm am Abend um sieben Uhr vor der Polizeistation zu treffen, zu einem Zeitpunkt, da es dunkel war und Lauritzen mit Sicherheit seinen Dienst beendet hatte.

Doch zuvor stattete sie Sigrun Skov einen Besuch ab. Ihr Plan war, sie davon zu überzeugen, dass es besser sei, die Wahrheit zu sagen. Denn was wirklich an dem Morgen im Speisesaal geschah, würde früher oder später sowieso ans Licht kommen.

Ähnlich wie Jonas hatte Ebba sich etwas ausgedacht, das sie als Grund für ihren Besuch nennen konnte. »Tut mir leid, wenn ich dich so überfalle«, sagte sie im Türrahmen, »aber mir ist der Kuchen verunglückt, den ich für *far* gebacken habe.«

»Ach?« Sigruns Vogelgesicht ruckte. Es sah aus, als wolle sie ein Körnchen aufpicken. »Und da kommst du ausgerechnet zu mir?«

»Ich weiß niemanden, der besser *wienerbrød* backt als du. Ich dachte, du hättest vielleicht ein oder zwei Stücke im Haus, mit denen du mir aushelfen könntest?« Ebba kam sich ziemlich berechnend vor, aber der Zweck heiligte die Mittel.

Sigrun musterte Ebba über den Rand ihrer Brille. »Ich habe dich lange nicht gesehen. Du bist groß geworden.«

»Ich war ein paar Jahre in Kopenhagen.«

»Ja, die Zeit vergeht.«

Ebba dachte schon, sie sei vergeblich gekommen, als Sigrun sagte: »Du hast Glück, ich habe frisch gebacken. Der Kuchen ist noch warm. Ich gebe dir was für Knud mit, weil er mir mal meine verbrannte Hand behandelt hat, ohne was dafür zu nehmen. Lange her. Du warst noch nicht geboren.«

»Danke, Sigrun.« Ebba folgte ihr in die Küche.

»Woher weißt du eigentlich, dass ich *wienerbrød* backe?«

»Das weiß doch jeder. Ich habe vor einiger Zeit mit Anna Ancher in *Brøndums Hotel* Kaffee getrunken, da hat sie mir erzählt, dass der Kuchen von dir ist.« Ebba war froh, dass sie nicht schon wieder schwindeln musste.

Sigrun schnitt zwei Stücke ab und schlug sie in Papier ein. »Grüße Knud. Sag ihm, da wäre eine Extraportion Kaneel drauf.«

»Mach ich, danke. Ich hoffe, es ist noch genug übrig für die Gäste im Hotel?«

»Ja, da mach dir keine Sorgen.«

»Es sollen ja die wildesten Gerüchte unter den Gästen kursiert haben, als sie erfuhren, dass ein Porträt von mir entwendet wurde. Es hieß, du habest den Dieb gestellt?«

»Ja, warum?« Sigruns Miene verschloss sich.

»Die meisten glauben nicht, dass du Arndt erwischt hast. Sie vermuten, es war jemand anders. Bist du ganz sicher, dass er es war?«

»Natürlich bin ich sicher.« Sigruns Augen wurden schmal. »Was ich gesehen habe, habe ich gesehen. Du fragst doch nur, weil du mit Arndt ein Techtelmechtel hast. Und nun geh, bevor ich den Kuchen zurückhaben will.«

»Warte.« Ebba biss sich auf die Lippen. Ihr Vorstoß war zu schnell erfolgt. »Mit Arndt ist es aus, seitdem ich weiß, dass er verheiratet ist. Ich habe nichts mehr mit ihm zu schaffen.«

»Und wenn schon. Ich habe ihn an dem Morgen erkannt. So einfach ist das!«

Ebba merkte, dass sie auf Granit biss. Aber wenn dem so war, brauchte sie kein Blatt mehr vor den Mund zu nehmen. »Ganz so einfach ist es nicht! Ich weiß, dass du Gorm immer angehimmelt hast. Glaube nur nicht, er habe es nicht bemerkt! Er war verschlossen, aber nicht blind. Es ist nicht meine Schuld, dass er dich nicht wollte.«

»Unsinn!« Sigruns Vogelgesicht ruckte mehrmals. »Seine Mutter und ich waren uns einig, dass ich die Richtige für ihn bin! Und Gorm hat immer getan, was seine Mutter sagte.«

»Lenk nicht ab! Du wolltest dich doch nur an mir rächen, weil du dachtest, ich hätte ihn dir weggenommen. Nach dem Motto: Ich habe Gorm nicht gekriegt, dafür soll sie Arndt nicht kriegen. Ich zeige ihn an, damit er für immer verschwindet. Stimmt's?«

»Gib sofort meinen Kuchen zurück, du unverschämtes Balg!«

Ebba zwang sich, ruhig zu bleiben. Sie legte das Gebäck zurück auf den Backtisch, auf dem das Nudelholz lag, das einst Gorms Mutter gehört hatte. »Deine Reaktion zeigt mir, dass ich recht habe!«

»Nein!« Sigrun zitterte vor Erregung. »Niemals! Mach, dass du verschwindest. Und lass dich hier nie wieder blicken. Raus, raus, raus!«

Ebba ging. Sie wusste, es war der letzte Versuch gewesen, Sigrun die Wahrheit zu entlocken.

Es war noch keine sieben, als Ebba vor der Polizeistation erschien, einem alten Rotklinkerhaus mit Dachgeschoss. Es lag zwischen *Skagens Kiosk*, in dem unter anderem Zeitungen verkauft wurden, und dem Seifengeschäft von Iver Grønfeldt, über dem ein Schild mit Großbuchstaben hing: SÆBE.

Ebba schaute sich um. Es war dunkel, denn so etwas Modernes wie Straßenlaternen gab es in Skagen nicht. Das wenige Licht kam aus den Wohnzimmern entfernter Häuser. Einzig die zwei Fenster der Station waren schwach erleuchtet. Jemand war also noch da. Wo Jonas nur blieb?

Plötzlich sah sie neben einem der Fenster etwas aufglimmen. Es war der Kopf von Jonas' Pfeife. Lautlos kam der Alte heran und legte den Finger an die Lippen. »Pst, wir müssen ganz leise sein. In der Wachstube sitzt Lasse. Allein, wie ich vermutet hab. Ich locke ihn heraus und lenke ihn ab, während du rasch in die Station gehst und Arndt befreist. Die Zelle liegt im Gang ganz hinten. Der Schlüssel fürs Schloss befindet sich in der linken oberen Schublade vom Schreibtisch. Klar?«

»Ja ... nein«, stammelte Ebba.

»Du schaffst das schon. Wenn du Arndt befreit hast, nimmst du mit ihm den Hinterausgang. Er kennt den Weg. Die Rückseite des Hauses grenzt an den Garten von *Skagens Kiosk*. Im Garten gibt es viel Gebüsch. Darin könnt ihr euch notfalls verstecken, sollte etwas Unvorhergesehenes eintreten. Aber es wird schon alles gutgehen. Hinter dem Garten verläuft die Parallelstraße, sie führt nach Nordosten. Spätestens an dem Punkt müsst ihr euch Lebewohl sagen. Arndt soll die Stadt verlassen und das *Vippefyr* ansteuern. Da treibt sich außer an *Sankt Hans Aften* nie eine Menschenseele herum. Morgen früh muss er sehen, wie er weiterkommt. Er darf sich nicht nach Südwesten wenden, jedenfalls nicht sofort, weil man ihn am ehesten in Hirtshals oder Frederikshavn vermuten wird. Alles klar?«

»Ja, ich glaube.« Ebba schwirrte der Kopf. »Aber wie willst du erreichen, dass Lasse seinen Schreibtisch verlässt und an die Straße kommt?«

Jonas zog an seiner Pfeife. In der aufleuchtenden Glut konnte Ebba ihn grinsen sehen. »Das wirst du gleich erfahren. Versteck dich hinter dem Zaun von *Skagens Kiosk*, und wenn Lasse herauskommt, huschst du rasch ins Gebäude der Station und machst alles, wie besprochen. Und nun los! Mast- und Schotbruch!«

Ebba lief hinüber zum Kiosk und verbarg sich hinter den weißen Zaunlatten. Im fahlen Schein des Fensterlichts sah sie staunend, wie eine Verwandlung mit Jonas vor sich ging. Er nahm die Pfeife aus dem Mund und ließ sie in seiner Rocktasche verschwinden. Die Schiffermütze warf er von sich und zerzauste seine eisgraue Mähne, bis sie aussah wie ein Wischmop. Als Nächstes holte er einen Flachmann hervor, hielt ihn wie eine Trophäe in die Höhe, schwankte wie ein Rohr im Wind und begann, ein Lied zu grölen. Es war *La Paloma*, die spanische Melodie von der weißen Taube, die in so vielen Sprachen gesungen wird:

»Forbi er et kort, men lykkeligt sværmeri,
forbi er den lyse sommernats … hicks … poesi,
forbi, nynner alle fugle i blandet kor … hicks …

Trotz des Ernsts der Lage musste Ebba sich ein Lachen verkneifen. Der alte Jonas spielte meisterhaft den Betrunkenen. Vielleicht, weil er schon häufiger in seinem langen Leben einen zu viel gebechert hatte? Er sang voller Inbrunst von seiner kurzen, aber glücklichen Schwärmerei, die vorbei sei, von den hellen Sommernächten, dem Zwitschern der Vögel im Chor … Ihr blieb keine Zeit, darüber nachzudenken, denn in diesem Augenblick erschien Lasse in der Tür, hielt inne und stieß einen Laut der Verwunderung aus.

Jonas torkelte zu Boden und sang weiter:

»Efter stormen pisker de nøgne grene,
du har vorladt mig, og jeg er helt alene … hicks …«

»Mensch, Jonas, du scheinst tüchtig einen getankt zu haben!« Lasse packte einen Arm des Alten und wollte ihm aufhelfen. »Komm hoch!«

»Lass mich, hicks … du junger Hüpfer.«

»Jonas, sei vernünftig!«

»Mir geht's gut«, lallte der Alte und sang weiter.

»Jonas, steh auf! Machst dich ja ganz schietig. Liegst halb in der Pfütze.« Lasse beugte sich hinunter und sprach energisch auf den Betrunkenen ein.

Mein Gott!, schoss es Ebba durch den Kopf. Ich hocke hier und vergesse völlig, warum Jonas das ganze Theater macht! Rasch erhob sie sich und eilte zur Tür der Station, tief gebückt, damit ihre Silhouette nicht vor den erleuchteten Fenstern sichtbar wurde.

Die linke obere Schublade im Schreibtisch klemmte. Ebba rüttelte daran. Noch mal und noch mal. Endlich gab sie nach. Der Schlüssel? Mindestens ein Dutzend lagen da. Welcher war der richtige? Sie entschloss sich für den größten. Sie nahm ihn und wandte sich zum Flur, der zu den Zellen führte. Es war, als ginge sie in einen schwarzen Tunnel. »Arndt?«

Keine Antwort. Nur entfernt hörte sie Jonas singen und lallen.

»Arndt?« Sie tastete sich Schritt für Schritt vor. »Arndt?«

»Hier.« Seine Stimme klang gedämpft. »Hier, in der letzten Zelle.«

»Ich komme.« Ebba tappte weiter durch die Dunkelheit, bis sie rechts vor sich einen schwachen, hellen Fleck entdeckte. Es war der Nachthimmel in Arndts Zellenfenster. Er stand darunter, seine Gestalt war nur schemenhaft erkennbar.

»Ebba, du bist es.« Seine Stimme klang erstaunt und erleichtert zugleich. »Bist du es wirklich?«

»Ja, ich hole dich hier raus.« Sie schickte ein Stoßgebet zum Himmel und stocherte mit dem großen Schlüssel im Gitterschloss. Und tatsächlich: Er passte!

Quietschend öffnete sich die Zellentür. Ebba blieb fast das Herz stehen. Sie lauschte angestrengt. Nichts geschah. Dann spürte sie, wie Arndt sie umarmte, doch sie befreite sich. »Wir dürfen keine Zeit verlieren. Wir verschwinden durch den Hinterausgang. Weißt du, wo der ist?«

Arndt ließ von ihr ab. »Ich bin so glücklich, dich zu sehen!«

»Wir müssen los. Lasse wird von Jonas abgelenkt, aber er kann jeden Moment zurück ins Gebäude kommen. Zeig mir den Ausgang.«

»Ja, ja, natürlich.«

Sie gelangten nach draußen und schlichen hinüber in den Garten von *Skagens Kiosk.* Dort hielten sie inne und spähten in die Dunkelheit. Nirgendwo war Licht. Es drohte keine Gefahr. Ebba flüsterte: »Jonas sagt, wir sollen auf die gegenüberliegende Straße gehen. Sie führt aus der Stadt zum *Vippefyr*. Dort seist du erst mal sicher. Morgen früh sollst du dich auf keinen Fall nach Südwesten wenden, dort würde man dich am ehesten suchen.«

»Ich verstehe.«

Sie erreichten die Straße, und Ebba blieb stehen. Sie hatte einen Kloß im Hals, ihr Herz klopfte wie wild, aber sie zwang sich, ruhig zu sprechen. »Es ist Zeit, Lebewohl zu sagen, Arndt.«

»Soll wirklich alles vorbei sein? Gib mir wenigstens noch einen letzten Kuss.«

»Nein, es ist besser so.«

»Ebba, bitte.«

»Lebewohl, Arndt.«

»Ja, dann … Lebewohl.«

In seiner Stimme lag unendliche Traurigkeit.

In der Rettungsstation herrschte am nächsten Tag emsiger Betrieb. Das Dreißig-Fuß-Boot musste wieder einmal repariert werden. Thorvald besah sich eine der morschen Ruderbänke und stellte grimmig fest: »Alte Kähne sind wie alte Fischer. Ständig haben sie irgendein Zipperlein.«

»Redest du von mir?« Jonas trat hinzu, wie immer in eine Rauchwolke gehüllt.

»Du bist eine Ausnahme. Wieso angelst du heute nicht?«

»Sie wollen nicht beißen.«

»Du könntest Rasmus und Sven helfen, die Farbe vom Rumpf abzukratzen. Das Boot braucht einen neuen Anstrich.«

»Immer die niedrigen Arbeiten. Nun ja, warum nicht.« Jonas ging zum Werkzeugschrank, um sich einen Spachtel zu holen, und lief Lauritzen in die Arme.

»Dich wollte ich sprechen«, sagte der kleine Kommissar. Sein Tonfall war drohend.

»Worum geht's denn?«

»Kannst du dir das nicht denken?«

»Keine Ahnung.« Jonas legte den Spachtel zurück. »Ich war gestern Abend ein wenig betütert.«

»Ja, das wurde mir auch erzählt. Du sollst volltrunken vor der Station gelegen haben. Er hat vergeblich versucht, dich wieder aufzurichten.«

Jonas nahm die Pfeife aus dem Mund und grinste. »Er ist ein hilfsbereiter Junge.«

»Der jetzt allerdings viel Ärger hat, weil er deinetwegen seinen Posten in der Wachstube verließ. Denn wie es der Zufall will, ist Arndt während seiner Abwesenheit geflohen. Der Schlüssel zu seiner Zelle steckte noch im Schloss.«

»Ach, wirklich?«

»Ja, wirklich.« Der kleine Kommissar reckte das Kinn vor. »Aber ich glaube nicht an Zufälle. Ich glaube, dass du mit der

Person, die Arndt freigelassen hat, unter einer Decke steckst. Ich fordere dich hiermit auf, ein Geständnis abzulegen. Anderenfalls machst du dich strafbar.«

»Ich war gestern Abend volltrunken, das hast du eben selbst gesagt. Seit wann macht man sich strafbar, wenn man einen gezwitschert hat?« Jonas steckte die Pfeife wieder in den Mund.

»Du weißt genau, was ich meine! Wir können das Gespräch auch gern in der Polizeistation fortsetzen, wenn dir das lieber ist. Ich werde die Wahrheit schon aus dir herausquetschen!«

»Was willst du aus ihm herausquetschen?«, fragte Thorvald. Er war hinzugetreten, um zu sehen, wo Jonas blieb.

Rasmus und Sven gesellten sich dazu. Sie nutzten jede Gelegenheit zu einem kleinen Päuschen.

Lauritzen erklärte, worum es ging.

Thorvald fragte: »Und warum hast du Arndt eingesperrt?«

»Weil er ein Bild gestohlen hat. Ein Werk von Krøyer.«

»Wie bitte?« Thorvald musste laut lachen. Und weil Lachen bekanntlich ansteckt, fielen Rasmus, Sven und auch Jonas mit ein. »Das glaubst du doch wohl selbst nicht!«

»Ich scherze nicht!«

»Lass gut sein, Lauritzen«, sagte Thorvald. »Du hältst den Laden auf. Das Boot muss fertig werden.«

»Ich werde Arndt überführen, so wahr ich John Lauritzen heiße und Leiter der Skagener Polizeistation bin! Und spätestens Arndt, der feine Herr Graf, wird mir sagen, wer ihm beim Ausbrechen geholfen hat. Weit wird er ja nicht kommen.«

»Ja, vielleicht«, sagte Jonas. »Vielleicht ist er aber auch schon über alle Berge.«

KAPITEL 37

Drei Wochen waren vergangen, in Skagen hatte der Winter Einzug gehalten. Die Tage waren kalt, morgens bedeckte Raureif die Dächer, und den Menschen auf der Straße stand der Atem in weißen Wölkchen vor dem Gesicht. An einem Sonntag Mitte Dezember hielt Lyng Peters mit seinem Postwagen vor Broderssons Haus. Der einzige Fahrgast stieg aus und sagte zu ihm: »Du brauchst nicht auf mich zu warten, Lyng, fahr weiter nach Skagen und bring meinen Koffer in *Brøndums Hotel*. Degn weiß Bescheid, ich habe ihm eine Depesche geschickt.«

»I orden.« Lyng hielt ein Paket hoch, das neben ihm auf dem Kutschbock lag. »Soll ich dir das reintragen?«

»Nein, nein, bleib, wo du bist. So schwer ist es ja nicht.« Der Mann nahm das Paket entgegen, einen sorgfältig in Segeltuch verschnürten Gegenstand, und ging damit zur Haustür. Die Tür öffnete sich, und Bark schoss heraus, sprang an dem Mann hoch und war außer sich vor Freude.

Lyng lachte gutmütig. »Da sieht man mal wieder, Tiere sind schlauer als Menschen, ich hatte dich nicht gleich erkannt in dem feinen Zwirn. Na denn, hüa!« Er schnalzte mit der Zunge, und die Gäule zogen an. *»Vi ses!«*

»Vi ses!« Arndt wandte sich um und hielt inne.

In der Tür stand Ebba.

Arndt nahm den Hut ab. Es war mehr eine verlegene als eine höfliche Geste, denn er wusste nicht, was er sagen sollte. Lange hatte er darüber nachgedacht, doch ihm war nichts eingefallen. Sollte er das Gespräch mit einer Entschuldigung beginnen? So tun, als sei nichts gewesen? Oder sollte er strahlend, mit ausgebreiteten Armen auf sie zugehen? Nichts von alledem passte. Das spürte er.

»Komm herein«, sagte Ebba leise.

Er folgte ihr in die Küche, die er so gut kannte. Nichts hatte sich in seiner Abwesenheit verändert.

Er sah sie an.

Sie blickte zur Seite. »Vater ist bei einem Patienten. Den alten Rupert aus dem Søndervej hat der Schlagfluss getroffen.«

»Oh, das tut mir leid.«

»Wir hoffen, dass die Lähmung bald nachlässt.«

»Ja, hm.«

»Du siehst gut aus.« Ebba musterte ihn. Er trug einen Reisemantel, dazu Rock und Hose wie ein Herr. Eine rote Schleife zierte den weißen Kragen, und der blonde Bart darüber war sorgfältig gestutzt. In ihrer Erinnerung sah er noch ganz anders aus. Einfach gekleidet, wie ein Fischer von der Küste. Sie hatte versucht, ihn zu vergessen. Doch es war ihr nicht gelungen. Sie hatte versucht, sich abzulenken, hatte die Arbeit an ihren Kunstobjekten fortgeführt, aber ihre Gedanken waren immer bei ihm gewesen, ob sie wollte oder nicht. Sie hatte sich so sehr nach ihm gesehnt, dass sie einmal sogar zu seiner Hütte gelaufen war, um wenigstens den Gegenständen nahe zu sein, mit denen er sich umgeben hatte. In der Hütte hatte der Sand, der durch die vielen Ritzen eingedrungen war, knöchelhoch gestanden. Sie hatte Umschau gehalten und die Jacke mit den sechs Knöpfen gefunden, die von ihr angenäht worden waren, um den Mordverdacht von Lauritzen ins Leere zu lenken. Die Jacke hatte sie mitgenommen und nachts im Bett an ihr Gesicht gepresst, denn der Stoff roch immer noch nach ihm …

»Danke. Du siehst auch gut aus.«

Eine Pause entstand, in der beide versuchten, sich ihre Unsicherheit nicht anmerken zu lassen.

»Ich bin gekommen, um dir etwas zu zeigen«, sagte Arndt schließlich. Er legte das Paket auf den Tisch und entfernte das Segeltuch. Zum Vorschein kam ein Bild. Es war das gestohlene Porträt mit Ebbas Antlitz.

Sie hielt den Atem an. »Das ist ja …?«

»Ja, es ist dein Bild. Krøyers Gemälde, das im Speisesaal von *Brøndums Hotel* fehlte. Ich habe es aus Deutschland mitgebracht, genauer gesagt, aus meinem Haus in Altona. Elisabeth, meine heimtückische Ehefrau, hatte es gestohlen.«

Ebbas Gesicht verfinsterte sich. »Eine Diebin ist sie also auch noch.«

Arndt blickte ihr in die Augen. »Das Bild gab den Ausschlag. Ich habe mich für immer von Elisabeth getrennt.«

»Du hast dich von ihr getrennt?« Ebbas Herz machte einen Sprung. »Wirklich?«

»Ja, sie ist eine unverbesserliche Kleptomanin. Ich konnte es zunächst nicht glauben, dass sie es war, aber je länger ich darüber nachdachte, desto sicherer wurde ich. Gleich am ersten Abend nach meiner Ankunft schickte ich die Bediensteten weg und sagte ihr die Tat auf den Kopf zu. Sie stritt alles ab, erst ruhig, dann lauter. Sie heulte und lamentierte, und endlich gab sie es zu. ›Ja, verdammt noch mal, ich war es!‹, schrie sie. ›Na und?‹

Ich bestand darauf, dass sie mir genau schilderte, was sich im Einzelnen zugetragen hatte, und sie tat es unter viel Gestöhne und Gestammel. Zusammengefasst lässt sich sagen, dass sie maßlos eifersüchtig auf dich war. Sie stahl dein Porträt, weil es symbolisch deiner Vernichtung gleichkam. An dem bewussten Morgen schlich sie sich in den Speisesaal, kletterte auf einen Stuhl und hatte gerade das Bild abgehängt, als Sigrun Skov dazukam. Ihr fiel keine glaubhafte Erklärung für die Situation ein. Deshalb gab sie Sigrun Geld, damit sie schwieg und mich bei Lauritzen anschwärzte. Es war die Rache dafür, dass ich nicht mit ihr nach Altona zurückkehren wollte.«

Ebba sagte nachdenklich: »Es war also genau umgekehrt. Elisabeth hat den Spieß umgedreht und dich zum Schuldigen gemacht. Und Sigrun hat sich bestechen lassen. Mir hat sie genau dasselbe Lügenmärchen erzählt wie Lauritzen. Sie behauptete, sie habe selbstverständlich kein Geld von dir angenommen. Aber irgendwie kann sie einem leidtun. Sie hatte Gorm geliebt und ihn an mich verloren, weil er mich unbedingt heiraten wollte. Deswegen war sie nicht gut auf mich zu sprechen. Sie dachte wohl, sie würde mir wehtun, wenn sie dich beschuldigt.« Ebba seufzte. »Und damit hatte sie recht.«

»Hatte sie das?« Arndt nahm Ebbas Hand und hauchte einen Kuss darauf.

»Ja.« Sie erschauerte.

»Du hast mir so schrecklich gefehlt.«

»Du mir auch.«

Und dann fielen sie sich in die Arme, küssten sich, herzten sich, streichelten sich, lachten, weinten, als gäbe es kein Morgen. »Oh, oh, mein Herz ist so voll, ich kann gar nichts sagen«, flüsterte Ebba.

»Meine Liebste! Mein Engel! Ich liebe dich so sehr!«

»Ich kann gar nicht glauben, dass alles wahr ist. Hat Elisabeth wirklich gestanden?«

»Ja, das hat sie. Ich habe es mir sogar schriftlich geben lassen. Für alle Fälle.« Arndt zog eine Urkunde aus seinem Rock. »Hier ist ihre Erklärung an Eides Statt, mit Unterschrift. Natürlich hat sie sich dagegen gesträubt, aber ich drohte, zur Polizei zu gehen, wenn sie es nicht täte. Den fälligen Skandal wollte sie unter allen Umständen vermeiden.«

Ebba wischte sich eine Träne aus dem Auge. »Ich bin so glücklich! Und wie geht es jetzt weiter?«

»Jetzt reiten wir zusammen auf Atlas nach Skagen und hängen dein Bild wieder im Speisesaal auf. Die Künstler werden Augen machen.«

»Ja, das werden sie wohl. Lass mich nur schnell eine Nachricht für *far* schreiben, damit er sich keine Sorgen macht, weil ich weg bin.«

»Ja, mein Engel. Zieh dir etwas Warmes an. Es ist kalt draußen.«

Die dichten Rauchschwaden im Speisesaal von *Brøndums Hotel* stammten nicht nur von Jonas und Thorvald, die den Kreis der Künstlerfreunde an diesem Sonntag ergänzten, sondern auch von mindestens zwanzig anderen Gästen, die rauchten, lachten, schwatzten und kräftig konsumierten. »Der Rubel rollt«, stellte Degn zufrieden fest, während er eine weitere Zigarre in das Gestrüpp seines Bartes steckte. »Theo, stell mal zwei Flaschen Rotspon auf den Künstlertisch, auf Kosten des Hauses. Die Herrschaften sitzen schon wieder auf dem Trockenen.«

»Mach ich.« Theo holte die Flaschen herbei und schenkte ein, was allerseits wohlwollend begrüßt wurde.

Krøyer rief: »Du machst das großartig, Junge, Bacchus hätte seine Freude an dir!«

»Bacchus? Kenn ich nicht.«

»Solltest du aber. Er ist der Gott des Weines, der Fruchtbarkeit und der Ekstase.«

Björck lachte. »Seine Fruchtbarkeit hat Theo ja schon bewiesen!«

Die anderen lachten mit.

Anna, die neben Mikkel mit am Tisch saß, fragte: »Wie geht es Hille und dem Kind?«

»Danke, dem Kind geht's gut, aber Hille hat scheußliche Kreuzschmerzen. Wenn das nicht besser wird, muss Knud Brodersson mal nach ihr schauen.«

»Grüß sie schön von mir.«

»Mach ich.« Theo stapelte ein paar schmutzige Teller übereinander und wollte sie in die Küche tragen, aber ein Ruf vom Ecktisch hielt ihn auf.

»Theo, zahlen!« Pastor Lund winkte ihm zu. Er hatte am Vormittag einem Täufling das Geschenk Gottes gebracht und ihn in die Gemeinschaft der Gläubigen aufgenommen. Die Botschaft des Herrn hatte ihn hungrig gemacht und in *Brøndums Hotel* einkehren lassen. Nun strebte er nach Haus, wo ihn jedoch niemand erwartete, denn seine Frau war bei Verwandten.

Während Lund zahlte, meldete sich Krøyer vom Künstlertisch. »Halleluja, Pastor, ich hätte dich fast nicht erkannt! Seit wann trägst du einen Bart?«

Lund wirkte leicht verlegen, weil plötzlich alle Blicke auf ihm ruhten. »Ach, das ist nicht so wichtig.«

»Aber natürlich ist es das!«

»Wenn der Bart das Wichtigste wäre, könnten Ziegen predigen.«

Krøyer lachte. »Wohl gesprochen! Komm, setz dich zu uns.«

Lund nahm am Künstlertisch Platz. Ihm war die Aufforderung nicht unangenehm, weil er ein geselliger Mensch war und sein Haus zurzeit leer. Er kannte sie alle, obwohl die wenigsten sich häufig in seiner Kirche sehen ließen.

»Wo du gerade da bist«, sagte Krøyer, »fällt mir die Geschichte von der Bauersfrau und dem Pferd ein. Kennst du die?«

»Nein, tut mir leid.«

Krøyer blickte in die Runde. »Kennt die jemand von euch?«

Kopfschütteln.

»Spann uns nicht so auf die Folter«, brummte Krohg.

Krøyer grinste und leerte sein Rotweinglas. »Also, hört zu. Oder nee, wartet mal.« Er schnippte gekonnt mit den Fingern. »Theo, mach uns mal allen eine *Grüne Fee*. Dem Pastor auch. Der Rotwein verschlägt nichts.«

»I orden, Søren.«

»Nun fang endlich an«, drängte Björck. »Ich habe Weihnachten schon was vor.«

»Immer mit der Ruhe.« Krøyer wartete, bis die *Grüne Fee* fertig vor ihnen stand. Also dann: *Skål!*«

»Skål!« Sie tranken, und Lund schoss das Wasser in die Augen, weil er so starkes Zeug nicht gewohnt war. Er blinzelte heftig.

Krøyer grinste. »Da siehst du die Schmetterlinge tanzen, was, Pastor? Also hör gut zu, weil in der Geschichte auch ein Gottesmann vorkommt: Es war einmal eine Bäuerin, die in der Mitte ihres Lebens stand. Eines Tages widerfuhr ihr ein großes Unglück. Sie wurde von einem Pferd getreten, und zwei Tage später war sie tot …«

»Jesus Christus!«, entfuhr es Lund. »Die arme Frau! Ist die Geschichte tatsächlich passiert?«

Krøyer machte ein frommes Gesicht. »Jawohl, so wahr mir Gott helfe. Hört weiter zu, Freunde. Da der Pastor in der Gemeinde ein vielbeschäftigter Mann war, fand er erst eine Woche nach der Beerdigung Zeit, den Witwer in seinem Haus aufzusuchen. Er fragte ihn: ›Nun, mein Sohn, wie geht es dir?‹

›Das geht man so, Pastor.‹

›Und hast du viele Beileidsbesuche gehabt?‹

Der Witwer überlegte. Dann antwortete er: ›Jo, Pastor, hab ich. Aber weniger wegen meiner Frau. Die meisten wollten das Pferd kaufen.‹«

Ein, zwei Sekunden verrannen, dann hatten die Freunde die Pointe kapiert. Sie brachen in wieherndes Gelächter aus. Lund lachte notgedrungen mit. Doch man sah seinem Gesicht an, dass er die Geschichte für erfunden hielt.

Anna sagte zu ihm: »Das war ein typischer Männerwitz, Pastor. Du darfst die Kerle nicht zu ernst nehmen.«

Locher sagte nichts. Er beugte sich hinunter zu Venus und tätschelte sie. Er war der Einzige, der nicht gelacht hatte.

Krøyer erhob sich zu voller Größe und rief in den Saal: »*Last order!* Jedenfalls für die nächste Stunde. Degn und seine Mannschaft erweitern jetzt unsere Runde. Sie müssen auch mal Pause haben. Eine schöne Portion Räucherkäse mit Brot für alle, falls der Magen sich meldet, und Rotspon für unseren Tisch! Hat jemand was dagegen?«

Dem wurde nicht widersprochen.

Nachdem jeder ein großes Stück der Spezialität von der Ostseeinsel Fünen vor sich hatte und Degn mit Agnes, Hulda und Marie Sophie dazugekommen war, verkündete Krøyer: »Jetzt wird nicht mehr bestellt, jetzt wird nur noch gefeiert! Ich schlage vor, dass wir das *Was-wär-ich-wenn-Spiel* spielen.«

»Was ist das denn?«, fragte Mikkel.

»Das Spiel geht reihum«, erklärte Krøyer. »In der ersten Runde fragt der Beginner den neben ihm Sitzenden: ›Was wär ich, wenn ich eine Pflanze wäre?‹ Der Nebenmann antwortet und fragt danach seinen Nachbarn und so weiter. Verstanden?«

Alle nickten.

»*I orden.* Du fängst an, Jonas. Frag Thorvald, was du wärst, wenn du eine Pflanze wärst.«

Jonas fragte.

Thorvald rieb sich das Kinn. »Hm, ich denke, du wärst ein Kaktus.«

»Wieso das?«

»Wegen deiner Bartstoppeln.«

Heiterkeit am Tisch.

Thorvald fragte Krohg, und Krohg antwortete: »Eine Eiche, weil du aus hartem Holz geschnitzt bist.«

Und so ging es weiter. Krohg war eine Nordmanntanne, Björck ein Knabenkraut, Anna eine Hyazinthe, Pastor Lund eine Glockenblume, Mikkel ein Goldregen, Degn ein Dorngestrüpp, Agnes ein Fleißiges Lieschen, Theo eine Bohnenstange …

Am Schluss sagte Krøyer, dem das Feuer einer Paprikaschote bescheinigt worden war, zu Locher: »Du bist übrig, Carl. Los, frag mich, was du wärst.«

»Wie, was?« Locher hatte nicht zugehört. Er hatte mit Venus gesprochen, die zu seinen Füßen lag.

Krøyer wiederholte die Aufforderung.

»Blödsinniges Spiel.«

Krøyer grinste. »Wenn ich mir deinen Bart angucke, wärst du ein Bündel Seetang.«

Großes Gelächter.

»Oder eine Bulldogge!«, rief Björck.

»Seit wann sind Bulldoggen Pflanzen?«, widersprach Krohg.

Locher schnauzte: »Lasst Venus aus dem Spiel!«

Schweigen am Tisch.

»Was ist denn in dich gefahren?«, fragte Krøyer verwundert. »Du bist die ganze Zeit schon so komisch.«

Locher kippte den Rest seiner *Grünen Fee* hinunter. »Ich mache mir Sorgen um Venus. Meine Schöne ist schwanger«, sagte er düster.

»Schwanger? Venus?« Krøyer musste an sich halten, um nicht schon wieder zu lachen.

»Wer ist denn der Vater?«, fragte Anna.

»Bark, der verdammte Streuner.«

Agnes kicherte. »Bark und Venus. Die Mischung möchte ich sehen!«

Krøyer erhob sich zu voller Länge. »Das ist ein glücklicher Tag, nicht wahr, Pastor? Neues Leben im alten Skagen. Ich schmeiße eine Runde *Grüne Fee!* Sollte sie den Damen zu scharf sein, tut es auch ein Likörchen. Theo, bist du so gut?«

Doch Theo war verschwunden. Es hatte ihn nach oben zu Hille gezogen, um nach ihr zu sehen und ihr einen Tee zu bringen.

»Selbst ist der Mann!« Krøyer verschwand und kehrte nach kurzer Zeit mit einem großen Tablett zurück.

»An dir ist ein Kellner verloren gegangen«, lobte Jonas.

»Nicht wahr!« Krøyer verteilte die Gläser. »Na dann: *Skål!* Auf Venus' Nachwuchs!«

Sie tranken und stöhnten vor Behagen. Nur Pastor Lund schnappte nach Luft.

Jonas stieß eine Qualmwolke aus. »Wo ist es denn passiert mit den beiden?«

Locher brummte: »Am Strand beim Wrack. Es muss an dem Tag gewesen sein, als ich Arndt malen wollte und er beinahe abgesoffen wäre. Da waren beide Hunde allein.«

Anna sagte: »Ebba hat mir erzählt, dass es hart auf hart ging. Wenn sie mit Atlas nicht dazugekommen wäre, hätte Arndt es nicht überlebt.«

»Tja.« Jonas nahm die Pfeife aus dem Mund, um einen Krümel Tabak von der Zunge zu klauben. »Keiner weiß, wo er sich zurzeit aufhält, nur dass er seit drei Wochen weg ist.«

Krøyer blickte zur Tür und verkündete feierlich: »Und nun, Freunde, ist er wieder da.«

»Wie?« Alle Köpfe flogen herum.

In der Tür stand Arndt, ein in Segeltuch eingeschlagenes Paket unter dem Arm und eine glücklich lächelnde Ebba an seiner Seite. »*God aften, mennesker*«, sagte er und verharrte mitten in der Bewegung, weil mit der Bildergalerie in der Zwischenzeit etwas Verblüffendes geschehen war: Sie war wieder vollständig. Kein Porträt fehlte. Auch das von Ebba nicht.

Arndt hatte kaum Zeit, sich von der Überraschung zu erholen, denn schon kam der halbe Saal auf ihn zu, nicht nur die Künstler, sondern auch Gäste, die ihn nur vom Hörensagen kannten. Sie begrüßten ihn herzlich und stellten eine Menge Fragen. Wo er die ganze Zeit gewesen sei, woher er komme, wie es ihm gehe und manches mehr.

»Später, Freunde, später!« Arndt konnte sich nicht erinnern, jemals so im Mittelpunkt gestanden zu haben. Er legte einen Arm um Ebbas Taille und fragte Krøyer: »Können wir dich einen Moment allein sprechen?«

»Warum nicht?« Der trinkfeste Künstler nahm sein Rotweinglas und führte beide hinüber zu dem Tisch, an dem Pastor Lund gesessen hatte. »Was darf ich euch bringen lassen? Ein Schnäpschen vielleicht?«

»Danke, lieber einen heißen Tee«, antwortete Ebba. »Wir sind auf Atlas von Alt-Skagen gekommen. Es ist ziemlich kalt draußen.«

»Tee? Wollt ihr euch vergiften?« Krøyer rief nach Theo, der seinen Dienst wieder aufgenommen hatte. Theo nahm die Bestellung entgegen und verschwand.

»Also, was kann ich für euch tun?«

Arndt tippte auf das Paket. »Rate mal, was da drin ist.«

Krøyer grinste breit. »Wenn es das ist, was ich vermute, musst du mir die Geschichte dahinter erzählen.«

»Das mache ich.« Arndt berichtete ausführlich von Elisabeths Diebstahl. Er endete mit den Worten: »Ich habe mich von ihr endgültig getrennt. Ich bin aus Altona angereist, um das Bild zurückzubringen. Vor allem aber wegen Ebba.«

Er wollte sie an sich drücken, doch in diesem Moment kam Theo mit den Teetassen. Der lange Kellner stellte das heiße Getränk vor sie hin und meinte augenzwinkernd: »Wie es aussieht, habt ihr beide das Aufwärmen gar nicht nötig.«

»Theo, bitte!« Ebba schaute gespielt vorwurfsvoll.

»War nur ein Scherz.« Theo wollte sich entfernen, doch Krøyer orderte noch zwei Portionen Räucherkäse für die »Angereisten«, damit sie etwas im Magen hätten.

Arndt nahm den Faden wieder auf. »Es gibt jetzt also zwei Porträts von Ebba. Zwei echte Krøyer.«

»Genau, ihr Turteltauben! Erlaubt mir, dass ich euch eines schenke. Am besten das in dem Segeltuchpaket, denn das habt ihr ja sowieso schon!« Er lachte.

Arndt freute sich: »Danke, Søren, vielen Dank. Ich hätte nie gedacht, einmal einen echten Krøyer zu besitzen. Wir werden einen würdigen Platz für das Bild finden.«

Ebba drückte Krøyer einen Kuss auf die Wange. »Danke, Søren, das ist sehr lieb.«

»Hui, Ebba, du bringst mich fast in Verlegenheit.«

»Das glaube ich dir nicht.«

Nach diesem kleinen Geplänkel fragte Arndt: »Hinter dem neuen Porträt steckt doch ebenfalls eine interessante Geschichte, oder?«

Krøyer wurde ernst. »So ist es. Hört zu: Es ist eine Woche her. Der Tag war klar, die Sonne schien und nahm den nächtlichen Reif von den Zweigen im Rosenstrauch hinter dem Hotel. Der Strauch war kahl, bis auf eine letzte weiße Rose, die sich trotz der Kälte entfaltet hatte. Ein schönes Motiv, das viel erzählt. Björck sah die Rose und begann, seine Farben anzumischen. Ich ärgerte mich, weil ich das Motiv nicht als Erster entdeckt hatte, und beschloss, einfach beide, das Motiv und Björck, zu malen. In diesem Moment kam Sigrun Skov.«

»Bitte sehr: zwei Portionen Räucherkäse mit Brot. Agnes hat auch noch einen Klacks *smør* dazugetan!« Theo unterbrach die Rede Krøyers und stellte schwungvoll zwei Teller auf den Tisch. »*God appetit!*«

»Danke, Theo.«

»*Værsgo.*« Der lange Kellner ging zum nächsten Tisch, weil dort jemand zahlen wollte.

»Greift nur tüchtig zu, ich fahre fort.« Krøyer trank einen Schluck Rotwein, um die Stimme zu ölen. »Sigrun druckste herum und wusste nicht, wie sie anfangen sollte. Erst als ich ihr sagte, sie solle sich keinen Zwang antun, ich würde nicht beißen, bat sie mich um ein Gespräch unter vier Augen. Ich nahm sie mit in den Garten des Hotels, wo wir wohl ein Dutzendmal um das kleine Haus herumgingen, das Anna und ihrem Mikkel als Atelier dient. Sie sagte, sie käme zu mir, weil ich das gestohlene Bild gemalt hätte und weil sie sich nicht traue, Lauritzen aufzusuchen.

›Na und?‹, fragte ich. ›Du machst es spannend.‹

Sie war sehr aufgeregt und ruckte dauernd mit dem Hals wie ein Huhn. ›Jeden Morgen, wenn ich meine Arbeit im Speisesaal vom Hotel mache‹, sagte sie, ›habe ich ein schlechtes Gewissen, weil da die Lücke in der Galerie ist. Ich halt's nicht länger aus. Ich muss die Wahrheit sagen.‹

›Und was ist die Wahrheit?‹, fragte ich neugierig.

›Die Wahrheit ist, dass nicht Arndt das Bild geklaut hat, sondern seine Frau, die Gräfin.‹«

An dieser Stelle machte Krøyer eine Pause, und Ebba sagte: »Du wusstest es also schon.«

»So ist es. Hört zu, wie es weiterging. Sigrun war sehr zerknirscht und obendrein sehr ängstlich, während sie mir den genauen Verlauf schilderte. Mein gutes Herz regte sich. Ich beschloss, ihr zu helfen.«

»Lass mich raten«, sagte Arndt. »Du hast das Bild von Ebba einfach noch mal gemalt und aufgehängt. Aber wie ist es dir gelungen, dass es genauso aussieht, wie das erste?«

Krøyer winkte ab. »Jeder Maler macht zunächst ein paar Skizzen von seinem Werk, und diese Skizzen hatte ich noch. Es war ein Kinderspiel. Hat mich nur einen Nachmittag gekostet. Daraufhin ging ich zu Sigrun, um ihr zu sagen, das Bild hinge wieder an seinem Platz. Alles sei wieder beim Alten. Sie solle, wenn Lauritzen sie zu sich zitiere, in jedem Fall bei ihrer ersten Aussage bleiben, egal, ob er ihr drohen würde oder nicht. Sie versprach es unter Tränen. ›Den Rest überlasse mir‹, sagte ich zu ihr.«

Ebba legte ihr Besteck auf den Teller zurück und nahm einen Schluck Tee. Das heiße Getränk wärmte wunderbar nach dem Ritt in der Kälte. »Der Räucherkäse und das Brot waren köstlich. Danke dir, Søren. Und was passierte dann?«

»Dann ging der Spaß erst richtig los.« Krøyer setzte sein bekanntes Grinsen auf. »Ich muss dazu sagen, dass ich keiner Menschenseele von meiner Aktion erzählt hatte. Nicht einmal den Künstlerkollegen oder den Fischern. Allerdings erkannte der alte Jonas als Erster, dass die Galerie wieder komplett war. Ihm fiel vor Staunen fast die Pfeife aus dem Mund. Was folgte, war ein Ansturm, wie ihn der Speisesaal wohl noch nie erlebt hat. Die halbe Stadt wollte das Bild sehen, die Gerüchteküche kochte. Völlig verrückt, es war doch allem Anschein nach ein und dasselbe Bild. Was sollte es da groß zu sehen geben! Trotzdem dauerte es zwei, drei Tage, bis sich die Aufregung legte und der Alltag wieder einkehrte.«

Auch Arndt hatte mittlerweile seinen Käse aufgegessen. Er wischte sich den Mund mit der Serviette ab und fragte: »Hatte das Ganze denn kein Nachspiel?«

»Und ob!«, rief Krøyer und bestellte noch einen Rotwein. »Ich muss nur rasch den Druck von meiner Blase nehmen. Habt einen Moment Geduld.«

KAPITEL 38

Krøyer kam erleichtert zurück und nahm dankend das bei Theo bestellte Glas Rotwein entgegen. Er trank einen großen Schluck. »Ah, das ist flüssiges Manna! Wo war ich stehen geblieben? Ach ja. Bei dem wieder aufgetauchten Bild. Nun, ich musste kein großer Hellseher sein, um zu ahnen, dass Lauritzen sich früher oder später bei mir sehen lassen würde. Und so war es auch. Schon am Nachmittag des nächsten Tages kam der kleine Wichtigtuer ins Hotel und wollte mich sprechen. Ich hatte ein Schläfchen in meinem Zimmer gehalten und saß im Speisesaal, um einen Kaffee zu trinken. Er sagte: ›Ich habe mir heute Vormittag Sigrun Skov vorgeknöpft.‹ Sie sei dabei geblieben, sie habe Arndt auf frischer Tat bei dem Diebstahl ertappt. Ich entgegnete, das sei nicht möglich, das Bild hinge wieder an seinem Platz. Jemand müsse es dort angebracht haben, und Arndt könne es nicht gewesen sein, der sei ja spurlos verschwunden. Nein, erklärte Lauritzen, Sigrun Skov habe schließlich angefangen zu heulen und habe in einem fort gesagt, was sie gesehen habe, habe sie gesehen …‹

›Das ist ja alles schön und gut‹, unterbrach ich ihn, ›aber was habe ich damit zu tun?‹

Er schaute mich an und sagte: ›Ich will, dass du dir das zurückgebrachte Bild genau ansiehst. Es könnte eine Fälschung sein.‹

Daraufhin musste ich laut lachen.

Er guckte beleidigt. ›Es wäre nicht das erste Original, das kopiert wurde. Der Dieb – wer auch immer es gewesen sein mag – könnte die Nachahmung im Saal aufgehängt haben, damit der Fall erledigt ist. Aber da ist er bei mir an der falschen Adresse. Ich denke an alles.‹

›Wenn du meinst‹, sagte ich.

›Ich will, dass du das Bild auf seine Echtheit überprüfst. Jetzt! Sofort!‹

›*I orden*, John. Warum nicht‹, sagte ich.

Wir stellten uns dicht vor die Galerie, und ich tat so, als würde ich das Porträt von Ebba genau studieren. Dann versicherte ich ihm: ›Das Bild ist ohne jeden Zweifel von mir, das nehme ich auf meinen Eid.‹

Er blickte enttäuscht. Seine Vermutung war zerplatzt. Schließlich sagte er: ›Dann handelt es sich tatsächlich um das Original. Der Täter muss es wieder an seinen Platz gehängt haben. Aber wer? Arndt, dieser Blaustrumpf, kann es nicht gewesen sein. Sigrun muss sich geirrt haben.‹

›Ja.‹ Ich nickte. ›Sie sieht nicht sehr gut.‹

›Das stimmt.‹

›Ihre Brille scheint aus zwei Schnapsgläsern zu bestehen.‹

Er überlegte weiter. ›Der Täter muss so ähnlich aussehen wie Arndt. Groß, blond, noch jung an Jahren.‹ Und während er das sagte, begann er plötzlich, mich genau zu fixieren.

Ich lachte. ›Du glaubst doch nicht im Ernst, dass ich …?‹

›Warum sollte ich das nicht glauben?‹ In seiner Stimme lag etwas Lauerndes.

Und dann machte ich mir einen Spaß. Ich sagte: ›Theoretisch

hättest du vielleicht recht. Ich hätte an jenem Morgen in den Speisesaal gehen und das Bild abhängen können, um ein paar Kleinigkeiten daran zu korrigieren. Dabei wäre es möglich gewesen, dass Sigrun mich mit Arndt verwechselte.‹

›Ja, genau!‹, rief er.

›Später, als du Arndt im Speisesaal festnahmst, konnte ich den Irrtum nicht aufklären, weil ich zu dem Zeitpunkt in Morpheus' Armen lag.‹

›Wie?‹ Er blickte verständnislos.

›Ich meine, weil ich in meinem Zimmer ein Nickerchen machte.‹

›Ach so. Ja, ja!‹ Seine Augen leuchteten.

›Noch später, nach Ausführung der kleinen Korrekturen, hätte ich das Bild heimlich still und leise wieder aufhängen und mich über den Wirbel, den die Aktion ausgelöst hatte, amüsieren können.‹

›Ja, ja! Das würde dir ähnlichsehen!‹

›Da liegst du zweifellos richtig‹, räumte ich ein. ›Aber ich muss dich enttäuschen. Ich war es nicht. Warum hätte ich Sigrun an jenem Morgen Geld anbieten sollen, damit sie mich nicht bei dir verpfeift? Es ist doch nicht verboten, sein eigenes Bild zu klauen! Das ergibt keinen Sinn. Und warum hätte ich mir die Mühe machen sollen, mit den Künstlerkollegen bei Nacht und Nebel zu Arndts Hütte zu gehen, um zu erkunden, ob das vermisste Bild sich dort befindet? Ich hätte doch gewusst, dass ich es habe! Auch das ergibt keinen Sinn.‹

Während ich all das erklärte, wurde Lauritzens Gesicht lang und länger.

Ich tröstete ihn. ›Mach dir nichts draus, John. Ich war es nicht. Arndt war es auch nicht. Und die arme Sigrun ist halbblind. Das Bild hängt wieder an seinem alten Platz, und niemand ist zu Schaden gekommen. Lass uns einen trinken, und die Sache ist erledigt.‹

›Wenn das so einfach wäre‹, brummte er.

Zum Glück betrat just in dem Moment Goldschmied Uggerholts Tochter, die bekanntlich nicht zu den Hässlichsten gehört, mit einem Einkaufskorb den Speisesaal. Vermutlich wollte sie Kuchen kaufen. Ich sprang auf, begrüßte sie und bat sie an unseren Tisch. Augenblicklich hellte sich Lauritzens Miene auf. Ich fand ein paar lobende Worte für ihn und seine detektivischen Fähigkeiten und verabschiedete mich unter einem Vorwand. Alles in allem glaube ich, dass der Fall damit erledigt ist.«

»Eine tolle Geschichte.« Arndt nickte beeindruckt.

»An der sogar fast alles wahr ist«, sagte Ebba.

Von der anderen Seite des Saals kam ein Ruf: »Wo bleibt ihr bloß, habt ihr da drüben Wurzeln geschlagen?« Es war Björck, der sich beschwerte.

»Wir kommen schon.« Die drei gingen hinüber und mussten dabei aufpassen, dass sie nicht auf einige am Boden liegende Skizzenblätter traten. Neben dem Tisch der Künstler war eine Staffelei aufgebaut, und hinter der Staffelei stand Krohg und malte. Was er malte, sah man nicht.

»Was ist denn hier los?«, fragte Krøyer.

Mikkel erklärte: »Es geht um die beste Interpretation dessen, was in Venus' Leib heranwächst. Der Gewinner muss eine Runde spendieren.«

Anna ergänzte: »Wir stellen uns vor, wie die Mischlinge von Bark und Venus aussehen werden. Jonas und Thorvald wollten erst nicht mitmachen, weil sie behaupteten, nicht zeichnen zu können, aber sie kamen nicht drum herum. Pastor Lund ist vorhin schon mit ziemlicher Schlagseite gegangen, und Degn mit seinen Schwestern hat Arbeit vorgeschützt. Die ersten Vorschläge liegen da zu euren Füßen.«

Krøyer schaute auf die Skizzen. Was er sah, waren linkische, bizarre, feuchtfröhliche Figuren, geboren aus Rotwein und guter Laune. »Ein gelungener Spaß!«

»Auf meine Kosten«, knurrte Locher missmutig.

Krohg hinter der Staffelei rief: »Du solltest dich freuen auf das, was die Natur in Venus heranreifen lässt, Carl! Hier siehst du einen Vorgeschmack.« Er nahm das Blatt und hielt es in die Höhe. Zu sehen war ein Zentaur. Ein Gebilde, halb Pferd, halb Mensch, nur dass der Mensch einen Hundekopf hatte, der Bark verblüffend ähnelte.

Allgemeine Heiterkeit. Nicht nur wegen der spektakulären Skizze, sondern auch wegen Lochers Miene.

»Nun komm schon, Carl.« Krøyer munterte ihn auf. »Venus geht's gut, und das ist die Hauptsache.«

»Sie ist doch so zerbrechlich.«

»Sie ist nicht die erste Hündin, die Welpen erwartet. Und nun bist du dran. Male auf, wie du dir den Nachwuchs von Venus wünschst.«

Mürrisch kam Locher dem Vorschlag nach. Das Ergebnis löste abermals Gelächter aus, denn es zeigte einen schlanken Vierbeiner, der einem Pudel glich. Danach ging es reihum. Auch die wenigen noch vorhandenen Gäste wurden mit einbezogen. Die Resultate erinnerten an Seeschlangen mit Hundekopf, Schimären mit Ringelschwanz, Vampire mit Schlappohren und anderen seltsamen Kreaturen. Je länger der Abend wurde und je mehr der Alkohol floss, desto abenteuerlicher wurden die Entwürfe. Kurzum: Es ging in *Brøndums Hotel* wieder einmal hoch her.

Gegen elf nahm Ebba Arndt beiseite und sagte: »Liebster, es ist ein unvergesslicher Abend, aber ich bin müde, ich möchte nach Hause.«

»Das verstehe ich, mein Engel. Warte, ich werde Degn Bescheid sagen, dass ich dich nach Hause bringe. Er soll nicht auf mich warten und mir den Schlüssel vom Hotel geben.«

Nachdem Arndt zurück war, begannen beide, sich von den Freunden zu verabschieden, was allerdings leichter gesagt als getan war. Denn kaum einer wollte sie einfach ziehen lassen. Sie wurden umarmt und geherzt und immer wieder aufgehalten.

Anna sagte: »Ende gut, alles gut. Ich hab's immer gewusst.«

»Ich auch«, meinte Mikkel.

Krøyer deklamierte mit schwerer Zunge: *»Drum prüfe, wer sich ewig bindet* ... und so weiter. Alles Gute, ihr zwei Hübschen.«

Jonas sprach durch eine Qualmwolke: »Arndt, mein Junge, ich würde dich jederzeit wieder auf den Buckel nehmen und am Strand entlangschleppen. Lange her, was? Ich freu mich.«

Locher brummte: »Du hast dir den Richtigen ausgesucht, Ebba, Arndt ist unsinkbar.«

Thorvald nickte. »Kann ich bestätigen.«

Theo grinste. »Es war ein schöner Tag, damals, in den Dünen bei dir, Arndt. Adschüs, macht's gut. Ach, ehe ich's vergesse: Ich soll euch schön von Hille grüßen, sie wünscht euch alles Liebe.«

»Danke, Theo«, sagte Ebba mit bewegter Stimme.

»Dank euch allen!«, rief Arndt.

Sie winkten den Freunden zu und wandten sich zur Tür. Das Letzte, was sie hörten, war das Geträller von Campanini. *»Krrürüürrü ... rororuru ... doudoudou ... krrürüürrü!«* Es war seine Art, *farvel* zu sagen.

Draußen herrschte stürmisches Wetter. Atlas hatte seine Hinterhand dem heftigen Wind entgegengestreckt und geduldig auf sie gewartet. Ebba verstaute ihr Porträt in der Satteltasche. Arndt klopfte dem braven Gaul den Hals. »Atlas, bring uns nach Hause.«

Sie stiegen auf. Atlas verfiel in einen leichten Trab. Ebba saß hinter Arndt und umfasste ihn an den Hüften. Sie schmiegte sich an ihn und war unendlich dankbar, dass Elisabeth, die Schlange, nicht mehr zwischen ihr und ihrem Liebsten stand, während die

Straßen und Häuser des nächtlichen Skagens hinter ihnen zurückblieben. Auf halber Strecke wurde aus dem steifen Nordwest ein ausgewachsener Sturm, doch Ebba nahm ihn kaum wahr. Sie spürte Arndts breiten Rücken und fühlte sich geborgen.

Als sie *Hæstorp's Stallung* in Alt-Skagen erreichten, peitschte ihnen der Regen ins Gesicht. Arndt hielt das Segeltuchpaket schützend über Ebbas Kopf und klopfte kräftig gegen das Tor. Einar kam nach einer kleinen Ewigkeit heraus. *»Det regner skomagerdrenge!«*, meinte er, nahm Atlas gähnend entgegen und wünschte ihnen *godnat*.

Sie eilten hinüber zu Broderssons Haus, pitschnass von Kopf bis Fuß, und wären beinahe über ein großes schwarzes Knäuel aus Fell gestolpert. Es war Bark, der vor Freude an ihnen hochsprang. Ebba lachte. »Du Streuner, du bist wirklich überall und nirgends!«

Sie traten ein und hängten ihre Kleider an die Garderobe. Ebba schlich auf Zehenspitzen zu Broderssons Arbeitszimmer. Sie öffnete die Tür einen Spalt breit. Da saß ihr *far*, tiefgebeugt über dem Mikroskop, die Kladde mit den Notizen neben sich auf dem Tisch. Der Sturm störte ihn nicht. Er war in einer anderen Welt.

Ebba schloss behutsam die Tür und küsste Arndt. »Komm in meine Kammer, Liebster, ich bin todmüde.«

Arndt zögerte. »Meinst du nicht, es wäre schicklicher, wenn ich in der Knechtstube ...?«

»Nein, das meine ich nicht. Nun komm.«

Sie stiegen die Stufen zur Kammer hinauf, und Bark folgte ihnen schwanzwedelnd. Er gehörte dazu.

Ebba holte zwei Handtücher aus dem Schrank und gab Arndt eins. »Damit kannst du dich abrubbeln.«

Arndt rieb sich das Gesicht ab.

»Das genügt nicht«, sagte sie scheinbar streng. Sie küsste ihn auf den Mund, lange und zärtlich, und begann, ihn zu entkleiden. Viele Küsse später war er nackt. Dann zog sie sich selbst aus. »Du darfst mich jetzt abtrocknen.«

Er zog sie an sich. »Ja, aber nur, wenn du es auch bei mir machst.«

»Das könnte gefährlich werden.«

»Das muss es sogar.«

»Was wird Bark dazu sagen ...?«

Später lagen sie eng aneinandergeschmiegt in Ebbas Bett, glücklich und erschöpft, und Ebba flüsterte: »Vielleicht ist es doch besser, wenn du nachher in die Knechtstube gehst. *Far* wird ja spätestens morgen früh deine Kleider an der Garderobe entdecken.«

Arndt lachte leise. »Das kann er ruhig. Bald wirst du sowieso meine Frau sein.«

»Wie bitte?« Ebba richtete sich im Bett auf.

»Du hast richtig gehört. Du wirst nicht mehr Ebba Brodersson heißen, sondern Ebba Gräfin von Heerwegen.«

»Aber ... Aber du bist doch verheiratet! Mit Elisabeth, der Schlange.«

»Noch.« Arndt schmunzelte. »Ich habe mich der Dienste eines Advokaten versichert. Er wird auf dem Altonaer Standesamt für mich die Scheidung einreichen.«

»Wirklich? Sag, dass ich nicht träume!«

»Du träumst nicht, mein Engel. Die Sache wird nicht billig werden, und ich werde demnächst nach Altona reisen müssen, um bei der Amtshandlung persönlich anwesend zu sein, aber danach bin ich frei. Frei für dich.«

»Oh, oh ...« Ebba kamen vor Glück die Tränen. »Und der schreckliche Tumor?«

»Hat sich seit Langem nicht mehr gemeldet.«

»Ich möchte nicht so schnell Witwe werden, weißt du. Versprich mir, dass du noch lange lebst.«

Arndt drückte sie an sich. »Das kann ich nicht. Das liegt in Gottes Hand. Aber in der Zeit, die mir noch bleibt, will ich dich zur glücklichsten Frau der Welt machen.«

Ebba schloss die Augen und flüsterte: »Versuchen wir's.«

DIE WICHTIGSTEN PERSONEN DER HANDLUNG

In Alt-Skagen

Knud Brodersson, Doktor der Medizin. Arzt aus Berufung. Erforscht die Rätsel des menschlichen Blutes.

Ebba Brodersson, seine Tochter. Pflegt einen schwerverletzten Schiffbrüchigen gesund und verliebt sich in ihn.

Arndt, der Schiffbrüchige. Macht um seine Herkunft ein großes Geheimnis. Liebt Ebba. Zieht sich dennoch in eine Strandhütte zurück.

Jonas, ein alter Fischer. Raucht Pfeife. Angelt gern. Findet den halbtoten Arndt am Strand und schafft ihn zu Brodersson.

Gorm Svendsen, ein Fischer. Von finsterem Gemüt, zu Jähzorn neigend. Will Ebba unbedingt heiraten, obwohl sie ihn ablehnt.

Rika Svendsen, seine Mutter. Vergöttert ihren Sohn, weil er alles ist, was sie hat.

Sigrun Skov, eine kurzsichtige, mittelalte Person mit Vogelgesicht. Liebt Gorm vergebens.

Thorvald Lundholm, ein Fischer. Tapferer Vormann der Seenotretter.

Hille, seine hübsche Tochter. Führt ihm den Haushalt.
Ulrik, sein Sohn.

In Skagen

*Degn Brøndum**, der Betreiber von *Brøndums Hotel*. Ein großer Bewunderer der Skagener Kunst. Führt mit seinen drei Schwestern das Haus.
*Agnes**, *Hulda** und *Marie Sophie**, Degns Schwestern.
Theodor »Theo« Manholte, ein wenig talentierter deutscher Kunstmaler, der als Kellner in *Brøndums Hotel* hängenbleibt. Liebt Hille, heiratet sie, weil sie ein Kind von ihm erwartet.
*Michael »Mikkel« Ancher**, berühmter Maler der Skagener Künstlerkolonie.
*Anna Ancher**, *geb. Brøndum*, seine Frau. Als Künstlerin ebenso bedeutend. Bevorzugte nicht die Freilichtmalerei wie ihre Kollegen, sondern eher Innenansichten.
*Carl Locher**, ein bekannter Marinemaler. Ist Venus, seiner Bulldogdame, sehr zugetan. Sieht ihr verblüffend ähnlich.
*Oscar Björck**, ein wichtiges Mitglied der Skagener Künstlerrunde. Mit vielbeachtetem Werk.
*Christian Krohg**, ein norwegischer Kunstmaler, Meister seines Fachs. Beeinflusste stark den Stil von Anna Ancher.
*Peder Severin »Søren« Krøyer**, ein hochdekorierter Künstler. Trinkfest und kein Freund von Traurigkeit.
*Holger Drachmann**, Maler, Dichter und Journalist.
Pastor Lund, der Seelsorger der *Skagen Kirke*. Taufte und konfirmierte Ebba. Trinkt, wenn es drauf ankommt, auch einen mit.
Elisabeth Gräfin von Heerwegen. Die hochnäsige, hinterhältige Ehefrau von Arndt, dem Schiffbrüchigen.
Magnus Satorius, leitender Arzt des Skagener Krankenhauses. Ein Kollege von Brodersson und ein Freund des Weines.

John Lauritzen, Leiter der Skagener Polizeistation. Wichtigtuerisch, ehrgeizig und aufdringlich.

Sonstige

Der Prediger, ein fahrender Händler mit zwielichtigem Hintergrund, der seine Posamenten mit frommen Sprüchen zu verkaufen sucht.

Lyng Peters, der Kutscher des regelmäßig zwischen Skagen und Frederikshavn verkehrenden Postwagens.

* historische Personen

NACHBEMERKUNGEN

Der Ort, in dem Doktor Knud Brodersson praktiziert, heißt Højens oder Gammel Skagen. Ich habe in diesem Roman jedoch stets von Alt-Skagen gesprochen, weil »Gammel Skagen« in deutschen Ohren eher abfällig klingt (»gammel« bedeutet im Dänischen lediglich »alt«) und weil »Højens« als Name bei uns kaum bekannt ist.

Alt-Skagen liegt an der Nordseeseite der äußersten Spitze Nordjütlands, Skagen auf der Ostseeseite. Die Strecke dazwischen beträgt etwa fünf bis sechs Kilometer. Wer gut zu Fuß ist, schafft sie in einer Dreiviertelstunde.

Das mittelalterliche Oslo erhielt 1624 den Namen Christiania nach dem dänischen König Christian IV. In den 1870er Jahren änderte sich die Schreibweise in Kristiania. Seit 1925 heißt die Stadt wieder Oslo.

Die kleine Siedlung Ålsig, die ungefähr auf halber Strecke zwischen Alt-Skagen und Kandestederne liegt, gibt es in Wahrheit nicht. Sie musste handlungsbedingt erfunden werden.

Die *Nordstern,* die im vorliegenden Roman auf ihrer Reise nach Kristiania (Oslo) ist, wurde nie auf Kiel gelegt. Wohl aber eine Reihe anderer Schiffe dieses Namens. Zwei seien hier genannt:

Erstens, der Dampfer *Nordstern,* der 1902 bei der Gebrüder-Wiemann-Werft gebaut wurde und für den Personenverkehr in Brandenburg Verwendung fand. Nach einer bewegten Geschichte liegt das alte Schiff heute mit Kesselschaden im Historischen Hafen Brandenburg an der Havel, ganz in der Nähe seiner Kiellegung. Es ist etwas über 26 Meter lang und 5,25 Meter breit.

Zweitens, das Motorschiff *Nordstjernen* der Hurtigruten, das 1956 bei Blohm & Voss gebaut wurde, und auch heute noch die arktischen Fjorde und Landschaften ansteuert. Es ist knapp 81 Meter lang und 12,6 Meter breit.

Das metrische System wurde in Dänemark erst Anfang des zwanzigsten Jahrhunderts eingeführt. Deswegen habe ich Entfernungen in diesem Roman nur in Zoll, Fuß, Ellen, Meilen oder Schritten angegeben.

Drachmann schrieb den Text für das Lied *Vi elsker vort land (Wir lieben unser Land)* im Jahre 1885, also ein Jahr später, als es im vorliegenden Roman von den Skagenern gesungen wird. Die Handlung bedingte, dass Drachmann ein wenig »vorzeitiger« dichtete. Die Melodie stammt von Peter Erasmus Lange-Müller. Er komponierte sie im selben Jahr.

Normalerweise werden heutzutage die ersten drei Strophen gesungen. Da jede recht lang ist, habe ich die Skagener nur eine Strophe singen lassen, die zweite.

Das »Gnadenbrot« kannten die Skagener Künstler nicht, obwohl sie es sicher gern gekostet hätten. Es wurde erst in den

1970er Jahren im Schankraum einer Hamburger Kneipe gratis angeboten. Als umsatzfördernde Maßnahme.

Ob die Künstler die *Grüne Fee* (Absinth) tranken, ist ungewiss. Fest stehen dürfte, dass Ancher, Krøyer, Locher, Krohg, Björck und andere das hochprozentige Anisgetränk aus ihrer Pariser Zeit kannten.

Der Lübecker Rotspon war weit über die Grenzen Norddeutschlands bekannt und beliebt. Gut möglich, dass die eine oder andere Flasche des in Holzfässern gereiften Weines ihren Weg in *Brøndums Hotel* fand.

Außer Michael und Anna Ancher wohnten im Jahre 1884 keine bekannten Künstler ganzjährig in Skagen. Krøyer, Locher, Krohg, Björck und andere kamen meist im Frühling oder Frühsommer an, logierten in *Brøndums Hotel,* lebten, malten, tranken, feierten und reisten im Spätsommer wieder ab. Ich habe ihren Aufenthalt handlungsbedingt bis in den Dezember verlängert.

Anna Anchers Mutter hieß Ane. Um Verwechslungen zu vermeiden, habe ich sie nicht Ane, sondern Hedvig genannt – nach ihrem zweiten Vornamen.

Carl Lochers Bulldogge hieß in Wahrheit Tiger. Bei Wikipedia gibt es ein undatiertes Foto, auf dem beide grimmig dreinblicken. In diesem Roman wird Locher von einer Bulldoghündin namens Venus begleitet.

Die Figuren der Handlung sind – wie sollte es anders sein – teils erfunden, teils haben sie tatsächlich gelebt. Thorvald Lundholm, der tapfere Fischer in diesem Roman, ist eine Erfindung, gleichzeitig aber auch eine Würdigung für Lars Kruse, den heldenhaften Fischer aus Skagen, der im Dezember 1862 allein mit seinem

Boot hinausfuhr und die Besatzung der gestrandeten schwedischen Brigg *Daphne* rettete. Die Ironie des Schicksals wollte es, dass er selbst im Jahre 1894 während eines Schneesturms vor Skagens Nordstrand ertrank.

Michael Ancher porträtierte ihn, und Holger Drachmann verfasste ein Werk aus Gedichten und Prosa über ihn.

Der Walzertext *Donau so blau, so schön und blau …*, den Björck beim Tanz mit Ebba singt, wurde 1889 von Franz von Gernerth verfasst. Fünf Jahre später, als die Handlung in diesem Roman spielt.

Vorher lautete der Text u. a.: *Wiener, seid froh … Oho, wieso? …*

Ich habe mich für den ersten Text entschieden – trotz der zeitlichen Unschärfe.

Die Passage

»Fremdlinge, sagt, wer seid ihr?
Von wannen trägt euch die Woge?
Habt ihr wo ein Gewerb',
oder schweift ihr ohne Bestimmung …?«,

die Krøyer mit großer Geste im Speisesaal von *Brøndums Hotel* deklamiert, stammt aus dem Dritten Gesang der Odyssee, in dem Polyphem, der menschenverschlingende Zyklop, Odysseus und seine Männer begrüßt. Sie entspricht der Übersetzung von Johann Heinrich Voß, die erstmals im Jahre 1781 publiziert wurde.

Von Krøyer sagt man, er sei kein Kostverächter gewesen, sowohl, was das weibliche Geschlecht angeht, als auch die leiblichen Genüsse. Er trank gern und liebte es, in Gesellschaft zu sein. Ob er jemals etwas aus der Odyssee vortrug, weiß wahrscheinlich niemand, doch es ist gut vorstellbar.

Seine Frau Marie, ebenfalls Malerin, trat erstmals 1887 in sein Leben. Sie spielt deshalb in diesem Roman keine Rolle.

Die meisten von uns glauben, dass *La Paloma* (spanisch: die Taube) ein Seemannslied ist. Tatsächlich wurde die Melodie zum ersten Mal im *Teatro Nacional de México* gesungen, nachdem der Spanier Sebastián de Yradier (1809–1865) sie komponiert hatte.

Erst später machte der französische Opernsänger Joseph Tagliafico das Lied durch Änderung des Textes zu einem Gesangsstück der See und des Meeres.

Bekanntheit erlangte das Lied in Deutschland durch den Film *Große Freiheit Nr. 7,* in dem die von Helmut Käutner geschriebene Textfassung von Hans Albers gesungen wurde. *(Ein Wind weht von Süd und zieht mich hinaus auf See ...)*

Die dänische Fassung, die Jonas vor der Polizeistation »grölt«, um Lasse herauszulocken und Arndt zu befreien, wurde von Gustav Winckler, einem Kopenhagener Jazz- und Schlagersänger, interpretiert. Sie stammt aus dem 20. Jahrhundert und stellt damit eine zeitliche Verschiebung dar, die – wie ich hoffe – durch die dichterische Freiheit zu entschuldigen ist. Immerhin darf als sicher angenommen werden, dass die Melodie zur Zeit dieses Romans in ganz Dänemark bekannt war.

DANK

Wer schon einige meiner Bücher gelesen hat, dem ist vielleicht aufgefallen, dass mein erster Dank stets meiner Frau gilt. Das ist auch diesmal nicht anders. Sie hat mir wieder in vielen kleinen und großen Dingen geholfen, angefangen von der umfangreichen Recherche, den Ratschlägen zur Handlung, dem Lesen des Manuskripts bis hin zur Hilfe bei technischen Problemen, denn obwohl ich regelmäßig einen neuen Laptop bekomme, ist noch keiner darunter gewesen, der mir zum Freund geworden wäre.

Bedanken möchte ich mich auch bei Reinhard Rohn, meinem Verleger, und bei Dirk Meynecke, meinem Agenten, die mich von der Idee überzeugten, zur Abwechslung einen Roman zu schreiben, der in meiner zweiten Heimat, dem Norden Jütlands, spielt. Als Schauplatz lag dabei nichts näher als Skagen, mit seiner berühmten Künstlerkolonie im ausgehenden neunzehnten Jahrhundert.

Ebenfalls zu Dank verpflichtet bin ich meinen dänischen Freunden und Nachbarn, ganz besonders Jørgen Fønss, der mir Fragen beantworten konnte, bei denen ich allein nicht weitergekommen wäre. Jørgen war Lehrer und weiß deshalb (fast) alles.

Nicht zuletzt haben Olli und Magda, unser mittlerweile ergrautes Mops-Paar, zum Gelingen dieses Romans beigetragen. Immer dann, wenn mir nichts einfiel oder es ein wenig an der Lust zum Schreiben fehlte, erinnerten sie mich daran, dass ein Spaziergang an der frischen Luft den Kopf wieder freimacht.

Wolf Serno, im März 2024

Wolf Serno
Große Elbstraße 7 – Liebe in dunkler Zeit
Roman
552 Seiten. Broschur
ISBN 978-3-7466-3974-1
Auch als E-Book lieferbar

Jahre des Leids – Jahre der Liebe

In ihrem Haus an der Großen Elbstraße versucht Vicki zur Haiden der Not zu trotzen. Die Wirtschaftskrise Anfang der dreißiger Jahre trifft auch sie; zudem hat sie ihre Arbeit im Krankenhaus Eppendorf wegen einer Krankheit aufgeben müssen. Das Leben scheint nichts mehr für sie bereitzuhalten. Doch plötzlich kehrt ihr Bruder Benno mit seiner Tochter Florence aus New York zurück. Voller Eifer machen die drei sich daran, das alte Haus zu renovieren. Florence, die in Amerika Medizin studiert hat, findet auch einen fähigen Architekten, in den sie sich obendrein verliebt. Doch Aron ist Jude, und auch in Hamburg kommen die Nazis mit aller Gewalt an die Macht.

Das Schicksal einer Hamburger Familie von den dreißiger Jahren bis zum Ende des Krieges

atb aufbau taschenbuch